有爱的青春陪伴者

我的城市不下雪

曳七 著

江苏凤凰文艺出版社
JIANGSU PHOENIX LITERATURE AND ART PUBLISHING

图书在版编目（CIP）数据

我的城市不下雪 / 曳七著. -- 南京：江苏凤凰文艺出版社，2024.7
ISBN 978-7-5594-8451-2

Ⅰ.①我… Ⅱ.①曳… Ⅲ.①长篇小说-中国-当代 Ⅳ.①I247.5

中国国家版本馆CIP数据核字(2024)第008371号

我的城市不下雪
曳七 著

责任编辑	王昕宁
特约编辑	雪 人 听 听
责任校对	言 一
出版发行	江苏凤凰文艺出版社
	南京市中央路165号，邮编：210009
网　　址	http://www.jswenyi.com
印　　刷	长沙鸿发印务实业有限公司
开　　本	880mm×1230mm 1/32
印　　张	10
字　　数	426千字
版　　次	2024年7月第1版
印　　次	2024年7月第1次印刷
书　　号	ISBN 978-7-5594-8451-2
定　　价	42.80元

江苏凤凰文艺版图书凡印刷、装订错误，可向出版社调换，联系电话025-83280257

目 录
contents

001 第一章
雨夜，雪糕，好多年

010 第二章
好运，馈赠，做第一

027 第三章
理想，猫咪，糖葫芦

046 第四章
生日，告别，信与诗

071 第五章
和好，奖牌，运动会

097 第六章
梦想，青春，应战书

123 第七章
琴音，演出，少年人

It doesn't snow in my city.

目 录
contents

162 ✦ **第八章**
　　　秋游，初雪，十七岁

188 ✦ **第九章**
　　　失利，变故，同学录

219 ✦ **第十章**
　　　定局，未来，再相逢

252 ✦ **第十一章**
　　　过往，返校，重修好

286 ✦ **第十二章**
　　　无穷，雪落，正相爱

303 ✦ **番外一**
　　　爱意，秘密，新婚礼物

308 ✦ **番外二**
　　　明月，明月，奔她而来

It doesn't snow in my city.

第一章

雨夜,雪糕,好多年

1

同学会那天下了很大的雨。

雨滴沉沉地砸下来,将枝上的叶打落了一地,敲在车玻璃上,只留下快速滑落的水痕,像是蜗牛的黏液。

孟繁翊穿得不多,下车的时候打了个寒战,心里对此行已经后悔了。

她站在雅间的外面,抬手轻轻敲了敲门。里面隐隐有很热闹的声音漏出来,模糊的音节挤进她的耳朵,像极了某个人的名字。

她的心蓦地跳快了一拍,随即告诉自己,他还在国外,不要抱太高期望。

正要敲第二次时,雅间的门猝不及防地开了。所有人都下意识地朝孟繁翊看来,目光如炬。

即便有那么多人,孟繁翊第一眼看到的,还是那个很多年没有见到的人。

莫允淮已经褪去年少时期面对她时的赧然,面庞也变得更为成熟。

只不过他望向她时,漆色的眸中没有了从前那样显而易见的情绪。

时间像是静止了一秒,下一秒有不少同学都兴奋地喊:"小孟,来这边!"

这场聚会的负责人是班长,别出心裁地为每个人都定制了一枚姓名牌,特意放在对应的座位上。

孟繁翊一眼就看到了莫允淮右手边那个位置上摆着自己的姓名牌。

她感觉连指尖都在发麻。

孟繁翊平静地往那处走去,姿态优雅地落座。

莫允淮身边围了一大群人,他正笑着回答他们的问题。那些问题无非是在国外如何、做什么工作、年薪如何、为什么回国……

前三个问题孟繁翎甚至能替他回答。

她在心里小声地替他回答：在国外很好，是加拿大著名公司的数据分析师，年薪相当丰厚。

她的心声和莫允淮回答的话音几乎重合，连速度都是近乎相同的不快不慢，从容不迫。

到了第四个问题，莫允淮的声音戛然而止，而她的心忽然安静下来，她也很想知道。

他说："只是觉得有点想念了。"

想念什么，又不说清楚。

孟繁翎没有主动和他说上一句话，他也一眼都没有看向孟繁翎。

两人就好像是互不相关的陌生人，只是临时坐在了一起，听着周围人的欢声笑语，仿佛两人中间有一层厚厚的、透明的壁。

班长站在最前面，一只手拿着一瓶酒，另一只手握着话筒喊："很感谢各位能够来到这里，我多年不见的大家！一个巨大的惊喜就是莫允淮回国——有生之年啊有生之年，我还以为他要留在那里一辈子了呢。"

班长的话一瞬间戳到了孟繁翎。

她垂眸，把眸子里微微的酸涩逼回，百无聊赖地用牙签戳着自己碟子里的那枚小番茄。轻轻一扎，不料汁水遽然迸溅，飞到了莫允淮的醋碟子上。

"抱歉。"孟繁翎原本平静的心瞬间慌了，但面上还是一派镇定，"非常抱歉，我去帮你换一碟吧。"

莫允淮只轻轻摆了摆手，并不多说一句话。

孟繁翎的"抱歉"瞬间卡在喉咙里，不上不下，梗得难受。

壁障被她短暂地打破，很快又恢复原状，连一丁点痕迹都没有留下。

原本很大的一个班级，今天只有三个人没有到，极为难得。许多人组团来莫允淮这桌，非要灌他。

莫允淮也不推拒，一杯一杯地喝着，神情依旧从容，看不出半分醉态。

现在已经是成功人士的体育委员张峤早喝得神志不清，一直拍着莫允淮的肩膀，用极为悲怆的语调在莫允淮耳边吼："兄弟！你当初，怎么就不声不响去留学了呢？"

莫允淮极其冷静地一巴掌把他脑袋从自己肩膀上呼下去，周围一堆人"哈哈"大笑。

从前的感觉在一点点找回来。

文娱委员叶芝芝手里拎着一瓶白酒，在莫允淮面前道："喝不喝？"

莫允淮摆手："我这喝着红的呢，混着喝铁定醉。"

张峤又从地上爬起来，猛地抱住了叶芝芝，吓得对方差点摔了白酒："这酒多贵你知道吗！"

张峤委委屈屈:"老婆,你别跟他跑了。就算他是我兄弟,你跟他跑了我也要哭的。"

叶芝芝在周围人的起哄下,红着脸笑:"今年年初,我跟他刚结婚,刚没说,就是想给你们一个惊喜……"

道喜声纷至沓来,气氛一点一点地变热,原先这么多年的隔阂终于被剖开,流出了所有人熟悉的内核。

连莫允淮都彻底放下所有的稳重,跟曾经的好哥们儿拼酒,然后分享了很多国外的小故事。

许多人吃吃喝喝到后来都站起来,几个怀孕的女同学已经被家属接走了,不少人在几桌酒席间乱窜。

但是莫允淮始终没有离开这个位置。

孟繁翊也没有。

她今天喝了一点酒,面颊慢慢晕出了绯红,修长白皙的脖颈上也染了不少桃花色。她酒量不错,只是很容易上脸,因此从不多喝。

今晚只是借助酒精想要向他坦诚一些事情,如果不说,也许以后就会留下太多的遗憾。

她告诉自己千万不要抱有希望,从他今天对她的态度来看,很多事情已经彻底成为过去式了。

只是她非常想要说出口,去搏一搏那个虚无缥缈的可能性。

"我们来玩真心话大冒险吧!"班长脸红得很,"我可喜欢这个游戏了,不知道帮多少人有情人终成眷属。在场的有没有谁还喜欢谁没说出口的,私信我,我来帮你一把啊。"

本以为莫允淮不会动手,但她看见一晚上没用过手机的他按亮了屏幕,似乎敲着键盘,在给别人发着消息。

由于有好几桌,所以大家打算分开玩。

班长神秘兮兮地调整着一些人的座位,不少被叫起来的时候神色中带着一些意外、不好意思抑或是隐隐的期待。

班长在孟繁翊这一块看了很久,忽然笑了一下,慢悠悠地喊:"孟繁翊……"

她刚要站起来,班长又道:"坐下坐下。看来对我们学习委员有想法的人不止一个啊。那慢慢来吧。"

班长故意露出了一个暧昧的笑容:"你那桌就有一个噢。"

孟繁翊表面镇定地坐下来,实则一颗心跳得几乎要跃出嗓子眼儿。暖意熏染上面颊,连带着之前在雨里淋湿了一小块的肩膀都在散发热度。

她没看身边人的眼神,却深切希望就是他。

酒桌上的盘子被清了下去,一个大转盘摆在了桌子中央,班长亲自握住了指针,用力地一拨——

指针一开始越转越快,鲜红的尖端绕过每一个人的眼前。所有人的心跳都在加速,恍若踩着高跷走在悬崖边上,一只脚已经悬空。

指针放缓,孟繁翎甚至能闻得到莫允淮身上男士的香水味,混杂着红酒的淡淡气息,并不是让人反感的味道。

反而悠长如雪夜壁炉前"噼啪"作响的木柴,窸窣的火星迸溅声被淡淡的烟熏味裹挟。在这漫长的雨夜,能联想到的就是寂寞的旅人,干燥的空气。

身子好像在不由自主地往他那边微微倾斜,她似乎还在一片喧嚣人声中听见了对方的心跳。

指针缓缓停滞,孟繁翎下意识屏住呼吸。

红色的指针最终停在了莫允淮面前。

这桌不少人瞬间发出了一声欢呼,惹得另几桌人纷纷看过来。发现是莫允淮后,大家都安静下来,十分好奇。

班长规定一桌只能有五个人问问题,至于是谁,由班长自己钦定。

这显然是给了莫允淮面子,却没人有任何怨言。因为窥探欲人人皆有,一次能剥出五个秘密已然大有所获。

班长点名字的前四个人座位都是连在一起的,第五个人却点了孟繁翎。

"那就从小孟开始吧。"班长喝了一口酒,"来来来,让我们一起听听莫同学的秘密史。"

孟繁翎的耳根开始发烫,幸好有头发挡着。明明是她第一个问,却问不出任何问题。

因为很多问题她都知道答案。

因为很多想知道答案的问题她不敢问。

因为舍不得让他为难。

不少人大喊着:"小孟,冲啊!为我们单身女同胞整点福利!"

莫允淮也专注地凝睇着孟繁翎。她怀疑自己看到了一片深情,又觉得是荒诞的错觉。

"你读的大学有枫树吗?"她干巴巴地问出来一个不知所云的问题,目光偏偏格外诚挚,好像真心实意地想要知道这个问题的答案。

周围人失望地"喊"了一声,都在说:"小孟太没意思了!这是什么问题啊。"

"唉,小孟还是太心软了吧。这时候不多挖点有意思的料,以后就听不到啦!"

"哈哈,这个问题谁能回答出来啊,我到现在都不知道我大学寝室门口的那棵树到底是什么品种……"

莫允淮对这个意料之外的问题有些诧异,方才那股慵懒随性劲儿收回来不少,面对孟繁翎时多少又板正了些许:"有一棵很大的枫树,我无聊的时候会去树下坐一坐。"

第二个问他问题的是一个女生,对方眼睛亮晶晶的,孟繁翎一眼看过去望到了难以掩藏的爱意,格外相似,却又是属于对方的珍宝:"我想问,嗯,你和你暗恋对象在一起过吗?"

他提到这个问题的时候，再也不会像当年那样容易脸红，甚至在面对其他人时极其自然："没有。"

第三个问题："那个人是我们班同学吗？"一下子就把范围缩小了。

一旁的孟繁翊放在桌子底下的手慢慢握成了拳，放在桌面上的手却松弛着。

"是。"他承认。

气氛更加热烈，张峤拖着自己的椅子不顾形象地坐到了他们这桌，非要近距离听听莫允淮的少年心事。

第四个问题："你表过白吗？"

莫允淮坦然地点头。孟繁翊觉得自己像是被摁在了水里，胸腔中的氧气迅速流失，即将溺水窒息。

第五个问题："能讲讲和她有关的事情吗？"

莫允淮有点想抽烟。他轻轻扯了扯领口，觉得有些热。

年少的爱恋像是一场兜头的热雨，又像是砸在地上变形破碎的泪珠，浸透了皲裂的心口，又催生了更多细细密密的伤痕，仿佛随时都会撕裂开，流出淋漓的热血。

很疼。

但是他第一次想说。

于是他说："是同班同学，我跟她坦露过心意，但她拒绝了我。"

没有人看到孟繁翊眼睫轻颤。

2

莫允淮连输了几轮，有关暗恋对象的事情被他一件一件地用最简单的话概括出来。

没有暗恋过的人很难知晓每一句话背后究竟有多少深沉的情感，只能听出几分心酸。

"写过她的同学录，但后来在垃圾桶里看见了我写的那张。"

"毕业后跟她说我要出国了，她只说了一句谢谢。"

"她后来还莫名其妙删了我微信。"

说到最后一句话的时候，他可能真的有点醉了。

因为他说着"删了我微信"的时候，那股懊丧委屈劲儿人人都能听出来。

这样的懊丧委屈在莫允淮身上何其少见，他毕竟是一个那么骄傲，而且非常有资本骄傲的人。

也许他从小到大都没有受过这样的委屈。他的家庭背景超越同龄人一大截，本身的才干与能力也是众人难以企及，一生顺遂更符合他的人设。

但偏偏这样栽了跟头，受了如此的挫败。

众人都下意识地替他鸣不平，有不少人觉得他对暗恋对象念念不忘，更多人却觉得只是因为是暗恋而已。如此优秀的人会惦记对方，只是因为未曾得到过。

莫允淮今天的运气有点背。新的一轮他又输了，又被迫剖出了更多的秘密。

最后一个秘密是当初孟繁翊的同桌林可媛问的："你现在还喜欢她吗？"

这个问题无论是谁来问都极其暧昧，尤其是林可媛这样的女生，当初也有非常多的人倾慕她。

问题一出口，张峤就好像明白了什么似的，眼神在莫允淮和林可媛之间游荡了几圈，不嫌事儿大地兴奋地鬼叫了一嗓子，颇有当年他在课堂上有事没事起哄的样子。

周围的人群或是懂或是不懂，却都被张峤的鬼叫激起了几分热血，迫切地想要探知真相。

孟繁翊从容地啜了一口酒，仿佛不知道他们在起哄林可媛和莫允淮。

她隐约感到了莫允淮的目光在她身上着陆了几秒，但她的骄傲不允许她转过头去看。

无人看到她垂在桌子底下的手紧紧攥着，指甲不知不觉掐进了肉里。

漫长的起哄声中，每一秒的时间都像是被冻住了，她的心头像是落了一捧冰冰凉凉的雪，慢慢地等着一个否定的答案。

在暗恋面前，谁不是胆小鬼。

"我罚酒。"莫允淮叹息。

他不想回答这个问题，但这样的态度本身就表明了某种答案。

口哨吹起来了，原本束缚在正装下的男同学们一个个揭开面具，在酒精的加持下非要将从前的自己找回来。张峤不服气，叶芝芝替他提出要求："那这次就来杯白的？"

"行。"莫允淮估计着自己的酒量，目光有些执拗地落在孟繁翊的肩上。

对方还是一派从容，好像什么都不在意，正优雅地拆着酒店里的纸巾盒，从里面轻轻地取出一张。

白皙的指尖在红色的纸巾盒上轻轻地颤动，就像是红绸上落下的雪。

辛辣的白酒灌入喉咙，莫允淮一瞬间觉得更热了。

视线里的所有人都好像消失了，只有一个人一直在他的目光里走了这么多年，永远都是淡然自若的样子，对他的情感总是可以完全推开，却非要留下一点希望的钩子。

又不肯一脚踩灭火星，又非要拒绝他所有的好意。

这到底是什么意思。

最后一轮的大冒险中，指针终于不再指向他，而是稳稳当当停在了孟繁翊面前。

她的神情好像波动了一下。

莫允淮看得分明，她好像露出了几分紧张。

他忽然觉得有些好笑。

在班长打算宣布这一轮的输家是孟繁翊的时候，他的手肘一击桌子，逼得沉重的转盘往他这处挪了一小寸，鲜红的尖端又一次指向了自己。

班长的声音卡在了喉咙里，暗叹一声"没意思没意思"，因此只好宣布："好吧,由于莫允淮同学这次过于'水逆',我们这一轮就只问他一个问题吧。"

"不,"莫允淮望着孟繁翊有些发怔的神情,"我选择大冒险。"

叶芝芝望着看上去情路坎坷的莫允淮,神色温柔地道:"既然你说,你被她删了微信。那这回,你就向她要微信吧。"

孟繁翊的心高高悬起。

莫允淮转过头,捏起桌上盛着红酒的高脚杯,轻轻地碰了一下孟繁翊的高脚杯。

他眸光里的认真一如当年的少年,好像岁月的流逝没有在那份纯粹上镂刻下任何的斑驳痕迹。

"所以,孟繁翊,能给个微信吗?"他说。

麻意从指尖一层层泛滥开来,一路窜进了她的心尖。周围的尖叫声在她耳畔炸裂开来,她却只能听得到莫允淮的声音。

她一向不喜欢这样的热闹,也总是在这样的人群中感到窘迫。

而只有这次,她的回答不再是否定的,而是看上去颇为镇定地掏出手机,连着点了好几下,轻轻地说:"稍等。"

她有些笨拙地调出二维码的界面,他神色很淡地扫。

两人凑得有点近,带着暖意的空气被挤压,变得有些炽热。

这回连叶芝芝都有些意外了,照刚才来看,她以为莫允淮的初恋是林可媛,没有料到是孟繁翊。

但所有人似乎又都能理解了:孟繁翊虽然不是班上最漂亮的,却是后期成绩最好的。两人之间似乎也有过那么寥寥的交流。

只是在此之前谁能想到那个人居然是孟繁翊。

同学会结束,外面还在下着很大的雨。夜风裹着潮气从孟繁翊宽松的裤管往上爬,领口也有不少凉风灌入。

莫允淮有车,提出要送孟繁翊。鉴于他喝了点酒,便叫了代驾。

她没拒绝。

张峤皱着一张脸说自己要坐哥们儿的车,叶芝芝没同意,但禁不住他死皮赖脸。

莫允淮倒是同意了,只不过体育委员在看到迈巴赫的车标时好像一瞬间醒了酒。

莫允淮笑道:"这是我小姨的车,我穷得很,刚回国也没买车。"

上车之后,张峤嚷嚷着非要坐副驾驶座,叶芝芝扯着他也没用。莫允淮好脾气地说没事,还问清楚了两人的住址。

上车后,次序便是莫允淮坐后座的最左侧,孟繁翊坐在中间靠右,而文娱委员坐在最右侧。

三人一路上侃侃而谈,什么都能聊。

孟繁翊像个局外人,靠在椅背上,将头往右偏,目光落在右侧黑沉沉的车玻璃上,安静得仿佛从来没有存在过,只有一双耳朵在尽职尽责地捕捉着信息。

她状若无意地划开手机屏幕,却是真的有消息。

她点开细看，只有林可媛一句没头没尾的"对不起"。

她发了一个问号过去，对方却不再回了。

孟繁翊后知后觉地发现车里的说话声倏然消失了。

她收起手机，也不说话。叶芝芝显然是想和她聊聊天，只是碍于今天八卦中心的另一位主角也在场。

莫允淮吩咐代驾绕了路，先送了夫妻俩回家，却一直没有问孟繁翊家在哪里。

等那两人下了车，车门一关上，车后座的空气开始浓稠起来，热意扑在了孟繁翊的周身。沉默蔓延，但某些异样的情绪也在蔓延。

"我想吃雪糕。"她开口划破了沉默，"就在那里，寻和超市。"

代驾顺着她的意把车开了过去。

莫允淮从车里拿出一把很大的伞，下车后替她打开了后车门。

雨伞稳妥熨帖地笼在她的头顶，连一缕飘忽的雨丝都没有落在她的肩头。雨夜中，两人的气息亲密地交缠在一起，和寻常的情侣并无两样。

伞朝孟繁翊的方向偏移，凉风坠入后颈，淌入衣襟。

在她战栗之前，两人已然走到了屋檐之下。对方的外套混杂着男士香水的气息，沉沉地盖在她的肩上，抵御了入侵的风。

孟繁翊的面颊发烫，这一回却没有拒绝莫允淮的好意。她隐隐猜到了什么，却一直不敢肯定自己的猜想。

这个点还站在冰柜前挑冰激凌的人不多了。孟繁翊从冰柜里拿出两盒巧克力脆皮雪糕，在前台结账的时候，售货员一看是她，立刻笑着道："又来买雪糕啊。"

孟繁翊和这个售货员显然很熟悉，面上终于露出了今晚第一个真心实意的笑容，乖巧地点头。

她顺手把一盒递给了莫允淮，扯了扯肩膀上要坠下的外套。

莫允淮打量了一眼红色的外盒："你喜欢吃KitKat（奇巧）？我在加拿大也见过好几次。"

孟繁翊撕开包装时不太顺利，小心翼翼地揪着袋子："你是不是不吃雪糕？"

莫允淮却干脆利索地也撕开包装盒与包装纸。

两人站在超市门口像傻子，对着漆黑的雨幕尝着散发凉气的雪糕。

莫允淮吃得很快，但孟繁翊吃得很慢。

"我记得你以前不喜欢巧克力吧。"他状若无事地问。

孟繁翊微怔，没想到他连这个都还记得："吃多了就习惯了。就像喝咖啡，喝多了就觉得也还好，回过头来发现我一天没有咖啡续命都不行了。"

"夜深了，冰的少吃一点吧。"莫允淮也只劝了一句。

同学而已，根本没有资格多劝。

"孟繁翊，我还想问一次。"莫允淮的声音淹没在雨声里，在她耳中却格外清晰。

一大块雪糕不知不觉化在嘴里，她忍着冰到发疼的感觉，安静地听他说话。

"我们是不是就只能这样了？"他的声音很轻。

那些浓墨重彩的记忆猝不及防撞进她的脑海，每一帧的画面都是那样清晰，仿佛这么多年的过去只是一场梦。
　　她这才发现，记忆里跟他有关的画面从未抹去，厚重的情感压得她喘不过气儿。
　　她的眼眶有点酸。肩上还覆着他的外套，她的周身还充斥着他的气息，一切都好像刚刚好。
　　"不是。"她左眼落下一颗泪，混在密集的雨珠里不见了踪影。
　　我希望跟你有以后。
　　而那些涂着青春气息的记忆从骨髓深处向上攀升，所有泛黄的信笺都在慢慢变白。
　　一切好像还是最初的样子。

第二章

好运，馈赠，做第一

1

高二刚开学的时候，每个人进教室都很狼狈。很多人背着个鼓胀的书包，手里还拎着好几个装满了书的沉甸甸的袋子。

到了教室的第一件事情还不是立即落座，而是辛辛苦苦地用毛巾一遍遍擦拭桌子、椅子上面覆盖着的薄薄灰尘，以及收拾抽屉里上一任主人遗留下来的纸巾，甚至是零食包装壳。

孟繁翊沉默地擦拭完，等待水痕彻底干去才落座。她放下手中的袋子时，手里已是一道道红痕。

孟繁翊坐在第四组的第三排，最左边靠窗的位置。

她并不是非常高，第三排正合适；她并不想别人频繁地走到她身侧，因此最左边靠窗的位置最佳。

时间一点点后推，来的人越来越多。像是一滴水落入了油锅，教室里嘈杂的人声蔓延开来，不少人已经主动地结交起朋友。

只有孟繁翊还端正地坐着，在桌上不断地刷着《英语五三》。直到她旁边有人倏然落座，她才抬起头来。

是一个漂亮到年级里很多人都认识的女孩子——林可媛。

她热情地打招呼，主动地进行了自我介绍："我叫林可媛，双木林，可人的可，美女的那个媛。我妈没别的意思，她就恨不得我好看。"

夸奖的话对孟繁翊来说从来都不是什么难事，更何况这回是真心实意："你确实很好看！"

她又干巴巴地介绍了一下自己，发现自己只有名字烦琐，其他方面几乎是一张白纸。爱好与特长更是一片荒芜，连喜欢看书都是好半天才挤出的一个答案。

简而言之就是一个分外无趣又贫瘠的人。

班主任是一个并不年轻的英语老师，看上去大约五十岁，抬头纹很深。

"自我介绍一下，我姓庄，大家可以叫我的英文名Meya。"她说起普通话来有种刻意的字正腔圆，不过前后鼻音不分。

孟繁翊还是在专心地刷题，于她而言，台上一位位同学做的自我介绍仿佛一句话都没有入耳，她也没有任何兴趣去广泛地交友。

直到一个男声响起，声线是清朗的，语调懒洋洋的，但很动人：

"我姓莫，名字叫允淮，是我爷爷取的，意思就是允诺回淮地。因为我老家在淮束，爷爷一直在那里生活。他希望我常回家看看。"

孟繁翊的笔尖顿住了，笔尖因为在纸上停留太久，黑色的墨迹便洇开来，变成了黑糊糊的一块，非常难看。而这一空该填的"affection"彻底成了一团黑。

她状似不经意地抬头，目光意外地和他相会。

还没轮到她，她便兀自继续写下去，只是字落在纸上不是熟悉的字母，而是慢慢变成了他的名字。

在反应过来之后，她迅速地画掉，然后涂成一个个黑色的方块。

台上那人的自我介绍相当有意思，逗得全班人都"哈哈"笑，不少人都喊着他多讲点。而他丰富的旅游经历和广泛的爱好也让封闭在小县城里许久的大家心驰神往。

Meya嗔怪了他几句："怎么话这么多，下次再讲吧，老师专门给你让个讲台。"

莫允淮这才打算下去。

就在孟繁翊心想终于结束了的时候，他却忽然问老师："Meya，你刚才是不是说可以随便抽个人啊？"

Meya见他自来熟得很，便笑了："当然，你甚至随便报个学号都行，反正花名册在我手里。"

"我想想，"他看上去真的在认真地想，半响才吐出来一个很简单的序号，"四吧，我只知道我是第一。等着第四名的同学冲进前三啊！"

笔"啪嗒"一声掉在了地上。

孟繁翊心虚地用手指捂住纸上三个涂得严严实实的方块，俯身去捡笔。

起身的时候，她察觉到手指上有黑色的印记。

"四……孟繁翊同学在吗？坐在哪里，让老师认识一下。"Meya对着花名册摘下了眼镜细看，喊了几声后便环顾四周。

孟繁翊慢吞吞地直起身子来，举手："老师，是我。"

她清楚地看到了Meya的眼神亮了一下，但不知道自己在哪方面得到了这位老师的青睐。

面对台下那么多注视她的目光，讲台上孟繁翊声音有点颤抖，说出的却是最真诚的介绍和最真心的祝福：

"我叫孟繁翎，繁花似锦的繁，立羽翎，意思是有开阔的视野与深邃的视角，还要前程繁花似锦……最后，我希望大家最终得到的结果，会和付出的努力成正比。"

林可媛坐在座位上，在她回来的时候双手屈起，比了一个心，神色俏皮。

孟繁翎坐在位置上后，抽出一张纸，给林可媛折了一个漂亮的爱心，在最外面写上"送给林可媛"。她又从包里掏出一枚糖果，把两样东西都推到林可媛的面前。

林可媛接过的时候真的是肉眼可见的开心，她冲孟繁翎抛了个媚眼："我就给你比了个心，你就给我一颗真的心，你好甜啊宝贝儿。"

孟繁翎被她故意油腻的"宝贝"逗得发笑，Meya的眼神扫到两人这边，她们迅速地一本正经起来。孟繁翎掩饰性地翻过一页《英语五三》，继续写练习。

"大致介绍完了是吧？"Meya望着黑板上各样的名字，"总体来看，我们班的同学字都写得很清秀，不错。希望接下来大家都能够好好地写字。"

她在絮絮叨叨一堆客套话之后，才将最重要的事情点出来："整个年级下午会开展一次大扫除，大家记得从寝室里把拖鞋带过来。"

众人的心头掠过不好的预感，有人干笑了两声，试探性地问道："我们不会要穿着拖鞋大扫除吧？"

Meya轻描淡写："又不是活在古代，大家互相看一下脚不会出问题的，放心。"

孟繁翎决定换一科继续写，英语实在是写不下去了。

大扫除的时候，林可媛和孟繁翎都被分配到拖地。

两人默契地分开拖，速度都挺快。孟繁翎从后面往前拖，林可媛从前往后拖，两人拖到一半的时候遇上了。

林可媛忽然问："小孟啊，我以前是不是见过你？"

孟繁翎的心口猛地一颤。她脑海中犹如电影倒放般，清晰地映出了那个画面。

刚要开口，林可媛又懊恼地道："我总觉得见过你，只是想不起来是在哪里了。"

孟繁翎立时闭嘴。如果林可媛能够忘记那件事，她自然不会重新提起。

拖到最前面的讲台时，莫允淮在擦黑板，他和旁边的男生很快就熟悉了，此刻笑着互相用胳膊撞来撞去："我就说嘛，回去我带你打两盘啊，铁定赢！"

讲台上的粉笔盒东倒西歪，不少粉笔头散在地上。

孟繁翎一声不吭地走上前把歪了的粉笔盒扶正了，又弯腰将地上的粉笔头拾起来放回盒子里。

她起身时讲台上的说话声戛然而止，莫允淮一句话卡在喉咙里完全说不出来。

他只是有点笨拙地接过她手中的粉笔头，嘴里碎碎念着"谢谢"，眼神却不好意思和她对上："不好意思不好意思，我讲话讲'嗨'了，下回你可以提醒我。"

"好。"她平静道，目光没有任何波澜，"下回擦黑板的时候不要拿湿抹布直接擦，很难擦干净，最好用黑板擦先擦一遍。"

"啊，好……"他话还没说完，她就拎着拖把往卫生间的方向走了。

"你们很熟?"方才同莫允淮勾肩搭背的同学凑上来,"我怎么觉得听你们的语气,好像认识了很久呢。"

"没呢,"莫允淮有些心不在焉,心虚地补充了一句,"初中同学,不太熟的那种。"

他看到孟繁翊停顿了一下,似乎觉得这样拿拖把不太方便,换了个姿势继续往前走。

林可媛刚好拖完,走之前往莫允淮这个方向看了一眼,觉得有点奇怪一般地挪开了眼。

林可媛看到孟繁翊小心翼翼地往前走,生怕自己摔倒的样子,不知道为什么就觉得她心情也许并不太好。

她拦住对方,如法炮制上午的爱心手势,果然逗得孟繁翊笑出了声。

孟繁翊故意说:"明明我们是第一天认识,你怎么好像认识我很多年了。"

林可媛故作深沉道:"我对你一见如故,一眼万年,也许我真的认识你很多年了吧。"

在林可媛的逗乐下,原先的不大愉快就像是一块小小的碎瓷片,外面被裹上了一层层柔软的棉花,然后小心地埋在心的一隅,并不轻易揭开。

只是当晚那个"不太熟"让她有点失眠。

她好不容易睡着了,却又在各种光怪陆离的梦境中费力地奔跑。跑着跑着,鞋子却在不知不觉间掉落了,她的脚心鲜血淋漓,痛得如此真实。

2

《克罗地亚狂想曲》响起的时候,孟繁翊还在梦境中拼命地狂奔。

骤然响起的闹铃撕裂了梦境,她猛地坐起来,心跳快得厉害,额上冷汗涔涔,眼前发黑。

好半晌,她才精神不济地下床拉了自家的窗帘,外面的天已经亮了。

厨房里周冬琴忙忙碌碌地烧着早餐,见到孟繁翊出来后,大声道:"幼幼,早上起来先喝杯水!"

孟繁翊沉默着把桌上那杯凉白开一口气喝了下去。

玻璃杯"哐"地放在桌上的时候,小水珠溅在了密密麻麻的单词日历上。

"你这孩子,怎么回事,大早上轻手轻脚做不到吗?"周冬琴的声音穿过了油烟机的声响,准确无误地钻进她的耳朵里。

孟繁翊一声不吭地盯着单词日历上密密麻麻的英文,心里想的却是刚才的噩梦。

噩梦已经逐渐被时间肢解,在她脑海里剩下的只是一些支离破碎的片段,全都和昨天那句"不太熟"有关。

端到桌上的是她爱吃的蒸饺,但今早她没有任何的胃口。

孟长君也起床了,拖着鞋子笑呵呵地往孟繁翊这边走,边走边问:"幼幼啊,和新同学认识得怎么样了?"

"还行。"她的思绪被扯回来,目光没有落在父亲身上,而是愣愣地望着英文单词。

孟长君一把将单词日历拍在了桌子上，摇摇头："你好好吃饭，你妈妈天天给你整这些有的没的，吃饭就吃饭。"

周冬琴不高兴了，将孟长君的那碗蒸饺直直推过去："你在瞎说什么呢，这不是幼幼英语不太好吗！我问了好多名师，他们都说要给孩子创造英文环境。如果不是你我根本不懂什么英语，我至于吗！"

孟长君原本想说自己还是略懂皮毛的，现在不得不在妻子的絮絮叨叨中乖乖闭嘴。

孟繁翊沉默着又把单词日历扶了起来，背第七个单词。

等她把二十个单词艰难地背完，早餐也吃好了。

坐在孟长君车里的时候，对方忽然开口问："幼幼啊，班里有没有哪个新同学长得特别帅气的？"

她几乎是脱口而出："没有。"

脑子里却一闪而过男生的样子，他笑起来的神情，他不好意思的样子……

她低头，假装很困地打了个呵欠："……没有。"

于是孟长君又开始跟她讲当年他读书的不容易，讲他上学路程到底要步行多久，讲他当年在班级里是如何如何一直考第一。

讲到最后，又是那个从她小学一年级就开始讲述的话题："幼幼啊，不能谈恋爱。现在的男孩子跟你谈恋爱，都不是真心的。他们多半是为了谈恋爱而谈恋爱，只是想体会一下谈恋爱的感觉。"

孟繁翊看到了学校的影子，不太耐烦地轻轻叩了叩内侧玻璃窗，然后道："我已经到了，放学再聊。"

她早上起床的时候，看到自己的面色其实很苍白。

但他们没有注意到，只是顾着两个人拌嘴，以及对她未来人生的不断规划。

仿佛不上T大和P大，就会极大地伤害他们的自尊与骄傲。

今早开大会的时候已经八点多了，清晨尚存一点的凉爽彻底被阳光吞噬，一层层热意慢慢缠绕在众人周围。

这是分班之后开的第一次动员大会，在升旗手升完国旗、校旗之后，下一个环节就是学生代表演讲。

孟繁翊头痛欲裂，连带着意识都有点昏昏沉沉的。

拿着摘抄满化学方程式小本子的孟繁翊揉着太阳穴，一点点背诵。她不太关心台上会是谁讲话，只担心日后化学课进度会不会太快。

她化学还行，但在几门科目中算是弱势的。选择化学是她在周全考虑了所有科目之后的一点小小私心。

上学期分班之前，进行过三次选科调查，每个班的汇总都在学校的FTP服务器上找得到。

她假装不经意地看过，莫允淮三次填写的都是"物理，化学，地理"。

而她恰好物理和地理都很不错，生物和化学成绩则差不多。在两者之中挣扎了一番，她还是选择了化学。

她知道也许会为小小的任性付出巨大的精力。

"老师们，同学们……"熟悉的声音从广播中传出时，孟繁翊有些呆滞地抬头。

她没有料到新生代表会是莫允淮，毕竟新生代表一般都会选择年级第一的常驻选手。

莫允淮虽然成绩很好，但也只是在上学期期末考中拿了第一。

混迹在队伍中的孟繁翊假装手酸，放下了手中的小本子，转动着脑袋舒缓舒缓脖颈。

她没有在看他，却听得格外专心。

莫允淮有特意学过朗诵，感情充沛而不腻人，完全不像是之前那些学生代表的发言那样，要么过于甜腻，要么过于呆板。

她从他的声音里听出的是前所未有的认真。

莫允淮下台之后，径直往高二（7）班的方向走去。他个子很高，排在队伍最后几位，而一路走向末尾时，男生全在打趣他：

"哦吼，我莫哥读得好酸啊，哈哈。"

"那玩意儿老莫居然真的认真读了，我以为你昨天开玩笑的。"

莫允淮路过孟繁翊身边的时候，脚步停顿了一下，拍了拍站在她左侧的男生的肩膀。而男生很上道地一胳膊把他往右推，笑骂："赶紧回去吧你！"

莫允淮的手肘猝不及防地和她相触。

她犹如过电一般往右侧挪了挪，心跳隐瞒着所有人变得很快，血色一点点沁上脖颈。

"抱歉抱歉。"莫允淮低声对孟繁翊说了一句，很快又用了大力往左推，对左边那个男生道，"你等着，过会儿我就来收拾你！"

莫允淮终于走到队伍末端了。

孟繁翊站在原地，盯着地上的一方阴影。

她只记住了一个化学方程式。

宁市在南方，八月份格外炎热。滚烫的热浪从人脚底直直烫到头顶，连空气都仿佛要扭曲。

一回教室，已经有很多人在喊热了，不少人嚷嚷着要开空调。

唇色隐隐发白的孟繁翊没有表态。

总不可能真的为了她一个人而让所有人一齐扛着热。

她用纸巾细细密密地擦拭额上的汗珠后，继续写化学课外习题。

林可媛瘫在旁边："小孟啊，停停吧，这么热的天，你居然还有心思写作业！"

孟繁翊和后桌并不熟悉，甚至连后面两人究竟叫什么名字都不清楚，因此回答得并不算大声:"好好学习,现在离高考大概还剩下差不多六百五十天……"

"哎呀,你这人真没意思!"林可媛拽了拽孟繁翊,"别一天到晚只知道学学学了,青春,我要享受青春!"

后面两个女生"哈哈"笑起来,而孟繁翊的后桌主动道:"你们好,我叫许淑雨。"

林可媛的后桌也跟着道:"我叫白雅。我跟许淑雨高一是一个班的。"

孟繁翊原本就是被动型的人,她不会去主动交友,不过一旦有人主动说话,她也会释放善意。

因此她再次做了个简短的自我介绍,却换来两人的摆手:"不必不必,我们跟你其实是一个初中的,就是跟你不是一个班罢了。"

听到"一个初中"这样的关键词,孟繁翊都会下意识紧张,她无意识地重复了一遍:"一个初中?"

许淑雨笑道:"哎,你初中太有名了,老是上台领奖,这不是一来二去就认识你了吗。"

白雅也跟着道:"虽然我俩是小透明,但是现在好歹跟你一个班级了,哈哈。"

孟繁翊闻言,又从抽屉里拿了两张方形纸,给她俩叠起了爱心。

她的示好方式格外贫瘠。

只不过这一回她的不适感有点强烈,因此折叠的速度慢了许多,还没来得及折叠完就上课了。

第一节课是物理课,新老师做的第一件事果然又是自我介绍、选课代表,以及大致讲一讲自己的上课风格。

往日里孟繁翊都会利用这些"无用的时间"多刷几道题,今天却固执地只想要小小放松一下。

她在物理新书的遮掩下一点一点地叠爱心。

"课代表——就选那个在我课上叠爱心的同学吧。"物理老师的声音故意停顿了一下,见对方一点反应都没有,这才又出声。

孟繁翊手一抖,抬头和物理老师对上了视线。

物理老师是个中年男老师,孟繁翊老早就听说他教得很有趣,上课也不太严厉,这才敢叠的。没想到刚上来就"翻车"了。

她老老实实地站起来,声音不大不小:"对不起。"

物理老师顺手把她的物理书合上,然后捏起她那两枚爱心,仔细端详了一番。

他装模作样的动作惹人发笑,但是在场的人不大敢笑出声——敢在物理课上做手工,这是多大胆啊。

就在孟繁翊以为自己会被斥责一顿时,对方却道:"嗯,不错。同学,我看你叠爱心的动作颇为娴熟,显然根骨奇佳,很有天赋。敢问你高一时师从哪一位物理老师?"

孟繁翊悬着的心缓缓放下,原本有些沉重的心情也因为这句话一扫而空。

她乖乖报出了高一时的物理老师的名字,只听得他把对方夸得天上有地下无,还胡扯了一通之后,缓缓道:"那位,是我爱人。我决定了,你就是我天选的物理课代表。"

全班都大笑,还有男生拍桌起哄,连孟繁翊都忍不住微笑。

他们夫妻俩一定感情很好。她心想。

物理老师继续道:"不过鉴于你是在我课上叠爱心,不管这两枚爱心你究竟是打算给谁的,我都没收了。我就脸皮厚,说这两枚爱心一枚送给我,一枚送给我夫人啊。"

孟繁翊笑着点头,坐下时身子状若无意地往右侧微倾,余光不经意掠过了右后方。

莫允淮好像在看她叠的两枚爱心。

她很快收回目光,告诉自己不要多想。

3

上午第五节课上完,孟繁翊实在撑不住了,连带着拒绝了林可媛的搭饭邀请。

"小孟啊,你的脸色实在不太好……要不要去医务室看一下?"林可媛明明急着吃饭,这会儿却弯下腰伸手摸了摸她的额头。

孟繁翊努力地抿出一个笑:"快去吧,加油干饭啊。"

她催林可媛赶紧去食堂以后,又不太舒服地趴在桌子上。

有点困,不过现在还没到午休的点。

发了一会儿呆后她还是叹口气,从桌肚里掏出了化学辅导书,一页一页地预习起来。

早上她见过化学老师了,是一位很严厉的女老师,年纪看上去有点大。黑发中夹杂了不少雪色,面部的皱纹纹路偏清晰。

本来以为第一天上课所有老师都会聊一聊,讲些话和趣事儿来鼓励大家,这位老师却直接拿着花名册和他们上个学期期末的化学成绩排名表,一个个点人起来回答问题。

孟繁翊是最后几个被叫到的。

她站起来后,化学老师就拧眉,越拧越紧:"孟繁翊,你的化学怎么回事?你整体排名可以排到第四,化学怎么排在这个班的倒数?"

她无话可说。

坐下的那一瞬间,丝丝缕缕的懊恼一点点渗入心口,她有一刹那在思考自己的抉择究竟是否错误。

想到这儿,她起身去灌了一杯水。

回来的时候看到桌上放着一大袋奶香面包,旁边还摆着两颗糖果。

她抬眸扫视四周,最远处的莫允淮正趴在桌上睡觉——他从下课起就一直在睡觉。

还有一位是她后桌许淑雨,对方此刻正在端端正正地写上午布置下来的作业。

"这是你给我的吗？"孟繁翊看了一眼这个牌子。

她很喜欢这种口味的面包，只不过非常贵。而糖果是白桃味的，恰好也是她最喜欢的味道。

"哈哈，你喜欢就好。"许淑雨摸摸鼻尖，"小孟，你愿不愿意教我道题啊，我实在是不太会……"

在孟繁翊给许淑雨讲题目的过程中，莫允淮翻了个身，好似这样睡着不太舒服。

孟繁翊的笔写着写着没墨了，她伸手往桌肚里一探，摸出来一盒布洛芬。这个小盒子让她想起，算算自己的时间，差不多也能对得上了。

她郑重地对许淑雨道："谢谢。"

许淑雨摸着发尾，没太敢看孟繁翊的眼睛："早上看你不太舒服，就想着可能到你的时间了。多喝点热水，要是想吃什么，我可以帮你带回来……不用给我钱，多给我讲点题就好了。"

孟繁翊的音量降了些，怕惊扰到教室里另一位正在睡觉的人："可是我的讲题水平不算太高……"

"不不不，你真别给我钱。"许淑雨连忙摆手，随即补充，"知识，是无价的！"

许淑雨听得认真，孟繁翊的心柔软下来，心情不知不觉好上很多。

然而，美好的心情在 Meya 说要换座位的时候骤然消失。

后面的男生哀号一声："不是吧老师，我们才刚刚建立起友谊呢。"

女孩们也不太情愿，毕竟这个班的女生数目实在不够多，好不容易坐在一起，要是重新排座位，和男生做同桌的概率就大上很多了。

"我这次排座位是有一定依据的。"Meya 把手里的大袋子放下来，露出了一大堆红色的硬纸，"这是姓名牌，大家来领取一下。"

红底黑字的姓名牌被折成三棱柱，看上去很像是校领导开会时桌前放着的牌子。

Meya 还贴心地给每个人都发了一瓶矿泉水，力求看上去更像高层会晤。

"这份座位表我是参考了很多数据才排出来的，所以大家不要嫌烦。"Meya 推了推眼镜腿，"排完座位后还有一对一、一对多'精准扶贫'和'共同富裕'小组。"

漫长的名单终于公布完毕，孟繁翊长松一口气。

她仍然和林可媛是同桌，而莫允淮的同桌是个男生。

"我接下来报一组名单，这是'精准扶贫'小组。就是把某门科目成绩好的和成绩差的结成一对，在学科自习课上坐在一起，互相讨论题目。一旦成绩差的有进步，那两人就会得到我的奖励。如果退步了，就会有额外的惩罚。"

Meya 不愧是当了那么多年的老教师，管理学生就是有她自己的一套方法。

孟繁翊想起自己相较之下不太好的化学成绩，心中忽然有了很隐秘的期待。

随着一串串名字被不断对配，位列第一的莫允淮的名字却始终没有和别人系在一起。

孟繁翊面上若无其事地迅速地刷着英语题，思绪却牢牢地拴在了 Meya 那里。

"最后一组比较特殊——这两位同学居然能做到完全互补,其他科目也好得一致,所以最终决定,这两人'精准扶贫'和'共同富裕'都是一组。"Meya 开玩笑般地提了一句,"俊男靓女,只准竞争与合作,不准有别的想法。我会盯着你们的——莫允淮,孟繁翊。"

"Meya is watching you.(Meya 会一直关注你们。)"林可媛做了个"双眼放光"的动作,孟繁翊情不自禁地望着她笑。

她知道自己不只是因为林可媛的动作才发笑。

她只是觉得何其有幸,过去的坏运气好像真的离她而去了,往后的日子应该真的可以繁花似锦。

孟繁翊装作不经意地转过头,又一次和莫允淮对视。两人俱是一怔,迅速地转过头来。

心情很好的时候,连笔下的字都慢慢变得可爱。

她在《英语五三》的扉页上写了一行英文:

"Until all is over, ambition never dies.(壮志未酬誓不休。)"

那是莫允淮挂在 QQ 个签上三年的话。

孟长君接孟繁翊回家的时候,又一次为堵车而感到心烦。

以往坐在车上从不写作业的孟繁翊,从书包里拿出了一张高考模拟卷,在车载音响里调出了这一份英语试卷对应的听力音频。

孟长君的车一截一截地往前挪,身后的车主脾气也暴躁,明明看到前面在堵车还时不时按一声喇叭。

孟繁翊听力做完且核对完答案后,再次轻点屏幕。

孟长君没话找话:"你今天怎么有心情做英语了,往日里不都说不愿意的吗?"

孟繁翊很少和他倾诉什么心事,今天却难得想要分享一下自己小小的喜悦。

思来想去,她又在喜悦的外面嵌上了重重粉饰,才敢小心翼翼地透露出一点给他们看:"以后都会这样努力的。今天,意识到自己的努力还是太不够了。"

孟长君不太喜欢孟繁翊这样拼命地学习,语重心长地道:"你还记不记得爸爸以前跟你说过,同学都是人脉资源?你这个物化班的同学以后出来肯定都是搞科研、经商什么的,他们都是很值得交往的人。"

孟繁翊的笔尖一顿。

有些厌倦的情绪又一次毫无征兆地上涌,隐隐有想要呕吐的感觉。

"你们年级排名前几的应该都在你们班吧?千万要跟同学打好关系。爸爸现在上班累死累活的,还经常得去应酬。要是当年我班级里的同学资质再好一点,我就不会不怎么跟他们讲话了……"

孟长君的嘀咕就像是密密麻麻的虫蚁,一点点侵蚀着她心里抵御的堤坝。

她很烦他这样说,因为无孔不入,因为太过利己。

但她就是无可救药地被熏染成了一个精致的利己产物。

孟繁翊不希望自己变成孟长君这样，可毫无疑问，每一次的社交，都会让她有一种在把对方当作资源的感觉。

她每一次都会产生深深的罪恶感，既为自己得到了一个朋友而欣喜，又为之歉疚，所以她格外抗拒社交。

英语听力题这回错了三道。

孟繁翊平静地找出听力原文："可是我妈要我好好学习。更多的社交意味着花更多学习的时间，很多情况下学习和社交不可兼得，这你应该知道吧？"

终于不再堵车，孟长君踩下油门："别听你妈瞎说，光埋头学习有什么用！听我的，这些都是很好的资源……"

原本的好心情几乎一寸一寸地被撕碎，连带着想要学习的冲劲儿都差不多被磨光了。

"靠别人不如靠自己。"孟繁翊在关上车门后，说的第一句话就是这个，"我知道我想要的是什么，就麻烦你别催我去交朋友了。"

她向来聪明，知道怎样转移怒火，哪怕这种转移怒火的方式让人很是疲惫。

孟繁翊刚进门，周冬琴就问："今天上课，感觉老师们怎么样啊？"

孟繁翊放下沉重的书包，从周冬琴手里接过水："都挺好，物理老师很喜欢我。"

周冬琴佯嗔道："你这孩子，老师喜欢有什么用呢！老师教得好才有用。"

孟繁翊抛下一句就回了房间："我爸非要说我一直学习是浪费时间，他硬要让我交朋友。"

锁上房门，把争执声隔绝在外后，孟繁翊靠在椅背上，神情有抑制不住的疲惫和厌倦。

她瘫了一会儿，从旁边的纸箱子里拿出了一本她非常喜欢的新的日记本，带锁的那种。

抛下所有的作业，她有些任性地决定先写日记。

她不要做第二，她要成为第一。

她要超越现在的第一名。

4

从高二开始，体育课就实行了模块班的决策。

这节上体育课的班级全部集中在操场主席台前的跑道上，等待音乐响起，一齐跑操。

"小孟，把外套脱下来吧，等下跑起来会很热的。"林可媛和孟繁翊身高差不多，因此排在一起。

两人实在有缘，前几天排座位都没让两个人分开。

孟繁翊摇摇头，比起晒，她宁可热。

莫允淮就站在她的正后方，她现在一句话都不太愿意说。

沉默是应付紧张的最好武器。

男生们不如女生们精致，他们基本上都没撑伞，此时都用手掌撑起一个小凉棚，搭在眉骨处，望着主席台上担任总指挥的那位体育老师。

不少人都开始抱怨："怎么还不开始……再不开始都要被晒干了。"

主席台上终于传来一声指令："所有同学都把雨伞放下来！都给我排好位置！"

孟繁翊把伞合上，整张脸暴露在阳光下，白里透红。她转过身子往右后方的主席台上看去，眼睛因为光的刺激而不由自主地眯了一下。

莫允淮的手不由自主地握了握。

他没有多看，只是偶尔附和着周围男生抱怨的话，目光却始终停在这个方向。

抱怨太多是会惹人烦的。他想。

孟繁翊的脖颈上已经浮出了汗珠。

跑操的音乐终于响起，每个人都像是被晒蔫儿了的白菜，半晌说不出什么嬉笑的话，只是机械地跑着。

孟繁翊一边跑，一边要么将自己别扭地压在前面人的影子里，要么将胳膊塞在自己侧面的阴影里，一路上跟自己较劲儿比较多。

她不知道自己的小动作全都被后面的人看见了。

莫允淮倏然撞撞左边人的胳膊，男生有气无力地看着他。

"换个位置，我拿个东西。"莫允淮言简意赅。

男生低声道："别以为我不知道你想跑内圈。"

莫允淮一边跑，一边努力真诚地望向对方："真不是这个意思，我真要拿个东西。"

莫允淮在阳光下的帅气指数更上一层楼，被盯着看的男生没忍住搓了搓自己手臂上的鸡皮疙瘩，强忍着不适闪他换了个位子："你别对我放电啊。"

"谢了，兄弟。"莫允淮拍拍男生的肩膀，在第二圈跑完，经过班级前面的时候看准了目标，忽然捞起了一把伞。

在男生震惊的目光中，他又挪回原位，深吸一口气，声如洪钟："前排和我这排，以及我后排的同学们，你们快来我的伞下！"

登时，莫允淮前后左右的同学眼神震惊无比地望着他手里猝然被撑开的伞。

是孟繁翊的伞，她很喜欢买很大的伞。

伞的内侧是两行毛笔字体：

"志之所趋，无远弗届；穷山距海，不能限也。"

伞的外侧则是白色的，只有一句英文，而这句英文是他非常熟悉的。

莫允淮把伞转了一圈，刚好笼住了他正前方的那个女孩子。

林可媛厚着脸皮，将孟繁翊一把完全拉进了伞中，欢呼一声："真不错！"

因为在高速跑动着，所以有些人其实没能完全被遮住，但这并不妨碍他们快乐。

后排的男生瞎叫："莫哥，往后挪一挪，不然你就遮不住我们了！"

莫允淮撑着伞跑，还要说话，往前迈的步子又被限制住了，这下有点累。

尽管如此，孟繁翊还是听到了他轻笑了一声，然后毫不客气地拒绝了那个男生："不可以。你一大老爷们儿撑什么伞。"

阳光在前方不断跳动，孟繁翊跑得有点难受。因为她不想跑出伞遮盖的范围，所以会被局限，她没法控制自己匀速前行。

不过无论她怎么跑，始终都没有被太阳晒到过。她跑得稍微快一些，就会发现大伞往前倾了倾；跑慢一点，伞柄又会小心翼翼地变得笔直，似乎是怕她磕到伞柄。

前面的同学很是羡慕，但是没人敢效仿莫允淮。有人已经看到担任总指挥的那位体育老师站在主席台的阴影中，神色似乎颇为阴晴不定。

莫允淮也看到了。第三圈马上要跑完了，他把几个男生轰出了伞，又伸出一根指头轻轻戳了戳孟繁翊的肩膀。

对方猝然抬头，莫允淮的声音掺杂在巨大的音乐声中，有点模糊："快点出伞，老师在前面。"

孟繁翊一把拉住林可媛的手，把她扯出了伞外。

跑出伞外的时候，恰好进入了主席台巨大的阴影遮蔽范围内，不远处就是他们班站的那块地。

一千二百米终于跑完，总指挥拿着话筒道："停下来。"

每个人都拖着无力的步伐在阳光下暴晒。孟繁翊顺势捡起自己的外套，不顾背后的汗珠，立刻穿在了身上。

"刚才高二（7）班撑伞的那个男生留下来，其他人都可以走了。"

不断有好奇的眼神落在七班的方向。

莫允淮走向主席台之前，用只有七班同学能听到的音量道："大家放心，罚只罚我，不会供出你们来的。"

孟繁翊随着大流走远，林可媛跟她一起看向了主席台下被训斥的莫允淮，随后见对方无奈地笑一笑，好像在道歉，态度颇为诚恳。

又过了一会儿，莫允淮被罚又开始在操场上跑圈。

"唔，虽然我很感谢他……不过真的好奇怪啊，他刚才居然公然打伞哎，用的还是你的伞。"林可媛吐槽一句。

孟繁翊的心剧烈地跳动起来。她几乎是有些慌张地抬头，重新撑起来的伞顶就是那串英文。

他一定看到了。

他应该没发现什么吧？

这把伞是孟繁翊定制的，定制的时候她从没有想过有一天，这把伞会被莫允淮撑起。

"没关系。"她把目光从远处奔跑的莫允淮身上拉回来，"多亏了他，我才能够不被晒到。实在是，太热了。"

她和林可媛往体育馆走，两人都选了乒乓球的模块班。

体育馆内很闷热，体育老师在点名，孟繁翊漫不经心地应和了一声。

"莫允淮！"

孟繁翊下意识抬头。

体育老师点了三次："有谁认识这个叫莫允淮的同学？"

她完全是无意识地举手，在她举手的同时，身后一个七班的男生突然应了一声"我"。

因为孟繁翊站的位置离体育老师很近，所以老师率先问她："他干什么去了？"

孟繁翊觉得喉咙有些干涩发疼："……他被罚跑步了。"

她鼓起勇气道："我可以跟他一组，老师你可以现在分队了。"

林可媛立时哀怨地望着她。

一个原本想和莫允淮一组的男生："哎？"

体育老师一愣，不过很快又道："那行，你出列吧，你们在第一张乒乓球桌好了，他回来了你跟我说一下。其他人跟我过来继续分组。"

林可媛用眼神谴责，孟繁翊心虚地低头。

莫允淮进馆的时候，额上全是汗。

他拎着书包，从包里抽出几张纸巾胡乱地抹一抹。当眼神扫到原定的好哥们儿跟林可媛正在打乒乓球的时候，他内心涌上来一股不可思议。

莫允淮正打算冲上去拍一拍那位兄弟的肩，问对方为什么抛弃了他选择了另外一位姑娘，一只白皙的胳膊就小心地伸到他面前。

原本就觉得闷热的莫允淮更加透不过气，他难得结巴了一下："你……你有事找我？"

孟繁翊依然非常平静地注视着他，好听的声音慢慢响起："你跟我一组。"

"还有，"她别开眼，"刚才跑步的事情，多谢。"

5

两人一开始都颇有些不好意思，然而一旦走到乒乓球桌旁，气氛陡然发生了变化。

所有的羞涩被冷静与战意剥离，胜负欲轻而易举地拨弄心弦。

先燃起战意的是孟繁翊——她在任何事情上都不肯服输，总会竭尽全力。

莫允淮率先发球，他攻势温柔，采用正手平击。速度颇慢，发力较小，一看便有谦让之意。

孟繁翊干脆站成了一个极其普通的推挡姿势，然后轻轻一击。

乒乓球泄了劲儿，过线后在莫允淮的那侧球桌上"噔噔噔"微弱地跳动了几下，彻底静止。

孟繁翊微笑："这样有意思吗？我不需要你让着我。"

莫允淮将球捏在手里，后知后觉地发现孟繁翊并不太高兴。

她的眼神很专注地锁在他手上这枚白色的乒乓球上，此时此刻似乎除了反击，再也看不到别的。

气氛彻底热烈起来。这是一场青春的角逐，所有的情绪杂糅进一颗种子，借着比赛的名义悄然萌蘖。

你来我往的凶猛攻势，不相上下的发球技术与回击，雪白的弧线在空中不断地划过，每一次球撞击在桌面的声音都格外清脆。

一开始没有人站在他们身边，毕竟大家都在训练。渐渐地，他们身边围绕着的人变多。

哪怕环境变得越发嘈杂，却依然没有影响到两人的比试。

他们之间有一种难以言说的默契感，像是对彼此了解颇深，知道对方的习惯是什么——但明明他们是第一次打球。

在连着十场平局之后，莫允淮忽然放下了球拍，对老师挥挥手："老师，你觉得怎么样？"

林可媛迅速地围在孟繁翊的身边，不断地夸她，眼中满满的都是不可思议和抱到大腿的兴奋："小孟小孟！你以后可以带我打乒乓球吗？"

"当然。"孟繁翊莞尔，很快又看向体育老师，等待她的评价。

"你们两个可以进校乒乓球队了。有意向吗？"体育老师从旁边的登记册上拿出一张纸，"很不错，两个人真是棋逢对手。"

孟繁翊立时调整出了一个最合适的标准微笑来回应："老师抱歉，乒乓球对我来说只是爱好，学业繁忙，没有心思去校队。"

莫允淮原本也没打算答应，只是对老师的认可感到高兴。他顺着孟繁翊的话继续说："我的理由跟她一样。"

体育老师有点遗憾，却也明白这是高中生的常态，因此不再多加劝说。谁不知道，在念高中的时候，几乎所有的事情都得排在学业后面。

孟繁翊和林可媛整理整理东西，踩着下课铃声打算回去继续上课。

"孟繁翊，"莫允淮念出她的名字时，那熟悉的声音总会让她心头一颤，"我请你喝饮料。"

她和林可媛同时转过头去，看到莫允淮同旁边那个方才跟林可媛打乒乓球的男生一起走。

"不用。"孟繁翊的回答声音并不大。

孟繁翊方才确实想去学校的小卖部买瓶水溶C解渴，现在莫允淮一点出来，她连去小卖部都好像显得别有居心。

"我有一个请求，"莫允淮见她拒绝却并不气馁，"我希望下节课你依旧是我的队友。"

孟繁翊原本都收回了目光，这下再次望向他。

少年身穿白色的运动衫，手臂上已经有好看且不夸张的肌肉线条，身材挺拔如松，而他的笑容诚挚，隐隐带着点羞涩，远胜这明媚日光。

微风拂过，将空气中的燥意删除几分，而孟繁翊因为这微小的凉意，鬼使神差地点了点头。

等她反应过来的时候，自己已经跟着莫允淮往小卖部的方向走了。

林可媛一脸怨念地望着莫允淮身边的男生："走！姐今天也请你喝饮料！居然

拐走了我的小孟……我还指望她带我飞呢。"

男生不明所以地跟着林可媛往前走了几步后,才想起来自己没做过自我介绍:"我叫沈鸣进,祝日后当队友愉快。"

莫允淮对饮料的选择极有目的性。他一进小卖部,就从常温的货架上取下一瓶西柚味的水溶C。

这让原本想喝这个口味以及这个牌子饮料的孟繁翎迟疑地顿住了手。

她开始有点犹豫,望着琳琅满目的饮料货架犯了难。

冷藏区也有不少好喝的饮料,只是花花绿绿的包装纸看得人头晕。

有选择困难症的孟繁翎最后干脆去了牛奶区拿了一排AD钙奶。

她想着还是自己付钱吧,毕竟没有散装的,这一排AD钙奶也许并不便宜。

原先长长的队伍意料之外排得很快,眨眼之间就到了孟繁翎。

她下意识地拿出校园卡,刚要贴在刷卡处时,另一只手轻轻碰开了她的手。

一只比她大很多的手捏着卡,先她一步刷了卡。

这一串动作在孟繁翎的眼中仿佛变成了一帧一帧的动画,显得极为不真实。

孟繁翎有些恍惚地跟着走出了小卖部,莫允淮说:"我说了请你喝的,毕竟你帮了我好大一个忙呢,我正愁找不到水平相当的人跟我打乒乓球……"

她跟着莫允淮走了一小段路后,对方忽然拿着西柚色的饮料在她面前晃了晃,成功让她回神。

"别走神了。"莫允淮笑,把手上的饮料顺势递给她,"送你的。"

孟繁翎下意识接过了饮料,然后很自然地把手上那排AD钙奶也递出去。

莫允淮只迟疑了一秒钟,也很快就接过:"……我记得我小时候很喜欢这种,但是长大以后好像没有喝过了。"

两人交换了饮料,像是一个隐秘的象征。

周围是拥挤的人群,前往操场的同学和从操场返回的同学挤在一起。

两人中间始终间隔着两三个同学的安全距离,莫允淮甚至特意走快了几步,却一直好好地出现在她的视线里。

她双手拿着饮料,轻轻地贴在心口。

这瓶饮料她暂时不会喝的。

她会一直摆在家里的书桌上,学习累了就可以抬头看一看,这样就会有更大的动力。

她知道现在的她和莫允淮的学习还差一截,但是没关系,她肯定会超过他的。

只要她始终相信自己,只要她肯为之付出巨大的努力。

回到教室后,孟繁翎将这瓶饮料放在桌子的左上角靠墙处。

对她来说,这瓶饮料是值得欣喜一整天的珍贵馈赠。

距离上课还有五分钟时,第四组最后面忽然传来一阵哄笑声与拍桌声。

孟繁翎并不在意,也不想转头,不料林可媛刚好回来,一边捂着肚子笑得开心,一边扯着她往后看。

她无奈地往后看去，目光却锁定在了莫允淮的身上。

对方拆了一瓶 AD 钙奶，面无表情地喝着。旁边的男生大笑："莫哥，你居然喝 AD 钙奶！"

莫允淮本来想大声反驳，却仿佛感受到了什么一般，瞬间抬头，目光轻轻从孟繁翊那处飘过。

他的脸慢慢红了，恼羞成怒地推了一把正在大肆嘲笑的男生："有什么好笑的，我就觉得 AD 钙奶很好喝啊。"

正笑着的男生，是他们班新选出来的体育委员张峤。

他此刻笑得不要太夸张："不是好不好喝的问题，就是跟你很不搭啊！哈哈哈，你想想看，一个高高瘦瘦的男生，面无表情地喝着 AD 钙奶……"

莫允淮看到孟繁翊还在看他，觉得脸要烧起来了。

他生怕孟繁翊觉得自己在嫌弃她给的 AD 钙奶，立时辩解："不要乱说，等你也开始喝了，你就会爱上这个味道。"

张峤伸手就要往那一排里抽一瓶来试试，莫允淮一巴掌拍掉对方的手，言简意赅："不行，自己买去。"

张峤大声嚷嚷："不是吧，哥们儿，以前不是这样的。你高一还请我吃了一个月的麻辣烫！"

莫允淮把那一排 AD 钙奶往怀里护，神色很是戒备："这次不行。"

另外一群围着看笑话的男生这回开始大肆嘲笑张峤。

张峤戏多，开始西子捧心，努力眼波含愁地乜莫允淮一眼。

莫允淮差点没把这一口吐出来。

所有的欢声笑语都停止在上课铃声响起、化学老师踏进来的那一刻。

对方推推眼镜："下面，我们就来进行这周的周测。桌面清空，同桌两人的其中一人把桌子拉开，书都收起来，我们马上开始。"

第三章

/

理想，猫咪，糖葫芦

1

空调在制冷，凉气浮在空中，像是一条肆意的毒蛇，一点点渗入孟繁翎的骨髓，流淌在她的四肢百骸。

她的头很晕，是那种用脑过度后的眩晕感。

耳畔所有人的声音都开始变得刺耳，她有些恍然，像是从玻璃鱼缸里晃动的水中往外窥探着起伏的世界，光怪陆离，却又如此陌生。

她企图捂住耳朵，想要隔绝喧闹人群吐出来的每一个音节，却总是失败。

方才的测验她空了一整道推断大题，完全没有头绪。

整整十四分。

她望着桌子左上角那瓶西柚红的饮料，心里泛滥开一阵浓郁的无力感。

自我怀疑的情绪不断地搅动着她的心绪，想要放弃的念头犹如钝刀，一寸寸割着她的自尊心和自信心。

她很想告诉自己，没有关系，这就是一次小考试。

可是身边林可媛正和走过来的许淑雨、白雅大声地对答案，她们的答案都如出一辙，而她的却不太一样。

在标准答案出来之前，多数人的选项总会给予人信心，少数人的选项则会让人变得焦虑不安。

孟繁翎甚至听到了更多男生报的答案，他们的嗓门儿也很大，而且听起来都对自己分外有信心。

可她不想听到任何的答案，也不想走出这个教室。她也无权要求他们完全闭嘴。

连空气中都弥漫着一种苦涩刺鼻的消毒水味。

莫允淮的声音忽然传入孟繁翙的耳中："大家对答案的话小声一点吧，有些同学其实不太想听到答案的。而且在标准答案出来之前，我们都有可能是错的。"

这样的声音让孟繁翙很安心，也很感激。

她伸手摸了摸饮料的杯壁，在冷风的吹拂下它也变得冰冰凉凉的。

随后她把它拿过来，贴在额头和脸颊上，慢慢驱除内心的烦躁不安。

其实莫允淮说这种话很得罪人，偏偏他长得帅，这几日相处下来人也不赖。

女生们一般不会有什么怨言，而男生们也觉得这话说得并没有错，因此对答案的声音小了许多。

只是墨菲定律果然是对的，越不想要出现的结果往往越会出现。

化学周测的成绩改得非常快，孟繁翙盯着试卷上鲜红的"77"，喉咙口仿佛被鱼刺扎到，半晌没能说出话来。

台上的化学老师正报着几位最高分的同学名字，果不其然是莫允淮折桂。

他一整张试卷都没有错误，而且卷面整洁，字迹端正，被化学老师夸了又夸。

好像如此轻易，好像理所当然。

孟繁翙既觉得与有荣焉，又挫败无比。

心口无端地涌起了一阵酸涩的情绪，像是生生嚼碎一片柠檬，所有的酸苦都在一瞬间冲到了喉咙。想要咽下，又觉得汁液化作了眼眶里打着转儿的眼泪。

"根据这次的成绩，我再次看了一下你们班主任排出来的结对表，觉得她真的是很有眼光。孟繁翙，你要多多向莫允淮学习，知道吗？"化学老师的声音依然很严厉，内容也有些刺痛人。

可是孟繁翙知道对方说的都对，所以她重重地点了点头，没有同对方对视。

"下午的班会课，Meya同意用来做化学的纠错课，你们到时候一对一坐好，我会过来巡视的。你们要是有不会的，都可以来问我。"

化学老师开始讲题。

孟繁翙将泪水往回挤压，拿出了红笔，一边听老师进行错题分析，一边订正；而一旁摆着一支绿色的笔，将没听懂的部分画一画，以及没来得及抄写的笔记全都做上标记。

林可媛的化学成绩是班里第二，她明目张胆地拿出了其他化学题来做，化学老师显然是看到了，但是不打算管。

林可媛无聊地翻着自己的铅笔盒，紧接着转过头来，想要看看孟繁翙摆在桌上的文具盒内究竟有多少种文具。

孟繁翙原本沉浸式的思绪瞬间被打断。她没来得及理会林可媛，只是迅速在自己的试卷上记下笔记。

鲜红的"77"就这样落入了林可媛的眼中，她哑然，立刻尴尬地转过头去不说话了。

班会课是下午第一节课。

孟繁翊中午睡得有些沉，梦里各种荒诞的景象缠着她，使她始终无法睁眼。

被上课铃声惊醒后，她的目光还有些游离，连身边何时坐下了一个人都不知道，直到对方很小心地轻轻敲了敲她的桌子。

莫允淮在对方的目光挪到自己身上之后，顺势递过去一颗糖："孟繁翊，这节是纠错课。"

她缓慢地眨了眨眼睛，神思一瞬间被扯回来。

耳膜好像在为"怦怦"加速的心跳而困扰无比，不断地震动着。

莫允淮将自己的试卷摊在桌子上，眼神死死地黏在了"100"分的地方，半点不敢移开。

他悄悄地深呼吸，然后问："嗯，有哪里不会呢？你报个题号，我来圈个题号。"

似乎觉得这样说服力不够，他继续道："虽然我讲得不一定比老师要好，但是我可以用很多种方法。你大可以放心地相信我。"

面对莫允淮，孟繁翊知道自己一向能装。

她只在最开始的时候没能掩饰好自己，反应过来之后，便戴上了针对莫允淮独一份的面具，神色极为平静，声音也相当从容："好，我相信你。"

莫允淮一题一题地为她讲解，她听得相当认真。

清朗的声音中带着几分温柔，所有的字句都化作潺潺溪流，在她耳边淙淙流过，一路钻到了心底。

他讲题速度不快不慢，下课铃响起时却能够刚好讲完。

他起身，她仰头。时间被切割得恰到好处，每一拍的动作都契合无比。

他状若无意："是不喜欢喝西柚味的水溶C吗？"

她一怔，一瞬间有心底所有的秘密都暴露的错觉。

她摇摇头："……不是，我特别喜欢，只是有点舍不得喝。"说完觉得太直白，连忙补充，"因为想要晚上做完所有的作业以后再喝。"

"这样啊。"莫允淮有些局促地站在那里，孟繁翊见他半晌不动，便伸手将他的试卷勾了下来。

"我还有些地方没搞清楚，可以借我看看吗？"孟繁翊注视着他时目光如此诚挚，"会打扰到你？"

莫允淮手背上的青筋微微鼓了起来："当然可以，只要你想，随时都可以问我问题。"

孟繁翊的心弦轻轻一动，垂下眼睫，将一张纸条推了出去："那……可以给我，你的QQ号和微信吗？"

洇开墨痕的字条凝固了两段同频心跳后，被孟繁翊收下。

而莫允淮走回去的时候不自觉地同手同脚。

其他人都在热烈地讨论题目，一对一针对性辅导格外有效果。化学老师走了一圈之后满意地出去了。

这张试卷是莫允淮的。

孟繁翊的脑海中，几乎能够复刻出来莫允淮认真写字与运算的眉眼，他拿着笔微曲的手指关节分明，全神贯注到令人不可思议。

莫允淮在姓名一事上总爱图个方便，因为班里只有一个人姓莫，所以他只在试卷上写一个简单的"莫"字。

而孟繁翊早在初中时就开始这种写法，谁让她的名字如此烦琐，写个名字都会比别人多浪费掉几秒的答题时间。

她的手在桌上一点点地比画，不断地描摹着他姓氏的习惯写法。

不断有人陆续讲完，回归了座位。

白雅没忍住问道："你和莫允淮到底是什么关系？"

孟繁翊听见自己的声音这样响起："初中不太熟的同班同学，高二同班同学，乒乓球模块班的普通搭档。"

"仅此而已。"四个字中，她听到了自己缓慢的心跳，眨了眨眼。

她今天撒了三个谎，最大的谎言就是——

仅此而已。

2

天色逐渐昏昧，路灯亮起。孟繁翊向上望去，灯罩用得太久，模糊到像是染上了蒙蒙的雾气。

她站在路灯下，踩在自己的影子上。有一瞬间觉得时间滞涩地流动，一切都在放慢动作，恍若世间只剩下她一人，格外孤独。

孟长君的一声呼唤将她拽回了现实，她有些遗憾地笑笑。她回到家，推门进屋的那一刹，嗅到了浓浓的饭菜香味。

"幼幼回来啦？"周冬琴面前的砂锅里还在熬着排骨玉米汤，她连围裙都没解开就迎上来想要替孟繁翊放下书包。

一家人坐下来，饭桌上摆着每一个人喜欢吃的食物，而且原本的单词日历已经被周冬琴摘下来，放到鞋柜上去了。

"你这两周有没有什么考试？"周冬琴问出口时，丝毫没觉得自己这话不太妥，还极其顺手地将孟繁翊爱吃的藕夹到了她的碗里。

"没有大型考试，但有一场化学小测。"孟繁翊说这话的时候，正打算夹她爱吃的韭菜炒蛋，尚未来得及夹起，便"啪叽"一声重新掉回了碗里，原本沁着清香的莲藕也开始惹人厌烦。

"你还算诚实。"周冬琴意味深长道，"你初中的时候住校，小考都不告诉我成绩。"

"什么意思？"孟繁翊的心像是被兜头的凉水浇下，刺得生疼。她想起今天Meya异常的眼神，此刻知道是周冬琴跟对方联系过了。

周冬琴不断地给她夹菜夹肉，她碗里很快堆成小山高："今天我跟你们班主任打电话聊了一下，看看你最近的成绩有没有掉下来。妈妈一直都觉得你的英语得好好学，你们班主任告诉我，英语一百三十分不算差。"

孟繁翊面无表情地用筷子在碗里戳出一个个洞，黑漆漆的洞似凝望着她，像是在嘲笑她的痴心妄想。

"可是我想着，才一百三十分啊，离一百五十分不是还有些距离吗？"周冬琴见她这样没吃相，不满地催促，"快点吃掉，别磨磨蹭蹭的。"

孟长君看手机看得正欢快，根本没有留意到母女俩之间的对话，此时甚至没忍住发出了笑声。

他的笑声缓解了这边的紧张氛围，转移了周冬琴的一部分注意力。

周冬琴象征性地骂了丈夫两句之后，又继续对孟繁翊道："你们班主任告诉我了，真正厉害的人英语都能考到一百四十五分以上，你看看你离那个分数线，是不是有至少十五分的差距？"

孟繁翊完全失去了胃口，她垂眸，把碗往前一推："吃饱了，不想吃了。"

周冬琴原本还算温和的声音霎时尖厉起来："你又来了，是不是又想跟我吵架？我这不是在好好分析给你听吗？好好说话你不听，一遇到困难就想着逃避，你这样怎么进步？"

"可是能考到这个尖端分数的人很少。"孟繁翊深呼吸了一口气，尽力平和地说道。

周冬琴才不吃这一套："你可拉倒吧，总有人考到这个分数的，为什么这个人不能是你？"

孟繁翊扯了扯嘴角，眼睛里没有笑意。相反，她现在能感受到胸腔内部的怒火正在迅速攀升，委屈和无奈接踵而至，但她不想展露出来。

她不想把时间浪费在这样无意义的假设之中。

"我不是那些人，我初中英语能慢慢好起来也不是因为我有天赋。"她掷下一句话就回了房间，"我对自己的定位很清楚。"

门被她尽量放缓了关起来，但是锁得很干脆。

心情低落到极点，孟繁翊躺在床上，什么也不想，就这样愣愣地看着天花板。

等她的思绪回笼时，枕侧不知何时已然湿透了。

孟繁翊将自己的旧手机从床板上撕下来，面色平静地开了机。

周冬琴一直不允许她玩手机，她查资料只能用孟长君的电脑查，查完之后浏览记录会被周冬琴一个一个筛过来。

她名义上的这部手机内存小得可怜，只能被她当作闹钟来用。

而这只内存大上不少的旧手机是孟长君以前淘汰下来的，对方实在看不惯周冬琴的做法，偷偷塞给她的，只是叮嘱她一定要藏好，千万不能被发现。

孟繁翊躺在床上，把那串烂熟于心的号码输入搜索框中。

那张莫允淮亲手写上字的字条，被她塞进了不透明的手机壳与手机之间的缝里。

莫允淮的头像是一只小猫咪，蹲在榴梿旁边，好奇地用爪子去摸尖刺。

孟繁翊按下添加键，在填写验证信息处犯了难。企鹅号会自带"我是"两个字，看上去有点傻。

她想了许久,有些无聊地想要逗逗对方,在验证信息处输入:学弟,我是高三(7)班的学姐。今天白天看到你了,给个好友位呗?

她发出去的那一瞬间,料想到这回铁定要被拒绝,却意外乐不可支。

周冬琴带来的阴霾在这个小小的玩笑中消散了不少,她静静等待着莫允淮的回复。

大约五分钟过后,莫允淮通过了孟繁翊的好友申请。

孟繁翊看到通过的时候一时之间竟然没有反应过来,好一会儿看到对方发来的第一条消息"我是莫允淮"的时候,心里不可遏制地泛上来极其浓郁的酸楚。

她失去了想要发更多言论的欲望,关掉手机后就把它扔在了一边。

方才被周冬琴的话激出来的委屈变本加厉地反噬,孟繁翊坐在桌子前,随手捏过一本崭新的高三的《数学五三》,不顾眼泪还在流,看题目有些模糊,执意地往下写。

她把脑海中的所有内容花了几秒钟暂时清除,然后按开了计时器,给自己来一场严苛的倒计时。

愤怒的力量让她的效率比往日高上一倍,所有的题目在脑海中都异常清晰。

彻底放下笔的那一刻,她长长地吐了一口气,背后已经汗湿一片。

这是她给自己的惩罚,也是排解压力的最好方式。

毕竟做数学题只需要逻辑,不需要投入过高的情感成本,因此她总是能够写得颇为顺畅。

她再次拿起手机,按亮屏幕前想,如果莫允淮真将她当成什么所谓的学姐,她就删掉他。

就算是她开的玩笑,她的自尊心也不允许她用一个假身份同他相处到底。

屏幕上。

偷吃榴梿的猫:我是莫允淮,学姐好?

偷吃榴梿的猫:Hello?还在吗?

偷吃榴梿的猫:学姐,我给你看看我的猫猫,它真的会吃榴梿。

下面是一串莫允淮发的他家猫的图,最后一张是,舌头上沾着榴梿的猫猫在舔自己的毛。

爱吃榴梿的猫:它超乖超可爱,就是爱偷吃榴梿,吃完就算了,它还喜欢舔毛。

屏幕上有一段时间没有任何信息。随后跟在后面的内容是:

偷吃榴梿的猫:我猜,学姐你在瞒着我偷偷学习。再让我猜猜,你学的是不是数学?

孟繁翊明知道莫允淮不是在说自己,心却重重一跳。

此时的她好像被劈裂成了两个灵魂,一个在紧张,在惊诧,在很小心地欣喜;另一个在失落,在愤怒,在很轻微地委屈。

孟繁翊咬着唇,最终还是发了一条。

金石不渝:猜对了,但是没有奖励。

她没料到对方跟她同一秒发出了信息。

偷吃榴梿的猫：孟繁翊学姐，什么时候能够学完看一看消息啊？

看到自己名字的那一瞬间，孟繁翊甚至没有反应过来。

她只觉得心跳越发剧烈，像是熬夜后睡得太少，晨起灌下一杯黑咖啡的那种感觉。

莫允淮……一直都知道是我在跟他聊天？孟繁翊心道。

她重复了一句，竟觉得有些眩晕般，不由得合上了眸子。

倏然想起什么似的，她点开对话框，小心翼翼地敲字：我方才是开玩笑的，你不要当真。

莫允淮回得很快：我知道。

两个人沉默了一会儿，不知道该说什么比较合适。

孟繁翊盯着莫允淮的头像，没话找话：你家的猫猫真的好可爱，它是什么品种？

莫允淮很快就接过她的话题滔滔不绝：它是一只布偶猫，然后特别喜欢吃榴梿，都是因为我妈。我妈每次吃榴梿吃到剩下一块，就把榴梿喂给猫吃。结果小坏蛋真的吃了，从此以后天天都想吃榴梿……

只要谈起他的猫，莫允淮就可以一直说下去。孟繁翊看得很认真，却忽然想起来自己好像还没有问过这只漂亮小布偶的名字。

她望着他迅速发过来的每一句话，眸子里染上了很浓厚的笑意：它叫什么名字？

莫允淮这一回是用语音发的，孟繁翊迟疑地打量着门口，还是从书架上取下一副耳机，小心地插上。

点开之后是她熟悉的声音，或许是因为戴了耳机，听起来就像是贴在她的耳畔吐字：

"她叫又又，是我的宝贝。"

3

翌日，孟繁翊醒得很早。

许是昨日的情绪都太过浓烈，才让今早的她醒来还在回想那些事情。

说起英语的进步，孟繁翊总会想起莫允淮。

初中的时候，孟繁翊的英语成绩一直都是不上不下的。

当时她在班级里只是一个比较普通的女生，而莫允淮从始至终一直都是最为耀眼的那一个。

他的英语在一众男生中脱颖而出，牢牢占据第一，堪称班级的"英语三大巨头之一"。

那时有许多的英语竞赛，莫允淮每一次都会参加，总能拿到一等奖。

孟繁翊永远忘不了有一次，英语老师随机点一个同学读一出英语小话剧，恰好点到了她。

而话剧必须要有一个人配合她，但她口语不好，总成绩也不够好，没什么人愿意跟她搭档。

她就像一只皮球般，被不断地踢来踢去。谁都不要她，只是因为她待的是竞赛班，大家想要的搭档都是那些与自己实力相当，或者超过自己的同学。

在老师问，有没有人愿意配合孟繁翎同学演一演的时候，几乎所有人都面无表情地做着英语卷子，无动于衷。

孟繁翎难堪万分，只是强笑道，她可以一个人分饰两角，也许可以换一种声音来念。

就在英语老师说"算了，要不你坐下吧"的时候，莫允淮忽然站起来，径直读了那位男角色的话。

他的口音非常纯正，语速不紧不慢，甚至还有语气的起伏。

她的口音格外怪异，念得结结巴巴，甚至还有单词不会读。

差异如此明显，底下有人小声地讥诮。

她难堪到半晌念不出来一个单词，愣愣地站在那里，最后闭上了嘴。

"Shut up will be fine.（你最好闭上嘴。）"莫允淮神色未变，平静地改了词，而后又强调了一遍，"Please shut up.（请闭嘴。）"

那个男生听懂了，脸色铁青地瞪着莫允淮和孟繁翎。

孟繁翎捏着课本的手用力到发白，她也听懂了，紧接着她手上的书本一下子没有拿住，"砰"地砸在了桌子上。

所有人都被吓了一跳，纷纷抬起头来看她。

她分外感激，也相当庆幸，有人能为自己出头。

她也很庆幸那个人是莫允淮。

英语老师忍不住道："莫允淮，不准乱改词。"

最后，他们只读完了一个小片段。

他读得轻松随意、慵懒而自然。

她读得磕磕绊绊、紧张而羞赧。

从那天以后，孟繁翎的英语就莫名其妙越来越好了。

她前期一直在非常努力地学习英语，可就是缺了点什么，自那一天以后，犹如被人打通了任督二脉，所有前期的积累在此刻都开始——彰显。

只是她知道，努力很难战胜天赋。

熟练地勾掉几个相应的任务安排之后，时钟的指针终于标在了"7"上。

孟繁翎谨慎地从枕头底下取出手机，按亮以后查看 QQ 消息。

新建起来的班级群没有老师，吵吵嚷嚷，热闹得很。

莫允淮的聊天框后面有一个红点，她下意识屏住了呼吸，戳了进去：明天八点出来一起写作业吗？和林可媛、沈鸣进，愿意的话就来"抹茶绿"那家店。

发送的时间是昨晚 23：59。

孟繁翊听见了门口有人走动的声音，顿时不安。她将手机迅速地塞到自己的语文课本的夹层里，左手状若无意地压在语文课本上，右手捏着黑笔在写一篇文言文练习。

果不其然，下一秒，房门被叩响，周冬琴的声音响起："幼幼，睡醒了没有？"

她不想回答，周冬琴同孟长君的话在外边响起来，声音不算小："你去把她房间的钥匙拿过来，我去检查一下她书包里有没有什么乱七八糟的东西。反正她没醒，省得跟我闹。"

孟长君的声音倒是小了不少，不过在孟繁翊的耳中还是很清晰："要是真的能翻出点什么跟同学交好的小卡片，我才会高兴呢。"

周冬琴一听到他说这样的话就烦："你一天到晚让她交朋友又有什么用？成绩不好谁看得起你，成绩才是第一重要的。"

孟长君反驳："你乱说什么啊，上高中的时候小孩儿还没有这样的心眼吧，想当年我上学的时候……"

孟繁翊听着两人在自己门口的絮絮叨叨，忽然觉得自己的行为有点可笑。

幸好她从没有对他们抱有太高的期望。

她把孟长君给的那部手机关机，重新又用几道胶带贴在床板上。她撕胶带的声音很小，将手伸进床底贴的动作也分外熟练，整个过程没用到五分钟。

屋外的两人还在讲话，她面无表情地拉开门，成功地让外头两人的话卡在了喉咙里。

"幼幼，你起来了啊……"周冬琴的声音难得掺杂了一点小心翼翼，"我们刚才吵醒你了吗？"

"我突然想起来，今天我同学约我出门写作业。"她不想回答那些没有营养的问题，"是跟另外三个化学班级前三的同学，他们上学期期末的总排名应该是班级第一、第二和第五。"

周冬琴听得挺满意的，不过出于谨慎心理，她又问了一句："男的女的？"

"两个男生，还有一个是我同桌，女生。"孟繁翊不会在这种小事上欺瞒周冬琴，因为她知道周冬琴根本不会相信她，只会不断地去进行求证。

要是她说了谎，周冬琴一定会跟她大闹一场，后续会非常麻烦。

周冬琴犹豫了，孟长君却眼睛一亮："你说他们几个都是班级里的前几名？你们要一起学习？"

孟繁翊知道大概率先松口的会是孟长君，于是点点头。

"快去快去，要多少钱？爸爸给你发钱……一百块够不够？"孟长君很乐意看到这样的事情发生。

两票比一票，周冬琴皱着眉，还是勉强答应了。

"抹茶绿"离孟繁翊家不远，她徒步大概二十分钟。

在离家之前，她对自己穿什么而感到发愁。

如果在休假日出门穿校服，看上去真的好傻。可是她一旦换上了自己的衣服，周冬琴就会认为她不对劲。

再三纠结之下，她还是妥协地裹上了校服，心想反正下午就要回学校了，穿着校服走在街上应该也不会太奇怪。

她走到"抹茶绿"店门口时，里面的三人一眼就望到她了，纷纷招手。

孟繁翊推门，凉气瞬间将她罩住，一点点吞吃她身上的暑气和行走之后的汗珠。

"你们来得好早。"孟繁翊坐在了林可媛的右边，面对着莫允淮，心跳有点快。

她注意到除了她之外，所有人都穿着自己的衣服。林可媛穿着明黄色的连衣裙，头上别着一枚樱桃色的发卡，整个人显得格外甜美。

"可不是嘛，多蹭一会儿空调多棒啊。"林可媛点了这家店的奶茶，理直气壮地把所有的作业都摊在桌子上，"小孟啊，你作业写完了吗？"

"当然。"孟繁翊拿着自己的课外化学资料和地理资料——这是她几门中低于班级平均分的科目，"我今天的目标是两本《五三》各写完十页。"

林可媛幽怨道："这就是学霸的世界吗……你和莫允淮都不是正常的高中生。正常的高中生难道不应该跟我和沈鸣进一样吗？你看，我们两个一个字都没有动，打算三个小时挑战不可能。"

沈鸣进深深叹息——他昨晚和林可媛打游戏打到十一点半，剩下的半个小时又和莫允淮打了一局："其实这个局是临时定的，昨天老莫忽然提起来，我一想，这不是催我写作业吗！"

"如果以后我们没有别的事情，我们每周都来这儿集合吧。"莫允淮道，"正好可以好好利用一下时间。"

其他两人自然应允，唯有孟繁翊不确定自己能不能前来："我尽量。"

四人进行了一场写作业的小比赛。

一时间，笔在纸上"沙沙"作响，他们连顾客们开关门、大声说话的声音都没听到。

他们是如此全心全意，作业和卷子摞在桌上老高，堪称奇观。

当林可媛率先把笔摔在桌子上的时候，孟繁翊才骤然从地理题海中挣扎出来，呆呆地望着对面的莫允淮。

对方的右手抵在唇瓣上方，笔悬停在空中，仍然停留在题海里没有出来。

他最后写下了一个答案，这才抬头。

"痛快。"莫允淮扭了扭手腕，"这样写很有压迫感，但是我确实写快了很多。"

孟繁翊严重怀疑他在开玩笑——他平时就已经够快了。

休息了一会儿后，莫允淮道："我们一起吃顿午餐吧，我请客。"

沈鸣进立刻道："好，那我就点最贵的。"

玩笑归玩笑，点菜时沈鸣进还是问了在场几位有没有忌口的。

孟繁翊看着菜单，手指微蜷。

菜单上都是偏西式的食物，而她在周冬琴的严格管理下，几乎没有吃过其中的任何一道，自然不可能知道滋味如何。

全程，她都没有发表任何意见。

莫允淮把孟繁翊的书同他的叠在一起，收到长椅上，眸光掠过她看似毫无破绽的神情，若有所思。

泛着热气、色泽诱人的食物被摆上来，莫允淮忽地来了兴致一般，详细介绍起桌上的每一道菜。

沈鸣进撞了莫允淮一下："莫哥你太聒噪了。"

林可媛翻了个白眼："卖弄。"

只有孟繁翊被氤氲的热气蓦地烫了一下眼眶，暖流一路熨帖地淌进了心底。

4

第一次月考快到了，孟繁翊这几日刷题刷得更加疯狂。她回家后，连走在楼道里都会捧着一本书背。

今日走在回家的路上，孟长君好几次叫她走路不要看书，她都当作没有听到。她在背到"人间如梦"一句古诗词时，突然卡了壳，低头看书本，不料却和人撞在了一起。

"唔！"孟繁翊后退一步，然而脚下是台阶，她晃了晃，眼看着就要摔下去，被那人一把拉住。

她看清来人究竟是谁时，蓦地睁大了眼："思衿姐姐！"

站在她对面的颜思衿笑眯眯地问道："有没有哪里撞疼了？"

她看着孟繁翊手中的书，又道："我刚想说怪我走路发呆，没想到你也走路不认真，居然在背书。"

孟繁翊不好意思地捂着自己的额头，揉了揉。孟长君拿着车钥匙从楼梯上慢慢走上来，一看到颜思衿，立刻道："今天思衿也在家啊？"

颜思衿又用同样的微笑回答"是"，孟长君和她聊了几句。

就在这个过程中，孟繁翊忽然意识到，这是一个很好的机会。

她眼巴巴地看着颜思衿："思衿姐姐，我今天可以去你家写作业吗？"

颜思衿有些意外，不过她很喜欢这个比她小一届的学妹，所以依然笑着回答："只要叔叔同意了，我当然答应。"

孟长君一直都很希望孟繁翊能够结交一些优秀的朋友，颜思衿的成绩优异到常年占据高三年级的前三名，是上 Top2 大学的预备选手。

孟长君立时答应下来，而且不断地叮嘱孟繁翊要多问问颜思衿不会的题目，又对颜思衿有点歉然地道："高三了，很忙吧？孟繁翊还前去打扰你，真不好意思啊。"

虽然他说着不好意思，但从他的表现来看，倒没有任何的不好意思。

于是孟繁翊走进了她家对门，也就是颜思衿的家中。

颜思衿家里冷冷清清的，没有家长在，她很习惯地为孟繁翊倒了一杯水，用的是杯壁上画着月野兔的玻璃杯。

孟繁翊看了一眼，目光就黏在了杯子上，心中顿时涌上了一阵感动。

她初中的时候跟颜思衿的关系非常好，只是后来颜思衿课业极其繁忙，渐渐地，两人就联系少了。

而这只杯子，就是当初孟繁翊来颜思衿家中，对方特意为她准备的。

"刚从消毒柜里拿出来，可能会有重的味道。"颜思衿把水杯推到她的面前，又把她手上的书放下来，"这么久没见我了，不和我好好地聊一聊？"

孟繁翊其实也背不进去，只是觉得手里必须拿些什么东西才算踏实。

"我现在在读高三，有点忙。"颜思衿将垂至耳畔的碎发撩上去，"没办法，我学的是政史地，背书总是很多。你呢？"

"我也很忙……"孟繁翊有点茫然。

她没经历过高三，并不知道高三的氛围到底是怎样的，她也不知道自己的"忙"，在高三生面前究竟算不算真的忙。

"我听说你们要举办分班以来的第一次月考了吧？"颜思衿示意孟繁翊站起来，两人往卧室走去，"我上次在学校的年级大榜上看到你了，还是很优秀。"

孟繁翊在面对任何人的夸赞时，面上的功夫都能滴水不漏。往日里她就算是开心得不得了，也能够做到面上平静无澜，仿佛视分数如粪土。

唯独面对颜思衿时不行，她算是自己的一个引领者，被引领者总是仰望着引领者。

她在颜思衿面前，终于露出了一个很是赧然，却又特别骄傲的笑容。

走入房间，孟繁翊第一眼就看到了"P大"两个字。

她震惊地看着整个房间贴满了便笺，最为醒目的就是P大的各种标语，以及P大的校训、分数线……

她一转头，落入眸中的便是一句励志之语：

> 我生来就是高山而非溪流，我欲于群峰之巅俯视平庸的沟壑。我生来就是人杰而非草芥，我站在伟人之肩蔑视卑微的懦夫！

一时之间孟繁翊竟被震慑，半晌不能言语。

"唔，不要被我吓到……我真的很想上P大，但我很有可能够不到那个分数线。"颜思衿把椅子拖出来，两人坐在椅子上，把书都放在她的书桌上。

"今天遇到你我真的很开心。"颜思衿道，"我这段时间可能快要疯了，看不出来吧。"

颜思衿到现在为止一直都在笑，而到这一刻，她的笑容终于停止了。

孟繁翊倏然觉得，好像看到了另一个自己。

那个永远在奔跑，却好像一直都无法真正成功的自己。

所有的沮丧都被掩藏，留下的只有人前的光鲜亮丽。

颜思衿看上去似乎不太愿意多说，只是疲惫地按一按太阳穴："繁翊，我跟你重合的科目是语数英以及地理,这几门我或许可以帮到你。"

孟繁翎地理一直都不太好,每次选择题总是会丢十分左右。
除了地理老师,只有颜思衿能完全说服她。
颜思衿讲题的声音非常动人,语速不急不缓,宛如潺潺的溪流,一点点向前流淌。
一晃三个小时就过去了,而孟繁翎觉得自己的地理架构被重塑,原本不通畅的地方瞬间丝滑。
"思衿姐姐,"孟繁翎感动到差点流泪,"你讲得真好,以后可以当家教。"
颜思衿讲了三个小时,声音有点嘶哑,闻言大大方方地接受了孟繁翎的夸赞。
在短暂的休息空当,整个房间的气氛都静默下来。颜思衿无知无觉地凝视着书架上的一个玻璃罐子发呆,眸中慢慢地浮现了复杂的情绪。
孟繁翎的目光也轻轻地停留在那个颇大的玻璃罐上,里面装满了纸星星。
在她被八卦之后,她忽然也生出了一种往日里鲜有的好奇,小心翼翼地问道:"……那个星星,是别人送给你的吗?如果你不想回答,就不用回答好了,我只是问一问。"
她问得那样小心。
因为她知道少女心事是一种脆弱又坚韧的私人所有物,不能随意被窥探。很多时候,连与此有关的另一方也不被允许参与。
颜思衿的思绪回笼,她望着孟繁翎,露出了一个真心实意的笑容:"不是呢,是我自己叠的。"
她好像是在对孟繁翎说话,又好像不是:"就是一张长长的星星纸条,我在里面写了一句话后,再一点一点地把它折成星星,装在罐子里……我已经折了一千多颗了。"
"你也可以折。"颜思衿托着下巴,凝视着漂亮的玻璃罐,"每当你想要放弃,每当你感觉绝望……"
孟繁翎的心倏然被戳到了,一阵酸涩的感觉在她心底缓缓流动。
她们没有告诉彼此那些故事,但是她们知道那些故事的颜色都是一样的。
"没有人知道这件事,除了你。繁翎,谢谢你。"颜思衿眼里淌过黏稠的情绪,像是在回忆着什么,"真的好难熬啊。P大真的好远,我的成绩还够不上,我想要再优秀一点……"
"我也有我的目标。我不仅想与他肩并肩,我还想要超越他。"孟繁翎道,"他是我的目标是既定事实,那么我希望我能变成一个比他更优秀的人。"
这就是她最真实的想法。
她希望和莫允淮考上同一所大学,但她也希望自己能够超越莫允淮。
她希望变成最好的自己。
"那个,思衿姐姐,"孟繁翎有点犹豫,但还是鼓起勇气道,"我也想叠星星,但我不能放在我家里,因为我妈妈经常会翻动我的东西。我能不能叠好,然后放在你这里？"

颜思衿有些意外，不过很快就笑起来："好啊，我不会看的。"

"我之后都会走读，每天都会回这个家，"颜思衿笑得很温柔，"如果你不介意，可以每天都来跟我一起学习。遇到不会的，我们可以一起讨论讨论。"

5

第一次月考一步步逼近，考试之前的最后一个晚上，孟繁翊路过几个大文班门口。

班级每个人对应的考场座位被打印出来，贴在了墙上。

孟繁翊拿着一本小本子，站在告示栏旁边，在自己的名字底下画了一条线，一个考场一个考场地记下自己的班级号和座位号。

高二采取的仍然是随机排座制度，所以整个班级的人大部分都被拆开，分配到了不同的班级。

孟繁翊一边记，一边不动声色地将目光投放在表格的第一行。

她和莫允淮只有语数英是同一个考场的，都在十二班。

莫允淮也上来记自己的座位号。两人再一次站在一起，有点近。

孟繁翊原本正在想着和莫允淮有关的事情，顿时觉得不太自在，想要挪开几分。然而身后不断有同学上前，一圈一圈地将他们裹在了里面。

早自习吵吵嚷嚷的，许是太紧张了，不少人今日格外话痨。

莫允淮忽然道："孟繁翊，你把地理的座位号抄错了。"

他的声音很轻，身后还是有人听到了，不过大家都没有察觉到异样。

孟繁翊低头看自己的记录，发现她把莫允淮的地理考场和座位号写了上去。

而她的序号是4，莫允淮的序号是1，她甚至还在自己的表格下面画了一道线，这样说看岔了，听起来就很扯。

孟繁翊画掉之后，决定反将一军："你为什么不看表格，要看我的本子？"

莫允淮心虚地转过头，很专注地盯着表格。

黑板上方的钟表分针一寸一寸地挪动，转眼就是七点半了。教室里的原七班的同学陆陆续续地走出门，而在外面等着的其他班同学也接连拥入。

八点要开始第一场语文测试。

莫允淮和孟繁翊一前一后地走出教室，两人一个走在走廊的最左侧，一个走在走廊的最右侧，并排慢慢走。

"孟繁翊。"莫允淮拿着三四本语文书，还有一大本厚厚的作文素材。

孟繁翊心念一动，抬头看他。

"我有点紧张。"他实话实说。

莫允淮对除了语文之外的科目几乎都是得心应手，哪怕遇上了不会计算的题目，他总是坚定不移地相信有答案。

在他的词典里，"有解"这一件事情本身就是驱使他向前探索答案的动力。

可是语文的主观性太强，就像那么多的阅读理解，他永远读不懂那些散文诗篇背后弯弯绕绕的心绪。

因为非常没有把握，却又抱着一丝能够成功的希冀，所以尤其紧张。

孟繁翊从来没有听到过莫允淮说"紧张"。她一时间竟然好奇起来，分外专注地打量他，没有料到少年也转过头来看她。

他们对视。

隔着一条不算太宽的走廊，四周有零星几个匆匆赶向考场的同学，还有的就是渐渐蔓延上热度的空气，以及晒到莫允淮肩头的阳光。

连时间好像都要静止，定格成一帧精致的画。

莫允淮率先躲开了孟繁翊的视线，微红的耳根在阳光下特别明显。他原本觉得自己只有三分紧张，对视一眼之后已经冲到了十分的高压线。

孟繁翊心中原有的平静被骤然打破。

阳光将莫允淮整个人都裹住，也有不少爬到了她的小腿处。

她只想快速地往前走。

他们一前一后地落座，他们的考场座位号也连着。

考场里大部分人都还在拿着书拼死挣扎，有相熟的人在窃窃私语。

考试时间在一分一秒地逼近，监考老师拿着档案袋迈进了门。

一堆作文素材和阅读理解的套话在莫允淮脑海中盘旋，零零碎碎的文言字词仍在他的记忆中打转。

白话文和文言文在他的脑中打架。

莫允淮猛地抹了一把脸，深呼吸了一口气。

一只手指轻轻地戳着自己的脊背，莫允淮转过头来，有些心累地诚心发问："孟繁翊，你语文怎么学的啊？"

这么多次模拟考，孟繁翊的语文没有下过一百三十分。整个年级的语文老师都知道她，因为她永远霸榜第一，能拉第二名十分起步。

孟繁翊把自己带着的唯一一颗白桃味的糖递到他手上，语气中带着一点强势："吃掉。"

"我考试前不吃东西。"莫允淮下意识接住，在孟繁翊的注视下不得不撕开糖纸。

监考老师在轻点着试卷的数目，坐在最后面的孟繁翊小声道："这个时候，不要想你的劣势，想想你的优点。

"阅读理解，这个是没有办法急于求成的，你把答题模板先套上去。"

"你的逻辑能力很棒，对每一件事情也都有自己的看法。"孟繁翊看着莫允淮桌上放着的很厚的作文素材本，"你的素材已经够用了，或许考试的时候想不起来全部，但是能运用一两个就很好了。议论文最重要的是深邃的视角、严谨的逻辑，并不是华丽的文字游戏。你的字也是加分项，老师在阅卷时会非常喜欢你的字迹。"

"莫允淮，我相信你。"孟繁翊望着手中这支笔，"我们可以来换一支笔。"

"这支笔，语文考试限定。"她注视着前面已经逐渐传下来的答题纸，飞快地道，

"以后每一场考试，我都把我的语文考运借给你。"

监考老师在台上要求大家把所有资料都交上来。

四周是不断起身交资料的人群，而莫允淮在同孟繁翊交换了那支笔之后，内心莫名充盈着笃定。

而孟繁翊握着那支尚且带着莫允淮手心温度的笔，心里小小得意了一下：又骗到一支他的笔。

第一日的考试在孟繁翊心中并未掀起波澜。
第二天的数学是两人共同的优势科目，他们便小小地打了一个赌：
分数定胜负，败者满足胜者一个小小的要求。
正是不确定性，才使得原本有些乏味的考试变得充满挑战。
莫允淮道："说起来，这周六我过生日，不会玩到很晚。来吗？"
孟繁翊下意识将他的生日报出："九月二十一日？"
她非常想去，但不能随意做出承诺。
"我不能保证一定会到。"她望着他瞬间有些失落的眼神，"不过，我保证你一定会有礼物。"

考完最后一门，已经是周五下午了。
刚考完，所有人都没有心思继续学习，该回寝室的回寝室，待在教室里的基本上都在闲聊。

林可媛永远都深受欢迎，她身边围了班级里大半的女生。

每个女孩子手里都捧着一些小零食，满满当当地摆在了林可媛的桌上。有一盒百奇掉到了地上，孟繁翊俯身拾起，林可媛眼尖，看到了她抽屉里已经叠了七颗纸星星。

她刚想出言调侃，又倏然记起对方说过并不想要被放大隐私。

"明天可以回家了哎。"白雅一截一截"咔嚓咔嚓"地嚼碎红酒味的百醇，"大家有去哪里玩的建议吗。"

孟繁翊原本想要继续折星星，众目睽睽之下又觉得不太妥当。她遂叹口气，拿出了一本地理习题册。

刚说完"回家"和"玩"的白雅忽然觉得自己特别不争气，一口薯片还没咽下去的林可媛也沉默了。

孟繁翊对众人的静默无知无觉，她沉浸在自己的习题海洋里，内心只有因为被颜思衿点拨后，能自己从头至尾完整分析地理题的喜悦。

"我一直觉得，在考试之后，还能立即学习的，都是真心爱学习的。"许淑雨叹为观止，"小孟，苟富贵，勿相忘。"

"苟富贵，勿相忘。"林可媛抱拳。

莫允淮踏入班级的那一刻，大半个班的女生对孟繁翊整整齐齐地喊："苟富贵，勿相忘!"

孟繁翎的笔尖顿了一下:"还得等到晚上对完答案,才知道富不富贵呢……"

每次月考后的晚自习,学校都会组织全年级同学对答案。

这一回,班长第一个点开的是数学答案,底下哀号一片。

班长一脸似笑非笑:"呵呵,我信了你们这帮人的邪,都给我马上对答案。"

数学是七班同学成绩最好的一门科目了,因此班长以这门优势科目为开头,让大家努力减少后边科目带来的难过。

孟繁翎几门科目对下来都觉得发挥稳定,没有特别理想的状况出现,不过至少排名不会掉。

现在还剩下她不擅长的化学和地理没有核对。

班里传来一阵惊呼,哀号声不断响起,听着就知道状况惨烈。

"啊,我就知道……这次化学这么难,我果然被秒了。"

"这推断题不讲'武德'啊,怎么会这样。"

"我好恨,我好恨……"

孟繁翎忽然就没什么勇气对答案了。她垂着头,把试卷收起来,无奈地叹了口气。

年级长中途进来过一两次,要求众人安静一点。

可是不仅七班,强制对答案的后果,就是整个年级的班级都时不时传来惨叫。走廊上不断有人走来走去,各班的学习委员还得去领回扫描完毕的答题卡,分发给众人订正。

还有人浑水摸鱼,悄悄走到空教室里独自伤心,抑或是写作业。

后门"嘎吱"一声开了,但是无人在意。

孟繁翎听着连林可媛都对自己的化学长吁短叹,听上去也非常忧愁。

她的心顿时像是被一根细绳浅浅地勒住了,林可媛一叹气,她就心慌;林可媛一高兴,她也忍不住想要抬头对答案。

林可媛忽然放下了自己的试卷,转过头来找发呆的孟繁翎说话:"小孟啊,化学真的是'吾儿叛逆伤我心……',所以我们来聊点别的吧。"

孟繁翎点点头。

她迫切地想要放松一下心情。

"你那个星星,是折给谁的啊?"林可媛好奇地道,"我不是故意看你的,是不小心的。你好像折了好多了哎……"

她挤眉弄眼的样子让孟繁翎手一顿,不自在感越发强烈。

她不喜欢别人窥探她的心事。

矛盾的是,她也很有倾诉欲,只是不知道林可媛是否足够值得信任。

孟繁翎在叠完的每颗星星上都标上数字,她其实在每一颗星星内部都写上了至少一句话。

有的是很直白的自我剖白,有的是偶然看到的美妙句子。

写句子的时候,万物都是可爱的。

"不是送给谁的。"孟繁翊最终的说辞是这样的。在她说话的时候,林可媛可以很清楚地看到她眼中有情绪在一点点流动,像是闪烁着璀璨星光。

"从本质上来说,每一颗星星里,都是我的梦想,我的希冀,我不切实际的白日幻梦。"她喃喃自语。

教室里又传来一阵哄闹的声音,不过孟繁翊和林可媛聊得正开心,两人都没有注意到发生了什么。

直到教室骤然安静,莫允淮的声音响起。

孟繁翊猝然抬头,看到莫允淮的食指轻轻地竖在唇上。他比了一个"嘘声"的动作。

"为了不引起年级长的注意,各位同学请不要惊呼出声。"他把身后一整个草靶子抬到身前。

孟繁翊遽然睁大了眼睛,神色之中携了几分不可思议。

莫允淮居然买了整整三根草靶子的糖葫芦!

他笑得云淡风轻:"扛回来也不重,这还要感谢你们沈哥。"他拍拍沈鸣进的肩膀,"他愿意跟我一起,干了人生十几年来第一件出格的事情,这才给你们搬回来这些。"

他熟练地道:"我从第一组同学开始啊,每人一根糖葫芦。如果不想要糖葫芦,第三根草靶子上插的你们都可以选,但是每个人只能领一根。"

众人的视线挪到了第三根草靶子上,不少人都震惊又好笑。

第三根草靶子上,有冰糖大蒜、冰糖腊肠、冰糖大葱……各种离谱的东西外面被裹上了一层冰糖,就这样大刺刺地插在上头,嚣张地望着众人。

林可媛跟一个冰糖洋葱大眼瞪小眼:"怎么回事,这个还被人刻出了南瓜灯的效果?"

虽然不知道这个是不是真的能吃,但林可媛打定主意要将自己的冰糖葫芦换成那个冰糖洋葱。

莫允淮从第一组开始发,慢慢发到孟繁翊这组时,他突然从自己的位置上拿了试卷,卷成筒状,等到了孟繁翊面前,他就抽出一根冰糖葫芦,顺手把自己的试卷一齐递过去。

孟繁翊怔怔地望着他,漂亮的桃花眼里沁着不解。

莫允淮不太自在地别开了视线:"我的化学试卷,你对一对答案,我想看看我前段时间的教导有没有结果。"

林可媛此时欢呼一声,从莫允淮那儿接过了属于自己的冰糖葫芦,高高兴兴地上台去沈鸣进那儿换冰糖洋葱了。

孟繁翊一头雾水地接过了莫允淮卷成筒状的试卷,在摸到了里面嵌着的东西时,她忽然顿住了。

莫允淮神情自然地往前面继续发糖葫芦,两个草靶子上的糖葫芦被分得一干二净,而第三个草靶子上的各种奇怪的东西都被人领走了,每个人都开始吃。

林可媛正在同后排的沈鸣进闹着还要来一根,她也想要冰糖葫芦。

而沈鸣进一本正经地教育她做人不要贪得无厌,就算他有两根冰糖葫芦,他也不会给她的。

没有人在注意她。

孟繁翊小心翼翼地把卷成筒,还贴上了胶带的试卷小心翼翼地揭开。

里面藏着一根冰糖草莓,色泽鲜艳诱人。

只有她有冰糖草莓,而且她一个人有两根。

心猛地狂跳起来,她将冰糖草莓很小心地收在了书包里,又发现了试卷上还贴着一张很小的字条。

她悄悄地把字条撕下来,收在了自己的包里。

送给孟繁翊的化学考试限定礼物。祝孟繁翊同学化学进步!

她把这话咀嚼了一遍,没忍住,又咀嚼了一遍。

她想要把每一个字都嚼碎,拆解成一个一个音节,想象着他亲口说出的模样。

第四章

生日，告别，信与诗

1

今天是莫允淮的生日，也是放假日。

孟繁翊来得特别早，到的时候才清晨五点五十分，班里居然已经亮起了灯。

她把上次借的书都塞回图书角，转过身的时候，意外发现莫允淮的抽屉里已经被塞得满满当当的了，全都是礼物盒。

这一回，沈鸣进同莫允淮是同桌。

而沈鸣进桌上摆着一大堆礼物，他正费劲儿地把这些礼物按顺序一个个排好，还贴心地标注上了送礼物的人的班级、姓名。

"这是……"孟繁翊有点蒙。

沈鸣进露出了疲惫的笑容："想不到吧，这是他的好兄弟还有很多女生送给他的礼物。"

孟繁翊的礼物还没做好。

她有些疑惑地看着这么多礼物，内心被涂满了各种复杂的情绪。

她清了清嗓子，在心中不断地组织话语，确保她接下来说的话像是普通搭话，而非刻意打听："他都会收下？"

沈鸣进疲惫地笑："当然不会了，不然我在干什么呢。"

他指着莫允淮抽屉里和桌子上的大大小小的、已经排列整齐的礼物："这些都是已经标好了序号和姓名的，方便他一个一个还回去。他原本是会收男生给的生日礼物的，然后在对方生日的时候也回一份礼物，毕竟他好兄弟遍布五湖四海，结果……"

孟繁翎的心随着沈鸣进的话高高提起,对方却大喘气儿:"结果,好多女生冒充她们班里的男生给莫允淮送生日礼物,等莫允淮还生日礼物的时候,发现都不认识。"

"虽然说莫允淮因为还生日礼物认识了更多的男生,但是,这实在是太尴尬了。"沈鸣进叹口气,"最后他就干脆谁送的都不收了,可还是会有很多人在他生日这一天送。"

原本有设想过来得很早,把自己的生日礼物匿名送给莫允淮的孟繁翎:"那如果匿名呢?"

"匿名?"沈鸣进老半天才想起来好久没见过匿名的礼物了,"我记得一般来说,女生都会很自觉地在外包装上留点什么个人信息吧。现在真的有人还来那一套,默默送礼物吗……"

他又补充:"最麻烦的就是只留一个微信号或者电话号码啥的,如果莫允淮要把礼物还回去,就必须得联系她们。"

望着礼物快堆成小塔的座位,孟繁翎谨慎地退后一步,望着老妈子一般操心的沈鸣进:"所以,就算麻烦,他还是会联系她们是吗?"

"对啊,就算知道有些小姑娘是故意的,那又怎么样呢。他又不能真的扔掉她们的礼物,这毕竟是人家的心血。"沈鸣进抹了把脸,"后来,这些任务都变成了我的。"

孟繁翎望着一个个精致的包装盒,不少外包装上都粘着一封信,甚至还有火漆印章。信封上都洒了淡淡的香水,各种味道的香味杂糅。

"唉,每年的生日,莫允淮都不愿意主动提起来。"沈鸣进故意叹了口气,"谁让他生日,不仅是他妈妈的受难日,还是我和他的受难日呢。"

孟繁翎站在礼物盒前踟蹰了一会儿,还是默默走开了。

这就是莫允淮啊,他对女孩子都很温柔。他对那么多人的礼物都会拒绝,却不会践踏,而是尊重。哪怕这些尊重需要他付出大量的时间成本,他也会坚持去做。

因为他必须告诉她们,他不能接受,同时也是在用行动告诉她们,谢谢。

"物理单科成绩出来了,事关每个人的隐私,我就不公开了。有需要的下课来我办公室。"老吴收拾收拾自己的包,上完课准备跑路。

"啊,对了,今天是莫允淮同学的生日,祝生日快乐啊!"老吴站在门口,一副随时准备跑路的样子惹人发笑,"我没什么送给莫允淮同学的,想了想,就送他这周末没有物理作业当作生日礼物吧。"

"耶!"全班欢呼。

"老吴,我爱你!"林可媛冲着已经抬腿往前迈了一步的老吴大喊,在一群人的欢呼声中分外响亮。

老吴踉跄了一下:"大可不必。"

然后他一本正经地道:"不必爱我!都去爱我老婆!"

他迅速地拎着包溜了,只听见走廊传来一阵跑步的声音,紧接着是教导主任在拐角处怒吼："哪个班的，说了下课不能在走廊上跑……"

全班哄笑。

许多本来不知道今天是莫允淮生日的同学纷纷转过头来，真心实意地跟他说生日快乐。

一旁的沈鸣进感动到差点落泪："我还以为你生日都是我的受难日，没想到今天，竟然能因为你的生日而不用写物理作业……我简直太感动了。"

下课了，不过Meya还要过来再交代些事项，所以大家都没有走。

莫允淮趁着这一段时间，把礼物盒一盒一盒地叠高，费劲儿地抱起来，慢慢地往门口挪动，把这些礼物一盒一盒地还回去。

"哎，莫允淮，你手里拿着什么东西呢？"Meya恰巧到了，看到莫允淮手里那一摞礼盒。

沈鸣进替莫允淮哀叹——他今天的每个课间其实都在忙活这件事情，已经把大部分的都还完了，只剩下这最后一摞了，还全都是高三学姐的。

莫允淮从一堆礼物后探出头来："老师，这是我给别人的礼物。"

Meya似笑非笑："是你收到的其他班的女生的礼物吧。还知道还回去，还有救。"

莫允淮站在原地，从礼物后面小心地觑了Meya一眼，等待许可。

"赶紧去，快去快回，等下我还有点事要留到最后讲。"Meya着手赶人。

在莫允淮出门之后，Meya忽然想起什么似的，又道："对了，繁翎，吴老师刚才走得太快了，手机忘在这里了，你把手机给他送到高三（6）班去，他在那里等他老婆呢。哎，真是的，懒鬼一个，都不愿意自己来拿，非要使唤你。"

孟繁翎煞有介事："唔，应该是他离不开徐老师。"

徐老师就是吴老师的夫人，原本在教高一，由于实力过硬，被派去教高三了。

她接过老吴的手机，正要走出去，Meya又喊住了她："哎，等等。繁翎啊，你顺便去找一找莫允淮，看着他点，不要让他跟那些女孩子多说话。"

孟繁翎："哎？"

Meya非常严肃："嚯，我连让我们本班内部消化都是绝对禁止的，更何况外班呢。看着点看着点啊。"

孟繁翎莫名被予以重任。

她走到了高三的那栋楼，不太熟悉地寻找到高三（6）班，将手机递给老吴之后，隔壁的高三（7）班传来了一阵哄闹声。

孟繁翎不知道莫允淮在哪里，路过七班门口就下意识看了一眼。

这一眼不得了，看到了莫允淮有些局促地站在班级最后，而颜思衿此时正在帮他发还礼物，神情之中还带着一点无奈的笑意。

孟繁翎有一瞬间觉得梦幻联动了。

"这位学弟说了祝各位学姐高考金榜题名，超常发挥，就别为难他了。"颜思衿替莫允淮解围，"等下给他递了礼物的，都来这张空桌子上把自己的礼物拿走。"

孟繁翙不知道自己是该走还是该停下来静观其变。

莫允淮感激地看着颜思衿，连道几声谢。颜思衿无奈地道："你们啊，看看你们，把人家学弟逼到什么地步了。别为难他了啊，各位美女。"

莫允淮一转身，就看到了站在后门门口的孟繁翙，神色蓦地一僵。他的内心无端有一种心虚之感，下意识地摸摸鼻尖，开口解释："我……"

颜思衿察觉到对方的动作，也往身后看去。

"哎？繁翙，你来找我是有什么事情吗？"颜思衿一开始没有注意到莫允淮的神情，有点惊喜地走出来，"我们今天晚上可以一起写作业。"

孟繁翙的眼神很轻地掠过莫允淮。

莫允淮想要解释，身后传来了一群学姐的善意哄笑以及大胆调侃。

他头皮发麻，一瞬间不知道怎么解释。

孟繁翙的视线离开了他，他想解释又无从开口，望着和颜思衿相谈甚欢的孟繁翙，难得有些急。

最后开玩笑的声音越来越大，莫允淮转身面向她们："各位学姐，不要说了，拜托。"

他做了一个嘘声的动作，神色异常恳切："拜托了。感谢各位厚爱，也祝各位学姐能够考上理想的大学。"

一个很大胆的女孩子大声道："学弟，我的理想大学就得有你在啊！"

孟繁翙说话的声音一顿，颜思衿也听到了这一声。

莫允淮进退维谷。

"我……"孟繁翙有点说不下去了，觉得空气都在泛酸，苦意混杂着酸意，浇在心口。

颜思衿在那一刹那间明白了什么，视线在两人之间扫来扫去。

"今天是他的生日，他邀请我去他的生日宴。可是就算有很多同学一起去，我妈妈应该也不会同意。"孟繁翙情绪低落，因为很多原因。

"我来帮你。"孟繁翙抬头时，看到颜思衿的笑颜粲然，"只要你能每个小时都跟我打个电话联系，确保你是安全的，我就帮你。"

"你跟他先回班级里去吧。"颜思衿歪歪头，对孟繁翙露出一个甜美的笑，"那些我们班的姑娘，不要太在意。"

2

就算是生日，莫允淮带回家的书也只多不少，谢襄都已经习惯看到儿子带那么多书回来了。

"妈，我回来了。"莫允淮把书包卸下来，随意地扔在墙角，快步走上去给了谢襄一个很轻柔的拥抱。

"你的受难日，辛苦了。"莫允淮望着眼角已经有很多皱纹的母亲，认真地道。

虽然谢襄每年都会听到儿子这么跟自己说，但她每一次都会很感动。她的儿子在渐渐长大，如今已经长成一个比她快要高了一个头的少年了。

不过他们母子之间的温情永远超不过半个小时。

莫允淮早就跟谢襄商量过今晚跟同学出去，明天留在家里过生日，所以当谢襄再次看到他欲言又止的时候，颇为奇怪："你想说什么直接说，不要扭扭捏捏，我不是什么不开明的人。"

"妈，我想走读。"莫允淮说这话的时候，难得没有看着谢襄，"我发现在班级里上晚自习，就会被很多作业支配，班里也不算太安静，如果我自己待在家里的话会好很多。"

谢襄对莫允淮的自觉性一向都是很信赖的，毕竟是自己的儿子，她也知道他到底有多拼。

只是他这一次没有看着她的眼睛说话，反而是有些躲躲闪闪、遮遮掩掩的，一看就不太对劲儿。

"真的吗？"谢襄狐疑地盯着他。

同时，莫允淮妹妹谢惜诺的房间门打开了。

"哥哥，生日快乐。"谢惜诺打了个呵欠，成功分散了谢襄的注意力。

贪睡的又又跟着谢惜诺从房间里出来，海水蓝的眼睛眨眨，眼巴巴地盯着好久不见的莫允淮，急得"喵喵"叫。

"又又，乖。"莫允淮俯身抱起又又，"好，谢谢诺诺。"

莫允淮跟谢惜诺的温情持续不过三分钟。

三分钟之后，谢惜诺好奇地打听："哥，你为什么想走读啊，不会是因为想要用手机和别人联系吧？和谁联系啊？是哪个漂亮姐姐吗？"她小嘴"叭叭叭"特能讲。

莫允淮正色："谢惜诺，你是不是作业太少了啊，我就是走读而已。你再问，今晚就不要和我去吃饭了。"

谢惜诺一把攥住莫允淮的手，佯装委屈："我不问了我不问了，带我去嘛。"

"走读行是行，不过我希望你是真的出于学习的目的。"谢襄睇了莫允淮一眼，"别的我不管你，你离成年也没多久了，自己心里有数。"

莫允淮头一回在他妈面前心虚无比，却还装得若无其事："没事。六点，我把诺诺带走了，她晚上跟我一块儿。我会给你打电话的。"

谢襄忙着为她的花除草，随意地比画了一个"OK"的手势。

面对周冬琴和孟长君，孟繁翾用的借口就是"我今晚要和思衿姐姐一直学习，学到晚上十点回家睡觉"。

周冬琴原本还想叫孟繁翾早点，很快又想起孟繁翾在她面前信誓旦旦地说，这回地理考试感觉会比上次进步不少，便允许了。

孟长君对她们两人的相处很是支持，甚至提出让她俩学累了就出去走走，逛逛街。

当然孟长君的话又被周冬琴打断了："哟，大晚上的还逛街？就两个小姑娘？

你可真想得出来。"

孟繁翊原本正想答应，此时闭了嘴。她暗自庆幸，还好刚才没有答应。一旦答应，周冬琴一定会怀疑。

表面上，孟繁翊身穿校服，背着一书包的书，手里提着一大袋的试卷到了对门。

周冬琴在目睹颜思衿开了门，孟繁翊把鞋子脱在门口之后，满意地点点头，还很亲热地叮嘱了一句："幼幼，不要太麻烦思衿啊。"

颜思衿露出了一个家长老师都会喜欢的乖巧笑容："阿姨，我会好好教繁翊的。我们语数英也可以交流一下，我顺带查漏补缺。"

周冬琴往日里最喜欢说的词就是"查漏补缺"，这会儿听到颜思衿脱口而出她往日里的习惯用语，顿时更加欣赏对方："好好好。晚饭问题怎么解决？"

颜思衿笑眯眯地道："我会做，做得可好吃了。阿姨，这期间你就不要来给我们送东西啦，我还要出一份卷子给繁翊限时做，训练她的速度。"

她这一番话说得正撞在周冬琴的心口上了，周冬琴含着笑点点头，心里其实有些叹息，为什么这么个乖巧懂事、顶尖学府苗子的小姑娘不能也是自己的女儿呢？

瞧瞧，多会说话，长得又漂亮，性格又好。

另一侧，刚关上门的孟繁翊终于松了口气。颜思衿帮她把书本和试卷提到自己的房间里。

而孟繁翊顺带从书包口袋里掏出了一大捧的星星，一颗一颗地装进了颜思衿准备好的星星罐子里。

"你们约的是几点？"颜思衿打开自己的衣柜。

"六点，现在还有一个半小时。"孟繁翊道。

她今天回来得很早，就是为了赴一个约。而孟长君和周冬琴只以为她是想要跟颜思衿快点学习。

"够了，我等下送你。"颜思衿轻轻推着孟繁翊的肩膀，"左边这个柜子里都是新衣服，右边的柜子里是我穿过的。你自己看喜欢哪一件，慢慢挑，你还有很多时间。"

孟繁翊望着衣柜里一排渐变色的短裙，还有各式各样的连衣裙，下意识地往前走了一步。

真的有好多裙子，都好漂亮。

她很快又往后退了一步，摇摇头："我不穿裙子。我腿粗……"

颜思衿双手抱胸，从头到脚把她扫视了一遍。

孟繁翊难得在面对颜思衿时也很不自在，她敛眸："我长得也不好看，身材也不太好，腿粗……思衿姐姐别看了。"

颜思衿面无表情地道："我观察了一下，你身上有几个特征。"

孟繁翊抬眸看她，心中有些惴惴不安，仿佛在被老师抽查作业。

"你的五官非常精致，素颜就很出众，化了妆就更好看。"颜思衿说。

孟繁翊被颜思衿说得窘迫，往后退了几步，面上晕出了淡淡的粉色：

"可是……"

"没有可是。"颜思衿指着自己两柜子的衣服,"不要觉得你配不上衣服,如果你穿上之后,觉得不合心意,那就是衣服配不上你。"

颜思衿一字一句:"衣服可以生产出一模一样的很多件,但是世上只有一个孟繁翊,孟繁翊值得最好。"

最后颜思衿问了孟繁翊最喜欢什么颜色,孟繁翊说是绿色。

颜思衿从衣柜里挑出一件浅绿色的连衣裙,在孟繁翊换上之后,又浅浅地为她上了一个妆。顺手帮她把扎了很多年的马尾换成了一个公主头,别上了颜思衿自己最喜欢的发饰。

颜思衿带她来到书房,从里面推出了巨大的落地镜。

孟繁翊有点紧张地望着镜子里的少女,下意识屏住了呼吸。当她彻底看清自己的时候,连着眨了好几下眼睛。

颜思衿含笑看她:"特别好看!"

孟繁翊伸手轻轻地戳了戳自己的脸,镜子里的少女也轻轻地戳了戳自己的脸,仿佛在确定这是不是真的。

孟繁翊凝睇着颜思衿:"思衿姐姐……真的,非常感谢。"

不仅感谢你让我重新认识我自己,还感谢你告诉我,这一切都是我值得的。

孟繁翊下楼的过程非常艰辛。

首先,她摆在门口的鞋子不能穿了,只能向颜思衿借一双。以周冬琴的性格,就算不来打扰她们,时不时看一眼孟繁翊的鞋子还在不在,也绝对是她会做出来的事情。

而下楼时,还要时不时警惕周冬琴或者孟长君开门,或者是走在楼梯上要是遇到熟人。

撒一个谎就要用无数个谎来圆。

等孟繁翊终于走到小区门口,紧绷的神经才松懈下来。颜思衿和她一起坐公交,到永安路路口下车。

等她们折腾完,终于到达的时候,已经快要傍晚六点了。

颜思衿一下车,就看到了等在银泰城门口的莫允淮。孟繁翊正低头理着自己的腰带,没看见站在不远处的莫允淮。

"繁翊,"颜思衿的声音里都染着笑意,"抬头。"

这个时间点的银泰城很热闹,来来往往的人群,逐渐消退的热意,音乐声、广播声混杂在一起。

他们在人海中相望。

一切喧嚣皆逐渐浮起,像是三十三转的塑胶唱片重复播放。

整个盛夏都凝缩成了一颗水珠,"莫允淮"三个字如同上好的钢笔淌出的墨,沿着尖端扎入她的夏天。细微的墨痕在水珠内部如飘荡的纱,染透了这静止的瞬间。

孟繁翊朝莫允淮一步步走去。

她挺直了背，每一步都走得姿态优雅。浅绿色的裙摆被携着一点凉意的风轻轻拂过，雪白的小腿在斜阳的余晖下镀上云霞绮丽之色。

她整个人都浸在烧红的余晖中，他专注的目光就像一张捕获落日的网。

而她的美几欲将网绳燃断。

人海之中，唯独能听见自己心如擂鼓。

莫允淮穿得不怎么正式，此时此刻倏然有些后悔。他望着孟繁翊一步一步慢慢走近，她的目光一寸寸涂满他的面庞，内心攥着的秘密就差一点点就要被诉之于口。

"差点迟到了，抱歉。"孟繁翊的声音中带着一丝很轻微的羞赧，她自己没有发现，但是莫允淮听出来了。

"不会。"莫允淮不知道自己的脖颈到耳根处都被晚霞映成了红色，他的目光不敢多留在她的身上，只是匆匆转身，"我们走吧。"

孟繁翊捕捉到了莫允淮的神情，声音也小下来一点："嗯。"

她和他之间妥帖地隔开了一个人的距离，却总觉得有无形的线绳牵住了他们。

莫允淮连手都觉得无处安放。他磕磕绊绊地找着话："你有来过……你有来过这边的银泰城吗？"

宁市的银泰城有很多，孟繁翊之前并不被允许经常出去玩，因此去得最多的便是她家附近的那座银泰城。

"没有……"孟繁翊的手一直无意识地攥着她的裙子，"如果不是你站在这个入口，我肯定要找半天。"

我知道你有可能会迷路，我才站在这里的。莫允淮把这句话也吞下去，换了一个话题："等下我妹妹也在，她很调皮，比又又还调皮。"

莫允淮和孟繁翊走到自动扶梯前，望着尚且是平坦地面的扶梯，莫允淮先踏上前一级，孟繁翊谨慎地踏上了后一级。

太近了。往日里两人不是没有过这样的距离，可今日不同。

听到"又又"的那一瞬间，她愣了一下，一脚恰好踩在两级"阶梯"中间。

下一秒，平坦的地面中阶梯骤然成型，她有些错愕地身形不稳，眼看着就要摔倒——

莫允淮的手有力地握住了她的手腕，直至她的身形逐渐平稳。

自动扶梯缓慢上升。

他放开了她的手腕，却不看她："小心。"

"好。"孟繁翊用左手轻轻地握住了自己方才被握紧的右手腕，觉得那里仿佛被火灼烧过。

当他同她并肩走进去的时候，众人一眼就看到了他们。

叶芝芝捂着心口："啊，救命……"

谢惜诺小姑娘在雾气朦胧间，看到了一个身着绿色连衣裙，气质如同静水的女孩子站在她哥哥的身边，长发温柔地披在肩侧，正侧着脸同她哥哥说着什么话。

"啊，救命……"谢惜诺没能捞住肉片，眼神顿时直了。

她原本见到林可媛、叶芝芝就觉得已经被美到了，这一回见到被雾气裹挟着的孟繁翊和莫允淮，心里只有这样的想法：

为什么这样的姐姐不能是我姐姐啊？

孟繁翊一进来，见到众人目光如炬，内心的窘迫一晃而过。

她原本有些不自在地别过脸，只是脑海中很快地闪过了颜思衿的话，知道自己这样的心理不太对。

她选择强迫自己微笑着面对众人的视线，意外在他们眼中发现了惊喜与赞许，而不是她原本以为的那些情绪。

"姐姐你好！"谢惜诺很主动地拍拍自己身侧，眼巴巴地望着对方。

孟繁翊也很喜欢这个小姑娘，于是轻轻落座。

"我叫谢惜诺，今年上初一，喜欢画画。我哥哥是莫允淮，他特别优秀……"她近距离打量孟繁翊，发现对方更好看了，顿时星星眼，"姐姐，能给个微信吗？我保证……"

"谢惜诺，闭嘴。"莫允淮跟谢惜诺没有坐在一侧，因此管不到她，只能言语威胁。

"闭什么嘴嘛！我就喜欢这个姐姐！"谢惜诺不甘示弱，转而把孟繁翊的碗筷摆得整整齐齐，殷勤到让她有点不知所措。

"我叫孟繁翊，繁花似锦的繁，翊是立羽翊。"她的手指在桌上轻轻地描画着自己的名字，"很高兴认识你，惜诺。"

接下来孟繁翊在被谢惜诺问清了口味之后，碗里的食物再没有少下来过。

往往是她刚吃掉几片肉、几根青菜，又有新的食物被小姑娘用公筷夹到了她的碗里。

孟繁翊哭笑不得地也往她碗里夹肉夹菜。

一旁的林可媛和叶芝芝也加入了投喂队伍。

莫允淮望着对面光是互相投喂就很开心的四个姑娘，忍不住道："大家不要吃得太撑了，可以少吃主食，后面还有一个大蛋糕。"

谢惜诺的眼神已经亮起来了——她超级喜欢吃甜食！

"哥哥，什么味道的！是不是巧克力味的，或者抹茶味的！"谢惜诺知道只要有她在，她哥哥定味道都会定她喜欢的，尤其是巧克力味。

莫允淮的神情没有半分不自然："白桃味。"

谢惜诺："哎？"她的微笑还没有碎裂，只是觉得她刚才是不是听错了。

"我说，谢惜诺，这回，我点的是白桃味。"莫允淮慢悠悠地给妹妹夹了一筷子青菜，成功看到了对方不满的眼神，"你少吃点肉，多吃点蔬菜好吗？"

言毕，他起身去自助区拿新的菜。他刚才注意到了，孟繁翊特别喜欢魔芋丝。

孟繁翊一边默不作声地吃着自己碗里的菜，一边在思考，这究竟是不是错觉。

旁边谢惜诺还在喋喋不休，似乎有点怨气："我哥哥好讨厌噢，他居然不点我喜欢的巧克力味！他明明以前都会点这个味道的呀……为什么今年心血来潮点了白桃味的？"

林可媛察觉到什么似的，转过头瞥了孟繁翊一眼，坏心眼儿道："小孟……"

孟繁翊被这九曲十八弯的"小孟"激起了一身的鸡皮疙瘩。

她转过头无辜地眨眨眼："嗯？"

"白桃味。"林可媛重复了一遍。

孟繁翊心中掠过一阵很微妙的情绪——她知道林可媛也察觉到这一点，如今两人有了一个隐约的、模糊的猜想。

哪里料到谢惜诺竟也因为这个暗示若有所思。

莫允淮夹了一大碗菜，摆在旁边。吃自助有男生基本上就不用担心吃亏本，更何况是有三个男生。

魔芋丝多得出乎意料，最后连对魔芋丝格外执着的孟繁翊都吃不下了。

几个人瘫在座位上，生日蛋糕姗姗来迟。

样式是小王子和玫瑰花，上面的"17"数字格外显眼。

莫允淮来切蛋糕，他一份一份地切过来，严谨地确保大小一致。

切到小王子时，莫允淮的刀法似乎乱了，小王子坠到一堆蛋糕里："我也不知道掉到哪里去了，这个应该是不能吃的，大家吃到了就小心一点啊。"

玫瑰也同样如此。

七个一模一样的盘子里盛着大小几乎是一模一样的蛋糕，每一块都泛着香甜。

孟繁翊从莫允淮手中接过那碟切得不算太齐整的蛋糕，心里诡异地得到了一点安慰：她叠不好星星和千纸鹤，他切不好蛋糕，半斤八两。

她吃着蛋糕，只觉得动物奶油香甜无比，白桃味在她的口中绽开，压下了方才寿喜锅里的辣意。

甜蜜而又清新。

蛋糕里确实嵌着白桃块，而这些白桃块在奶油的包裹之中，相衬之下，竟然还是没有酸味，反而更为清甜。

她又切下一角，被奶油糊住的小王子露出了一角金发。

孟繁翊骤然停了动作，蓦地抬头，望到了她对面的莫允淮的碟子里露出了一角瑰丽的红。

他们的目光相互交缠，然后默契地不出声，只是若无其事地听着众人的欢声笑语，时不时也插上一句话。

仿佛他没有遇到他的玫瑰。

恍若她没有触到她的王子。

由于这一顿吃的是自助，大家都放开了肚皮吃，吃到最后基本上已经不能吃更多了。

"所以，接下来我们去干什么啊？"谢惜诺问。

莫允淮道："再去看个电影。"他率先踏上一级扶梯，冷不丁一只手猛地攥住了他的手。

莫允淮一惊，下意识地甩了甩手，谢惜诺差点被他挥得摔下去。

"怎么回事？"谢惜诺被吓了一跳，幸好站在她下一级阶梯的孟繁翊轻轻扶住了她。

莫允淮："……你多大了，干什么牵我的手。"

谢惜诺笑嘻嘻地站在中间那级阶梯，左手牵着莫允淮，右手牵着孟繁翊。三人站在三级不同的阶梯上，小姑娘也不嫌别扭。

"我就是喜欢啊。"谢惜诺理所当然地回答。

走到平地上，这样的姿势就更显得奇怪，从背影上看，分外亲昵。

几人走到电影院，莫允淮为大家买了几桶爆米花，还有几杯可乐。

在被问到要不要加冰时，张峤下意识地说要，但莫允淮很坚决地说不要，要常温的。

"不是吧，大夏天的不喝冰可乐，这有什么意思啊？"张峤愤愤不平，"别跟我说什么喝冰可乐不好，我今天就是要喝冰的。"

莫允淮神色镇定，轻飘飘地睨了他一眼："麻烦给他来冰可乐，其他人还有谁想要冰可乐吗？"

结果竟然是没有别人了。

张峤半天没想明白："为什么？你们难道不懂得'快乐肥宅水'，就是要冰着，才能快乐吗？"

沈鸣进一脸从容淡定，任凭张峤拼命地摇晃他的手也无动于衷，甚至说："我就不要冰可乐了，给我来杯橙汁吧。"

最终，张峤屈服了。

三个男生手里拿着的是冰橙汁，四个女生手里拿着的都是常温可乐。

在座位问题上，也没有遇到太大的问题。因为大家都跟自己最想聊天的人坐在一起。

叶芝芝因为跟张峤无声地吵了一架，所以气冲冲地想要坐在孟繁翊或者林可媛旁边。但是孟繁翊身边已经被谢惜诺抢先占了一个位置，剩下孟繁翊左侧的位置没有人坐。

眼看着叶芝芝就要坐在孟繁翊的左侧，莫允淮忽然掐了一把张峤，张峤差点在电影院里发出猪叫一般的声音。

就在这个短短的过程中，张峤忽然无师自通，刹那间就明白了莫允淮想要做什么事。

于是众人依次落座，莫允淮和孟繁翊竟然成了坐在最中间的人，而他们两个人中间的那只座位扶手上摆着一大桶的爆米花。

莫允淮当时在做电影攻略的时候，挑了好一会儿，他原本想找有没有什么励志片，毕竟他们这个年纪还是看励志片最合适。

结果看到后来，竟然发现这个时间节点，基本上都是爱情片了，还是那种票房销量有点惨淡的爱情片。

电影院的灯光熄灭，只有屏幕发出荧荧的光亮。大屏幕上播放着的是一小段广告。

孟繁翊有些局促地坐在那里，电影还未开始，她没有办法完全沉浸其中，因此左侧那人的呼吸声显得格外清楚。

电影开场，莫允淮的气息缠在她的左耳，仿佛插入了一根看不见的耳机，声音直达她的心底："孟繁翊，这一桶爆米花都给你。我不太爱吃。"

那样近的距离，连带着声音都好像在黑夜中凝出了形状。

那样轻，趋于成熟的声音里裹挟着几分慵懒。

就在孟繁翊胡思乱想之际，电影的故事如同画卷般展开。

孟繁翊一旦真正沉浸在某件事情中，就会变得相当专注。

这一回，她的大脑仿佛接收了莫允淮下达的"一定要把爆米花吃掉"的命令，无意识地从爆米花桶中捏出一颗，吃掉，再捏出一颗，又吃掉。

等她反应过来口中齁甜的时候，爆米花桶已经空了大半了。

她默默喝了一口可乐，想到莫允淮不喜欢吃爆米花，但是还剩下半桶就显得有点浪费，这一桶爆米花应该需要不少的钱。

她最终还是决定勉强自己。

就在她伸手又捏起一颗之时，另一只带着热度的手捏住了她的手腕，仿佛跟傍晚时手腕感受到的温度重合了。

孟繁翊僵住了，而另一只手的主人没有轻易要放开的意思，转过头来格外认真地对她道："你不会觉得甜得齁得慌吗？"

她决定撒一个无伤大雅的小谎。

莫允淮的声音却在耳边沉沉地响起："不喜欢吃，不要勉强自己。"

孟繁翊抬起头道："没有不喜欢吃。"

莫允淮指出："到后来，你的动作明显慢下来了，我们刚才还吃过了寿喜烧，想来你应该不会这么容易饿的。"

他又补充一句道："孟繁翊，我的生日，我希望你能过得开心。不要因为我今天生日，而迁就我，听从我说的每一句话。我不需要你勉强自己。"

电影里的男女主角猝不及防开始亲吻，叶芝芝一口爆米花还没吞下去，瞬间捂住了眼睛。林可媛一把捂住了谢惜诺小朋友的眼睛，然后伸手也捂住了自己的眼睛。

一阵温热蓦然附上了孟繁翊的眼睛，遮得严严实实的。孟繁翊眨了眨眼睛，长长的、犹如蝶翼的睫毛在莫允淮的手心里轻轻扫动。

痒意蔓延。

她的手同样轻轻柔柔地盖在了他的眼睛上。

孟繁翊的手腕横亘在他的鼻前，而莫允淮只觉得呼吸滞涩，仿佛能感受到对方皓腕的温度。

"哥哥，你们在干什么呢？"谢惜诺的声音猝不及防地从不远处传来。

孟繁翊猛地收回了手，手肘一不小心碰到了扶手，磕得她一阵疼。她一句话都没有说,而是颇为不自在地抿着唇。

"亲亲的情节明明早就过了呀,你跟繁翎姐姐还捂着眼睛……"谢惜诺坏心眼儿地笑出了声。

莫允淮顾左右而言他,反将一军:"谢惜诺,你才多大,谁允许你看这种情节了。"

他没有说得很大声,因为就算在场并没有很多人看,在电影院里说话总是讨人嫌的。只是这样,无端就失了几分气势。

谢惜诺笑嘻嘻地反驳:"是可媛姐姐告诉我什么时候结束的啦,我才没有看呢。"

孟繁翎一句话都不说了,她端端正正地坐在位子上,目视前方,专注得仿佛刚才的一切都只是错觉。

莫允淮开始后悔把谢惜诺带出来了。

后面两人一直都没有讲话。

电影的结尾竟然是悲剧,不只是几个女生哭得稀里哗啦,连张峤都哭得一把鼻涕一把泪。

叶芝芝嫌丢人,但还是抽噎着掏出纸巾,扔给张峤一张,剩下的自己全拿来抹了眼泪。

莫允淮也看得眼眶发酸,却没有哭。生离死别,果真是最大的伤心事。

而他转头望向孟繁翎时,却看到孟繁翎只是很平静地凝视着画面的最后一幕,左眼流下一滴泪,是那种缓缓淌下面颊的眼泪,坠在漆黑的地上,就像是被深黑的旋涡无声吞吃了。

再也见不到踪影,恍若从来没有存在过。

他给她递上纸巾,她没有接,而是转过头来,用那种噙着泪的目光在他的心口上烫出一个个窟窿。

"莫允淮,你以后会不告而别吗?"

明明应该是很无厘头的一句话,他却回答得格外认真:"如果真的要告别,那么我一定会告诉你的。

"我保证。"

3

孟繁翎回来的时候很是小心,手里攥着一小包纸巾,是方才莫允淮中途出门买给她的。

她刚闪进颜思衿家中,门很轻地合上,就听见周冬琴那边的门开了。

有跟的拖鞋"嗒嗒嗒"地在敲在地上,下一秒,颜思衿家的大门就被"咚咚咚"地敲响。

周冬琴一边敲,一边大声道:"思衿啊,现在已经九点半了,你们学好了吗?要不要我给你们端热牛奶过来啊……"

孟繁翊望着自己这一身装束，从镜子里还能看到她的妆容。虽然很是浅淡，但就这样卸掉了也让她分外不舍。

不过眼下无暇舍不舍得了，一种做坏事即将被周冬琴抓到的感觉牢牢地裹住了她。

孟繁翊有些慌乱地抬头望着颜思衿，颜思衿只是摇摇头，示意她去自己的房间里，把门关上。

在关上门之后，她紧紧地贴在门上，大气都不敢喘，企图让自己过度加速的心跳平静下来。

她把头靠在门上，一边听着颜思衿扯着很有信服力的谎，一边脑海里回放着今天走之前莫允淮对她说的话：

"孟繁翊，我的礼物呢？"其他人都在来的时候就交给他了，而他彼时刚好请司机帮忙送回去。

只有后来到的孟繁翊一人没有给礼物。他问她的语气也不凶，甚至可以说是很温和，在夜色中更显温柔了。

孟繁翊在那一刻意识到，他也许真的很在意这份礼物。

她原本是想送他星星和千纸鹤的，这样每天拆开一颗星星，每天都能如同开盲盒一样看到不一样的激励话语。

后来还是觉得不妥，因为她写着写着，星星就变成了承载私人情感的容器。

"我能不能……"她最终还是把"高考以后给你"这句话咽下去了，这句话实在是太离谱了，正常人都会觉得匪夷所思。

所以她决定换个礼物。

孟繁翊垂眸："等周一上学的时候给你，我今天来得匆忙。"

除了她自己和颜思衿，谁也不知道她来他生日宴一趟究竟有多不容易。

"啊，不用是吧。那没关系，等幼幼写完卷子了，你叫她快点回来，考试成绩已经出来了。"周冬琴的声音在门外响起。

心脏立时悬起，无形的线绳将孟繁翊捆住，呼吸骤然困难起来。

今天玩得太开心了，她居然忘记了这件事情。

周冬琴走后，颜思衿端着两杯热牛奶进来，有些无奈："阿姨真的是太能聊了……而且我甚至能感觉得到，她一直在明里暗里问我，你的地理是不是能马上年级第一。"

孟繁翊倒是习以为常，只是面对颜思衿的时候，周冬琴的这种做法让她有几分难堪："不好意思……"

"你就不用跟我说什么'不好意思''谢谢''对不起'之类的话了，我真心把你当妹妹来看的。"颜思衿一手拿着卸妆水，一手拿着卸妆棉，"我要卸妆咯……要不要拍个照片留个纪念？"

孟繁翊立刻点头。

屏幕上，两个姑娘笑得都很甜。不同的是，一个笑得毫无负担，另一个眼中仍然有遗憾和忧虑。

孟繁翊只是很遗憾，当时竟然忘记了和莫允淮单独拍一张合照。

日后两人也许不会有这样的机会再拍一张照片了，最多是在班级合照上见面。

孟繁翊踏进家门的那一刻，周冬琴立刻迎了上来。她小心翼翼地观察母亲的神色，发现对方的眉头没有皱起之后，瞬间猜到了这一回考试自己应该还算有进步。

但肯定不是什么大进步。

如果她考砸了，周冬琴的神色就会特别沉，她几乎都不敢多说一句话。

如果她排名小幅度地下降，那么周冬琴的神情就不会是生气，而是会有比她还浓厚的焦虑感，常常会让她产生一本也考不上了的错觉。

如果她考的是第一名，周冬琴的神情中一定会有压制不住的高兴，只是会故意板着脸，省得她骄傲。

"你这一回只考了班级第三名。"周冬琴喜欢欲抑先扬，"虽然比上次进步了一名，但我总觉得你的化学和地理太薄弱。"

孟繁翊从周冬琴手中接过了她的手机，仔细地阅读自己的成绩条。

Meya 很贴心地把每一科的班级排名和年级排名全都列出来了，甚至还有跟学期开始时的成绩的进退步比较。

不过每个人都只能看到自己的成绩。

重要的是排名。

看到逐渐稳定的成绩，孟繁翊不着痕迹地松了一口气。紧接着，她再去细细地看具体的分数。

化学和地理都比之前有进步，虽然进步不大。

孟繁翊倏然想起自己和莫允淮的那个小小赌注，立刻把手机还给了周冬琴。

"你做什么去？"周冬琴见她没什么表情，连忙出声道。

孟繁翊故意顿了顿，背对着周冬琴，仿佛极其落寞："我考得太差了，我再去看看错题集。"

周冬琴闻言颇为高兴，甚至主动说："我给你剥两瓣橙子……"

"妈，我就不吃了，现在已经十点多了。"孟繁翊叹了口气，看起来真的在为成绩而伤心。

她一回到房间，就将自己的房门锁起来，静静地坐在椅子上等了一会儿，确定没什么声响之后，才小心地伸手将手机从床底下撕下来。

她的手机壳上，现在已经布满了胶带贴过的黏糊糊的痕迹。

她每次想要放松一下，拿起手机时，都会觉得自己在跟周冬琴打游击战。

刚开机，就看到班级群里有无数的消息。现在这个点，他们的夜生活才刚刚开始。

班级群里大部分的消息都是跟成绩有关的，大部分都是互相试探。

考得好的迫不及待地想要知道自己的"目标"如今考多少，考差的干脆不说话，指不定有许多和孟繁翊一样在潜水窥屏。

张峤骄傲地把自己的排名率先甩进了班级群，顿时引起公愤：

△不欢迎学霸！呜呜呜。

△你这小子，看把你得意的。

大家虽然都在抱怨，但基本上都是考得比较好的才会在班级里说话，考得差的谁也不愿意吱一声。

张峤听到这些话，瞬间得意扬扬地翘起尾巴："嘿，我这是实力，根本不是运气好吧。我进步是必然！"

他的感叹号还没发完，群里就出现了一条新消息："张大帅比"已被管理员"叶吱吱"移出群聊。

下面整整齐齐的都是"干得好［大拇指］"。

孟繁翊点开了莫允淮的窗口，犹豫着要发什么作为话题的开头。

莫允淮并没有参与成绩的讨论，她把握不准对方到底是考得好，还是考差了。

她删删改改了好几遍，最后还是全部删掉，心想回学校再问吧，毕竟莫允淮今天还在过生日。

她戳开了他的个性名片，正想着如何修改备注。

没想到倒是对方先发来了消息。

偷吃榴梿的猫：我觉得这次可能是我赢了。

孟繁翊凝视着这行字，蓦地笑了——她这回数学还是考得很不错。

所以她干脆利索地在屏幕上敲出：

金石不渝：除非你到了一百三十八分以上，不然你没戏了。

偷吃榴梿的猫：我考了一百三十九分，正好。

孟繁翊突然觉得自己有点坏心眼儿，她故意等莫允淮先发了几条。

偷吃榴梿的猫：我已经想好了你要做什么了。

偷吃榴梿的猫：不如……

他后半截话还没打出来，孟繁翊不紧不慢地补上了一句。

金石不渝：我考了一百四十分。

莫允淮的手倏然停下。

他的眼前浮现出对方那副小心思得逗了的模样，忽然觉得心里滋生了微妙的痒，仿佛春日柳絮飘过鼻腔，狗尾巴草窸窸窣窣扫过面庞。

金石不渝：我也想好了要你做什么。

莫允淮静静地等着对方的一个答案。

金石不渝：就罚你在空间挂一条说说，要挂两周："在数学方面，是孟繁翊的手下败将。"

孟繁翊发现对方沉默了，以为是自己这个要求太过分了，对方难以接受。

她已经开始想，究竟得用什么样的理由来讲清楚她刚才不是故意的。

如果他不愿意的话，她可以提另一个要求。

偷吃榴梿的猫：等着。

孟繁翊顿时放松了些，手指无意识地划动屏幕，不断地刷新着空间。

她终于看到了莫允淮的说说——

偷吃榴梿的猫：在任何方面，莫允淮都是孟繁翊的手下败将。

4

宁中有个不成文的规定，非常人性，那就是如果遇上的是考试周，就周一再返校。

而这一回，孟繁翊周一返校的时候，桌上已经摆着一张班级里所有人的成绩单了。

每个人的进退步都被详细地罗列在上面，各科分数与排名写得清清楚楚。

孟繁翊看着这张薄薄的单子，内心里有很轻微的叹息——不知道这么轻的纸上，究竟承载着多少情绪呢。

看上去犹如商店里码得整整齐齐的货物，明码标价。

她还是很好奇第二名是谁，昨天看林可媛在班级群里可活跃了，她隐隐约约有了一个猜想，而此刻，她的猜想得到验证。

孟繁翊坐下来，认认真真地比对了一下自己和林可媛的成绩究竟差在哪里。

班级里陆陆续续来了人，他们一进门，看到的就是 Meya 不知何时摆在桌头的、纸质粗糙的 A4 纸成绩单。

"不是吧……"

哀号尚未完全发出，Meya 神不知鬼不觉地站在了男生的身后："不是什么？是想骂我太凶残了吗？"

男生一噎，老老实实地回了自己的座位看成绩。

等班级里的人到齐之后，Meya 敲敲黑板："这一次月考，我们班的总体成绩，相较于整个年段，下降了很多。"

原本就因为刚返校而带来的沉闷气氛，在此刻简直要凝固了。

Meya 声音中带着几分恨铁不成钢："我知道你们都很难，但是别以为我不知道你们考英语前的那个晚上没有好好学习！"

林可媛悄悄地把自己的小说往抽屉里又塞了一截。

她没有明确点出来是谁，而是道："有的同学，考英语前不好好复习，反而在那里看小说！你知道这不仅是对我这个教课老师的不负责，也是对你成绩的不负责吗？"

整个班的英语成绩偏向薄弱，这几乎是大家默认的事实，因此大家确实在这一门上会花功夫，但就算失败了也不会很难过。

直到这一刻被 Meya 好好地骂了一顿之后，他们忽然觉得自己前途堪忧。

人在很多时候是需要被骂醒的。

出操铃声响起，Meya 硬生生止住了自己的话，道："赶紧出操，我懒得再多骂你们了，学习是你们自己的事情。"

张峤往日里出操都是第一个从后门蹦出去的，今天却哭丧着一张脸，可怜兮兮地走在莫允淮的身后:"哥,你救救我呗。"

莫允淮学着孟繁翊,揣了一本小小的英语本,打算出操的时候能背几个就是几个。

张峤看到了莫允淮手里的单词本,眼前一亮,一拍脑门儿就要扑到莫允淮肩上:"莫哥!我缺的就是你这种东西!我缺的就是你这种精神!"

孟繁翊之前一直都是走前门过的,这一回,前门人太多了,她便从后门走。

恰好就听到了张峤的这一声吼。

莫允淮眼皮一抬,从自己桌肚里拿出一本厚厚的英语笔记本,盖在了张峤的头上:"少来这一套,别给我耍花招。你英语学不好,纯粹是因为你偷懒。"

"现在好好学还来得及。"他抬腿就想往外走。

张峤没反应过来,书往下滑了几寸,遮住了眼睛,眼看着就要落到地上——

孟繁翊下意识地俯下身子,伸手捏住了英语笔记本。沉重的下坠的力道让她一时间没能握住,更快地下坠。

"啪!"笔记本摊在了地上,恰好翻到某一页。

孟繁翊正对着那一页,顿时愣住了。

笔记本的那一页,上面画着一个齐耳短发的女孩子,笑容清朗,没有戴眼镜。

Q版画像,特别可爱。

莫允淮在那幅画的旁边用日语写了一句什么,她没看清。但下面的英语注释她看清楚了。

You are the apple of my eyes.(你是我的掌上明珠。)

下一秒,莫允淮就格外迅速地将本子收起来,面上的表情有点惊慌。

孟繁翊知道自己内心没有任何的情绪,只是脸上戴了一个习惯性的微笑面具:"这是什么?我都没看清楚你画了什么呢。"

莫允淮将那本英语笔记本紧紧地捏住,神色之中有点懊恼,问孟繁翊和张峤:"真的没看到吗?"

孟繁翊安静地眨眨眼睛,脸上的微笑没有一丝破绽,甚至沾上了一点促狭的意味:"是什么我不能看的东西吗?"

张峤看到的虽是一幅倒着的画,但看得还算清楚。

不过时间太短,所以他也辨认不出来是谁:"哥们儿,什么情况?"

莫允淮把自己怀里准备好的单词小本扔给他,半天不说一句话。

如果莫允淮辩解两句,那什么鬼话张峤都会信,因为莫允淮不怎么说谎。

偏偏莫允淮不否认,这本身就说明了某种态度。

张峤眼里的莫允淮紧紧地抿着唇,一句话都不说,耳根有点红,神色之中有点羞恼。

"哥们儿,你不会是忘了你这本子里画着这个秘密吧……"张峤努力地降低音量，可是对后面的孟繁翊来说，仍然听得很清楚。

孟繁翊虽然垂着头，但是她一直在微笑，笑到嘴角有点僵硬。

她很冷静地从记忆里搜寻每一个她见过的跟这个女孩子重合的形象，但是没有。

她甚至有想过是不是谢惜诺，可谢惜诺完全不是这个长相。

这应该是他很在意的某个人吧。

在孟繁翊的印象中，莫允淮是一个能把笔记本记得特别干净、整洁的人。

换句话说，莫允淮是一个不会在自己课本上乱涂乱画的男生。

而且他非常喜欢英语，对于英语笔记总是有十万分的认真。

每次，通常是每组最后一排的同学收成绩反思。

莫允淮坐最后一排，收到孟繁翊身边的时候，他小声而迅速地道："孟繁翊，作业，礼物。"

孟繁翊从桌子左上角将成绩反思拿过来，很轻柔地放在了莫允淮手中的那沓纸上。

另一只手，紧紧地抓着一个礼盒。

她还是决定送他一个自己动手做的生日礼物。

这是她昨晚花了大半个晚上折腾出来的，半宿没睡，虽然有点赶，但是每一处她都做得特别认真。

这是一份格外消耗她情绪的礼物。

可是此时此刻，她忽然觉得有点惶恐，觉得这份礼物轻而易举地将自己的心思全部剖开，像是被剥开皮的橘子，只有薄薄的橘络在做最后的遮蔽。

莫允淮将所有的作业交上讲台之后，孟繁翊把礼物从课桌下面递给坐在外面的林可媛，林可媛也从课桌下面递给了莫允淮。

在莫允淮走到座位上，小心地拆开礼物时，孟繁翊忽然趴在桌上，背对着所有人，目视着窗帘。

碧绿的窗帘上亮堂堂一片，外面的阳光就此被拦截。

莫允淮拆开的时候，连沈鸣进都愣住了。

这是一份手工日历。

上面每一页，都画好了表格。顶端有一句作文开头好用的名言，基本上都是不落入俗套的；后面跟着一个人物素材。而表格的下方是十个英文单词，还很贴心的都是"高级词汇"，是作文中那些可以相互替换的高级词汇。

虽然每一页知识点的内容很多，不过排版美观，字的大小基本一致，看上去很是清爽。

每一页都标有高考倒计时，同时九月二十三日这天，右下角有一个他不太明白的数字"1849"。

沈鸣进的桌子上一直摆着日历，但他都是过一天，撕一张，把日历一张张撕薄。

当时莫允淮还一本正经地说，他才不会用日历，用日历也没用。

而现在,莫允淮望着这份礼物,神情中有他自己都发现不了的柔和。

"老莫,这是谁给你的礼物啊?这不比普通的礼物好上太多了吗……"沈鸣进喃喃。

"那你喜欢的球星的限量版海报和这个礼物,你喜欢哪一种?"莫允淮插科打诨,想要将沈鸣进的注意力转移。

沈鸣进陷入了纠结。

莫允淮异常小心地将日历收回去,放在礼盒里。

都快舍不得用了。

沈鸣进还在纠结,孟繁翊往后迅速地瞥了一眼,发现莫允淮将礼物收起来了。

她一时之间也不知道,他究竟是喜欢这个礼物,还是觉得不喜欢,却拒绝不了。

5

在一个班级中,如果你想要避免和一个人经常发生交集,想要疏远他,其实非常容易。

尤其是两个人中,一个坐前排,一个坐后排,连上课时的对视都可以免去。

孟繁翊在化学错题课上依旧会跟莫允淮好好学,依旧还是那样认真,只是逐渐地不再聊天了。

莫允淮屡次想要开口,抑或是开口找一个新的话题,她总是笑盈盈的,并不接茬,只是很迅速地将话题扯回来。

下午换座位。

孟繁翊和林可媛在第四组已经坐够一个月,这回终于要坐到第一组去了。

也就是说,孟繁翊接下来坐在过道旁边,只要莫允淮走过她的身边,就可以直接跟她说话。

不过从第四组搬到第一组去坐,是一件很困难的事情。

因为讲台两侧分别坐了一位同学,中间的路被堵死了。

这意味着,孟繁翊必须要把桌子抬到讲台上。

然而,她抽屉中的书本过多,硬抬会非常沉重。

莫允淮绕过几乎乱成一片的课桌海洋,快步往孟繁翊身边走。

就在此时,一个男生比他快一步走到了孟繁翊身边,询问道:"物理课代表,我来帮你?"

是副班长陈河。

孟繁翊思忖半晌。她不喜欢麻烦别人,就算是搬很重的东西,她都一定要勉强自己。

前提是在她努力了就能搬动的情况下。不过现在肯定是超过她的能力范围了,所以她点点头。

陈河抬起桌子的时候也咬紧了牙,神色之中可以看出来并不轻松。不过他一句话都没有多说,一鼓作气地抬起了桌子。

搬上去也就是一瞬间的事情,只是他的动作不够利索,桌肚朝下微微倾斜,里面滑出来几本书,还有零零碎碎的小物什掉了出来。

莫允淮站定,不打算走,就这样面无表情地看着孟繁翊几乎是有些慌乱地蹲下去,第一反应是捡掉在地上的小东西。

"对、对不起……"男生也半蹲,想要帮忙。他脸上的歉疚,甚至隐隐的羞赧在他眼中都分外熟悉。

莫允淮走上前,不声不响地蹲下身子来打算帮忙捡。

他定睛一看,是星星。

正要拾起一颗,孟繁翊却"啪"的一声拍掉了他的手。

这一下并不轻,陈河和莫允淮齐齐一怔。

"多谢,但是我自己捡就够了。如果方便的话,拜托两位帮我捡一下书吧。"孟繁翊没有抬头,很快速地把星星全部捡起来,还相当仔细地四处看了一圈,确保没有漏网之鱼。

莫允淮不说话。

被她拍过的地方在发烫、染着疼。

孟繁翊从陈河的手里接过了自己的书本,望着被地上刚拖过而留下的污水浸染了的封面,只是微微蹙眉:"副班长,谢谢你……接下来我来就好了,你也不用感到愧疚。"

陈河刚想伸手接过那本书说"我来擦吧",孟繁翊却摇摇头,自己从抽屉里抽出几张纸巾:"真的不用了,我对书整不整齐、封面怎么样都无所谓。"

"毕竟如果不是你,我可能一点都搬不上来,书桌里的书全都掉一地了。"孟繁翊很是体贴地补充。

莫允淮神色一点点冷下来,一句话也没多说。

只是在她要把书桌搬下讲台时,他难得有些强势地一步跨上讲台,再直接把书桌搬下去。

他的肌肉绷紧,面上的表情并不愉快,大踏步地将课桌毫无阻碍地搬到第三排。整个过程行云流水。

孟繁翊根本没来得及反应过来,只好拖着椅子,有些无措地跟在莫允淮的身后。

陈河像是被浇了一盆冷水,登时熄灭。他的脸色并不好看,此时更是觉得受到了挑衅。

莫允淮觉得自己的生气简直毫无道理。

他从孟繁翊手中一把接过她的椅子,一只手把书包从椅背上取下来,另一只手单手就把椅子拎到了她的座位上。

放下时动作很轻,书包也被原封不动地挂好,甚至被他轻柔地拂了拂灰尘,仿佛一切都没有发生过。

孟繁翊垂着头,无意识地咬着唇,声音很低地道:"……谢谢。"

眼前的画面实在养眼,两人靠得有点近。

四周的目光星星点点地烧在孟繁翊身上。她察觉后,往后退了一步,却不小心勾到了椅子,勉强才站稳。

莫允淮强行按下了准备伸出去扶她的手,声音有点冷:"大声点,我没听清。"

孟繁翊蓦地抬头,瞪着他。

周围的目光越来越多,看好戏的同学越来越多。

孟繁翊想要直接走到座位上去,但是莫允淮没有让开,她就走不进去。

孟繁翊就这么跟他僵住了。

她的视线落在他的喉结下方一点,此时更是紧张地只能垂眸。

热度几乎要窜上脸颊,她闭了闭眼,觉得连眼皮都是烫的:"我说,谢谢。"

再次睁眼时,她努力地放平呼吸。

委屈无可遏制地上泛,她只觉得莫允淮今日莫名多了几分强势,仿佛对她有很多的不满。

她好讨厌变成众人目光焦点的感觉,但她更讨厌在众人面前落泪。

莫允淮挪开了脚步,心里一瞬间就后悔了。

看着她明显情绪不佳,他终于从刚才儿哪儿都不对味的状况中出来了。

林可媛直接拍案而起:"我跟你说,别欺负我们家小孟!"

莫允淮企图解释,孟繁翊只是深呼吸了一口气:"不要说了。"

莫允淮顿时住口。

"刚才真的很谢谢你。我态度不好,我给你道歉。"她的声音在发抖,但是已经很努力地克制了。

再说话的时候,她终于彻底平静下来:"莫允淮,谢谢。"

莫允淮的一封道歉信翻来覆去都没有写完。

旁边的沈鸣进看他似乎在写着什么,神色特别纠结,涂涂改改半天,却始终很难连贯地写下去。

"如果实在写不出作文的话,休息一下?"沈鸣进难得看到莫允淮也有诸多困扰的时候,试探性地提出了自己的意见。

莫允淮则是很轻地叹了口气,将手中的纸揉成一团,手一抬便扔进了垃圾桶。

他这个样子实在少见,沈鸣进忍不住好奇:"哥们儿,你到底在写什么……"

至少他之前看莫允淮写作文,都没有看见他有过这样痛苦,半天挤不出来一个字。

莫允淮很轻地道:"如果你惹一个人生气了,但又不知道她为什么生气了……"

沈鸣进眼睁睁地看着他重新抽出一张纸,右手捏着笔,盯着雪白的信纸。

"这要看是谁了。"沈鸣进诚恳道,"如果是女孩子,那可能有很多你根本想不到的理由。"

他的目光是不加掩饰的同情。

莫允淮并不明白孟繁翊到底在生什么气,可他就是知道对方在生气。

哪怕她笑得毫无破绽，哪怕她还是正常无比地跟他对话，但他就是知道。

因为孟繁翊以前看他的眼神不是这样的，至少不是这样，带着点疏离的。

"老莫，我教你啊，不管人家为什么生气，你就是要认错！反正千错万错，都是你的错，绝对不能是女孩子的错。"沈鸣进充分发挥知心老妈子的作用，絮絮叨叨。

莫允淮若有所思。

他微微抬头，就能看到坐在第三排的孟繁翊低着头，认真地记笔记的样子。

而他恰好坐在右侧，能够很清楚地看到她的侧脸。

他凝视了好一会儿，这才又低下头。笔尖在纸上划下一道痕迹，就好像是一道难看的裂痕。

上课铃声响了，地理老师迅速走进教室。

七班的地理老师是一位非常年轻的男老师，不过他的教书水平很高，而且生性浪漫。

同学们很喜欢他的一个原因就是，他经常会举办一些很浪漫的小活动，也会在课前跟他们分享很多有趣的事，譬如他和他女朋友的爱情故事。

所以当大家看到地理老师手上拿着一沓明信片的时候，都意识到了今天会有一个新活动。

张峤起哄："哦——谢老师今天要做什么呢？"

他这一声九曲十八弯的"哦"让很多人笑起来，更多的目光落在了谢老师的手上。

气氛开始热络，莫允淮和沈鸣进也加入了起哄的队伍。

男生多的班级有一个很显著的特点，就是非常喜欢起哄，有时候甚至会不分场合。

不过谢老师显然也是这么走过来的，因此对他们的起哄不以为意，反而用同样的腔调回他们："哦——我们今天要用学科知识点来写三行诗。"

班里一时竟安静了一瞬。

谢老师把手上那沓明信片晃了晃，背面上果然有字："这是上一届学长学姐写的，我将它们做成了明信片，很整齐的一套，只是拿过来赠送给学生们。

"规矩是，如果能用地理知识来写送给自然的情书，那就优先地理学科；如果不能，只要是学科知识点都可以。"

谢老师把手上另一盒没有写过字的明信片拆出来，一张一张地随机发下去。

"不过大家要知道，我举办这个活动的目的，是为了让你们好好学习，记住知识点啊。"谢老师补充。

第一组先发，孟繁翊拿到的是一张有关星辰的夜光明信片。美到她一瞬间失语。

"更长也行啊。"谢老师道。

一时之间班里安静万分，只能听见笔尖在纸上"唰唰"扫过的声音。

莫允淮回想着这几日，心中倏然感喟万分。

他原本只会写议论文、抒情散文之类的，总觉得太酸，也抹不开那个脸去大胆写一篇散文。

今天忽然觉得,自己应该是有办法写出来了。

他落笔时很快,字迹也非常工整大气。只是现在看到自己写的内容,一时之间竟觉得被酸到了。

沈鸣进神不知鬼不觉地凑过来看,大约是想要抄作业,套个壳子变成自己的。然而此刻,他看到莫允淮写的,忽然就觉得自己是个渣渣。

"老莫,我是真没看出来,你居然这么会写这种东西。"沈鸣进摸着下巴,思忖了半晌,"还别说,你写得真的很有感觉。"

三十分钟很快到了。由于署不署名无所谓,莫允淮选择匿名。

"我们班谁念诗最好听啊?我请他来帮忙念吧。放心,最后读不读落款,由写的当事人决定。"谢老师理好了手上的明信片,一眼便望到了众人都推荐的莫允淮,"快上来吧。"

莫允淮一向都是镇定的,他望着谢老师筛出来的那几首被认为写得不错的,意外发现其中有一篇便是自己的。

台下有很多人,莫允淮只能感受到,那一个人的目光是那样专注,是那样炽热。

原本因为念情诗,而有点不好意思的莫允淮慢慢镇定下来,决定先从自己的开始念,因为自己这首实在很短。

> 如果你是双曲线
> 那我便是你的渐近线
> 我们无限靠近
> 咫尺之隔
> 却永无交集

他念得缓慢,落入众人耳中便有了深情的意味。

本来应该有很多人起哄,可是大家都没有说话。

"怎么还有人写 BE(Bad Ending 不好的结局)啊……"林可嫒喃喃自语。

谢老师听了,一时之间竟然也感触良深:"这应该是哪个女同学写的吧?感情很细腻啊,情感氛围的拿捏很厉害啊。"

"谢谢夸奖。"莫允淮淡定地对站在一旁的谢老师道。

谢老师和众人皆是一头问号。

莫允淮厚着脸皮接受了众人的夸赞。

他状若不经意地往孟繁翊那处一瞥,只见对方目光怔然,似乎有很浓重的情绪。她的目光像枷锁,他心甘情愿地任由打量。

莫允淮接连又读了好几首情诗,这几首都写得非常得长,不过写得都挺好,基本上都是各个学科知识点的杂烩。

"唉,这么多情诗中,竟然只有一首用了我大地理的知识点吗?"谢老师拍拍莫允淮的肩膀，"读！给我充满感情地读！"

剩下的最后一首情诗也写得挺长，莫允淮即将开始念的时候，忽然瞥到了右下角，用铅笔写的、非常淡的一个四位数"1850"。

他忽然想起自己还没有问过孟繁翊，日历上的数字到底是什么意思。

他也意识到，剩下的这最后一首，很有可能就是孟繁翊写的。

　　如果我是你的大气层，
　　就能够将你亲密裹挟，喁喁私语，
　　谁也不可将我们分离。

　　冰冷的黑夜里我握住你的指节，
　　带你看远方恒星璀璨，
　　给你讲那个王子和他的玫瑰。
　　我会平静地替你承担炽热的苦痛，
　　让流光静淀在你的心口，
　　替你描摹光的容颜。

　　可是没有如果。
　　我只是一颗行星，你只是另一颗行星。
　　我们有着各自注定的轨道，
　　永远绕着同一颗恒星运转，
　　直至星芒陨灭之时。

读完之后，所有人都没有反应过来。

这是第二篇，听上去结局就是 BE 的诗。

莫允淮读完，一时之间只觉得这明信片和这首诗格外相称。

孟繁翊的诗中好像有很多话想说，但他不确定，这只是对方随心所欲写出来的产物，还是真的对某个人有这样深刻的念想。

如果是后者，他恐怕笑不出来了。

胃里像是填满了铅块，还有腐烂发酸的苹果，让他有些失魂落魄。

班级里有将近三十秒没有人说话。

这明明只是一首诗而已，却容易让人联想到很多很悲伤的东西。

连浩渺的、永恒的星河，都变成了遥不可及的象征和破碎的符号。

脆弱的玫瑰，总是向她的王子竖起尖刺。她本就漂亮，却又爱撒谎；明明独一无二，却又觉得自己泯然众人。

第五章

/

和好，奖牌，运动会

1

"孟繁翊，我们谈谈？"午休即将开始的时候，莫允淮拦住正在收拾东西的孟繁翊。

孟繁翊第一反应是看了看手上的那只表："谈什么？午自习快开始了，自习室有规定，十二点二十分前必须依次进入。"

她这样的态度显然就是不想配合。

莫允淮黑眸沉沉，盯得孟繁翊不自在。她的视线瞥向一边，半晌都不说话。

"五分钟之内谈完吧。"她最后还是妥协了。

两人在教室中面对面地坐下来。

"谈什么？"孟繁翊率先开口，打算掌握主动权。

莫允淮望着她似乎什么事情都没发生过的样子，一时之间竟觉得非常委屈。

他咬了咬牙，还是没能忍住，控诉道："你之前说过，非常讨厌突如其来的冷淡。你也说过，要是有哪里做得不好就直接指出来。"

孟繁翊搭在桌子底下的手攥紧了自己的衣角。

"你能不能告诉我，我到底是哪里做错了？我不希望你不理我。"莫允淮声音里的委屈根本压制不住，"我会好好道歉，只要你指出来。"

孟繁翊敛眸轻声道："你什么都没有做错，我也没有不理你。"

"你就是有不理我，我能感觉得到。"莫允淮一直盯着她，让她有一种面上都要被他的视线烫化的错觉。

可是这要怎么说呢，孟繁翊有些茫然地想着。

故意不理人的是她，事先说好要对方说明理由的也是她，到头来不履行约定的还是她。

她根本没有资格迁怒。

她只是突然发现，对方并不只是在意自己，而自己还自作多情地多次小心试探。这件事情本身让她觉得难堪而又痛苦。

"是我这段时间心情不太好。"孟繁翎临时编造了一个似乎有点依据，实质上又相当拙劣的谎言，"我妈妈对我的成绩要求太高，我根本达不到她的标准，有点迁怒于你了，实在抱歉。"

莫允淮一直都知道，孟繁翎家长对她的要求应该是挺高的。

在孟繁翎的讲述中，他能够想象到，大概就是一个非常严格的母亲，不断地指责孟繁翎为什么没有考第一，还将她与他反复进行比较。

尽管莫允淮还是觉得似乎有哪里不太合理，但他并不想深究，也愿意相信孟繁翎说出来的每一句话。

"那我们能和好吗？"莫允淮小心翼翼地问道，同时把自己熬了一个上午才写出来的道歉信小心地递了出去。

他不仅用中文写了一遍，还用英文端端正正地写了一长串。

望着莫允淮格外小心的眼神，孟繁翎无端地感觉到了几分心酸。

她伸手接过了信，能感受到莫允淮对自己非常重视。

或许在他心里，她和他的友情占有一席之地。

她在心里又将自己唾弃了一遍。

自己就是那种典型的明明是自己不够好，得不到，却反而要怪罪别人的人。

"嗯。"孟繁翎决定将这份想法折叠起来，埋在心底深处，绝不轻易取出。

前段时间是她太过自信，幸好有那本笔记本将她彻底唤醒。

所谓自作多情，不过是某种程度上的自娱自乐而已。

莫允淮的心情从原本的跌至谷底，倏然变得明亮，身为同桌的沈鸣进最能清楚地感受到。

"怎么突然变得这么开心，是中午发生什么好事了吗？"沈鸣进第一次见到莫允淮的心情如此外露。

前面的张峤遥遥就听见了沈鸣进的说话声，立刻道："莫哥，休想高兴得那么早！"

莫允淮才不关注张峤是什么意思。

他只是兀自开心着，这会儿连写语文的阅读理解也仿佛笔下如有神，前段时间一直堵着的、不开窍的地方也瞬间被打通了一般。

心情一好，万物都热闹。

张峤的话基本上都不是空穴来风。

果不其然，Meya没一会儿就走进了教室。

Meya 下来巡视了一圈，然后满意地转回了讲台上："运动会快要开始了，想必咱们班的体育委员早就收到通知了。话不多说，这节班会课马上开始选运动员。"
　　Meya 难得雷厉风行，各个项目的报名都在有序地展开。每个同学最多可以报三项个人的项目，团体项目可以报两项。
　　其他项目勉强凑凑还是有的，唯独在 1500 米和 3000 米这类的长跑项目中，没有一个人吱声。
　　张峤苦着一张脸，接过 Meya 布置给他的重任，一个一个同学轮流求着。
　　"各位帅哥，各位漂亮姐姐，求求了，再看看孩子一眼吧。"他捏着报名表苦苦哀求的样子有些滑稽。
　　他从第四组开始求的，沿着"S"形的路线挨个儿地询问。
　　在问到莫允淮要报哪些项目的时候，沈鸣进刚想替莫允淮回答"他绝对不会报长跑的"，下一秒就看到莫允淮轻轻松松地捏着笔，在 1500 米和 3000 米长跑后面打了两个对钩。
　　他漫不经心地转了一圈笔，在剩下的几个男子项目中挑了一圈，最后选了跳高。
　　张峤被莫允淮的行为感动得热泪盈眶。
　　他一路问下来，终于轮到了孟繁翎。
　　班里的女生不多，除了长跑，大部分的项目都被张峤死皮赖脸地央求着，都有人报名了。
　　眼看着女生都要被求完了，张峤差点声泪俱下地从他那不幸的童年开始讲，企图让孟繁翎感到他的不容易。
　　孟繁翎在他一口气还没喘过来之前，很平静地道："哦。"
　　一个字，成功地噎住了张峤，让他半天不知道说什么才好。
　　表格序号为第一的"莫允淮"后面跟着潇潇洒洒五个钩，两个个人项目的跑步比赛，两个团体的接力跑。
　　旁边写着每个跑步比赛的时间。
　　孟繁翎仔细地核对了一下，发现女子跑步比赛的时间可以和他的五个项目都错开，于是放心地在"女子 3000 米""女子 1500 米"后面都打了钩。
　　林可媛和张峤齐齐倒吸一口凉气。
　　张峤大吼："小孟姐！你和莫哥真是一对大好人！我爱死你们了！"
　　莫允淮原本在手中转着的笔"啪嗒"一声掉到了课本上，划出一道长长的、难看的划痕。
　　但他第一次没有心疼书，也第一次觉得张峤的瞎叫分外悦耳。
　　好不容易把各个项目的参赛人数都差不多凑满了，张峤站在讲台上，声情并茂地朗诵：
　　"让我们由衷地感谢愿意参加 1500 米和 3000 米长跑的同学，虽然我们班只有莫允淮莫哥、孟繁翎小孟姐两人，但，他们就是我们班的正道之光啊！"
　　全班都鼓起掌来，用祝福的目光望着他俩。

孟繁翙再次和莫允淮一起，被迫成了人群中的焦点。

Meya眸中含着鼓励："鉴于他们两个是我们班'唯二'参加长跑的人，所以到时候我们都要去看他们比赛，不管结果如何，他们都是最棒的！"

孟繁翙难得感到了心虚，她并不完全是因为所谓的集体荣誉感，更多的是想要体会一下那种明明和对方错开，却仍然同在的感觉。

Meya继续宣布一些重要的事情："由于运动会有开幕式，而且开幕式事关班级的加分项，所以我们必须要郑重准备。"

她的目光转了一圈："我们班有没有擅长跳舞的同学，开场之前来一段舞蹈也很不错。"

林可媛闻言，顿时举手："我我我，别的我不一定行，但跳舞这一方面绝对可以！"

谈论到舞蹈这个话题，林可媛有说不完的话："我们整个班都可以跳舞。女生少，女生可以专门站在前面跳比较柔美的舞蹈；男生可以系统地来学一段街舞啊什么的，刚柔并济、随性恣意，跳起来特有味道。"

四肢呆板，动作笨拙的孟繁翙环顾一圈，发现除了她以外，所有的女孩子都很兴奋。

她有些沮丧地想，除了学习，她好像真的什么都不擅长，而且没有什么特别的爱好。

"我们班到时候可以买一套班服，领舞的同学特意准备一件。班牌就交给班长来举，班旗就由班级最高的男同学来挥。对了，老师可以帮你们化妆。"Meya笑着道。

班里最高的，毫无疑问是莫允淮。

他在任何时候都是那样优秀，在任何方面他仿佛都是佼佼者。

果真是应了他写的诗，无限靠近，咫尺之隔。

未来很有可能真的会永无交集。

明明是这样欢乐的气氛，孟繁翙却无端地意识到了，现在更要紧的是什么。

如果不抓紧时间跟上……

她不想泯然众人，她也想要握住自己的月亮。

哪怕她并不知道这月亮属不属于她。

2
运动会还有一周，班里的氛围已经被炒热了。

孟繁翙原本都是不上晚自习，下午五点左右就回家。而这一周，她都打算留到九点五十再回去。

因为两节晚自习之间有一个大课间，长达半个小时。

女孩子们喜欢在这半个小时谈谈心，因为这可能会是一天之中最开心的时候；而男生们要么约起来跑步，要么就是冲去食堂吃夜宵。

这一周的晚自习大课间，孟繁翙都和莫允淮约好了，一起去操场跑步，每一次都跑 4000 米。

这天晚上，林可媛难得碰上孟繁翊留下来，格外惊喜道："小孟！你要不要跟我一起去食堂吃夜宵！"

她做出西子捧心状："呜呜呜，你不能想象，学校的烧麦有多好吃，虽然超级小……还有牛肉羹，还有猪肉白菜馅儿的饺子，还有芥菜饭……"

孟繁翊哭笑不得地听着她回忆各种好吃的，眼神放光，不得不委婉地提了一句："之前是谁跟我说减肥来着？"

林可媛一愣："对哦，是哪个小傻瓜想不开，夜宵不吃说自己要减肥的啊，太傻了吧。"

孟繁翊故意应和道："对啊，是哪个小傻瓜说的啊？上次还说再吃夜宵就诅咒自己胖五十斤……"

"啊啊啊，你别说啦！"林可媛猛地捂住了孟繁翊的嘴，"我知道了，我不配。"

两个人玩闹得正开心，莫允淮无情地走到了孟繁翊的身边，敲了敲她的课桌："走了。"

孟繁翊的头发被林可媛碰乱了，长长的一绺挣脱了发圈，垂在她白皙的颈项上。

莫允淮错开目光："4000 米会跑很久，跑完还要散步两圈，时间会有点紧。"

孟繁翊脱下校服外套，把外套搭在了椅背上，跟着莫允淮一起往外走。

走到门口，刚好遇上了 Meya："你们两个去跑步吗？"

她特别关心这次运动会，总是时不时来问孟繁翊什么时候跑步。如果不是孟繁翊本身就有在比赛中拿到名次的想法，一定会觉得很窒息。

"嗯。"孟繁翊乖巧地点头。

Meya 扶了扶眼镜，非常慈爱地道："尽力就好啊，不要太累，老师相信你的。"

孟繁翊一时之间不知道回答什么，只好再次乖巧地点头。

一脚迈出充满凉气的教室，温暖的室外空气涂满了孟繁翊的胳膊。走廊上人不算多，但是教室内传出的声音特别大，孟繁翊站在门口都能听见林可媛的夸张大笑。

操场和教学楼之间有一段距离，孟繁翊和莫允淮却都不准备快步走过去。

他们在晚风中慢悠悠地走向操场，远离了教学楼之后，嘈杂的人声顿时像是另一个世界的产物。天空已经被涂成漆色，只有隐隐约约几朵白云被染上了暗沉。不远处有高楼的灯牌盈满红亮的光，马路上时不时有鸣笛声传来。

世界上好像只有他们两个人了。

孟繁翊很难形容自己内心的感觉。

"孟繁翊。"莫允淮的声音落入她的耳中，温柔而平静。

她在此情此景中，忽然无比安心，只是低低地应了一声"嗯"。

"你的头发没有绑好。"他在暮色中轻声道。

她侧过脸，抬头望他，却看不清。

他的手指在空中轻轻一点，靠得有点近："这里。"

孟繁翊下意识地挑起鬓角边垂落的一绺发，松松地别在耳后。

"……嗯。"她揉了揉耳垂，有点烫。

他们肩并肩，终于走到了操场。不出所料，今日操场上的人并不少，大家都在准备运动会的项目。

"我们从这里开始跑，一开始速度不用特别快，慢慢适应，毕竟4000米不能急于求成。"莫允淮指着线，"我站最外道，你站第四道。"

孟繁翊点点头，她的眸子在路灯的映照下，泛着暖黄色的光，满目都是无比的信任。

4000米，也就是将近十圈。

前三圈孟繁翊跑得还算轻松，毕竟1200米是每天跑操必跑量。

自第四圈开始，她感到异常吃力，喉咙渐渐发烫，铁锈味开始蔓延。

速度不知不觉慢下来了，衬衫背后汗湿一片，密密地贴在身上，就好像是另外一层肌肤。

孟繁翊能够感受到身边莫允淮在放慢速度，但他的呼吸是平稳的，不见丝毫吃力。只有一个解释，那便是他在等她。

一圈又一圈，腿部犹如灌满铅，连抬起都需要费很大的劲儿。

每往前迈一步，她都在不断地说服自己。

"孟繁翊，"很轻柔的气音擦过她的耳尖，"慢慢来，你可以的。"

她迟滞地抬头望向他，脑中似乎也锈住了，每一个齿轮的转动都是一卡一卡的。

跑过路灯下时，她能看到他的脸；跑过此处，他们的身影一起融进夜色。

汗水从脖颈一路滑到脊背，将白衬衫粘在身上。

"还有……最后一圈……"莫允淮为她报数。

热到连血管都要寸寸裂开，脚底都要踩出焰火。米色校裤裹住的小腿失去了知觉，每一次抬步时都觉得自己即将破碎，像一个机器人，下一秒就要坍塌成一枚枚不够精巧的零件。

最后一步跑完时，她不受控制地向前扑去。

即将摔到地上的时候，她却被身边人有力地拽住了胳膊，稳稳地站住了。

他们都弯着腰，双手撑在自己的大腿上，汗水沿着轮廓坠到地上，不顾形象地喘着气。

他们都像是从水中被捞出来的，借着夜色，掩盖自己的狼狈模样。

孟繁翊连脑子都是完全眩晕的，眼前的黑色很像是一块幕帘，朦朦胧胧地就将光亮吞吃。她想要慢慢蹲下来，不要那么晕——

那只手立刻又捉住了她："跑完步不要马上坐下来，我拉着你，我们一起站着。"

原本跑步时只觉得痛苦，跑完了，更大的痛苦泛上。胃中发酸，甚至有极尖锐的刺痛感，这让她难以招架。

时间已经不早了，晚自修快要开始了，孟繁翊还是没有完全恢复。

她咬着唇，一步一步慢慢地往前走。莫允淮也不催，而是一直担心地望着她。

上课铃猝然响起。

铃声长达一分钟，但她实在走不快。

"要不我背你吧？"莫允淮故作轻松，"反正现在没什么人。"

他清楚地感知到了孟繁翊停顿了短短一瞬："不要了吧，我还能走。"

说完她又意识到了什么："我是不是浪费你的时间了？我还要好一会儿，你可以先回去。"

"对我来说，你的任何做法都不算浪费我的时间。"莫允淮的声音在夜幕之中异常温柔。

孟繁翊心念一动，随即按捺住了多余的心思，决定对这句话冷处理。

操场上基本已经空了，只剩下他们两个人艰难地在往出口走去，慢慢地走回了教室。

"你和莫允淮刚才去干了吗了呀？怎么现在才回来……"林可媛小声问孟繁翊。

"我们去跑步了，就是我比较虚，跑不动，后来走得比较慢。"孟繁翊避重就轻。

"哎……"林可媛语调上扬，望着她，"好吧。"

孟繁翊不自觉地摩挲着手上的笔记本，忽而正色道："可媛，我有一件事想跟你说，也请你监督我。"

林可媛见孟繁翊脸上没有任何开玩笑的意思，在嘴边做了一个拉拉链的动作，表示洗耳恭听，闭嘴不说话。

"我想挑战你，我希望我下一次月考能考得比你好。你是我的目标。"她很郑重地说出这段话。

林可媛诧异地挑挑眉，说："你怎么会想把我当你的目标？就因为我排在你前面一名？"

她笑眯眯地搂了搂孟繁翊的肩膀："小孟，咱俩谁跟谁呀，你说什么就是什么吧。"

孟繁翊略有点不自在，不着痕迹地挣脱了她的怀抱："其实我的目标确实是超过……莫允淮，但是现在好像有点困难。"

确实，七班的成绩几乎断层了，第二名和第一名之间，差了很大一截。

如果一个班级的第一名长时间保持不变，这其实并不利于整个班级成绩的提高。

换句话说，人在第一的位置上待久了，总会有一种自己便是最厉害的情绪。而第二和第三名迟迟追赶不上第一名，久而久之就会变得消极。

"没关系啊，小孟，我的目标也就是保住第二名，超过莫允淮。现在依然不变。"林可媛笑着望向她。

由于在上课，两人说话声音其实并不大，动作却非常明显。

林可媛笑着牵着孟繁翊的手，小心地晃啊晃。

很多时候，她们因为竞争对手的关系，没有办法对彼此更亲密，在坦诚这一层关系后，反而可以相处得比从前更加融洽。

林可媛无意之中向后一瞥，看到了莫允淮幽幽的目光。

看着像是有几分羡慕，又掺杂着一点可怜巴巴，好像还有几分不爽。

活像只小狗，看着别人在吃骨头，自己却一无所有。

林可嫒忽然有种诡异的"虽然我成绩比不过他，但在某方面，我可以得到他暂时得不到的"爽感。

她轻轻咳嗽了一声，故意把两人紧握的双手举起来一秒钟。

果不其然，莫允淮眼神中的情绪更复杂了。

林可嫒笑嘻嘻地对孟繁翊道："嘿嘿，小孟，在你毕业之前，我都有办法赢过莫允淮了。"

3

在七班的运动会开幕式舞蹈究竟选哪一种这件事情上，林可嫒和诸位男生产生了分歧。

林可嫒本身是学过很长时间的舞蹈的，因此在驾驭任何类型的舞蹈方面，她都没有任何的问题。

但班里的其他人基本上都没有学过跳舞。

女生们看中了一款青春校园网剧里，女主角和几个小伙伴一起跳的舞，男女皆宜，最后一个收尾的动作是齐齐比一颗爱心。

林可嫒疯狂心动，因为实在是太可爱了。而且这支舞其实男生也可以跳，甚至如果跳得好，会自带一种少年的青春气息。

所有的女生都拼命地点头表示喜欢，孟繁翊和所有的男生齐齐摇头表示拒绝，男生们基本上都对这支舞需要的扭动幅度，以及最后的一个收尾动作抗拒得很。

"哎呀，这样怎么行嘛，可是我已经挑了很多了，就是没找到任何比较基础、能在五分钟以内跳完，又比较美观的舞了。"林可嫒摇头晃脑，长吁短叹。

大多数的男生还是表示无法接受，孟繁翊也一脸凝重，仿佛跳了这舞，对她来说便是极大的迫害。

她实在是拉不下脸，在大众面前跳这样青春洋溢、甚至可以说有点挑战她羞耻度的舞蹈。

她从小到大跳过最像舞蹈的，也最认真跳完的，便是全国第三套广播体操。

林可嫒苦口婆心地罗列这套舞蹈的优点，还说到时候一定能拿下班级评优最高分。

男生和女生僵持许久，班长和副班长一直在唇枪舌剑地你来我往，整个班都呈现出闹哄哄的景况，孟繁翊心浮气躁得一个字都写不下去。

班长是女孩子，副班长是男生，各代表一方意见，而这一次孟繁翊站在男生的阵营，所以分外希望副班长能够吵赢。

莫允淮望着班长和副班长吵得面红耳赤，心中顿时觉得没有太大的必要，想要率先起身表态。

不料身边的沈鸣进先他一步说话："我支持班长！我觉得这支舞，不说别人，我们老莫,我们莫哥一定会以身作则!"

班长得意扬扬,林可媛朝沈鸣进一挑眉,连带着竖了个大拇指。

莫允淮被沈鸣进坑了一把,然而出乎意料的是,他没有立刻出声反对,而是含蓄地颔首。

副班长气得脸色铁青,不少男生都动摇了,毕竟视频上跳这支舞的男生确实显示出一种别样的少年感。

其实原本就有很多男生内心想要试试,只是一直碍于性别、碍于面子,无法顺理成章地开口。

"可爱不应该只属于女孩子!"林可媛骄傲地巡视了一圈,"男孩子也可以很可爱啊!可爱永远是最强的褒义词!"

孟繁翊非常喜欢林可媛这段话,不过这并不意味着,她想要变成跳这支舞的可爱的女孩子。

在匿名投票的环节中,孟繁翊还是格外郑重地写上了"不愿意",随后班长和副班长开始唱票。

看到最后的结果,孟繁翊扯了扯嘴角,居然只有她和另一个人投了"不愿意",而且那个人八成是副班长,恐怕还只是碍于面子。

林可媛动作很快,在 Meya 的同意下,占用了班里的一节自习课去操场上排练。

第一要义是整顿队形。由于七班女生稀少,为数不多的女孩子们便成了整支队伍的点睛之笔。

林可媛和班长嘀嘀咕咕,掺杂着副班长时不时的建议。

最终定下来的队形是,在进场时整个班级要摆成一个巨大的"七"字。而且不是简简单单的宋体"七",而是书法质感的"七";进场之后走到主席台开始表演前,队形变换,女生们站在中央,而四周男生们一圈一圈地环绕。

在班长和林可媛的卖力指挥下,整个班级的人好不容易都站好了位置。

举旗的莫允淮恰好站在孟繁翊的右侧,也就是说,莫允淮会看见她的每一个动作。

音乐声一响起,林可媛在前面煞有介事地做着示范。她本人学习能力很强,更何况是一支五分钟都不到的短短的舞蹈。

阳光从头顶洒下来,林可媛的每一根发丝都泛着浅淡的棕色,原本就白皙的肌肤在阳光下更显动人。

她的动作行云流水,不带任何的忸怩,少女的清纯感拉满,充盈着天真活泼又烂漫的气息。

林可媛原本便长得明艳夺目,此刻别的正在彩排的班级中,许多同学也看过来,有人吹了声口哨,还有不少欢呼声和鼓掌声。

七班的男生顿时不服气了,立刻开始更加热烈地鼓掌,而欢呼声也更大。

张峤和沈鸣进早就加入了"气氛烘托"小组之中,莫允淮的神情有些懒散,虽然没有多说什么,但也飞快地鼓着掌。

他的目光之中是不加掩饰的欣赏，除此之外，没有别的意思。

孟繁翊也觉得这是一件非常好的事。

只是她的内心像是被凿开了一个小小的豁口，一根名为"歆羡"的小管子顺着那道口子往里头吹气，越发鼓胀。

要是她也会一些能够让别人觉得眼前一亮、特别惊艳的特长就好了。

五分钟的音乐很快就放完了，孟繁翊回过神来，专注地望着林可媛的背影，准备跟她好好学习。

第一个动作是右手朝着斜上方伸出——

孟繁翊的目光牢牢地锁定在林可媛身上，丝毫没有注意到自己抬起的手，即将与莫允淮的左胳膊碰撞。

莫允淮也默不作声，暗暗地期待着对方能够在触碰到他的那一瞬间反应过来。他的脑海中甚至能想象出孟繁翊有些惊慌失措，随后强自镇定的样子。

张峤被安排在男生堆中，眼尖地看到了这个场景，立刻出声道："小孟啊，你的手要碰到我们家莫哥了！"

猝不及防被人呼唤名字，孟繁翊一惊，立时缩回手，脑子里反应过来对方是什么意思之后，她点点头："啊，好。"

莫允淮回头瞥了张峤一眼，神情冷淡。

张峤顿时觉得自己受到了警告，立刻移开了视线。

紧接着的动作是扭动腰肢，一想到右侧是莫允淮，身后是一堆男生，而扭腰这个动作对她来说本来就羞耻度太高的孟繁翊十分尴尬。

她像只木偶似的，呆呆地愣在原地，看着林可媛谙熟地扭腰，旁边的女生熟练地跟着她动作向右侧扭动，站在左边的白雅大腿右侧，甚至碰到了孟繁翊垂在左侧的手臂。

孟繁翊火速地收回手，脸一点一点地红了——她实在不敢想象，要是自己的大腿也碰到了莫允淮的手，那会是什么样的场景。

莫允淮也跟着做动作，虽然他也觉得这个动作有点挑战底线，但还是竭力克服了困难。

孟繁翊还没反应过来，林可媛就已经换了下一个动作。

接连几个动作下来都是扭腰，而且扭腰还非常有讲究：要把握好幅度，不落入俗套，又要能够彰显出高中生们的青春活力气息。

即使林可媛已经调整了下位置，叫大家站在阴凉的地方学习动作，孟繁翊还是出了一身汗。

汗液黏黏糊糊地顺着额角滑落，一路滚过下颌，最后又没入衣领。

而七班众人，终于在林可媛的带领下，花了一节课就大致将这支舞学会。

音乐声再次响起，孟繁翊僵硬地回想着方才的每一个动作，她踩着节拍，试图跟上音乐的速度，只是这音乐越来越欢快，实在不是她这等舞蹈白痴能够一次做完的。

在这个过程中，莫允淮一次都没有碰到她，反而是她跳得跌跌撞撞，一次又一次不小心碰到了莫允淮的肩膀、腰部，甚至大腿。

第一次碰到时，她的脑子里飞快地飘过一排排的弹幕，全都是"我该怎么跟他解释，我不是故意的"；第二次碰到莫允淮时，孟繁翊只有一个想法——"咯噔"；第三次、第四次……

孟繁翊在最后一次碰到莫允淮时，逐渐麻木：毁灭吧。就算我说不是故意的，他肯定也不会相信吧。

孟繁翊疲惫地望向莫允淮时，却在对方眼里捕捉到了笑意，于是又迅速地别开眼，若无其事。

最后一个动作是比心。大家约定好了，都是伸出右手，朝右侧比心。

而在孟繁翊做这个动作时，莫允淮忽然伸出了左手，伸到了她的右手臂前方。

孟繁翊蓦地睁大了眼睛：莫允淮用左手比了个心。

此刻，她把她的心递给莫允淮，莫允淮把自己的心馈赠给她。

呼吸交换之间，两人默契地别开眼，把刚才当成一个小小的失误。

两人同时收回手，音乐也恰在此时戛然而止。方才的一切，都好像是一场幻梦。

4

一周的时间眨眼便了无踪影。在七班每个人的期待中，运动会这天终于到来。

开幕式特别热闹。

在还没轮到七班上场时，他们面前走过的，有喜欢动漫的同学进行 cosplay（角色扮演）的，有一整个班大部分都是女生所以穿了洛丽塔小裙子的，还有沉迷于各类学院制服的。

气氛热烈得很，每个班举旗的同学都被召集在一起，加急训练过，因此还有一个环节是各班举旗同学的表演。

这群少男少女，随着主席台一声令下，背景音乐响起，握着杆子的手瞬间紧绷，踩着音乐的节拍，在操场的田径跑道上一圈一圈地舞着旗子奔跑。

他们奔跑时劲儿要足，手不能颤，杆不能斜，舞动时旗面的流动也要有美感，切忌杂乱无章。

骄阳之下，大团大团的红色旗帜在风中骄傲恣意地舞动，像是隐忍的焰火终于在此刻迸溅出火花，要在这一刻燃烧自己，要在青春中燃烧自己。

在奔跑时每一面旗子都有舒展的时刻，孟繁翊远远地便望见了七班的班旗上，写着的是一句她很喜欢的话：

一息尚存，希望不灭。

红底黑字，那样的磅礴大气，背后蕴含着七班学子的崇高理想与对自我实现的渴望。

最后便是他们跑到各班的位置，稳稳地停下来。此时他们的队伍还没有变换成方阵，因此孟繁翊只是远远地仰望着莫允淮。

莫允淮回来时，神情之中不见疲惫，方才那连奔几圈的路途对他来说似乎并不吃力。

而七班的舞蹈也大获成功。

不少人预先设想的是，七班是男生多的班级，举办活动为了有气势，更有可能是喊口号，譬如什么"七班七班，文武双全"，以此来加深裁判老师的印象。

没想到音乐一奏响，竟然是可爱无比的画风。男生们个个完全不扭捏，该扭腰的扭腰，该踮脚转圈的踮脚转圈。

孟繁翊有些笨拙地跟着节奏，经过几天的紧急训练，她不能说跳得非常好，但中规中矩，不至于出差错。

由于表演是给台上的裁判老师们看的，所以最后那个比心的动作，就被改成了每个人都将爱心举在头顶。

同时，林可媛充分顾到身后一大片站着看热闹的学生，决定在头顶比完爱心以后，大家齐齐转过身对着这群观众也比一个爱心。

音乐声戛然而止，大家对着台上的裁判老师露出了极其明媚的笑颜，然后转身——

站在主席台前的这个班，猝不及防被七班的比心晃花了眼。

七班男生还考虑周全地插空站着，为数不多的女孩子们笑容甜美，面上因为剧烈运动而铺上了一层浅浅的霞色，在阳光下，更是美到发光。

孟繁翊看不清众人的脸，也无暇顾及他们究竟怎样看待自己。

此时此刻，她的内心中萌发出了一颗同往日不一样的种子。她忽然发觉，如同阳光一样明媚着，也是一种难得的快乐。

不是因为她被众人注视，也不是因为她能获得许多人的夸赞，而是因为，有些活动能让她真正体会到同往日截然不同的欢愉。

孟繁翊不知道的是，站在她身边的莫允淮悄悄往后挪了两步，在最后那个比心的动作中，他微微倾斜双手，把心比在了她的头顶。

看起来似乎是男生不太好意思做比心的动作，故意含蓄地将手放得很低，不想引起众人注意。

天气酷热，学校也选择在早上八点半之前便把整个开幕式举办完，准备进行接下来的各项赛事。

在 Meya 的示意下，各位运动员身边都有一位"照护人员"。

照护人员的主要职责是替运动员们准备好葡萄糖、水果，通知他们检录，以及在赛事结束时，前往终点处接运动员们，搀扶着他们慢慢离场，抑或是前往领奖。

每位照护人员都会有一个学校颁发的"照护人员准备证"，只有凭借此证才可以进入操场，无关人员只能坐在外面的观众席上观看比赛。

莫允淮的赛事都颇为紧凑，而且强度都挺大，孟繁翊明明自己有好几项比赛，此刻却有点为莫允淮担心。

今早大部分是短跑项目的比赛。

班里绝大部分的同学都前往操场观看，而莫允淮在教室里休息，准备接下来的男子 1500 米长跑。

孟繁翊磨蹭着没走。

等教室里只剩下他们两个人时，她还在想着要怎样开口，才能将自己的祝福不带其他意味地传达。

"孟繁翊。"莫允淮忽然出声。

孟繁翊原本正在想有关对方的事情，这下被莫允淮猛地呼唤了一声，立时打了个哆嗦。

莫允淮："我吓着你了？"

孟繁翊摇摇头，心虚地道："有什么需要我帮忙的吗？"

"沈鸣进还负责照顾另一个同学，所以他现在不在。"莫允淮仔细地铺垫了一圈，"你可以帮我戴一下号码牌吗？"

孟繁翊只觉得奇怪，因为号码牌一直都是别在身前的，完全可以独自完成。

"噢。"想归这么想，她还是老老实实地走向他，从他手里接过别针和号码布，正要开始时，蓦地顿住了。

这个距离，她能感受到莫允淮身上的热度，甚至能从略有些透的白衬衫下，隐隐约约地看到往日里看不到的肌肉。

她此刻根本不敢抬头。因为他的呼吸就这样喷在她的头顶，而她连拿着别针的手都在轻轻发着颤。

"孟繁翊，小心一点，不要扎着我了。"他似是很轻地笑了一声，语气之中却并无多加责备的意思，而是小声地在她耳畔催促，"广播都叫我去检录处检录了，你快一点吧。"

孟繁翊疑心他是故意的，但是她没有证据，也根本不敢直视他的眼睛。

在非常小心地替他别好了别针之后，她有些可惜地道了一句："好端端的白衬衫，这下就被扎了八个洞了。"

她别好之后，往后轻轻退了一步，艰难地想要摆脱属于他的气息的裹挟。

莫允淮开口道："孟繁翊，如果我拿了第一……你，可以给我踩踩腿吗？"

孟繁翊的脑中立刻浮现出高一时，室友叫自己替她们踩腿的场景。

踩腿就是在她的室友躺在一张铺在地上的瑜伽垫上，她踩在她们的小腿上，不断地舒缓她们的肌肉。

这往往是因为接下来她们有比赛，怕腿部太过酸痛，想要迅速地得到舒缓。

孟繁翊一度担心过，自己会把她们纤细的小腿踩断。

事实上，她们都笑着对她说："哎呀，小孟，你别担心这么多了。你可是我们寝室最轻的呀！不要怕，大胆地踩，踩断了算我们的！"

莫允淮怎么会叫自己给他踩腿，孟繁翊怔了两三秒，疑心是自己听错了。

在她默不作声的两三秒中，莫允淮转过身，背对着她说："没关系，如果你不愿意，拒绝我也没关系。是我没分寸，只是我觉得男生来可能会踩断……"

083

孟繁翊听懂了他的未尽之言。

他想要请女生来踩,但没有足够熟稔的女生,而自己算是跟他有交情的女生。

孟繁翊在心里不断说服自己:没关系,只是朋友帮个忙而已,他是因为请不到别人了,恰好跟你关系又还算不错,才请你帮忙的。

又过了十几秒,莫允淮正想故作大方地缓解尴尬说,他要去检录了,却听到身后传来一声很小声的"嗯"。

"我跟你一起去检录吧,反正检录处离我们班的观众席也不远,顺路。"孟繁翊没看他,听起来声音很是平静,仿佛这是一件再正常不过的事情。

他们两个并排朝检录处走去。

"孟繁翊,我是二十五号。"莫允淮指着自己的号码牌,"我跑步的时候,你可不可以进赛场来看我?"

孟繁翊有点为难,因为她没有证件,也不是拍照的小记者和服务的志愿者。

莫允淮又问了一遍:"你可不可以进赛场来看我?"

在此刻,孟繁翊顾不上这个证件好不好拿到手,又或者是否会被他人说闲话。

她只是看到对方这个表情,一瞬间觉得,她一定要来看他的比赛。

所以她说,好。

照护人员准备证确实不好拿,因为证上不仅有姓名、班级,还有蓝底的两寸照片,进入操场之前会有志愿者在门口反复检查。

莫允淮已经检录完毕,孟繁翊站在教室,从高处往下看,能看到他和一堆男生正被志愿者带领着前往操场的某一处,即将开始热身。

莫名地,她开始替他紧张起来。

想不出什么办法取得证件的孟繁翊难免有些烦躁起来,一时之间没能忍住,开始上手撕自己的死皮。

"繁翊?"一声熟悉的呼唤迟疑地响起,孟繁翊蓦然回首,惊喜得睁大了眼睛。

是颜思衿。她今天的装扮是典型的记者装束,脖子上挂着一台摄像机,头上戴着一顶米色的鸭舌帽,看上去活泼不少。

颜思衿语气轻松地调侃:"我来给你变魔法了。"

她晃了晃手中的空白证件:"这个是学校多出来的,反正放着没用,就拿来给你了。"

孟繁翊遽然抬头,颜思衿的笑容明媚晃眼。

颜思衿真的是来给她变魔法的。

孟繁翊连声道谢,然后在证件上一笔一画庄重地写下自己的相关信息。在"照护对象"这一栏上,她犯了难,便抬眸示意颜思衿。

颜思衿轻描淡写:"填我的名字。"

"我今年也参加长跑,没有人是我的照护人。"颜思衿的笑容里似乎含了点深意,一闪而过,却又像是孟繁翊的错觉。

她们填好证件以后便一起匆匆地赶向操场，高二男子组 1500 米即将开始。

颜思衿一边小跑着，一边问孟繁翊："接下来的通讯稿都会由我来负责，虽然我不能随意开后门，但是在朗诵方面，我可以给你们开个后门。"

"繁翊，你想不想亲自读一读，你自己写的通讯稿？"

每年的通讯稿都没什么新意，诸如"运动健儿""如离弦的箭"此类的内容更是被写烂了。

大家写这些稿子，除了班主任强制要求，其实都隐秘地明白一些心照不宣的规则。

譬如，被播报出来的通讯稿，这篇稿件的作者也会被一起报出来。

而在宁中，很多单人的通讯稿，基本上都是话题中心人物的在意者或者好友所写的。

孟繁翊这回沉默了很久。

"不了。"她说，"男子接力赛的时候再说吧。"

当一群男生都走到起点时，很少有人能够说自己不紧张。

莫允淮也是如此，不过在跑步之前，他脑海中的紧张是由另一种情绪带来的——孟繁翊到底能不能来看他的比赛？

他们在跑道上依次站好，裁判捏着一个小话筒，声音洪亮："预备——"

他缓缓地举高手中用来发令的枪，在所有人的心都缓缓悬起时，他终于扣动了扳机。

"啪！"枪响之后，一群人都冲了出去。

不少人特意穿了运动衫，胸前的号码牌很是亮眼。

阳光在烧烫，身上的热度也增加了不少。无风，对跑步大有好处，只是无端地令人觉得像是被笼在了真空的透明钟罩里，沉沉闷闷，跑着不得劲儿。

第一圈莫允淮跑得很是轻松，他没有盲目讲究快速，而是始终保持着一个速度，心中有隐隐的遗憾。

在跑第二圈时，他的目光骤然攫住了孟繁翊的身影。

她头上戴着颜思衿方才戴着的鸭舌帽，帽子下的眼睛亮晶晶的。在他跑过她时，清楚地听到了她音量并不大的"加油"。

莫允淮不知道为什么此刻他的视力会变得这么好，好到她微笑的弧度，他都能够看得一清二楚，并且在心里细细地复刻一遍。

原本的紧张感彻底没了踪影，取而代之的是一种正在燃烧的战意。

广播中放着励志的歌曲，随后燃炸全场的重金属音乐声也抵达他的耳边。

他踩着节拍，不知不觉越跑越快，因为他对每一圈都充满了期待。

第三圈的时候孟繁翊举起相机，给莫允淮拍了好多照片，雪色的肌肤同漆色的相机在阳光下割出最鲜明的对比，让他几乎有些目眩神迷。

他看不到她的眼睛，却莫名能够想象出她笑起来弯弯的桃花眼，墨色的发松松地搭在雪白的颈项上，覆住了相机的绳。

第四圈的时候，他脑海中已经逐渐忘记自己正在跑步的事实。

终点逼近，莫允淮抬头，在终点处望到了孟繁翊。

她就站在那里，很乖，手里捏着一瓶矿泉水，旁边站着沈鸣进。

她在等他。

莫允淮倏然回想起自己正在进行一场比赛。

他的思绪飘忽着，蓦然想起一个似乎很不相干的话题——他是不是应该跑慢一点，以减缓冲劲儿，免得将她撞倒？

或者他可以装得稍微累一点，然后让她扶住他？

这两个念头才出现，就被他毙掉了。

孟繁翊一定希望他拼尽全力，而不是略有敷衍。

莫允淮努力提速，不料就在他方才发呆的短短一刹，有个男生从他身边一闪而过。

莫允淮立刻更大幅度地往前迈，力图迅速追上他。

最后的时刻，他却像是才开始一场有对手的厮杀。

跑道两侧两个班级的人都在为自己班的人呐喊助威，声音一波盖过一波：

"莫允淮！加油！"

"梁照霄！冲啊，梁照霄！"

莫允淮也能看见，孟繁翊在终点，并没有非常激动，而是始终含着笑意，用她一贯的平静笑容来等他。

——冲过线的那一刻，莫允淮知道自己大概还是慢了一点点，只是一点点而已。

听到自己的秒数只比那个叫梁照霄的男生慢了零点几秒时，莫允淮从孟繁翊手中猛地接过矿泉水，一口气喝了大半瓶。

孟繁翊有些无措地望着他，大概是不知道究竟怎样才能安慰他。

莫允淮却隔着鸭舌帽，轻轻地按了按她的脑袋，真心实意地说："没事，我技不如人。"

他不会说他的失败是因为方才最后关头的发呆，省得孟繁翊也为此愧疚。

同时，他也深知，输了就是输了，不要找那么多的理由。

莫允淮转头望向他这一回的对手。

梁照霄察觉到莫允淮一直瞅着他，便挑了挑眉，主动走了过来。

"跑得很快，但还是我更强一点。"梁照霄语气挺拽的。

莫允淮顿了顿，道："我明天还有3000米要跑。"

两人的眸子里"噼里啪啦"闪出了战意。

"巧了，我也有。"梁照霄笑得慵懒，"肯定还是我赢。"

莫允淮并未被他的挑衅激怒，而是淡淡地道："我说，我赢。"

广播中不断播报着让获奖者前去领奖状和奖牌，四人便一起前往。

孟繁翊并不觉得这零点几秒就能立刻断定他们的真正实力，可她望向莫允淮时，有些替他难受。

奖状被捏在手中,奖牌挂在脖子上。三个男生依次踩上领奖台。

站在比梁照霄矮了一小截颁奖台上的莫允淮笑容倒是灿烂得很,孟繁翊举起相机,小心地给她心里的这位第一名拍照。

她是如此珍重,又怀有私心,所以偏了偏,将三人照变成了单人照。

眨眼之间便是饭点。莫允淮同孟繁翊并排,一起往操场出口走去。

"孟繁翊。"莫允淮的声音里不自觉间裹了些小心翼翼,甚至是……一点点委屈。

孟繁翊被他这一声同往日都不一样的呼唤立刻喊得心软无比,登时仰头,认认真真地盯着他:"我在。"

"我没有跑第一。"他声音里的委屈更浓了。

孟繁翊不会安慰人,只好干巴巴地回答:"嗯。"

她不想说些假大空的"没有关系,这只是一次小比赛而已",她只在乎他怎么想。

"我没有跑第一。"他又重复了一遍,似乎对此格外在意。

这样的语调是孟繁翊从未听过的,心口像是被人灌满了眩晕药剂,又酸又软,陷在里头,却又完全说不出话。

"你还给我踩腿吗?"他的目光落在她的眸子上,凑得近了一些。

孟繁翊不经意间嗅到他身上熟悉的洗衣液的香味,不太自在地往右侧挪了一点点,没想到莫允淮也跟着往她这边挪了一小寸。

"我愿意的。"她的眸子掩在鸭舌帽下,只会重复一遍,"我真的很愿意。"

她听到对方轻轻笑了一声,将手中的银牌妥帖至极地挂在了她的颈项上。

银闪闪的奖牌反射着太阳的光。

"送你了。"莫允淮把手中的奖状在她面前晃了晃,"我得的奖,都送给你。"

孟繁翊没有反应过来,一时之间只觉得自己好像什么都没听清。

"我争取,接下来每一项比赛都给你捧一枚金牌回来。"莫允淮露出了她很熟悉的笑意,是那种充满少年感的笑容。

"以后,莫允淮的所有奖牌,都归孟繁翊。"

孟繁翊不知道莫允淮究竟从哪儿找来了瑜伽垫,灰色的,然后窄窄地铺在教室的地上。

"真的要在这里吗?"孟繁翊迟疑地看向他。

莫允淮神色淡定:"我也办了走读,所以我不能回寝室了。"

孟繁翊眼睁睁地看着对方很是平静地翻过身来,维持着一个平板支撑的姿势,浑身绷紧。

"我……"她觉得有哪里奇怪,却又说不上来,只是心跳一直在不断地加快,像是随时都要从喉咙中蹦出来。

"你答应过我的……"莫允淮的声音很轻,却立马戳中了孟繁翊。

她无奈地蹲下身子,解开鞋带。

往前一迈，她踩在软软的瑜伽垫上，踌躇着，一只腿悬在空中，半天都落不下去。

"孟繁翊，繁翊，你快点踩吧。"他的声音里填充着仿佛无奈的意味，"我做平板支撑也是很累的。"

她的眸子倏然睁大，因为他对她的称呼发生了变化。

由于莫允淮的腿部没有贴着瑜伽垫，孟繁翊无从下脚，但他又催得紧，她只好硬着头皮抬脚踩上去——

她踏上去的那一瞬间，莫允淮差点没能继续他的平板支撑。

非常柔软的足，带着温度，轻轻地落在他的腿部。而她偏生又慢吞吞地开始一下一下地踩，似乎是忧心将他的腿踩断，所以犹犹豫豫、拖泥带水，踩起来不仅没有让人觉得腿部松弛，反而让他越发紧绷。

"用力点。"他的声音不知不觉沉了下去。

孟繁翊踩上去的第一感觉是，跟女孩子完全不一样。

女孩子们的腿部是软软的，就算平时跑操跑多了，也会及时地捶打，将腿部肌肉捶松。

而莫允淮的腿部让她第一次近距离感受到了一种，男性和女性的差别。

是她过去那么多年都没能深深意识到的，力量感的差别。

孟繁翊心里不住地泛着与往日截然不同的感觉。

很陌生，很难形容，只能说，她在这一瞬间非常想要逃避。

莫允淮在她的心中，原本只有"一个优秀无比的人""我的目标"的标签，然而在此刻，所有的标签都被撕碎，重组，拼凑成了一个崭新的、她尚且不能明白的新标签。

就像是原本坠在水中的月亮被彻底捞起，所有的纱都被倏然撕得粉碎。

孟繁翊停下了动作，咬住唇，想要深呼吸，却又怕被莫允淮听见。

"我下午也要跑 3000 米，别的不说了。你……你换个人来吧，我实在不行。"孟繁翊迅速地穿鞋。

七班的班服是裙子，她还得赶着时间去换一套便捷的运动装，还有一双合脚的运动鞋。

莫允淮觉得现在的情景有点匪夷所思，说话的时候不知不觉带上了一点委屈感："可是你答应我了。我现在腿特别酸，明天还要跑 3000 米。"

"你找沈鸣进。"孟繁翊背过身，继续穿鞋。

她的内心天人交战，愧疚感和想要逃离之感反复撕扯着她。

拜托了，莫允淮，不要说话了。她在心里暗自祈祷，无奈脚上这双鞋的鞋带缠成了一个死结，越慌张，越解不开。

一声轻轻的叹气声拂过她的后背，她蓦地一僵，脚上的鞋带就已经被另一双手接过，仔仔细细地拆起来。

孟繁翊无可遏制地站起了身，从旁边自己的座位上迅速地拿出一只口罩，飞快地戴在脸上。

她的内心只有三个字：救、命、啊！

"孟繁翊，"他无知无觉地替她绑着鞋带，动作小心，没有抬头，"你的脚好小。"

他察觉到孟繁翊原本还算平静，现在好像有点发抖。他抬眸看去，目光里全都是她。

孟繁翊咬着牙等莫允淮替自己系好了鞋带，然后深吸一口气，在莫允淮莫名的目光中，拔腿就跑。

莫允淮："哎？"

女子 3000 米长跑比赛前一个小时，孟繁翊就接收了整个七班所有人的关爱。

女生们别说了，一个个用慈爱的目光望着她，嘘寒问暖，恨不得把她供起来；男生们不好同女生一样亲昵，便一直帮忙把一袋袋水果提到孟繁翊跟前。

孟繁翊并不习惯成为众人的焦点，在大家的关爱中如坐针毡；只是当她看到人群之外遗世独立的莫允淮的时候，觉得老老实实待在这里挺好的。

Meya 也从楼下上来，拎着一大桶的葡萄糖粉，搬到了讲台桌上："有哪位同学想要喝的，自己盛啊。除了下午有比赛的运动员们，其他同学都给我下去好好看比赛。写作业的别写了。"

其他人被轰走了，孟繁翊终于缓了一口气。

她一转头，莫允淮的视线却锁在她身上。

她呼吸一窒，立刻转过头，老老实实地盯着自己从抽屉里拿出来的，用来镇定心神的《数学五三》。

莫允淮不紧不慢地朝她这个方向走来，孟繁翊头皮发麻，恨不得立刻闪开，整个人却像是生了根一般，长在了座位上，一时之间动弹不得。

莫允淮极其自然地从她桌上拿走了陶瓷杯，加了几勺 Meya 刚给的葡萄糖粉，然后出门替她灌水。

好不容易挨到了检录，站在起跑线上的那一瞬间，孟繁翊竟然松了一口气。

黑色的板前冒过一缕白色的烟，枪响之后，她一个箭步飞速跑出去。

——她有预感，这一回，自己肯定能拿到前八的名次。

第一圈没有很快，但她竟然看到了莫允淮也拿到了证件，混进来了。

"孟繁翊，加油！"跑过七班的观众席，排山倒海般的喝彩涌来。

向来应付不来如此大场面的孟繁翊头皮一紧，又加快了一点点速度。

想要去追光，想要在青春向前奔跑，想要找到自己的未来，想要抓住一切自己所爱。

一圈，两圈，三圈……一圈圈地叠加，她开始感到疲惫，感到喉咙干渴，感到痛苦。

浑身的肌肉都在告诉她，她想要停下来。

但她每跑过一圈，都会看到莫允淮。他举着相机，正在拍她，还在给她比加油的手势。

奔跑着，所有的记忆碎片都开始互相撞击，一块块冰封许久的记忆碎片都重新解冻。

她也想要炽热地盛放一次,想要肆无忌惮地吸引众人的目光一次。

孟繁翊想要在青春的记忆中永不落幕。

孟繁翊跑到最后,眼前几乎都已经泛黑了,但她还是咬着牙,冲向了终点。

她根本看不清终点站着谁,或者说此时此刻并不在乎终点有谁,只知道这一回她已经胜利。

她成功地捉住了自己的命运一次。

跑过终点线,她猛地向前一扑,本以为会跌倒在地上,却撞入了这样一个炽热的怀抱中。

她没能看清对方究竟是谁,但莫允淮的声音在耳畔沉沉响起:"我们绕着操场走一走?你得了第三,已经非常棒了。"

她听着他的声音,眼前是泛黑的,却有种世界都颠倒的错觉。

好像太阳都被她摘下,为她落幕一次。

孟繁翊喘着气,不顾一切地攥着他的衣角。她的脑海中闪现过很多场景,又仿佛什么都没有,只是一片纯然的空白。

莫允淮的手轻轻地抚在她的头顶,喉结滚动。

他只知道她在此刻很需要他。

这个不成型的拥抱只有短短的两分钟,因为她看上去特别不舒服,旁边的裁判老师也没有拉开她。

孟繁翊捧着莫允淮给她冲泡的葡萄糖,跟条小尾巴似的,目光紧紧地贴在他的背上。

她不敢跟他并排,但她知道自己不想离开。

铜牌被孟繁翊随意地收了起来,揣在右边的口袋里,左边的口袋里,还装着莫允淮给她的那枚银牌。

下一场比赛是莫允淮的跳高比赛,孟繁翊挑了不远处一块没什么人的位置,席地而坐,捧着葡萄糖,一会儿喝一口。

莫允淮每次越过杆子时,都能看见孟繁翊对他笑一次,然后做"加油"的口型。

她笑起来真的特别甜,也很乖,小酒窝浅浅地浮在双颊,长睫轻轻颤动几下,双眸弯弯,像是盈满了甜意。

莫允淮再一次助跑几步,轻轻松松地越过了杆。

在空中停滞的那一瞬间,他的心跳也达到了最高点。

场上的人越来越少,大部分都被淘汰了,莫允淮在和另一个男生争谁是第一。

不过不同的是,对方看上去紧张无比,而莫允淮并未多紧绷。他的目光始终不偏离孟繁翊。

"不是吧!"旁边观赛的其他班的人惊呼一声,两人的话题又被打断,注意力重新凝聚在了比赛本身。

是莫允淮的对手,他勾到了杆子。围观的人无不摇头,觉得可惜至极,毕竟对方看上去应该还能再撑上一两轮,估计是紧张了。

孟繁翎眼睛亮亮的,盯着莫允淮。

莫允淮在准备时,忽然同孟繁翎再次对视。

"我会赢。"他没有说出声来,只是做口型。

他不管孟繁翎有没有看清,只是在助跑的时候,脑海中闪过一个念头:

如果这次赢了,我就……

再一次到达最高点,他的思绪短暂地空白了一瞬,在落地的那一瞬间,他再次和她对视。

很多年以后,他一直记得这一次对视。

她的眸子里充满了笑意,也是那样坦然地卸下了所有的防备,由他窥得一瞬间。

跳高的金牌就这样被莫允淮轻轻松松收入囊中,他极其淡定地离场,连多余的话都没有说。

就好像他只是前来度个假,拿金牌是顺手的事儿。

同林可媛站在一起,孟繁翎总有一种很安心的感觉,因为对方长得比她更为明艳,吸引的目光也更加多,不知不觉话题就会转移到对方身上。

虽然听起来有点不太好,但孟繁翎不得不承认,她就是不太喜欢变成众人的讨论对象。

她们一路走来,林可媛牵着孟繁翎的手,亲亲热热地"小孟"长"小孟"短,叽叽喳喳地在莫允淮身后吵个不停。

走到楼梯口,终于没什么人了,林可媛的音量也放小了一点。

莫允淮从兜里摸出了金牌,踩在阶梯上,转过身。

孟繁翎顿住,仰头看着他。

林可媛敏锐地发觉了气氛的不对劲,依依不舍地放开孟繁翎的手,闪到了一边看好戏。

他将奖牌的缎带轻轻地从她的马尾后穿过,小心地压在了领子下面,顺带将她没入领口的、不安分的发丝轻轻挑了出来。

一枚金牌就这样松松地挂在了孟繁翎的脖子上。

"我的。"莫允淮抛下一句话,便转身上了楼。

林可媛无端觉得自己受到了威胁,不甘心地磨了磨牙,随即又挽上了孟繁翎的手,完全不顾已经走到转角处的莫允淮的目光。

"我是小孟最好的朋友!"林可媛故意大声说,"就算是金牌也比不上我的爱!"

下一秒,她眼睁睁地看着孟繁翎伸出那只没被她牵住的右手,无比珍惜地抚摸了一下金牌,然后又摘了下来,揣在了兜里。

5

晚霞正好，橘黄色与淡粉色的云层，深深浅浅地晕染开来。凑近落日旁的云朵全都被烧成了瑰丽的火红色，有风拂过，云朵微微挪动，在不知不觉间变成了一片绮丽的纱。

饭点，来来往往的学生很多，不过大部分都是冲向食堂。

孟繁翊一如既往地不想前去食堂，而是待在教室里，根据自己的计划来补今日没有写的规定的题目数。

所以她错过了这一时的霞色，直到莫允淮忽然出声叫她："孟繁翊。"

她从题目中惊醒，转头望去。

不知何时，教室里又只剩下她和莫允淮，就像很多次的午休一样。只不过这一回，他们都没有开灯，整个教室的光线有些昏暗。

霞光透过窗帘的缝隙斜斜落在纸面，勉强照亮了她写字的桌面。

"你今晚还留下来上晚自习吗？"莫允淮问道。

孟繁翊却摇摇头。

周冬琴生怕她下课后待在学校里久了引发一些不好的情况，前一周留校已经是最大的让步了。

尽管她觉得可笑万分，但没有任何办法抗争。

"我也走读，今天我们可以一起走到校门口，我有语文的问题要问你。"莫允淮的目光没有对准她，而是飘忽着望向别处。

孟繁翊觉得这不是莫允淮最想说的，因此继续盯着他，等待他的话。

莫允淮从抽屉里摸出来一只纯白的拍立得，黑色的眸子在有些昏昧的光下依然显得闪闪发亮。

"孟繁翊，你愿意跟我在黄昏中拍一张照吗？"他的目光轻轻落在了门外，从他这个角度能看到大片大片的霞色，"今日的晚霞很美。"

孟繁翊不知所措地站起来，跟在莫允淮的身后往外头走去。

一走出门，漫天霞光映入她的眸中。此时此刻，所有的橘黄色都已然褪去，只留下缱绻梦幻的粉红。

七班的门口经过一个女生，头发有点卷，侧脸看上去非常精致。

莫允淮伸手拦住了她："能帮我和她拍一张照吗？"

女生的目光瞬间转过来，眼中流露出了促狭与端详："成啊，莫允淮。"

她精确无误地叫出了莫允淮的名字，伸手接过了拍立得，娴熟无比地对准两人："女孩子往中间站一点——"

"莫允淮，你也靠近一点，你们两个别像是完全不相干的陌生人好吧！"她怒其不争，"不要磨磨叽叽。"

孟繁翊突然道："等等。"

她从口袋里将莫允淮的金牌和银牌取出来，抬手递给他，示意他挂上。莫允淮却摇了摇头："都是你的。"

当着外人的面,孟繁翊觉得羞赧万分,又觉得不太好直接否决他,只是游移不定。

莫允淮微不可察地叹了口气,说不清是无奈更多,还是别的什么,干脆从她手中取过奖牌,一齐挂在了她雪白的脖颈上。

莫允淮将奖牌挂好,又从她的另一只手上接过了铜牌:"你给我戴上。"

孟繁翊的面色被瑰丽的晚霞染上了绯色,她抿了抿唇,踮起脚,伸手——

她蹙了蹙眉:"你蹲下来一点。"

莫允淮往她那处微微俯身,离她的面庞更近了一分。而孟繁翊气息不稳,迅速地替他挂上,摇摆了一会儿,还是替他小心地叠了叠领子。

他们之间的距离终于近了一点。

孟繁翊的面上努力地露出微笑,不过看上去很是紧张,一只手摆出了"耶"的姿势,另一只手却背在身后;莫允淮倒是从容许多,只不过他的面上没有太多的表情。

"一,二,三!"女生大声地喊出数字,而对面弱弱地传来孟繁翊一人的"茄子",说得有点勉强,甚至还有点颤抖。

莫允淮没出声。

孟繁翊扭过头去看他,发现他倒是坦坦荡荡,这样更衬得自己像是个傻瓜。

相片缓缓地被吐出来,孟繁翊接过的时候,看到的是一团黑。

"再等等。"莫允淮道。

女生将拍立得往孟繁翊手中一塞,就打算走,莫允淮也没有说一声"谢谢"。

孟繁翊没有迟疑,代替莫允淮喊了一声:"多谢。"

女生拍拍手,也不多说话,走路的样子非常从容,速度却极快,几秒钟便穿过了走廊,带起了一阵风,仿佛在赶趟儿。

孟繁翊进了教室的第一个动作,就是开了灯。

明亮的灯光一下子驱散了黄昏的浪漫感,原先犹如异世的空间瞬间重新回到了高二教室。

孟繁翊没忍住,又翻开了那张照片,意外发现——

照片上的她有点傻,在喊"茄子",但看上去总归是正常的颜值水平;而一旁的莫允淮则是捏着她那枚铜牌,目光是柔软地落在她面上的。

"这张照片能给我吗?"孟繁翊盯了一小会儿,捏紧了它不愿意松手。

她真的非常需要一张和他的单独合影,这张照片一定会成为她的动力。

"当然。"莫允淮认真道,"不过作为补偿,接下来两天的运动会你都得跟我合影。

"我也想要有一张和你单独的照片。"

翌日,是全然不同于昨天的小雨。

风吹着有点凉,吹得孟繁翊的手上竟然起了一层细细的鸡皮疙瘩。

她坐在检录处的长椅上,心绪杂乱。

还在下小雨,跑道一定很湿滑,甚至在跑的过程中,她整个人都会被淋湿。以及昨晚她没有好好揉腿，今天腿酸软无力……

最关键的是，雨会模糊她的视线，她怕会看不到大家的加油目光，心会不安定。

林可媛作为孟繁翊的照护人员，姗姗来迟。她刚才被老师紧急召走谈一些事情，这会儿才被放行。

"小孟啊，你紧不紧张？"林可媛抖了抖雨伞上的水。

孟繁翊诚实地点了点头。

"唔，别担心，反正你知道我们在看着你就好了。喏，你看我这一袋子都是什么东西……"

她把包的拉链拉开，给她细细清点："这是莫允淮给你泡的葡萄糖，还有补充能量的饼干，这是他给你准备的软糖，说你紧张的话可以吃几颗，哦对，还是白桃味的……"

孟繁翊望着这一袋子零食，一时竟无语，半晌才道："莫允淮在哪儿？"

林可媛翻了个白眼："这人说要给你准备什么惊喜，希望到时候不要变成惊吓。"

经过这么一打岔，前往操场时，孟繁翊果然减少了紧张感。她深吸一口气，随着裁判老师的动作，在跑道上站定。

一声枪响，孟繁翊的脑海中只有一个想法——

众人皆是离弦之箭。

这个比喻虽然被用烂了，但是真的很贴切。

不过孟繁翊没有被别人影响，而是按照自己的节奏来。

不妙的是，腿部的肌肉酸软无力，正是昨日跑完 3000 米的后遗症。

才跑第二圈，她就已经有些支撑不住。

"给高二（7）班的孟繁翊同学：

"你是雨幕之中的独行者，经历无数困厄。

"在本次 1500 米之旅中，你是否看到了过去无数时间节点上的你呢？

"你的努力都被时间见证，被我们祝福。

"我也一直相信，你会闪闪发光。

"高二（7）班，莫允淮。"

广播中传来一道清朗的男声，一刹那间刺激了孟繁翊有些麻木的神经。

此时此刻，这道熟悉的声音将她从黑暗之中，从一片疲惫与想要放弃的念头的渊薮之中拉出。

恍若一缕刺入死荫幽谷中的破晓天光，在雨幕之中，她忽然热泪盈眶。

三日的运动会一晃而过，七班最后的总成绩相当喜人。

一个男女生比例极其不平衡的班级里，女生拿到的总分几乎跟男生对半开。

这其中，孟繁翊的一银一铜和莫允淮的两金一银的奖牌都为班级摘奖牌拿到了大头，获得了 Meya 的极大褒奖。

她一高兴，立时决定请大家吃炸鸡。

今日同时也是放学日，双重喜悦叠加。

在确定七班是第二名之后，Meya 喜滋滋地前往年级长办公室，替大家领来了运动会前三名的奖金，当场充了班费。

五十几只炸鸡摆在面前的时候，每个人都被香味击败了。

浓郁的香味直直飘到了走廊上，即使七班连空调都打开，门窗都紧闭，也阻挡不了炸鸡的香气。

来来往往的同学们无不羡慕地停在七班门口，探头探脑。

林可媛右边的窗玻璃被敲响，她和孟繁翊同时抬头望去，顿时一愣。

是那天帮孟繁翊和莫允淮拍照的那个女孩。

林可媛"唰"一声就拉开了窗户，好奇道："这位年级第一的大佬，你来找谁？"

孟繁翊闻言登时小小讶异了一下，很快又觉得理当如此——每次年级大会上，领奖学金的时候，这位第一名都会随时消失不见，不过也没有人责备她。

"帮我叫一下莫允淮。"女生也不惊讶，看上去似乎被别人喊"大佬"已经是一件习以为常的事情了。

孟繁翊听到这句话，心却骤然一缩，她慌忙低下头去，生怕对方认出自己。

林可媛看热闹不嫌事大，立刻出声："莫允淮——年级第一来找你啦！"

一时之间，没有看着他们的 Meya，所有人的目光里都填满了窥探欲。

莫允淮脸上也没有丝毫的慌张，习以为常地端着炸鸡，另一只手拎着拍立得就走到了孟繁翊旁边。

"出来。"女生催促道。

莫允淮对女生应当是非常熟悉，因为他在面对她时，没有任何同别的女生相处时会有的不好意思，反而带着点无奈道："太热了，不想出去。"

孟繁翊不自觉地捏住了薄薄的书页，半晌都没有说出话。

又是这样，他永远都是这么受欢迎。

所以有时明明和她相隔咫尺，却恍若很远很远。

莫允淮注意到孟繁翊半天一动不动，像是思维停滞了。

他打算赶紧解决完手头上的事情就顺手来帮孟繁翊解个题，因此语气中不知不觉掺了点催促。

周围有人在起哄，他转身甩了个眼刀："闭嘴啊，她虽然是年级第一，但跟我没什么关系。"

"胡扯。"女生接过他手中尚未使用过的手套，迅速地拆开，拿了两大块鸡块，另一只手松松地勾过拍立得，立马要走。

孟繁翊绷紧的弦不知不觉松了一点，女生却又转过身来，饶有兴趣地盯着莫允淮和她。

女生的音量不大不小，刚刚好够周围一圈人都听得到：

"这就是我外甥的……嗯，好朋友？"

孟繁翊笔尖一顿，连林可媛都没能反应过来。

"小姨，你当初说了不在学校里暴露身份的！"莫允淮恼羞成怒。

"你也不看看拍立得是谁借给你的，呵。"女生冷笑，"你用了拍立得，还拿我当免费摄影师，好意思吗你？"

她说完，不等莫允淮做出反应，顿时"啪"地把七班的窗户关紧了。

孟繁翊很难形容自己的心情。

原先跌至冰点，现在又忽然觉得看到了春天。

"年级第一谢霜音是你的小姨？"林可媛颤抖着声音询问，"你们家基因都这么好的吗？怪不得我考不过你？"

她这么一接话，所有人都以为方才年级第一说的人是林可媛，一个个登时露出了看热闹的表情。

但话题主人公莫允淮将那盒炸鸡放下，弯下腰来，低声问孟繁翊有没有哪里不会。

孟繁翊却觉得原本一切的沉重都不知不觉地在消散，眼前的题目都可爱起来，连解题步骤都不再觉得厌烦，顿时摇了摇头。

她好喜欢今天。

今天，将会有属于她的一个下午。

第六章

/

梦想，青春，应战书

1

孟繁翊到家的时候，发现周冬琴换了一个发型。

"当然好看。"孟繁翊打量着母亲。

她有时候看着自己的母亲，会觉得很心疼；可更多的时候，她都为自己被母亲控制着长大，像是活在一个模具里而感到痛苦。

周冬琴对着镜子转了一圈，很快又转过头来，仔细地打量着孟繁翊，摇了摇头，将她发上那个西瓜发夹摘了下来：

"这个太花了，我觉得不好看，妈妈下次给你买一打素一点的。"

孟繁翊知道她的潜台词——这个不是真的不好看，而是我觉得你现在这个年纪就开始打扮，会分掉心思，不好好学习。

"随便。"她转过身子，原先还算美好的心情又被淡化了一点，打算进门。

周冬琴却叫住了她："幼幼，你们班主任说，你这次运动会表现不凡。把奖牌拿出来给妈妈看看？"

孟繁翊闻言，几乎是瞬间便警觉——周冬琴又开始试探了。她又趁着自己不知道的时候，跟 Meya 打过电话，仔仔细细地询问过自己的现状了。

她最后的美好心情不知不觉被撕碎了。

孟繁翊沉默着，从校裤兜里摸出奖牌，但当她的手放在奖牌上时，动作顿时停止了。

她兜里的奖牌，有三枚——全都是莫允淮的。

莫允淮下午把她的奖牌全部要走，把自己的奖牌都送给了她。

周冬琴看着孟繁翊将手伸进裤兜,再没拿出来。

身为最了解孟繁翊的母亲,周冬琴敏锐地意识到了不对,立刻道:"怎么了?"

孟繁翊望着对方凝视着自己的目光,有种要被剖开的错觉。

她努力地发挥着平生最大的演技,轻描淡写地道:"我不小心把我同桌的奖牌拿过来了。"

"你同桌?是那个考第二的?"周冬琴步步紧逼,目光如炬,"她体育也这么厉害?"

孟繁翊后悔拉出林可媛来应付话术,毕竟这是一个一戳就破的谎言。

"嗯。"她硬着头皮,给出了一个肯定回答。

"那你可要好好向她学习,早点考过她。"周冬琴数着日子,"我算算,你们期中考也没多久了。"

孟繁翊点头,手心已经微微出了汗,她竭力让自己看上去镇定无比。

"像你爸爸说的那样,她值得结交,但是你要超过她,知道吗?"周冬琴面色如常,第一次轻松放过了这个疑点。

孟繁翊在庆幸之余,心头又掠过淡淡的不安,她垂眸,匆匆道:"我会的。"

孟繁翊进了房门,习惯性地将门锁上,脊背靠着床沿,慢慢地滑坐在了地上。

地板冰冰凉凉的,一点一点地抚平了她心中的燥热。

她拉开了书包的拉链,露出了几大本厚重的《五三》蓝色的封皮,她呆呆地盯了一会儿,原先有些剧烈的心跳就此缓缓归于平静。

她竭力将所有的不安都压下去,然后从床板下将手机再次撕下。

在开机的过程中,她不断地回想着自己近几日的心路历程。

手机成功开机,社交软件上方的红点点已经到了最大的数值。

孟繁翊慢吞吞地按开,第一条就是被她设为"置顶对话"的莫允淮。

孟繁翊不想给他任何的备注,因为迟迟没寻找到合适的。

她叫又又:你的奖牌还在我这里。

看到莫允淮改的新名字,孟繁翊原本有些松弛的心弦又瞬间紧绷,整个人立时挺直了腰,目光不自觉地锁着屏幕。

金石不渝:……你的奖牌也在我这里。

她叫又又:我妈今天还问我,为什么要骗她说得了金牌。

孟繁翊的心随着上方"对方正在输入中"的不断消失与出现而起起伏伏。宛若一张细细密密的网坠入清凌凌的湖水,轻轻颤动,涟漪荡漾。

莫允淮像是知道她心里有些着急,却故意非要吊着她,一分钟过去了都没有输出来一句话。

她实在没忍住:

金石不渝:然后呢?

她叫又又:然后,我跟我妈说……

她叫又又:我跟第三名的同学打了个赌,但是我赌输了,现在三枚奖牌都归她。

门外骤然响起敲门声,孟繁翊手一抖,立刻将手机反扣。

敲门声越来越急,周冬琴的声音响起:"幼幼,妈妈有事跟你说,你开个门。"

孟繁翊登时将手机调成了静音,深呼吸一口气,将手机轻轻放在了床底,然后用力一推,使它成功滑入看不见的黑暗之中。

她又极其迅速地从书包里抽出一本《五三》和一支笔,蹑手蹑脚地坐在书桌前。

在她刚刚摆好姿势的那一瞬间,门口钥匙转动的声音传来,"咔嚓"一声,周冬琴进了屋。

孟繁翊能感受到,周冬琴的动作似乎停顿了几秒,随后又若无其事地走到她的身边,将一盘剥好的橘子、橙子放在她的桌上。

她正在写的是《化学五三》。

周冬琴打量她正在写的题目,不自在的感觉顿时充满了孟繁翊的全身。

她眉目中有不耐烦,但竭力隐忍:"能不能不要看着我写?你这样我的思路都断了。"

"我就是看看你的正确率而已。"周冬琴睨了孟繁翊一眼,发现她的《五三》上红钩更多,而且做错的题目旁边的错题解析看上去也煞有介事,满意地点了点头。

"你最近化学学得怎么样?"周冬琴试探性地问道。

"我能感觉得到进步。"孟繁翊镇定地回答。

"我想给你找个补课的老师。"周冬琴念叨着,"我这几日专门去打听了一下,有个老师,教理综的,可厉害了……就是这费用估计有点贵。"

周冬琴的话在她的头顶飘动,犹如生了锈的沉重锁链,随时做好了一圈圈缠绕在她脖颈之上的准备。

她讨厌补课,因为在周冬琴的眼里,但凡"名师"的补课,要是没有出点成效,那么便是她的错。

从前她并不会拒绝补课,毕竟她一直知晓资源难觅,学费昂贵,不能浪费母亲的一片苦心。

然而这一回,她忽然萌生出前所未有的勇气:"我不要。"

周冬琴的声音仍然持续了几秒,好几秒以后她才反应过来一般:"你说什么?"

枷锁蓦然被她自己斩断,压在脊梁上的愧疚被骤然撞碎一角。

她一时之间也没反应过来,自己将这话说出了口。

"我不要,我有自己的一套复习体系,我不需要。"孟繁翊没有看着周冬琴的眼睛。

原本以为接下来会是一场积蓄已久的激烈争吵,没想到周冬琴只是定定地望着她,像是要将她从头到脚看得清清楚楚,将她所有的情绪都一层层剥出来剖析。

"你是认真的?"周冬琴只问了这么一句。

孟繁翊觉得周冬琴的反应同往日委实不同,仿佛在伪装死火山的平静,一旦揭开真正的面纱,就会看到涌动的、愤怒的岩浆。

"你的人生,你自己负责。"她冷冷地抛下一句,"你如果不听我说的,以后的早餐就不要叫我做了。我不想为你的任性付出任何的辛劳。"

孟繁翊错愕地望着她。

这是周冬琴？她今天整个人看上去都和平日有点不一样。

孟繁翊正想问出口，周冬琴"砰"的一声摔上门，彻底隔绝了孟繁翊想要问出口的所有话。

孟繁翊不知道究竟是不是自己又惹周冬琴生气了。

可是如果真的是自己的拒绝让她这回这样烦躁，那孟繁翊也不会出去同她主动认错。

因为这一回，她并不觉得自己有错。如果她一味地忍让，那周冬琴对她人生的控制只会变本加厉。

经此一打岔，孟繁翊原本的好心情彻底告罄。

她拿着晾衣杆，慢慢地从床底勾出了自己的手机。望着上面覆盖着的浅浅的一层灰，她心下微微叹息。

按亮屏幕，果不其然，莫允淮发了很多条信息。他还配合上了很多他自己做的、小猫又又的表情包，全部都是委屈巴巴的："[你怎么又双叒叕不理我了 .jpg]" "[歪，妖妖灵嘛，有人失踪啦 .jpg]" "[我错了，对不起 .jpg]" ……

孟繁翊的目光停留在最后一行的道歉表情包上。这只猫猫是委屈兮兮的下垂眼，怎么看怎么惹人怜爱。

金石不渝：不好意思，刚刚我跟妈妈吵架了，就没来得及回你。

对面秒回——

她叫又又：心情不好吗？

金石不渝：嗯。

她叫又又：你有网易云吗，我们可以一起听歌。我的歌单里有很多歌，听了能让人心情愉悦。

孟繁翊的网易云闲置许久了，毕竟她平日里没有条件天天听音乐还不被周冬琴发现。

莫允淮同她加上了好友，继而点开了"一起听歌"。

他发来一条语音："我歌单里的歌，你可以随意挑。"

她的指尖发颤，在她认知中，歌单的分享是一件非常私密的事情。

她点开了他的个人信息，戳开了他的关注列表，小心地窥视着。

他关注了很多音乐人，有且仅有她一人是例外。

继续向下看，他的公开歌单只有三个，都是以数字开头："25" "23" "70"。

她忍不住想要解码。

生日？

——肯定不对。

某些人的班级、学号？

——有可能。

她对照着自己的学号,有些失落地想,一个都对不上。

"现在你想要听哪个歌单里的歌?"他发来一条语音,语气平静,没有任何打算同她解码的想法。

孟繁翎只是一遍遍地将这三个数字反反复复地刻在心底。

她点开了"25",里面全都是纯音乐。

她此刻特别想要听一些没有歌词的曲子,从曲调本身汲取力量。

排在第一首的这支曲子,是一部动漫电影中的纯音乐。前奏舒缓,并没有任何的不同,但在中间一段,小提琴奏响,整首曲子整个变得明亮,像是春日和煦暖风中的向日葵花盛开,动听到让人几欲落泪。

孟繁翎没忍住按了单曲循环。

所有的烦躁都被慢慢去除,原先小心翼翼的试探,隐藏在聊天文字背后的、即将说出口的情绪都慢慢地平复,转而变成另一种更为明亮的情绪。

她打开自己的日记本,在上面又添了一行字:

再等等,时间会将所有的迷雾吹散,一切都会被涤荡得更为透彻。

孟繁翎慢慢地敲打着字。

金石不渝:你的歌单的序号是什么意思?不方便说的话就当没看见。

她叫又又:是秘密。现在不能说。

等了几秒。

她叫又又:这是三个我最喜欢的数字,从初中就喜欢。

2

每个返校日,都伴随着尚未褪去的暑意、拉长的蝉鸣,止不住的困倦之意,还有周测。

这周轮到的是物理。

孟繁翎状态不佳,闲来无事,刷了一早上的题目,但效率十分低下。

望着刚发下来的、布满密密麻麻小字的卷子,她甚至感到了眩晕。她梦游似的做完了前面的单选题,却在多选题的第一题上就卡住了。

她觉得自己的神志还算清醒,可就是幽魂一般无法全心全意地思考眼前的问题,连简单的加减乘除都需要反反复复地列着竖式。

当收卷铃声响起时,她如坠梦境般恍惚地盯着最后一道大题。

全部空白。

孟繁翎眼睁睁地望着组长把所有的卷子都收上去,继而由小组长们将卷子摞好,一张一张地递给她。

明明只是一沓纸的重量,却犹如千斤。

她盯着卷子许久，才想起来要站起来将所有的试卷交到办公室去。

甫一回到教室，班里已经闹哄哄地开始对答案。

桌上还摆着一张单子，孟繁翊一栏栏看下来，整个人看着都有点蒙。

这张单子，罗列着几栏：姓名、目标院校、目标专业、目标分数线。

而前面传下来的，分数线都直逼六百九，目标院校都是耳熟能详的。

"我就要填 T 大和 P 大，T 大、P 大又怎么了，还不是人考出来的吗！"张峤大声嚷嚷，"不许笑我，你们一个个的，谁敢说小时候没有肖想过 T 大、P 大！"

林可媛感同身受："可不是嘛，我小学的时候只知道三所学校，T 大、P 大两所，还有一所是 HU。"

此话一出，更是讨论成一片。

"我小时候只听过 T 大、P 大，哈哈……我刚考第一个一百分的时候，家里人都撺掇我长大了上 P 大，哈哈。"

"哎，我也是！不过我妈恨不得我上 T 大，天天念天天念……"

"我妈倒是列了一堆，各个国家的名校都列了一遍。"

孟繁翊睁大了眼睛，望着聚在一起热烈讨论的他们。

林可媛的物理试卷大剌剌地摆出来，红色的圈有很多个，显然就是发挥失常，可她完全不在意，兴致勃勃地加入众人的讨论。

少男少女扎堆，前后桌讨论得热烈。

在这个时候，他们身上都有着极其张扬的神采。谈论起理想的时候，几乎每个人的眼里都是有光的。

他们会因为各种各样的原因爱上一所大学，或许是气候，或许是环境，又或许……是某些特殊的原因。

他们有着赤诚的心，对未来无比憧憬，个个坚定地相信自己的未来绝不止步于此。

这周孟繁翊的后桌是陈安甜，七班的班长。她没有像林可媛一样扎进人堆里，而是坐在位置上从容地写着作业。

可是，孟繁翊看到她的嘴角是上扬的。

见孟繁翊盯着她，陈安甜抬头，爽朗一笑："我的目标不像他们那么远大，'985'肯定是困难的。"

陈安甜自认十分有自知之明，见孟繁翊没有出声嘲笑她的意思，便继续道："可是我也有想要上的大学。"

"我想去一所普通的'211'，它是我的梦中情校。"陈安甜谈起这所学校时，面上的渴盼全然流露，是那样真诚，"我愿意为之付出不懈努力。"

孟繁翊怔怔地审视着面前这张调查表格，一刹那觉得它不再是一张普通的纸。

说得夸张一点，这简直就像是一座碑，上面镌刻了一个个泛着金色的梦想，承载了每一个灵魂的重量。

她细细地浏览，目光最后在莫允淮的那一行停滞。

他只填写了一个名字,以及一个七百分开头的绝对高分,院校和分数都没有填。
她最想要知道的答案,不在这张纸上。
孟繁翊不是一个很张扬的人,也很难随意地将自己的理想吐露出。
更何况她确实没有很明确的目标。

很多人都能够勇敢地说出梦想,因为他们不怕嘲笑,也有足够的自信,对自己的梦想也是相当的渴盼;还有一种人,他们小心翼翼,走在钢丝之上,不能随意地将自己的梦想袒露,必须一层一层地裹上包装,将梦想的光芒一层一层削弱,直到它们看上去不再是遥不可及。

因为害怕嘲笑,因为畏惧夭折,因为梦想过于珍贵,别人一吹就有可能灭。
她万分小心地在纸上落笔,只有一个中规中矩的分数,其余一片空白。
她和热闹的人群格格不入,中间像是有一道无形的玻璃墙,世界在她这一边静谧到落满灰尘,在那一端时间却能如河水般淙淙流动,每一秒都是彩色的。

"莫哥!你的梦想院校是啥?"张峤一嗓子大吼道。
他这回坐的位置离莫允淮差了十万八千里,因此动不动就在教室里大喊一句,连 Meya 每次都会被他突然的声音吓一跳。
莫允淮随意地转着笔,指尖轻轻松松地勾着笔杆,最后在纸上填了一个笃定的选项,这才声音不大不小地道:"你猜。"
"我赌 P 大!"张峤双手举起,"我的梦想院校也是 P 大!我和学霸的梦想差不多,四舍五入就是我和学霸差不多!"
"那我就赌 T 大。"叶芝芝觉得张峤简直没眼看,摇了摇头,"就你还想和学霸一样?"
"反弹反弹,不管你怎么嘲笑我的梦想,我都不会放弃的!"张峤比出一个大大的"×",表示对叶芝芝的反击。
眼看着两人又要斗嘴,众人七嘴八舌地开始讨论起班级前三名的梦想院校。只可惜调查表传了一圈,还留下两个人没有填。
"莫哥,你怎么跟小孟姐一样啊,扭扭捏捏,藏着掖着多不好!"张峤看到表格,顿时不满。
沈鸣进在旁边悠悠地一唱一和:"人是要有梦想的,不能做一条没有梦想的咸鱼。"
众人的目光在孟繁翊和莫允淮之间挪来挪去,都带上了恨铁不成钢的意味。
孟繁翊和莫允淮对视,两人下意识地、异口同声地道:"她/他先填。"
话音落地,各自静止一秒,再一次异口同声:"我没有目标。"
几个字一模一样,林可嫒顿时眯起了眼睛,眼神里嵌满了怀疑。
孟繁翊在心底叹口气,想着实话实说还没有人信了。
然后她又一次和莫允淮同时摊手:"你要是不信就没办法了。"
连着三次都唱了双簧,孟繁翊和莫允淮瞅了对方几秒,没有一个人敢轻举妄动。
秉持着绝不主动的想法,孟繁翊错开了莫允淮的目光,就是不看他。

莫允淮轻轻叹了口气:"单子拿来吧,我填就是了。"

几个男生围上去,林可媛也跟上去凑热闹。只不过当林可媛上去的时候,几个男生就自觉地让开了路,搞得林可媛一头雾水。

纸张传了一圈,张峤费劲儿地念着上面的英语。

"UT……这后面念什么?U…Toron……Toronto……"他断断续续地念着,百思不得其解,"不是吧,哥们儿,你想去国外读书?"

"哦哦,还有一个 M……这怎么读啊?"他抓耳挠腮,只能求助本人。

"UToronto and McMaster.(多伦多大学和麦克马斯特大学。)"莫允淮读得流利而标准,"如你们所愿,我填了,还填了两所。"

孟繁翎连呼吸都屏住了——她此前从没有听过对方有出国的想法。

此前她只是知道莫允淮的家境非常好,却从来没有往出国的方向想过。

"不是吧,你真的要去国外读!"林可媛立刻反应过来。

她隐蔽地瞥了孟繁翎一眼:"那……怎么办?"

莫允淮把笔放下,无奈道:"我只是假设一下,如果去国外读,我就去这两个学校。现实是,有百分之九十九点九的可能性我留在国内,不说百分之百只是凡事不把话说满而已。"

他的目光越过茫茫人海,轻轻地烙在她的眸中,说得笃定而自信:"我怕说了国内的学校,有人被我影响啊,那多不好,梦想是自己的。"

他这话说得没头没尾,孟繁翎却听懂了。

她不敢多看,觉得对方意有所指,更怕自己的心绪肆无忌惮地从眼睛里跑出来,锁不紧,关不住。

"唔,现在只剩下一个人了,晚饭前交给我就好了。"陈安甜把这张单子递给孟繁翎,"你慢慢想,可以去 Meya 的办公桌那里查查电脑。她叮嘱我,一定要让所有人把所有的内容都填了。"

孟繁翎点点头。

莫允淮提着水杯,从教室后面往前走,顺手捞过孟繁翎的水杯:"热水还是温水?"

随着他的话音,一张字条悠悠地落在了她的课本中央。

她抬手覆盖住,镇定自若地回答:"全开,不需要掺温水。"

他离开,她立时将字条翻了过来。

他写的是:等会儿我带你去天台。

右下角有一行用铅笔写的字:我想知道你的梦想,非常想知道。

天台对孟繁翎来说,绝对是个陌生词汇。

所以当孟繁翎一步一步随着莫允淮踏上台阶时,总觉得像是在做梦。

他们慢慢地拾级而上,走到了六楼顶层。

尘埃的气息明显,连扶手上都覆有一层淡淡的灰。阳光从六楼的大窗子里投入,勉强映亮了顶部。

映入眼帘的是一把巨大的锁,刷得雪白的墙上贴着一张纸:闲人勿进。

夏季,南方的楼顶被日光暴晒,加上没有窗户通风,整个楼顶都显得格外沉闷。才在楼顶待了一会儿,孟繁翊的脊背上一片汗湿,黏黏腻腻,叫人觉得难受。

"有锁。"她出声,面上的表情却很是淡然,没有抱怨,而是安静等待。

然后她眼睁睁地看着莫允淮从兜里摸出了一把钥匙,神色从容地开了天台的门。

莫允淮晃了晃钥匙:"考过几次年级第一之后的特权。"

孟繁翊跟在他的身后,小心地移步。

一推开门,蒸笼般的热气扑面而来,尚未完全退却的暑气一下子盈满了面庞,向下一踩,砖红色的地板烤得滚烫。脚心如踩在炽热的岩浆中一般,要一时半会儿才能适应。

莫允淮抬手,用手腕在额前横亘出一道屏障,好叫眼睛不被尚未退却的光辉刺伤。

孟繁翊则是将雨伞撑开,一并遮住了莫允淮头上的光。

但是对她来说,他太高了,她的手必须得举得很高。

莫允淮低声地笑,从她手中接过了伞柄:"我们去那一块阴凉一点的地方。"

这里实在是太高了,孟繁翊没有向下望的勇气,而盯着砖红色的墙,仍然会觉得眩晕。所以她悄悄地将目光落在他的手臂上,以缓和心中因为高度带来的不安。

绕过矮墙,他在此时太阳晒不到的地方往地上铺了两张试卷,卷子上只有一个潇洒大气的"莫",以及后面跟着的几个鲜红色的钩、一个满分的标志。

"坐。"他拍了拍身旁。

热度隔着纸还是能感受到,但犹如夕阳下海水浸泡过的沙滩,只是泛着温热,让人骨头都有些懒下来。

他的头抵在身后这堵刚刷没多久的矮墙上:"我带你来这里,其实也算是聊个短暂的天。"

因为仍然有些热,就算没有太阳的直射,莫允淮的背后也渗出了一层薄薄的汗。

他的眼神很明亮,像是燃着一簇焰火:"孟繁翊,我想知道,你的梦想是什么?"

孟繁翊垂头,也学着他,将后脑勺抵在墙上。只是马尾凸起,让她无论怎么靠都很难受。

莫允淮温热的手指在空中点了点,她便明白了他的意思,摘下了纯黑色的、毫无修饰的发圈。

摘下的力度有点大,发圈掉在了地上,被他先一步拾起,替她妥帖保管。

"你刚才有关梦想的话,是对我说的吗?"孟繁翊心中已经有了一个大致的、几乎确切的答案,但她仍然想要问清楚。

莫允淮说:"是。我想知道你想要选择哪里的大学。"

四五点,没有风的夏日傍晚。

有点像梦。

孟繁翎想了好一会儿，才肯定地回答："我想要考一个好大学，然后找到一个好工作，指不定一路硕博读下去……"

"有点笼统了，能不能详细一点？"他偏头注视着她，眼神不知不觉柔和下来，"我想要知道一个具体的答案。"

孟繁翎的喉咙有些干涩。

这一回她想了很久，空气中都弥漫着安静与祥和，时不时有学生的欢笑声飘过耳畔，却遥远，像是另一个国度。

"我没有梦想。"良久，她又一次肯定地说，语气中却带着茫然。

"孟繁翎，"他温和地问道，"你为什么会没有梦想呢？"

她用那种非常诚恳，却也格外迷惘的眼神望着他，很慢地道："人为什么一定要有梦想呢？"

"我觉得我一直都被框在了一个模里，生来就是要被压成一个特定形状的。"她喃喃，"我无论如何往外挣扎，都离不开大致的轨道。就好像我按部就班地来世上，活了一遭就完事儿了。"

莫允淮有些意外会得到这样的答案。

这一回他看向她的眼神无比认真，也无比郑重："人当然可以没有梦想，可以这样自在散漫地活着。每个人有每个人的活法……这一切我都赞同。但扪心自问，你真的想要被框在这个模里，庸庸碌碌地走完这一生吗？"

有关梦想的一切事情，在他们这个年纪，都是最大的难题。

孟繁翎按照莫允淮的要求，不断地回想着最初的梦想。

仍旧挂在天际的烈日，没有一丝风的夏日傍晚，两个少年在回想着自己的梦想。

莫允淮在这个下午，神奇地听到孟繁翎阐述了一大堆破碎的语句。很多句子是无实际意义的，听起来很是荒诞、光怪陆离，但他在认真地理解，认真地想要走入她的世界。

孟繁翎在最后蹦出了两句话："我不知道什么叫青春，我觉得我在这个年纪就已经垂垂老矣，再多叠加一点试卷就能够将我压成碎片。"

听起来似乎很矫情，明明现在也不算是肩负太过的重担。

但她已经很累了。

她明白自己其实在内心深处也渴望能有林可媛那样的活力，能有叶芝芝独特的看待生活的角度，能有沈鸣进的不慌不忙、从从容容，能有张峤不畏惧一切的勇气。

可她知道最"正确"的一条路该怎么走。

她应该压榨所有的时间，把它们兑换成成绩的碎片，慢慢生长成为一个用错题搭建脊梁、用试卷填补血肉的孟繁翎。

莫允淮却好像岔开了话题道："我最喜欢的一句词，是'老夫聊发少年狂'。他才是垂垂老矣，却能拥有少年人的狂傲之气。"

他深深地凝视她，把她此刻的美刻录在他的心扉上："'孟繁翎'三个字，在我心中，注定闪闪发光。梦想不急于一时，因为它不是固定的，而是私人所有物。

尽管如此，我还是很希望，未来你能够告诉我，你的梦想是什么。"

他的喉结不自觉地滚动，左手放在口袋里，有些紧张地捉着那根发圈："你，明白我的意思吗？"

孟繁翊不断地品味着这话的意思，闻言一顿。

她立时坐直了身体，感觉血液流动得太快，以至于觉得眩晕，耳边还出现了轻微的耳鸣，自己好像踩在独木桥上，一不留神就有可能粉身碎骨。

他和她对视。

风在变大，不知道从哪里刮来的枯叶在地上"咔嚓咔嚓"地发出声响。

孟繁翊慌张地起身："我……我要回教室了。"

她的第一反应是逃跑，眼前的一切超出了她的认知和预计。

像是一个拙劣的剧本正在上演，而她从原先的旁观者，不知不觉变成了戏中人，还意外成了主角。

可是下一秒，他倏然大声喊住她。

那边枯叶忽然被风卷起，慢慢升上了高空，却又飘出了天台的范围，在高高的空中，悠然地下跌。

"你别走。"莫允淮声音又大了些，"如果你不乐意，我以后就不会再提。"

接着他的音量渐渐低落："我本无意在此刻就告诉你的。"

"你能不能等等我……有些话，我想等高考之后跟你说。"他缓慢地、坚定地重复。

孟繁翊的心口一颤。

"你刚才问我什么是青春。"莫允淮也站起身，比她高了许多，直直地凝睇她的眸。

"我的答案是……

"现在，此刻，就是青春。"

傍晚五点四十分，孟繁翊从老吴的办公室走出来，携带着残留的热意一脚踏入了教室。

一仰头，教室里的人正在掰手腕，是莫允淮和副班长陈河。

莫允淮的表情看上去没有丝毫的变化，而是从容不迫的。而他的右手此刻却因为用力而青筋凸显，小臂的肌肉线条也非常明显。

看到孟繁翊来了，两人俱是一怔，随后更为用力地掰着。

他们眼中流动着他们自己才明白的情绪。

那是真正的竞争者眼中的不服输，是一场少年人的骄傲与狂妄的争夺之赛。

而旁人只当是他们往日里有些小龃龉，在这场比赛之中干脆地发泄着。

"小孟，快来快来！"林可媛特地给孟繁翊留了一个观战的位置，一边兴致勃勃地拍拍身旁的座位，一边"啧啧"道，"两个人看上去都这么瘦，没想到这么有力气。"

孟繁翊盯着那个特意为她留出来的空位置，不太想过去。

那里离莫允淮太近了，她现在还没想好怎么面对他。

她不能一直晾着他，而且她之前一直都不回答，对方看上去很是挫败。

他那么骄傲的人。

众人的目光中都饱含殷切，孟繁翊硬着头皮走了过去。

就在她一步一步地走向那个位置时，莫允淮骤然发力，一把将陈河的手摁在了桌面上。

陈河一顿，没有说话，只是起身后深深地看了孟繁翊一眼，再望了莫允淮一眼。

后面，莫允淮像是感觉不到力气用尽一般，一鼓作气地掰赢了三个男生之后，忽然开口："孟繁翊，我想跟你掰手腕。"

孟繁翊听出来了，他好像有点气恼，不过并不是针对自己，看上去更像是他的自我懊恼。

他这话一出，周围人都是满脸问号，他却只是固执地重复了一遍。

原先打算掰完手腕就走的陈河停住了脚步，左手揉了揉发疼的右手手腕："她是女生，你好意思比？"

明明声音里平静无比，却装满了挑衅。

孟繁翊微不可察地蹙了蹙眉，觉得陈河本意是好心，但说的话委实不好听。一时之间竟不知道他到底是对莫允淮有意见，还是对自己有意见。

她径直坐下来，伸出白皙的右手，在众人的目光下，竭力冷静地主动握住了他的右手。

他们的手大小差异很明显，手腕的粗细程度也对比强烈。莫允淮和孟繁翊都很瘦，但这瘦，是不一样的。

修长的指节分明，格外好看的指甲，是两只很好看的手。

莫允淮觉得自己像握住了一块有些冰凉的玉，孟繁翊觉得自己握住的是一颗炽热的心。

张峤兴奋地道："班第一和班第三的争夺之战！哦哦哦——"

他又被叶芝芝用卷起的试卷敲了一下鼻尖："禁止瞎嚷嚷。"

围观人群笑起来，林可媛极其公正地倒计时："三、二……一，开始！"

孟繁翊发力，莫允淮岿然不动，唇边无意识地勾起一点弧度，就这样望着她。

下一秒，骤然的大力令她的手腕压在了桌子上，动作却不太重，他甚至伸出了左手，垫在了她的手背下，以免被撞疼。

她的动作不太稳，右手一下子沿着桌面落到了空中。他也被拽了一下，却用左手稳稳地扶着桌面，不至于很狼狈。

孟繁翊愣怔一瞬，她再一次感到了她和莫允淮之间，力量的差距，也让她回想起上一次意识到这件事的感受。

"采访一下我们的小孟同学，跟班第一掰手腕是什么感受啊？"林可媛跃跃欲试，她本身就是不服输的性格，确实很想和男生掰手腕。

孟繁翊的脸一点点漫上绯红,一点点加深,看上去像是因为刚才的失败而羞窘,以及掰手腕耗了太多的力气。

"我输了。"说这话的却是莫允淮,他的目光攫住了孟繁翊。

只有他们两人知道这句话的真实意思。

孟繁翊摇摇头:"我输了,莫允淮。"

林可媛适时地帮忙掩盖暗流:"莫允淮,我也要跟你来掰一局!"

莫允淮起身,左手揉着右手手腕,大步往前走出了教室,并不回头看:"刚才的比赛,限定孟繁翊一人。"

他的手撑在门上,转身补充了一句,表情很是诚恳,说的内容也是显而易见的胡扯:"因为我没力气了。"

3

"……期中考之后马上要召开家长会,所以同学们要好好重视起来。"Meya的声音叫人昏昏欲睡。

孟繁翊精神难得还不错,此时此刻沉浸在物理题里。

昨天的物理返校考,老吴没有责备她,反而是其他人对她掉出了班级物理成绩前三名而震惊不已。

Meya话锋一转:"一直以来,我都教八班和我们班的英语,今天,他们班班主任同我说,八班给我们写了一封'战书'。"

神奇地,原本所有困得不行的人倏然睁开了眼睛,歪歪斜斜的身子也立时坐直了。

埋头写作业的人也停下笔,静静等待着Meya做出解释。

"他们班联名写了'战书',说要同我们班进行期中考的比拼。"Meya状似遗憾地摊摊手,"我当时想着,他们班的理科分数同我们班咬得这么紧,文科也屡次都比我们班高,我就拒绝了八班班主任的一个小小赌注。"

莫允淮立刻停下笔,神色冷凝。坐在他不远处的副班长陈河也是一副肃穆的样子。

Meya从她的包里拿出了那封八班同学们联名写的"战书",呈现在了大屏幕上。

上面的字极其漂亮,笔锋锐利,银钩虿尾,悬针竖笔挺尖细,像是要刺破整张纸。

内容也是张狂至极,虽然言语之中没有看不起七班的意思,但处处都是对自己实力的无敌自信。

孟繁翊也抬头看,浏览之下,竟无端想起了那个和莫允淮比赛跑步的少年。

果不其然,在"签名处"中签下的第一个名字就是他,"梁照霄"三个字骄傲又肆意。

Meya见他们都看完了,似笑非笑地道:"大家是想要写封'战书'回去呢,还是就这样放着不管?"

她悠悠地道:"八班班主任说,赌注是家长会之后的秋游地点。原本我们两个班级就打算一起去，只是一直都没有选好地点。"

莫允淮一顿，秋游，听起来就可以出远门，只要出远门，他们就可以坐大巴，到时候，他可以自由选择座位。

"我来写。"莫允淮坐在后排，难得特别主动地举起了手，"我可以写得比他们班更有气势一点。"

在 Meya 的示意下，莫允淮捏着一沓 A4 纸上台，就站在讲台上写。开头三个大字"应战书"写得张狂又夺目。

莫允淮比身边的 Meya 高了不止一个头，在耐心地询问 Meya 的意见之后，他的声音传遍了教室的每一个角落，目光也从第四组慢慢转到了第一组，钉在了孟繁翊的桌上。

"自学号开始，从第 54 号同学开始往前，每人都来报一句话。这份应战书由我们共同写成。"

莫允淮在纸上又落下几个字"致八班同学"。

学号 54 是班级里一个不太起眼的男生，他瘦瘦小小，站起来说话的声音也不大，语气之中充满了犹豫："可是我不会写……我、我语文也不好……"

他话都没有说完，就有些羞愧地低下头去。

他很瘦，但瘦得不健康，像一棵枯树，汁液都已经干涸了。

孟繁翊看着他桌子左上角堆着一沓高高的作业本和试卷，总觉得是试卷吸光了他的血，然后一寸寸发胀。

而他一天天地萎靡、缩小，瘦骨伶仃，越来越苍白，越来越憔悴。

看着他这样的精神状态，孟繁翊就知道他其实是另一个翻版的、从前的自己。

莫允淮却摇摇头："这跟成绩完全没有关系，这只跟你想要说什么话有关。"

54 号同学瞥了莫允淮短短几秒，旋即低头，再一次摇摇头："我不可以的……我真的不会。"

Meya 皱起了眉头，目光中带着恨铁不成钢，不过一句话也没说。

她教书多年，知道这种孩子不能多加责备，他们的自尊心已经很脆弱了，再触碰一下就有可能破碎。

"那假设你是我，"莫允淮的目光很平静，里面却包含了很多很复杂的情绪，"你如果是我，你最想对八班的人讲什么？"

54 号同学愣了一下，很快又想摇头，只不过这一回，他的视线和莫允淮的目光完全对上了。

他在男生中算是长得不太高，往日里走过这些会发光的人身边，总觉得自卑无比。

他在班级里像是个边缘人，初中的时候就经常受到别人的嘲笑，上了高中逐渐不愿意让别人进入他的世界。

可直到此时，他才发现，这个班级的同学大多友善，没有人因为他吞吞吐吐、畏畏缩缩而感到厌倦，也没有人发出嗤笑声让他难堪。

他们都抬着头，在等他说出一个答案。

如果他是莫允淮，如果他也拥有这样光芒的人生……

54号同学难以设想，却好像隐隐约约触摸到了一点光芒的边缘。他还是羞于说出太过狂妄的话，因为从来没有感到那样的自信。

此刻，飘荡在他脑海里的，只有一句听上去有点中二的话，于是，他颤抖着声音开口："我们，是为了七班的荣耀而战的……"

说完，他就住了口。

他知道自己的话听上去很幼稚、很滑稽，没有一点水平。

他做好了被嘲笑的准备，换来的却是莫允淮垂头落笔，手速很快，看上去没有丝毫的犹豫。

第一句话写完，莫允淮神色认真地道："非常感谢陈冬川同学的开头。我个人很喜欢这句话。"

陈冬川愣怔——他完全没有想到，这个班级里居然有人记得住自己的名字。

他从前以为莫允淮受人欢迎，只是因为莫允淮优越的外表、拔尖的成绩，以及丰富的见闻。

现在，他忽然明白，不是的，还有相当一部分，是因为莫允淮对任何人都尊重的态度，以及各种考虑周全的做法。

他坐下时，心头久违地感到了温暖。

同桌转过脑袋来，也笑着夸了他一句："陈冬川，你说得真好。"

两个月过去了，他才首次把自己的世界掀开了一点点，鼓起勇气回答道："谢谢。"

Meya见状，心里松了一口气，对莫允淮又多了几分赞许。

学号在不断地往前倒，终于到了孟繁翊。

许多人的眼神都凝在孟繁翊身上，而她却道："我说不出什么高深的话，因为前面同学说得已经非常好了。"

她的眼前又浮现莫允淮和她靠在砖红色墙面上的场景。

她决心说一些今日才彻底明白的道理。

"我们为七班的荣誉而战，为心中的梦想而战，为热爱而战，为青春而战，为自己而战。"她缓缓道，"少年心事当拏云，谁念幽寒坐呜呃。"

很快就到了莫允淮。

他在结尾仍然用了陈冬川开头说的那句话，形成闭环。

他特意留了很大一片的签名处，潇洒地签下了自己的大名。

Meya拿出一盒印泥，让全班按座位一个接一个上来签名、按红指印。

由于签名很随机，大家想签在那一栏的哪里都可以。

而前面几位同学特别有个性地签在了那一块的中间和下方两个角落，"莫允淮"三个字右边还是空空荡荡的。

孟繁翊不动声色地在"莫允淮"三个字后面落了笔，又在两个名字的中间按了一个指印。

莫允淮明明已经按过红指印了，忽然再次开口："Meya，我想再按一个。刚才那个压在名字上，我突然觉得这样会让我的名字看上去不够清楚。"

Meya 摆摆手表示让他随意。

莫允淮这一回用手指在印泥中间下压的时间很长，一次还不够，还要反复地抬起手指来看自己有没有把整个指腹都印上了红色。

Meya 催了两声："怎么就你事儿多。快点啊，后面同学等着呢。"

莫允淮看似随意地应道："好好好，我就想要印一个完整的指印……"

话音未落，他的指印也摁在了"莫允淮""孟繁翊"中间，恰好在孟繁翊指印的左边，倾斜了三十度。

两人的指印凑成了一个被拉长的，模糊的形状。

后面同学的指印基本上都开始胡乱地按下去，谁也分不清这些究竟是谁的。

红色的印泥，五十四个字迹迥异的签名。

这张"战书"记录的，是少年们的青春热血。

4

就在众人准备期中考时，Meya 带来一个消息：市里联考，而宁中被抽到了，要作为考场。

也就是说，全体高二年级多了一整天没有作业的假期。

每个班主任都急匆匆地到班级里公布消息，紧接着高二整栋楼都传来此起彼伏的欢呼声。

七班简直高兴疯了，男生们手劲儿大，一个个猛地拍着桌子。

教室里迅速地走了一片人，剩下的不乏有打算认真学习的，都在收拾自己的书包，准备往图书馆走去。

也有像林可媛这样的，捧着一本言情小说看得如痴如醉，好半天才打算回寝室慢慢看。

莫允淮单肩背上了自己的书包，大大方方地走到了孟繁翊的桌前。他的书包压在她左上角的一沓书上，整条胳膊扣在自己的包上，轻轻敲了敲包上的金属扣："走不走？"

孟繁翊收拾得差不多了，桌上叠满了高高的书堆，打算搬到讲台边。

莫允淮一伸手，轻轻松松地捧起了这一摞书，在讲台前定定地站了一会儿，给她选了一个还算不错的位置，放下。

就这样，她收拾，他帮忙搬，十分钟不到，孟繁翊的抽屉里空空如也，书包里也空空荡荡，浑身轻松。

莫允淮看着她沉思了片刻，才往自己包里塞了一本化学练习题、一本《地理五三》，似乎还想装点什么。

他忍不住道："今天难得放松，不用带这么多。"

不过也没有催促，只是等着孟繁翊继续思考出一个结果。

冷不防孟繁翊遽然起身，快准狠地拉开了莫允淮的书包拉链，发现他只带了一本本子，而且还是展开到某一页的状态。

她只来得及看清上面第一行"今日的行程"，莫允淮就直起了身子，转了两百七十度，看上去有点急："你怎么不打招呼就开我的书包啊？"

孟繁翊奇异地觉得，这样的莫允淮特别……可爱。

所以她笑眯眯地道："不可以吗？"

一句"不可以"终究是没有吐出来，莫允淮只是自己拉上了书包拉链，等着孟繁翊跟他一起走。

孟繁翊先是拿着电话卡给周冬琴打电话，表示自己今天放假，但是打算在学校里学习。

电话那头的周冬琴声音有点淡，也没有像往日一样追根问底，只是说了一声"挂了"就真的直接挂了。

孟繁翊发现自己的电话被挂断的时候，有片刻的错愕。

不过很快，莫允淮就轻轻地碰了一下她的发尾，岔开了话题："孟繁翊，你居然会撒谎。"

孟繁翊原本不自觉蒙上了阴霾的心情一下子又好起来，她目视着前方，径直往前走："我撒过很多谎。"

他们走出校门的时候，站得有点远，假装是两个素不相识的陌生人，然后在保安叔叔平静的目光中走出校门，趁着所有人不注意相视一笑。

日头仍然很盛，脊背上很快浮出密密的汗珠。

她撑伞，用眼神威胁莫允淮。他在阳光下摊摊手，不得不从书包的右侧网兜里将伞取出来，猛地撑开，成为目前这么多学生中，第一位撑伞的男同学。

绕过校门口，走到了大桥旁，原本和孟繁翊相隔三人距离的莫允淮撑着伞，目不斜视地走到了她的左边。

他们靠右前行，他将她很好地护在右侧，而左边是川流不息的车辆。

他收伞，钻到了孟繁翊的伞下，顺手接过了她手中的伞，高高地撑着，往她那边倾斜。

伞的阴影恰到好处地裹住了孟繁翊。

"接下来我们去哪里？"孟繁翊的声音被路上的鸣笛声吞吃了一半，莫允淮没听清，用眼神示意她再说一遍。

她不得不停下来，踮起脚，努力凑在他的耳边道："我说——接下来——我们——去哪里！"

她刚说完，就注意到他含着笑意的眸，瞬间意识到自己被耍了。

"我们坐地铁，我带你去我家附近玩。"他的笑声覆在她的耳畔，像是一股电流，从耳尖酥麻到心尖。

他们坐地铁，在地铁站，莫允淮娴熟地掏出公共交通卡，递给孟繁翊。而他自己优哉游哉地从书包的最小格里拿出手机，很快地刷过。

孟繁翎紧紧捏着交通卡。

卡上有莫允淮的两寸照片。寸头，笑容有点僵硬，眸子里却盛着这个年纪独有的朝气，依然很帅。

"我还以为你要质问我为什么上学带手机。"莫允淮见孟繁翎捏着手里的交通卡不说话，主动挑起一个话题。

"你总有你的理由啊，反正不会是带过来娱乐的。"孟繁翎理所当然地回答，注意力放在缓缓停下的地铁上。

这个时间点，地铁空空荡荡。与此同时，他们这副装扮，也就更为显眼。

莫允淮发现自己忘带蓝牙耳机了，只有有线耳机。

他摸出来，分出一只耳机递给她，接着调出歌单，随手按了一支曲子。

纯音乐，又是一段极动人的旋律，孟繁翎猜测是"25"歌单里的。

两人的呼吸交错，耳机线使他们凑得更近。

"是 25 歌单里的吗？"孟繁翎试探着开口。

"是。"莫允淮颔首，他甚至没有多看两眼，只是很放松地靠在墙上。

她联想到了自己此前对歌单的猜测，本想露出一个笑容，然而此刻不想勉强自己，干脆岔开话题："这首曲子叫什么？"

莫允淮顿了一下："*Do You*。"

说话间，曲子已经跳到了下一支。

仍是很动人的钢琴曲，黑键白键跃动，一串串音符就此被编织。

又是一阵静默。

接近尾声的时候，孟繁翎又问："那这支曲子呢……"

莫允淮很缓慢地解释道："这首同方才那首是同一位作曲家作的，这首曲子的名字是……"

"*Love Me*。"

他们对视一眼，很快又错开。

这节地铁空空荡荡，只有广播里时不时传来的播报声打破了这一室的寂静。

呼吸缠绕，孟繁翎的发尾扫过莫允淮的胳膊，撒开了密密麻麻的痒意。

"所以我们第一站……去哪里？"孟繁翎的声音很轻，像是怕惊扰了什么。

"去别的地方，花太多的时间，好像不太划算。"莫允淮侧过身子，拉开了自己书包的拉链，仔细地翻阅着他刚才写下的计划。

孟繁翎凑上前，佯装要去看他计划本上究竟写了些什么。

莫允淮像是早就料到了，小心地把书包拉链"唰"一下拉上，义正词严："不许偷看。"

"我们去步行街。"距离有点近，莫允淮不自觉地往后退了一分，耳机线纠缠，让他瞬间意识到了自己的动作。

下一站到了，孟繁翎把耳机从耳朵上取下来递给莫允淮，努力避免回想方才让她情绪有些低落的问题,不断地猜测着接下来将要前往的地点。

这条步行街上不仅有各样的美食,而且还有各种好看的饰品、文具,即便是远远望去,也能看到琳琅满目的场景。

几乎每一家都吸引着孟繁翎的目光。

因为长期待在一个相对封闭的环境下,生活中成日充斥着学习、试卷、考试,加之周冬琴很少让她出门,所以孟繁翎逛这种店的机会是非常难得的。

有很多东西,她不是不喜欢,只是总是被斥责太花哨。

渐渐地,她就产生了一种很奇怪的想法——这些好看的东西,永远都不会属于我。我也不配拥有它们。

即便理智明白这样的想法是错误的,可是她没法不去这么想。

往日里她都能忍得住,然而在今天,她也想要试试,像别的女孩子一样戴着不是黑色的发圈,头发上能别上亮眼一点的发卡。

于是她抬腿便走进了这家发饰店,莫允淮拽着她的书包带子,也跟了进去。

一进门,空调的凉风便驱散了暑热。孟繁翎走到一个货架旁,仔细观察着上面各种色彩的发圈。

连最朴实的发圈上面都会带有一个小小的蝴蝶结。

而纯黑色的、无装饰的发圈,被装在一个小小的筒状透明容器里,价格也是最便宜的。上面落满了灰,一看便是无人问津。

"你说这个怎么样?"莫允淮手中挑起一根漂亮的发带,月白纯色,边缘有细小的波浪点缀。

他一下就挑中了孟繁翎心中所想的那一根。

孟繁翎犹豫了一会儿。

莫允淮望着她的神情,心中猜想着是不是钱没带够,他要怎样不动声色地说他想请她玩一天……

"会不会,"孟繁翎思忖着,"有些太过亮眼?"

她解释道:"我不太想成为人群中的焦点。"

越解释越觉得不对劲,她窘迫地继续解释:"我的意思是……我希望能融入人群,不要出错,不要有任何能够显得不太一样的地方。"

"孟繁翎,"他忽然唤了她一声,"你永远都无法泯然众人,不是因为这根发带究竟有多适合你,而是因为,你本身就会发光。只要你在人群中,我都能一眼看到你。所以,你可以勇敢地尝试。"

发圈在孟繁翎的指间勾勾缠缠,高马尾束起,她安静地凝望着镜子里的自己。

原来,只需要一根发圈,就可以让她看上去这么不同。

但在那些珍惜她的人眼里,她并没有本质上的变化。

结账的时候,孟繁翎有些震惊自己在不知不觉间竟买了这样多的发圈、发卡——她明明知道有些根本不能戴上。

她抬头,遽然瞥到老板娘笑得意味深长。

"看你买了这么多的份上,我可以再送你几个。"老板娘悠悠地道,"不过,有个小小的条件。"

她将几只架子上没有的发圈从抽屉里取出,捕捉到了孟繁翊一瞬间动摇的目光,轻笑:"这些都送给你。"

莫允淮听到"条件"二字的时候,第一反应是眯了眯眼,但他在发觉孟繁翊委实喜欢之后,便主动出声:"请问,是什么条件呢?"

"当然是……"老板娘拖长了声音,"你要挑一根戴在手腕上,别人问起你这是在哪儿买的,你就说是我的店。"

莫允淮第一反应便是拒绝。

拒绝的话在他舌尖绕了一圈,最后还是被咽了下去。

而孟繁翊只是短暂地愣了一瞬间,随即收回目光,语气自然地道:"非常感谢,不过他不需要这个……所以,我们该走了。"

她很是利索地将目光同发圈斩断,就好像方才竭力忍下却仍然淌出来的喜爱是假的、虚浮的。

她轻轻地扯了扯莫允淮的书包带子,示意他走了。

莫允淮却没有移动。

孟繁翊稍稍一想,就知道对方肯定是在为她考虑了。她心中登时搅起一阵波澜,勉力才能压下去。

孟繁翊把手从他的书包带子上挪开,轻轻地触碰了一下他的手腕。

一刹那的热度让莫允淮迅速地回过神来。他抱歉地对孟繁翊笑一笑,从老板娘的手里接过那一串发圈,走到孟繁翊面前,问她:"你觉得哪一根戴在我手上比较合适?"

孟繁翊垂着头,好一会儿才有所动作。虽然有些滞缓,但她选择将自己发上的那根月白色的发圈摘下来,递给他。

黑发垂在她的肩上,有不少都触到了他的掌心。

他们走出这家店,滚烫的光束在触碰到她之前,就被他用伞隔开了。

她不说话,他便开口道:"孟繁翊,你是不是不开心?"

她还是在沉默,指尖倒是将明显偏向她的伞柄往他那侧推了几寸,遮住了他被阳光晒到的肩膀。

莫允淮给她讲笑话讲了好一会儿,她才别扭地开口:"要是,有人问你这个发圈是谁的怎么办?"

孟繁翊的发量很多,而这根月白色发圈不大不小,在他手上不显得勒人,也不至于滑落。

"按那位老板娘说的呗。"他悄悄地又将伞推过去一点。

孟繁翊察觉了,不太客气地往他这边又移了几寸。

她的情绪低落下来,手无意识地扯紧了带子。

其实今天真的很开心,只是开心到了让她畏惧的地步了。

"孟繁翊。"莫允淮还是习惯于三个字连着一起喊她，因为听起来非常完整，因为他总是在纸上一起写这三个字。

她抬头，眼神中的情绪一下子恢复了平静，望着他，很专注，很乖巧。

"别担心。"他顺手掂了掂她的书包，发觉有点重，便小心地将它从她肩上取了下来，自己背着，"我发现你现在，比原来进步了很多。"

孟繁翊歪头，眸色很浅，看上去整个眸子里都盛满了他。

莫允淮的喉结滚动了一下："你现在都能直白地问我问题了，不用我去猜。"

她一怔。

莫允淮不看她："孟繁翊，你肯定不知道，我以前总是得猜你的想法。

"猜来猜去也不明白，当时只觉得女孩子的心思太复杂。"

莫允淮大大方方地坦白。

"你是我做过的最复杂的阅读理解。"他道。

5

逛了一上午，两人后知后觉地感到了饥饿。

走在美食街上，各种香味混杂，随着闷热的风一同飘到了两人的身边。

"想吃什么？章鱼小丸子？关东煮？寿司？"莫允淮一边走，一边报着这些小店上方的名字。

他往日里并不怎么吃这些，不过谢惜诺很喜欢。早知有一天会和孟繁翊一起出来，那他一定会好好问谢惜诺觉得哪家好吃。

孟繁翊点点头之后，就这样同莫允淮一路买买买，手上都握满了各样的小吃。

天实在是太热，像是蒸笼，热腾腾地要将所有人都笼在一起。

美食街上因为笼罩了一层烟火气，更显得闷闷的，一下便叫汗附着在脊背上，浸透了衬衫。

两人打定主意，去奶茶店坐坐。

"'亲爱的'？"莫允淮想起这家店的奶茶不错，随口问道。

"嗯。"她点点头，一只手举着薯塔，另一只手推开了门。

说话间，奶茶也好了。莫允淮在付钱的时候，店员小姐姐突然道："你好，我们店里最近在开展一个活动，名为'心事专栏'和'高考专栏'，如果留下你的小字条，可以打折。"

孟繁翊闻言，心念一动。

她同莫允淮漫步到专栏前，望着墙上一大片的祝福语，内心感喟万分。

△希望有朝一日能勇敢表明自己，也希望在此之前变成更好的自己。——XHH

△好想快点长大，好想快点同你肩并肩。我有很多很多愿望，愿望的本质都和你有关。——SYL

△你的声音让我魂牵梦萦……我一定要考到你在的那座城市，一定要去一次你的线下见面会，没有什么能阻挡我的脚步，数学题也不能。——XQF

△她好优秀,我也不能落后。——佚名

每一张便利贴上都是不同的少年心事。

莫允淮接过纸和笔,在上面慢慢地写;孟繁翊背对着他,也慢慢地写。

写写又停停,思绪都缠绕在背后的人身上,像是地铁里他们一起用过的耳机线,深深浅浅地相互缠绕。

店员小姐姐接过两人的字条,有一瞬间惊讶,不过很快便绽开一个笑容。

他们没有询问彼此究竟写了什么,不过再次对视的时候,总觉得有些不好意思,便若无其事地岔开话题。

两人离开之后,店员小姐姐摊开了两张便利贴:

△第五年。希望第五十年,身边人依旧。——M

△第五年。未来还很长,我们来日方长。——M

两人不约而同地写了相似的内容,又不约而同地只署了一个"M"。

店员小姐姐"咔嚓"一声拍了照,小心地把这张照片存在了"亲爱的少年心事"的相册里,仔细地备注:第五年,他们在这里写下了共同的心事。

还剩下半个下午,孟繁翊开始良心不安。

她戳戳莫允淮。

"怎么了?"他的声音被阳光晒得有些烫,擦着她的耳尖而过。

孟繁翊把内心想法脱口而出:"我想写作业了。"

莫允淮蓦地笑出了声:"怎么还想着写作业啊?"

"我今日的计划还没完成,我……"她实在很想写,又怕说出来招人烦,只好眼巴巴地仰头望着他,眼里划过细微的委屈。

莫允淮失笑:"我没说不让你写,只是我们得找个地方。"

他的话还没说完,便骤然截断了。

孟繁翊敏锐地意识到了不对,眼神沿着莫允淮的目光寸寸滑行,最终定格在站在不远处、手里提着一袋泡芙的女人身上。

看到这个女人的第一眼,孟繁翊便有种眼熟的感觉。

对方实在是太美了,是那种沾了烟火气息的女人味,不是纯粹的烂漫,而有成熟女人的风情。眼尾那颗泪痣生得恰到好处,衬得她眼睫又长又翘。

"莫允淮。"对方喊了一声,便朝他们走来。

冥冥之中有种预感,孟繁翊想要转身离开,但一时之间脚下如同生了根,竟动弹不得。

她第一次听到莫允淮的声音这般无奈,他喊:"妈。"

孟繁翊一瞬间睁大了眼睛。

谢襄的目光轻轻地划过莫允淮手腕上的那根发圈,又不动声色地掠过他背上明显不是他的包,神色丝毫没有变化:"你今天放假?"

莫允淮坦然地点了点头。

118

"这位是？"谢襄的声音很轻，压在莫允淮的肩膀上却格外沉重。

她闭了闭眼，还是在莫允淮说话前道："阿姨好，我是孟繁翊。我们今天放假，所以心血来潮一起出来玩……"

她很怕被问"就你们两个"这类的问题，好在谢襄似乎并不太关心这个，而是道："你们还要去哪里吗？"

莫允淮紧紧盯着谢襄，有些紧张。

谢襄的反应太平静了，就像是暴风雨前的平静，极容易破碎。

孟繁翊摇了摇头，她想，无论如何，倘若谢襄要发火，她就承认是她的错好了。

她一点都不想因为自己，使得谢襄对莫允淮生气、失望。

"既然如此，你们就跟我一起回家吧。"谢襄晃了晃手里的那袋泡芙，脸上的平静慢慢融化，紧接着露出了一个极其温和的笑意，"正好，诺诺在上学，我也买多了，你们跟我一起吃吧。"

孟繁翊愣住，她脸上的错愕实在是太明显，谢襄没忍住，又笑了一下，眼中盛满了对眼前这个女孩子的喜爱。

莫允淮长长地舒了一口气，继续背着孟繁翊的包，低声道："跟我回家看看？"

当孟繁翊坐在莫允淮家中的沙发上时，只觉得一切都恍如梦境。

她从前只是隐隐约约地感受到莫允淮的家境应当不错。

因为她知道他会很多乐器，有很多才能——这些都是家庭条件一般的人家培养不出来的。

只是他太谦和了，从来没有提过自家的境况，也从来没有因为这个沾沾自喜。

她一直觉得，他身上的自信，应当来自于他良好的家教以及优异的成绩。

而眼前的场景，已经远远地超出了她的认知。

他家是一栋很大的别墅，进门便能看到高大的墙和暖色调的油画。房间中的各样装饰，都清一色地采用了复古风格：铜色的装饰品，巨大的吊灯，一整面墙的方格书架……

从此处往窗外望去，便是一大片的草坪、米白的凉亭，以及葱郁的常青树木。

"桌上有点乱，让你见笑了。"谢襄把自己扔在桌上的几本小说收起来，好好地摞在一旁，微笑着问道，"你想喝什么？"

谢襄望着小姑娘局促的样子，以及莫允淮不知如何解释的神情，顿时体贴道："要不我给你泡点玫瑰茶？莫允淮，你给我好好照顾人家。"

此处只剩下他们。

孟繁翊揪着书包带子，另一只手抓着米色的校裤，把校裤攥出许多小褶子。

原本她觉得，他们其实是很近的。

可在这一刻，她倏然觉得，其实之前一直都是她太自以为是了。

他们之间的差距还是太大了。

玫瑰茶端上来的时候，谢襄顺手调了调摆在一旁的唱片机。悠远而动人的古典音乐如流水淌出，淅淅沥沥地涂满了整片空气。

泡芙被装在雪白的盘子里端上来，旁边还摆着各样剥了皮的水果，看新鲜程度，也许是谢襄出门前刚剥好的。

孟繁翊捧着精致的茶杯，小口小口地啜着，除了时不时道谢，似乎无话可说。而她的道谢声必须不大不小，过轻会被音乐埋没，过重则显得她太过拘束。

"莫允淮，"谢襄连名带姓地指使他，"泡芙还不够，你再多做点甜品，快去。"

莫允淮坐在另一侧的沙发上，闻言神色警惕："妈，是你自己想吃吧。"

他并不太情愿地站起身，仿佛只要他离开，谢襄就会为难孟繁翊。

他一转头，只能看到孟繁翊漆色的眸子，沉沉的，像是铺满了很多情绪，再仔细一看，却又发现其实什么都没有。

莫允淮还是被谢襄无情地赶去烘焙甜点了。

走之前谢襄又细问了一遍孟繁翊想吃什么，并且确定地说莫允淮都会做，然而孟繁翊只是平静地露出一个笑意，说就像您说的那样就可以了。

唯一一个起平衡作用的中间桥梁被无情地赶走了，沉默开始蔓延。

"你的名字是哪三个字？"谢襄自己也喝了一口玫瑰茶，不自觉地轻轻蹙眉——她还是不喜欢玫瑰茶的味道，不过谢惜诺很喜欢，她都是借助谢惜诺的口味来大概地猜测孟繁翊会不会喜欢。

孟繁翊在面对家长的时候，会很礼貌，态度也会软和下来，看上去很乖。

她将自己的姓名含义解释了一遍之后，抬眸却捕捉到谢襄赞许的眼神："特别好听。"

孟繁翊的右手仍攥着校裤。她挺直了腰，不敢像谢襄一样很放松地靠在沙发上，神色慵懒。

她们有一搭没一搭地聊着，只能闻到厨房里渐渐传来的香味。

在这样的房子里，孟繁翊只能感到时间流动得极慢，钟表上的分针仿佛不堪重负，每挪动一格都费劲儿。

说话间，刚刚睡醒的小猫咪从房间里窜了出来，像是闻到了家里陌生人的味道，却撒了欢儿似的跑向孟繁翊。

小猫咪轻车熟路地攀上了沙发，轻轻一跳，成功落在孟繁翊的双膝上。它不断地扭动着，一身毛茸茸地躺在孟繁翊的腿上，不断地"喵喵"叫着。

在孟繁翊试探性地摸了摸它的毛之后，它才满足地停止了夸张的撒娇表演。

"又又，别乱来。"谢襄警告一句。

孟繁翊和小猫咪齐齐悚然一惊。很快，孟繁翊反应过来了，又又只是懒懒地瞄了谢襄一眼，翻了个身，只对孟繁翊"喵喵"叫得欢快。

谢襄顿了顿，像是同她聊天般，若无其事地道："我知道，他有一个一直想和对方成为好朋友的同学。"

孟繁翊的手蓦然顿住了，好半天都没有动，她不知道怎样搭话。

小猫咪抗议地叫起来,孟繁翎才没什么感情起伏地继续揉揉它的毛:"嗯。"

"这个不是我故意探寻的,而是他当时很喜欢画画,就画了很多那个女孩子的卡通头像。我还记得当时,他把书藏在了书架的最高处,喏,就是那儿……"谢襄指了指那一整面墙上,最高的一排书。

孟繁翎仰头,有点想象不出来莫允淮怎样够到的,实在是太高了。

"某一天,我想找书,不小心碰掉了他的书。然后第一枚书签掉下来了。"谢襄摊摊手,"我不是故意的,但事实证明,他真的放了好多这样的书签,很多本书里都有。"

孟繁翎很慢地眨眨眼,轻轻地点点头。

她的记性还算不错,一忽儿便想起了莫允淮英语本子上的那个女孩子的头像。

"我后来问他,你知道他怎么说的吗?"谢襄已经将玫瑰茶喝完了。

她眯起眼睛看坐在沙发上的少女的模样,发觉对方实在是很乖,也很安静:"他说,连去宁中也有想和对方努力做朋友的打算。

"那个女生,初中跟他一个班,留着短发,戴着黑框眼镜。"谢襄描述着,"我只知道,姓氏首字母是 M……你认识吗?"谢襄的目光里充盈着笑意,那样恰到好处地流露,那样的真挚。

而孟繁翎也在石火电光之间,幕地想起自己初中时,一直留着的都是短发,戴着黑框眼镜,班里只有莫允淮和她的姓名首字母是"M"。

"妈——"莫允淮的声音穿破了音乐声,"你买的桃子数量不够了!"

谢襄不耐烦地应一声:"冰箱里还有!你往里翻!"

紧接着她和颜悦色地道:"你们日常学习生活里,他作为朋友和同学肯定有做得不到位的地方,如果他惹你不开心了,欢迎你来跟我说,我替你好好教训他。"

又又在孟繁翎有节奏的抚摸下"呼噜噜"睡去,谢襄拿起一本书,悠闲地看起来。

孟繁翎只是忽然想起来了一件事。

高一的时候,她过得其实很不好,当时,她拎着拖把朝厕所走去,低头匆匆前行。

冷不防迎面遇上一个女孩子,那是一个容颜昳丽的少女,一头长发已经及腰。她神采奕奕,脸上洋溢着无形的、并不惹人厌烦的自信。

是年级里几乎人人都认识的林可媛。

"你是不是六班的?"她出声问。

孟繁翎没出声,只是点点头,在高二分班之前,孟繁翎只是六班一名不算拔尖的学生,被陌生美女同学这样问话,自然有些紧张。

"那你们班有没有……姓 M 的女生?"林可媛充满探究欲地道,"我们班的帅哥,姓莫的那个,他好像在你们班有个高中前就认识的朋友。"

孟繁翎的肩膀骤然绷紧,立时摇摇头,有些紧张地攥着拖把的柄,心中苦苦祈求着林可媛不要继续说了。

但她又生怕林可媛问她无果,继续问班里的其他人,于是赶紧说道:"哎,是吗,我听说莫同学朋友很多。或许,你可以直接问问他?"

林可媛遗憾地摇摇头："算了算了，还是不问了，再问下去要是被他知道了，肯定要骂我。"
　　就是这样短暂的交集。
　　开学第一天，林可媛只觉得孟繁翊隐隐熟悉，而孟繁翊却清楚记得这一场邂逅。
　　林可媛记不起来也很正常，因为她换了副眼镜，还将好不容易长长的刘海撩了上去，露出了光洁的额头，整个人看上去文静又有书卷气。
　　甜点的甜香将孟繁翊从回忆中拉出来。
　　眼前的莫允淮正低头，将白桃千层细致地一分为二，并把勺子小心地摆在旁边："吃吗？"

第七章

琴音，演出，少年人

1

孟繁翊最后是被谢襄送回来的。下车前，她很乖巧地道了谢，说了"再见"，不算太用力地合上车门。

而当她从车内的冷气中离开，再次被闷热的空气裹挟时，才如梦初醒。

莫允淮伸手刚想替孟繁翊拎着书包，在瞄到校门的那一刻忽然一顿，不得不装作若无其事地收回手。

孟繁翊抬头，眼前是教导主任。

于是他们默契地慢慢拉开距离。

今日的晚自习，孟繁翊留在了学校里，因为最近周冬琴都不怎么和她说话。

孟繁翊后来还是反省了一下自己，她望着周冬琴隐隐可见的白发，还是心疼了，便主动去道歉。

只是没想到，这一回，周冬琴只是很冷淡地说了一声"哦"之后，便再无话。

周冬琴这样的反应，让孟繁翊再次难受起来，干脆决定晚自习不回家；而周冬琴对于她不回来这件事，也没有过多的评价。

这是从前不会发生的。

孟繁翊隐隐感知到，对方好像遇到了很大的事情，对很多事情变得很失望。

期中考试是在兵荒马乱中度过的，所幸她这回化学进步非常大，整体成绩很不错。唯一需要烦忧的，便是下午要开的家长会。

孟繁翊望着自己抽屉里的东西发愁。

莫允淮的笔记本、一大把星星、许多只千纸鹤、一兜的小字条、各样的发圈和发夹……零零碎碎的东西一大堆，她自己看了都觉得头疼。

毫无疑问，周冬琴会非常坦然地翻动她的课桌，然后从她的课本里找到蛛丝马迹。

她高一的时候，班级里一个男同学说有事找她，是先给了她一张小字条约好地点，后来给了她一封信。

孟繁翊看到小字条的一瞬间，有犹豫过要不要直接丢掉比较好。只是当时她将心比心，觉得做人可以绝情，但不可以这样践踏别人的真心。

所以她去了。

谁能想到，当时她认真表达了自己的拒绝之意，并且拒绝收下书信之后，却因为随手将这张小字条夹在了课本里而被周冬琴发现。

周冬琴在外头一向顾及脸面，家长会那天她翻到这张字条，只是不动声色地塞进了口袋。

在孟繁翊回家之后，她才冷着脸痛斥了孟繁翊一顿，此后便不允许孟繁翊戴亮色的发卡。

也正是从那之后，家长会几乎成了孟繁翊的午夜噩梦，而现在，又到了一学期一次的家长会。

一旁的林可媛见孟繁翊如临大敌，张开五指，放在她面前，挥了挥手："你叹什么气？你这回应该考得不错啊。"

说完她很坦然地表露了自己的沮丧："我妈我爸回家，非要男女混合双打不可。"

孟繁翊只当她夸张了，安慰性地拍拍她的手腕，尝试着商量："可媛……我，如果把一些零零碎碎的东西放在你那里，你妈妈会翻看吗？"

林可媛摇了摇头："她看是不会看，只会骂我又乱花钱买一堆杂七杂八的东西。不过你要是想放过来，当然可以，我这儿空得很。"

于是孟繁翊一鼓作气地将星星罐子、千纸鹤罐子都挪到了林可媛的抽屉里，剩下的发圈、小字条、化学笔记本就不是能够放在林可媛抽屉里的东西了。

Meya专门腾出了这节课给大家自由活动，大部分同学只是心虚地将自己考砸的卷子收进了一个盒子里，顺手带回寝室或者直接扔掉。

只有孟繁翊一个人，收拾好了杂七杂八的东西之后，抱着沉沉一堆的物什，摇摇晃晃地朝莫允淮走去。

"砰！"几本厚实的本子落在了莫允淮的桌角，他蓦地抬起了头，看着孟繁翊。

身边的同学走得七七八八，孟繁翊还是小声地道："这个是发圈，那个是我们写的所有的小字条……"

她把东西又往他的桌子上推了一寸。

"我想把这些放在你这里，我妈妈不允许我有这些东西。她会看。"她含糊地解释了一句。

"那这些……"莫允淮指着他们前段时间一起去买的发夹和发圈。

孟繁翊抿唇:"也不允许,会分心。"

"可是我妈从来不这么养谢惜诺。"莫允淮表示无法理解。

孟繁翊在心里小声地回答了一句,因为我们不一样啊。

很多很多不一样,我没有这个资格在她面前任性。

她说出口时却用上了开玩笑的语气:"诺诺比我可爱多了,如果我是阿姨,我也要宠着她。"

莫允淮放下笔,比画了一下,诧异地道:"孟繁翊……"

"诺诺就是很可爱呀。"她眉眼弯弯,说着真心话。

"不,"莫允淮收回手,严肃地道,"问题不在于她多可爱。"

孟繁翊放下杂物,打算临阵脱逃,却被莫允淮喊住:"等等,你先别走。"

她歪头看他,他在空中虚虚地点了点她额角的樱桃发卡,示意她摘下:"怪不得你每天来到教室里,都要新戴上一枚。"

他原来都看到了。

孟繁翊脸热。她的小心思被看破,还被点破了。

"不过,非常非常好看,"他在她反应过来之前,又补充了一句,"我不是说发夹。"

周冬琴本来想,这么多年的家长会都是自己去,这一次干脆让孟长君来一次得了。

但想想他连女儿究竟在哪个班读书都不知道,自己又懒得解释,便只是讥讽地扯了扯嘴角。

周冬琴走到教室时,里头已经坐满了人,大家都在交谈着。

而她走进去,循着桌子左上角贴着的姓名贴坐下的那一瞬间,许多目光落在了她的身上。

她久违地感到了一种骄傲。

孟繁翊考了第二名,也就是说,除了第一名的那个男生,这个班里没有人考得比孟繁翊再高了。

"你好,你是繁翊妈妈吗?"她右边坐着的是一个中年男人,看上去长得很英俊,想必他家孩子长相也不会差。

周冬琴事先做过功课,点点头,换上了她用得顺手的笑容:"你是可媛爸爸?"

虽然林可媛这次考得不好,但孟繁翊科普过,她之前的成绩一直都很好,只是这一次考前受了点影响,滑铁卢了。

周冬琴面色不变,不断地翻着脑海里的记忆,来接上林可媛爸爸的话:"你女儿真是优秀,上次我家繁翊还说,可媛在运动会上拿了两枚金牌、一枚银牌,她可羡慕了。"

周冬琴本意是夸赞林可媛德智体美劳全面发展,不料对方一顿,神色有点微妙:"运动会?"

周冬琴话音一顿："难道，不是吗？"

对方却摇摇头道："可媛在运动上基本没什么天赋，也不爱参加运动会。跳舞倒还不错，随她妈妈的。"

周冬琴意识到一定是哪里出了差错，脸色微沉，"跳舞又有什么用"这句话差点跑出来了，所幸被她及时地咽了下去。

后半段，她一直都心不在焉，听着班主任老师分析班级成绩的时候，不由得在心里默默地思考着，这个班主任英语真的能教得好吗？连前鼻音后鼻音、"n"和"l"都念不清楚。

单科成绩被拎出来，孟繁翊基本上都是名列前茅，好几门都是第一。

频频出现的，便是"莫允淮"的名字。

到了家长交流的环节，周冬琴站起身，想要找到莫允淮的家长好好谈谈，只是没想到，对方先找到了她。

谢襄的态度很是热情，一个劲儿地真诚夸赞孟繁翊，夸到连周冬琴都觉得，谢襄比她还亲妈眼，连连道："没有没有，我们家繁翊缺点很多的，脾气也很大……"

谢襄巧妙地转开了这个话题，甚至讲出了很多周冬琴都没注意到的优点。

被别人夸赞自己的女儿，总归是一件让人极其骄傲的事情。周冬琴这么多天的郁气一扫而空，甚至和谢襄约好了，这个周末去美容院一趟。

孟繁翊本来以为家长已经开完会了，没想到年级长这一回又将家长召集到大报告厅内，又开了一场长达两个小时的会议。

而这两个小时，Meya宣布自由活动。

欢呼声震天。

孟繁翊和林可媛共撑一把伞，走在路上。

走到半路，遇上了背着书包的莫允淮和沈鸣进。

四人俱是一怔，两个男生却像是做贼心虚一般，把手往后背了背。

"你们出来打乒乓球还带书包？"林可媛眯了眯眼，"你们不会是背着我们偷偷学习吧？偷偷'卷'？"

"真没有……"沈鸣进无奈地回了林可媛的话。

而孟繁翊注意到一点："可是你们的手很干净，难道是洗了手？"

莫允淮很是迅速地点点头，迅速到让她觉得有些意外。

四人一起去了图书馆，找到了一张大圆桌。

整个图书馆都被设计得非常好看，明亮的灯光，没有多余修饰的书架，看上去清爽整齐。

孟繁翊一落座，背后就是一排外国文学，其中一本让她有些怔然。

茨威格的《一个陌生女人的来信》。

邻座的莫允淮的目光也碰到了这本书的书脊，他很轻地道："这本书我看过。"

孟繁翊的手不受控制地拨弄着试卷的一角，折下，又复原："……嗯。"

难得见孟繁翊似乎什么都不想说，莫允淮只是哂笑，继而开始了新一轮的刷题。

她的思绪却没有立刻飘回来，而是想起了很久以前的事情。

当时他们在上初中，明明是一个班的，却好像彼此之间从不认识。

莫允淮在上初中时还是会选择大量阅读，只不过看的基本上都是科普类书籍，以及一些他感兴趣的数学著作、物理著作，譬如《古今数学思想》《时间简史》等。

而孟繁翊，当时在做图书馆志愿者，每个不放假的周六下午，她都要花上两个小时的时间，不断地整理前段时间学生借书名单。

她顺理成章地看到了莫允淮所有的书单。

初中那三年，她在他不知道的地方，陪着他默默啃完了这些或是晦涩、或是有趣的书籍。

这也许是她后来能够将数学学得很好的一个重要原因。

她也发现了莫允淮的一个小癖好：看书夹书签，一本书会夹好几枚书签，并且常常忘记取出。

所以她知道莫允淮看过《一个陌生女人的来信》，这本书她后来也看过。

虽然并不算太认同里面的女主角的做法，但能够理解，甚至能够感同身受地体会到那样绝望的心情。

她有时在他还书之后，会一枚一枚地将他遗忘在书里的书签全部摘出来，小心翼翼地夹进自己的日记本。

孟繁翊面上带着微笑，凝视着莫允淮。

这些经历虽然听起来确实并不妥当，然而也是当时，她觉得极度无望的情况下的慰藉了。

那么明亮的太阳，全世界只有一个。

何其幸运，居然能够相逢。

不知不觉又刷完一张试卷，孟繁翊打算趴在桌上休息十分钟。她的目光遥遥地穿过人群，落在了六米外的一张桌子上。

天色渐趋昏昧，家长会早已开完。

几人回到班级，大家都在闹哄哄地商量着叶芝芝刚刚开会得到的通知：

接下来要举办金秋晚会，各班至少要报两个个人项目以及一个团体项目，作为本次活动班级常规评分的标准之一。

叶芝芝在台上简单介绍了一下规则，孟繁翊在下面心不在焉地边听边把星星、千纸鹤从林可媛那儿搬回来。

不知不觉星星已经折了两百多颗，千纸鹤也叠了几十只。

按照这样的速度，她毕业的时候，一定能将两者全都叠到将近一千的数目。

她小心翼翼地拔开星星罐子的软木塞，瓶内飘出了很淡的香味，并不刺鼻。壁上有一些粉末，据说，把这个星星罐子在太阳下晒上一段时间，然后带回一个黑暗的房间，壁上就会发出荧荧的光亮。

孟繁翊伸手摸了摸桌肚，想要确保一下抽屉里的空位，冷不防摸到了好几袋小东西。

她捏住了包装袋，慢慢提了出来。

是被塑料膜包住的几个橙子，厚实的表皮上画着一个个表情，有开心、有难过流泪。

这些熟悉的表情画法勾起了孟繁翊的一些回忆，她一时之间觉得有些不真实，晃了晃这整个塑料包装袋。

里面掉下来一张小字条，上面的内容是用黑色的记号笔写下的，只有一行字：晚上早点回家，妈妈给你做面吃。

她反反复复地盯着这几个橙子，有些不确信。可这熟悉的字迹，告诉她，这是真的。

所以周冬琴主动打破了这几天来一直不冷不热的状态，还给她留了小字条。

而周冬琴在她幼年哭闹的时候，也会在各种可以剥掉皮的水果上画画，以此来哄着她多吃水果。

霎时间，她的内心涌上非常复杂的情绪。

综合一下，是开心的。原本心里有一块一直被雾霾笼罩着，这一回，好像终于明亮了。

她的嘴角不知不觉翘起，以至于前面的陈冬川刚转过头来就看到了她的微笑。

他刚想把头迅速转回去，却因为孟繁翊的话而不得不停止了动作。她问："怎么了？"

一个橙子上绘着大大的笑脸，看上去很可爱。

"我……我想问你一道数学题……"陈冬川结结巴巴的，"不不不，是化学题。"

他将手中略有些皱巴巴的化学练习册递给孟繁翊，却迟疑了一秒，而后道："我前面错得多，能问问你，第十五题吗？"

孟繁翊自然知道"前面错得多"的潜台词是，请你不要笑我。

她接过作业本，认真地道："不会笑你的，没有人有权利随便嘲笑一个认真的人。"

而第十五题恰好是推断题，正是分班以后他们第一次化学小测的题目。

彼时在孟繁翊的眼中难如登天，此刻在她的笔下，解题步骤"唰唰"地落下。

把解题步骤写完，同正确答案进行核对，在确定自己写对了之后，孟繁翊轻轻地道："你看，首先……"

孟繁翊讲着讲着，将作业本转了一百八十度，让陈冬川看着，自己在旁边的草稿本上演示着，两人的距离比原先近了一点点。

"真的没有人要报名吗——"叶芝芝在讲台上无奈地喊，"可是学校要求我们班必须得有两个节目。"

"我。"莫允淮的声音骤然响起，轻而易举地破开了所有的窃窃私语声。

孟繁翊原本觉得所有人的低语声对她来说，都会被自动滤成白噪音。但在这个时候，她因为辨认出了莫允淮的声音，而致使思绪紊乱了一秒。

下一秒，她拾起断掉的想法，打算一口气将题目讲完。

莫允淮却快步走了上来，停在了孟繁翙的桌边。

独属于莫允淮的气息浅淡地裹挟着孟繁翙，以至于她刹那间发现，自己和陈冬川的距离略近了一点。

她不动声色地往后挪去，神色如常地讲着最后的内容。

莫允淮靠着孟繁翙的桌子，左手搭在了她的草稿本上，却在和林可媛讲话："你来不来？"

孟繁翙空着一块还没打草稿的地方被他恰好摁住了。

她小声地提醒了对方几句，无奈莫允淮正和林可媛商量着正事儿，她的声音实在是太小了，他像是根本没听见。

孟繁翙只好伸手上去掰。

"沈鸣进拉小提琴伴奏，你独舞？"莫允淮不紧不慢地陈述，"你们到时候一定会让我们班得到前三名。"

他的声音不自然地卡顿了一下，孟繁翙确信他感到了自己正在掰他的手。

而他现在还是把手按在原来的地方，一看就是故意的。

陈冬川不知所措地看着孟繁翙的动作，似乎想说点什么，却被莫允淮倏然变响亮的声音掐断了思绪。

孟繁翙险些就想用笔当众戳他的腰。

勉强忍住之后，她继续讲题。而在她讲完的那一瞬间，莫允淮也刚好发表完了他所有的意见。

他一定是算好的！她难得稚气地咬了咬唇，不满地瞪了他一眼。

"最后的任务，谁来送花？"叶芝芝耐心地问，"这可是唯一一个不用当表演者就有在大众面前露脸的机会哦……"

孟繁翙对此毫无想法，只是反复地想着莫允淮刚才的话：

"林可媛独舞，沈鸣进小提琴，他俩就一个节目了吧。我的话……可以独唱，唱什么可能还需要好好筛选一下。"

孟繁翙其实特别期待。

上一回他唱歌的时候，还是初中的毕业晚会。

她本来没哭，而莫允淮唱完了，她的左眼忽然就无可抑制地落下了一滴泪。

他太优秀了，像是怎么奔跑，都无法捉住的光。

"我的捧花对象，就由孟繁翙来吧。"莫允淮的话遽然将她飘远的思绪扯回来。

"什么？"孟繁翙没反应过来，叶芝芝也没反应过来。

"我说，我跟孟繁翙熟悉。男生送捧花好像有点奇怪，那就让孟繁翙给我送捧花呗。"他像是心血来潮，随口一提。

叶芝芝的眼睛亮了起来。

莫允淮俯视孟繁翙，手掌还撑在她的草稿本上，他说："所以，你愿意吗，孟繁翙？"

一时之间，整个空气都凝住了。

"好。"她郑重地承诺。

他们好像交换了无数的承诺。倘若每一个承诺都可以化成丝线，那他们之间早就可以编织出缠绵的结。

2

回家之前，孟长君一反常态地让孟繁翊进书店随便挑书。

孟繁翊雀跃了一下，提着满满一袋的练习册，往车上走。

一小段路程，却有点闷。

车的右后视镜有点脏，孟繁翊正想着等会儿要不要提出来擦一擦，冷不丁从镜子里看到孟长君开了另一侧的车窗，抽了一支烟，烟圈袅袅。

孟繁翊脚步停顿了一秒，随即很快地走到车门旁，用力一拉。

车里弥漫着一股烟味，孟繁翊皱了皱眉头，孟长君一把掐掉了。

"你怎么又抽烟了？我和妈妈都很讨厌这个味道。"孟繁翊不带责备意味地问。

孟长君的表情有一瞬间僵住，而后忽然笑起来，是很轻松的样子："幼幼，爸爸今天心情好。"

孟繁翊望着他的笑脸，心中莫名紧绷的弦也终于松弛，真心实意地点点头："看得出来。"

回到家之后，迎接她的不再是单词日历，而是周冬琴摆在门口的几个有表情的橙子。

脱鞋的过程中，她成功发现了周冬琴换了一批颜色与款式皆很清新的拖鞋。

而周冬琴本人走出来的时候，明显能看出来她的头发染了颜色，原本夹杂着的细微雪色全部变成了棕黄色。

"下午我跟莫允淮的妈妈去逛了街，今天心情还不错。"周冬琴转了一圈，"怎么样，好看吧？"

孟繁翊不太习惯对周冬琴说很多的赞美，只是无比真诚地点点头。

在一片祥和之中，一家人难得面色都很愉快地坐在一起，一边吃着周冬琴做的面，一边谈论着跟孟繁翊成绩方面有关的事情。

这是孟繁翊许久都没有体会过的感觉了。

孟长君和周冬琴吃饭的时候总是各自管各自的，前几天，周冬琴和孟繁翊算是在冷战的时候，孟长君看上去也并不关心。

不断进步的、一直保持在高处的成绩，就像一枚针，细细密密地缝合了许多不经意之间就渐渐产生的罅隙。不管针脚是否缝得细致，只要此刻精致。

她们都没有对前段时间的事情道歉，也默契地不再提起这个话题。

第二天是阴天。

"不要睁开眼睛……如果你要摔倒了，我会扶着你的。"莫允淮的声音在孟繁翊的耳边响起，有些近。

孟繁翊不太自在地揉揉耳朵，小声道："你离我远一点……"说完，伸手揪了揪蒙得不是很严实的、覆在眼睛上的布条。

她也不知道莫允淮在打什么主意。

走在路上磕磕绊绊时，她才有些懊悔方才轻率答应了。

所幸一路都有莫允淮的指引，孟繁翊不至于真的磕碰到。

他们最终停在了一个地方。

耳边传来了门被"嘎吱"打开的声音，在她的脑海中，自动响起了小时候经常看的动漫中，一个转场音的效果，她没忍住笑出了声。

眼睛上覆着的布条倏然滑落，她的眼前重现光明。

滑入眸中的，是非常宽敞的房间。空气中弥漫着一股很淡的清香，窗户全都是敞开的，拉着一层纱窗。

整间教室最显眼的，除却一排饱和度较高的方块状的凳子，便是这一架摆在一边的钢琴。

乌黑的琴身被擦拭到能够反射出模糊的人影，掀开琴盖之后，黑白琴键静静地卧在那里，等待着一双手将它们从酣眠中唤醒。

孟繁翊静静地立在那里，仰头望着莫允淮。

莫允淮手上的琴谱才打印好没多久，油墨的味道还有些重。他将这几张新的琴谱夹在了他装琴谱的集子里，继而肃穆地落座。

修长的手指触到了黑白琴键，他问她："你会唱吗，上回在我家听到的那首歌？"

孟繁翊点头，这是她唯一一首会唱的英文歌，因为歌词过分触动心弦。

明明还是穿着白衬衫，然而在孟繁翊的眼中，莫允淮的姿态，同那些穿着礼服上场的各位钢琴演奏者并无不同。气质缓缓静淀，所有的喧嚣就此散去。

他道："我先来弹一遍找手感，第二遍的时候，我来弹，你来唱。"

她眨了眨眼，他的手指便骤然按下第一个键。

如果时光定格在这一瞬间，那么应该是一幅美好的画。

画面上浓墨重彩，他一人将会是这幅画的中心，所有观赏过画的人，目光都不会偏离他分毫。

一曲毕，他的手还贴在琴键上，像是血液中所有的熟稔都被唤醒，尘封的记忆被揭开一角。

他抬头，目光静静与她交汇，不用多说，便已经知道彼此的意思。

第二遍，前奏响完之后，她便开口唱出了声。

极其干净的声线，唱着这首歌时，有种难掩的出彩。

自信、笃定、持之以恒地拼搏。

隐藏在音乐之中的力量，那种对梦想极其深切的渴望。

他和她都体会过。

在唱到高潮的一个音时，窗外一声雷鸣猝然划破了空气。他的乐声没有断，她只是微微蹙着眉，歌声也没有断。

雷声不久，雨便兜头浇下。雨珠敲击在树叶上、玻璃上、石板路上的声音，彻底掩盖了他们的乐声与歌声。

就像是被雨幕裹在了另一个世界里，而这个世界只有他们两个人。

雷鸣不断，可他弹出的乐声越发撼动人心。

最后一声雷鸣止息时，他的乐声也恰好停下，像是一个完美的休止符，将一切美好的、动人的瞬间，都成功地收住。

酣畅淋漓。

对视之后是一派安静。

良久，莫允淮开口："你会弹吗？"

孟繁翊诚实地摇了摇头。

她贫瘠的前半段人生中一直知道钢琴曲很动听，却没有想到亲临现场时，是这样的感受。

灵魂在战栗，汗水从肌肤中渗出。

从乐曲中脱离，就像是进行了一场极其激烈的追逐，是彻头彻尾的心满意足。

"我来教你……"莫允淮示意孟繁翊在这长长的钢琴凳上落座，然后跟她细细讲解。

他带着她按下每一个键，倾听着每一个键对应的声音。

他教得认真，两节课家长探访的时间就此被挥霍干净。

她现在可以自己勉勉强强地敲出一首歌了。

"so，re，do……"她在心底重复地记着这几个键，指尖不断地摁下这三个键。

莫允淮听着听着，很快就领会了她的意思。

他降了一个调。

她辨别着乐音，不太确定地道："re，so，re，mi，si，空拍……"

他没有继续。

在按照她自己的方法换成简谱中的数字后，她发现是 25，23，70。

又是这三个数字。

"它们究竟是什么意思？"孟繁翊问出口，确信莫允淮知道自己到底在问什么。

"秘密。"他只是这么道。

她抿了抿唇，五指不断地重复着它们在琴键上的顺序："so，re，do。"

他蓦地笑了一声，也伸出五指，在一旁弹着这三个音。

窗外的雨很快就停了，两人马上也要回去。

晚上七班借用了音乐教室，他们可以再次来到这里。

只有音符，见证了他们的秘密。

"哇，莫允淮居然手抄了一份中英文歌词，还把简谱标上去了。"林可媛"啧啧"

称赞，顺手推了推与她一起站在音乐教室里的孟繁翊。

她发现孟繁翊的目光始终都落在那架漆黑锃亮的钢琴上，眼神专注，像是上面曾经开过一朵花。

七班用班费给每个人买了一个大大的夹子，用来盛放他们的歌词纸，像是唱诗班那样郑重。

莫允淮一张张地发。

孟繁翊注意到，莫允淮原本都是从上方按着顺序，一张一张地递给排成三排的同学们；轮到自己时，他的动作微微一顿，从最下方拿出了一张歌词纸，递给她。

刹那间，她明白自己手上的这份歌词纸会有所不同。

她不动声色地打量着林可媛的纸和自己的纸有什么区别，仔细打量了许久，却一无所获。

众人开始排练。

由于这支歌曾经很是火了一段时间，直到现在还有很多同学用这个牌子手机的铃声，因此几乎每个人都会唱。

孟繁翊细微的歌声混杂在众人的声音中，像是落入汪洋之中的一滴水，只有她自己才明白，她的歌声可以多有力量。

翻页的时候，她的声音一顿。

原歌词只占了第二页的后半面，剩下半面，有他用铅笔写的字，力道很轻，像是刻意不想被她发现。

"May your dreams come true soon.（愿你梦想成真。）

我们短暂地在题目之外的世界相遇过。

祝孟繁翊同学，孟想成真。"

霎时间，耳畔所有的声音都像是浮在了空中，他将她带回了那个奇妙的世界。

他的手指放在了琴键上，在和她遥遥对视一眼之后，再次按下琴键。

很多年以后，孟繁翊还是会记起这一个午后。

他们并肩坐在琴凳上，没有肌肤相贴，却能感知到对方的体温。

只是默契地，将所有的心思都折叠，在琴音中溶解。

3

经过重重筛选，高二（7）班的节目奇迹般地全都晋级。

一共是三个节目：林可媛独舞，同时背景音乐是沈鸣进拉小提琴；莫允淮男声独唱；整个七班合唱，莫允淮钢琴伴奏。

到了晚会当天，临近傍晚时，气氛热烈。

七班同学皆是脸上着了浅淡的妆，神色是难掩的兴奋。

孟繁翊不算是表演者，因她是林可媛、莫允淮的送花者，所以穿着也同其他女同学略有些不同。

她的衬衫靠近心口位置处，别着一颗星星，及膝短裙是从黑色渐变成白色的款式。

原本孟繁翊坐在教室里安静地背诵着白天上课时老师讲过的知识点，林可媛却硬生生把她拽走，将她一齐打包送去了化妆室上点妆。

于是，孟繁翊就在化妆室里和莫允淮"偶遇"了。

两人都有些窘迫。

这位化妆师是 Meya 的女儿，据说是一位演员的御用化妆师，只是这位演员生了病，便给化妆师放了假。

"来，不要紧张……"化妆师手里拿着一支男士唇膏，正要给莫允淮涂上时，对方却侧过头，躲开了。

他问道："那个，可以不涂唇膏吗？"

孟繁翊正满脸好奇地打量着他，让他总觉得心尖像是被小猫轻轻挠了一下，泛着痒，还伴随着不好意思。

化妆师只瞟了孟繁翊一眼，就已经明白了眼前的少年，究竟为什么不愿意涂唇膏。

"来，小姑娘，你过来。"化妆师对孟繁翊招了招手。

她好奇地走上前来，仔细地打量着化过妆的莫允淮。

对方因为不好意思，耳根全红了，他不得不闭上了眼睛，免得对视之后更加羞窘。

"这个男同学说不想涂，但不得不涂。你觉得应该涂吗？"化妆师轻而易举地就捏住了莫允淮的命脉，问孟繁翊。

孟繁翊望着化妆师手中这支白色管状的男士唇膏，嗅到了一点很清甜的白桃味，心情顿时更加微妙。

莫允淮企图将语气变凶，却发现对她根本凶不起来，只好问："我这样，看上去会不会很奇怪？"

"我想你小的时候，应该化过很多次妆。"孟繁翊想起谢襄之前同她分享的莫允淮童年时的趣事，"男生当然也可以化妆，化妆也并不奇怪。化妆跟性别没有关系。"

莫允淮很轻地松了口气，听孟繁翊的口吻，他如果就这样化完妆应当还算过关，于是同意让化妆师继续。

等妆上好，化妆师笑着说道："唇膏是很私人的东西，你们都是 Meya 的得意门生，这个唇膏就当作是小小的见面礼。"

莫允淮认真地向化妆师道了谢，紧接着对孟繁翊道："你帮我保管。"

孟繁翊一顿："我？"

他没有说第二遍，只是从椅子上起来把唇膏递给她。化妆师笑盈盈地按住孟繁翊的肩膀，把她按在了座位上，然后打量着她的五官，想着给她究竟要上什么妆容。

而化完妆的林可媛不负责任地对莫允淮喊了一句"你帮我看着小孟"，就和沈鸣进一块儿溜走去觅食了。

房间里瞬间只剩下三个人，化妆师动作很轻，而孟繁翊在睁眼时，不得不只看化妆师。

就算如此，依然能感受到莫允淮似乎一直凝神盯着她，她也体会到了方才莫允淮那种不太自在的感觉。

"好了，你看看镜子。"化妆师满意地示意她往镜子里看去。

当正脸对着莫允淮时，她都能感受到，对方似乎屏息了一瞬，然后迅速错开眼。

"谢谢姐姐。"孟繁翊乖巧地道谢，看着镜子里的自己，觉得有些陌生。

这是她第二次化妆，感觉同上一次很不同。

化妆师为她上的妆容将她的五官优势放到最大，而原本就动人的桃花眼，此时更添丽色，相当引人注意。

化妆师有心逗莫允淮："你为什么不多看人家小姑娘两眼，是觉得我化得不好看吗？"

莫允淮左手虚虚地握成拳，掩唇，咳嗽了两声，闷闷地道："好看。"却还是不正视孟繁翊。

"说好看还不多看两眼？"化妆师将转椅转了个圈，迫使莫允淮和孟繁翊面对面。

谁料到莫允淮迅速往后挪了几步，椅子在地上摩擦，发出"嘎吱——"的声音。

他只看了她一眼，面上迅速红了，然后飞快地道："我出去一下。"

门很快就关上。

化妆师笑着摇摇头："现在的小男生，脸皮真是薄得很……"

孟繁翊离开时，再三向化妆师道谢。对方提出要加孟繁翊的微信，等孟繁翊毕业了，拍毕业照时，她来给孟繁翊化妆。

孟繁翊有些受宠若惊。

到最后，连她的发型都被化妆师做好了。

对方给她扣好了一顶帽子，很轻，保证不压到头发："你太漂亮了，走出去肯定会吸引一片目光。"

孟繁翊被化妆师夸赞得脸红，承了对方的好意。

原本空旷的操场上摆满了椅子，主席台上有很多人在装各样的设备。

天色渐渐暗下来，整个校园里都弥漫着难以压下的兴奋。不少人站在操场外，遥遥地望着这边的装修进程。

而如今七班内，更是沸反盈天。

很多男生都围在莫允淮和沈鸣进的旁边，一边大惊小怪，一边又互相笑话。

他们每个人都化了妆，只不过莫允淮和沈鸣进化妆的部分更多。

而其实每个男生心里多多少少都觉得有点不好意思，不过没有人直接说，只好借助着打打闹闹的方式，将心中轻微的别扭感抒发。

而女生则围在孟繁翊和林可媛的身边。

林可媛妆容精致，一颦一笑皆是风情，而她也不吝于展现自己的美丽，大大方方地任人打量。

反观一旁的孟繁翊，大大的帽子牢牢地往前遮，将她的脸遮得严严实实，只露出了好看的发型，然后默默地写作业。

"小孟，别害羞嘛。"许淑雨发出怪笑，"让我来看看——"

然而孟繁翊打定了主意装死。

就在女孩子们笑笑闹闹的时候，Meya走来通知所有人："快点下去，我们先到楼下规定的位置上，节目单我等会儿每人发一张，大家加油啊。"

往下走的时候，大家没有刻意地走成一队，而孟繁翊走得很慢，莫允淮走得很快，两人不知不觉就走成了并排。

而他们周身像是有屏障似的，周围的人自觉地如流水般分开，无人走在他们的附近。

莫允淮看着她捏着帽檐，遮住自己的眼睛："你这样看得见吗？走路小心。"

他刚说完，孟繁翊下楼梯就踩空了，他眼疾手快拽了她一把。

就是这样的动作，让孟繁翊的帽子掉了下来，露出脸。睫毛很长，像是密密的扇子，轻轻地扇了几下，她像是才反应过来发生了什么事。

他匆匆低头，俯身，替她捡帽子。

她望着他，眼里有几分无辜。

"不要用这种眼神看着我。"他顿了顿，小声地道。

孟繁翊又眨了眨眼，有些疑惑："嗯？哪种眼神？"

他尚且未来得及解释，远远地就听到了主持人开始试音。于是，他问道："节目要开始了。"

他的节目排在第三个，很快就会轮到他。

楼道里有点黑，今天大家走得早，没有人及时地按亮楼梯处的灯。

他迅速地道："我们跑过去。"

空空荡荡的教学楼，没有一盏明亮的灯。

她很快地道："慢点慢点……"

但她的速度其实也不慢，也能两级两级地跨下楼梯。

闹哄哄的声响中，两人悄悄地绕开了主路，挑了一条草坪边上的林荫小道，歪歪扭扭地绕到了主席台后方的准备室中。

准备室里也有很多很多人，两人便躲在外头的榕树下。天空很快就彻底变成了暗色，舞台的灯光四处映照，而他们隐匿在暗处，小声地说着话。

"孟繁翊，我很紧张。"暗沉的天色中，只有远处的灯光照亮了他们漆黑的瞳孔。看不到孟繁翊的五官，这忽然让他少了许多的紧张感。

孟繁翊再次好奇地道："你原来也会这么紧张啊。"

上一次他说他紧张，也只是因为一场语文考试。

"嗯。"黑暗中，他诚恳地应声。

孟繁翊想起他的演讲，笑着调侃了一句："可是你之前，不是站在主席台上演讲过吗？我记得演讲得特别好。那个时候怎么没见你这么紧张呢。"

"其实我当时在想着，你也站在下面，也会听到我的演讲。"莫允淮的声音猝不及防地打断了她的调侃,让她一时间失语。

黑夜会放大人想要坦诚自己的欲望,而她现在就想要将自己剖开来。

"我其实并不总是从容淡定,就算我以前参加过很多次大型活动,可每一次上场前还是很紧张。"他的声音就在她的耳边盘旋着。

"我只是想起你也在听,所以竭力克服了紧张。"莫允淮说。

孟繁翊注意到他的目光好像投向了远处。

有一阵子的静默,只有主持人的声音在断断续续地响起。

他们身边有很轻的风声、隐隐约约的虫鸣,还有操场围墙外汽车偶尔路过会按响的鸣笛声。

"莫允淮,告诉你一个秘密吧。"孟繁翊的声音听起来含了不少的笑意,不过很轻柔,"作为你告诉我这个秘密的交换。"

第一个节目已经开场了,是一个女孩子在唱着歌,歌声很是动人。

"你是不是经常觉得我很冷静?"她笑着问。

莫允淮的声音传来,有些闷:"嗯。"

孟繁翊将双手背到身后,十指相扣,翻了个面,深吸一口气,才继续说道:"换句话说,我其实是一个很能装的人。"

她不等莫允淮反应过来反驳自己,立即道:"我就是特能装,而且我之前装了无数次,只有一次被你识破了。在你们眼里,我可能是泰山崩于眼前而面不改色。实际上,我的内心可能早就在尖叫了。"

说完之后,她静静地等待着莫允淮的回复。

说实话,她有些忐忑。

沉默在两人之间蔓延开来,有点久。她在黑暗中很勉强地笑了一下,却想起对方根本看不见。

在黑暗中,他们都不需要彼此伪装。

"我在想,我究竟怎样回答才能在你那里得满分。"莫允淮说出了一个她意料之外的答案,却又在情理之中,"你愿意告诉我,我非常高兴。而且,我并不觉得这有什么不好。"

她失语,他却继续道:"在我看来,这也是一种镇定。"

在他看来,孟繁翊其实是一个很骄傲、很认真的人。

而她愿意这样去剖析自己……

"我只是想送给你一个'孟繁翊镇定 buff'。"她道,"祝你顺顺利利。"

莫允淮和她往前慢慢走到灯光能照得到的地方。

他们逐渐靠近人群。

孟繁翊盯准了地上的一块小石子,小心地踢着,然后问了一个问题:"莫允淮,假设一个场景,你只能二选一。"

石子恰好踢到了他的脚边,他也轻轻地踢了一脚:"什么场景?"

小石子"咕噜咕噜"地再一次回到她的脚前:"一个是,白天你在化妆室里跟我相处；另一个是，你在台上唱歌，看着台下乌泱泱的一片人。二选一，哪个对你来说更紧张？"

一阵风擦过他的唇，带了点凉意。他莫名想到白天的时候，化妆室里不自在的情景："和你相处一室更紧张。"

他深呼吸了一口气，觉得胸口那团炙热的火焰还迟迟无法被扑灭，却莫名的，就安心了很多。

"孟繁翎，这首歌我只唱给你听。我知道，如果你捧花，就只能站在后台。"他注视着她的眸子，一字一句地说，"但我还是非常希望，你能看到我，能听到我唱的歌。"

在主持人报幕到第三个节目时，莫允淮终于走到了后台，一步一步地走上去。

而孟繁翎在他的身后，看着他的背影，一步一步地踏入光明的舞台，莫名就有了一丝惶惑与不安。

就好像他未来也会这样走向一个未知处，而她只能看着他的背影。

她摇了摇头，将脑海中的想法晃去。

地上摆着一排花，她找到了七班预定的那捧，小心翼翼地抱起来，发现不算很重。

她好奇地望着手中的花束，除了认识满天星，其他的花一朵都叫不上来名字。

"这是矢车菊，这是风铃草……"旁边的女生走到孟繁翎身边，细声为她介绍起每一种花。

"啊，谢谢。"孟繁翎回馈她一个微笑。

女生摆摆手，笑着说不客气，然后站在了上台的阶梯下方，仰头从侧面看着站在红色幕布后的莫允淮。

主持人在报幕，而孟繁翎清晰地看到他深吸了一口气，然后往自己这个方向瞄了一眼。

她不知道他能不能看见，还是露出了一个自认为安慰性质的笑容。

他怔了一下，继而也笑起来。

红色的幕布缓缓拉开，背景音乐也慢慢响起。

他开口的第一句，就吸引了一直待在这里准备捧花的一群女孩子。

她们拥到楼梯口，好奇这样的声音究竟会是什么样的男生唱出来的。

孟繁翎和最开始的那个女生站在了后边，遥遥地望着莫允淮在舞台上闪闪发光。

她们静默了好一会儿，身边的女生突然开口："其实他是一个特别好的男生。"

孟繁翎只是赞同地点点头："嗯。"

"他其实帮过我。"女生望着台上的他，"不过他自己肯定不记得了……当时，我吃到食堂最后一个，他也吃到食堂最后一个。"

孟繁翎只是听着她说，没有打断。

除去女生的说话声和莫允淮的歌声，其他所有的讨论声、轻微的电流声、台下的人声，统统都浮起来，渐渐远离她。

"那是我们高一刚开学的时候，我们都在食堂。他那天应该心情很不好，我坐的位置离他也不算太远,碰巧抬头,看到他好像抹了一下眼角。"女生的表情有点怅惘,"后来,下了很大的雨。你知道的,教学楼和食堂隔着很远的距离,我只看见他带了伞。"

莫允淮的歌声钻入孟繁翊的左耳,女生的声音钻入她的右耳。

他们的声音重叠,而孟繁翊的眼前像是渐渐拼凑起了一个略微陌生,又熟悉无比的莫允淮。

"他将伞主动递给我了,只说,还到高一(5)班的雨伞架上就可以了。然后他就跑进了雨里。"她的声音慢慢变轻,到最后几乎要消散。孟繁翊望向她时,发现对方脸上只是露出了一个非常平静的笑容。

曾经的她,对这样的笑容非常熟悉。

她知道,这样的平静下到底掩盖了多少波涛汹涌。

此时此刻,她在这个女生身上看到了自己。

孟繁翊屏息凝神。

唱至高音处,他忽然往她这一处望了一眼。

正在讨论的女生们瞬间尖叫,孟繁翊静静地、认真地望着莫允淮。

"无人知晓,你曾是我的梦想。"她很轻地跟着他唱,只有彼此知道歌词的意思。

一曲毕,底下掌声如雷鸣般,孟繁翊捧起花束,在底下女生的错愕目光中三两下踩上阶梯,在万众瞩目下将花束递给莫允淮。

她没有话筒,借着递出花的那一瞬间,很轻地喃喃:"一直都是。"

她不确定他有没有听到。

他接过她的花,在众人面前微笑着,很认真地凝视着她,很认真地道:"谢谢孟同学。"

台上的孟繁翊浑身僵硬,在众人的目光下觉得自己几乎要变成一枚石块。

直到莫允淮小声地说,好了,可以下台了,她才如梦初醒,几乎是同手同脚地走下台。

她一路跟在莫允淮身后走着,并不敢与他并排,心如擂鼓。

摆在眼前的有两条路:一条是径直从这侧的门往班级处走,这意味着,他们必须得忍受着众人或无谓,或好奇的目光;另一条路是从原先的路返回去,这样会绕很大的一个圈子,同时,路上会很黑。

毫无疑问,两人都会选择后者。

漆黑的小径,远离了音箱中的巨响,只有彼此心跳声在缠绕。

"你……"他的声音很低,也很轻,像是不忍打破这难得的静谧,"你听清楚我的歌词了吗?"

"唱得很好听。"孟繁翊答非所问,"你的人气真的好高啊,后台的女孩子们对你大加赞赏呢。"

黑暗中,她看不见他的表情,却也知道,他一定有些窘迫。

因为他喊她名字的时候,带上了一点羞恼的意味:"孟繁翊!"

夜风吞没了她的笑声，只有他能听见。

他们绕到七班座位上的时候，台上正在表演着小品，底下观众被逗得"哈哈"大笑。

"小孟你们回来啦。"林可媛赶紧拉着他们坐下，"我们等会儿还要上台演出，现在就坐在后面吧。"

林可媛光明正大地坐着，对旁边同学时不时好奇的目光视若无睹，肩上披了一件黑色的外套，一看就是沈鸣进将自己的小礼服外套脱下来，先给她披上了。

原本躁动的心思都在夜风中被彻底吹散。如水的凉意顺着袖管，一寸寸爬上孟繁翊的脖颈，她没忍住打了个寒噤。

仗着待在最后一排，莫允淮三两下就解开了衣服的扣子，把自己的外套搭在了孟繁翊的肩上。他解扣子的动作极快，搭在她肩上的时候动作却极轻，像是怕惊扰了她。

手臂瞬间被尚且带着独属于莫允淮气息的外套覆盖，她没忍住怔怔地望着他。

他们坐在黑暗处，灯光在前方映照着舞台，有几缕落入了他的瞳中。

他的眸里有她模模糊糊的身影，只是她看不见，却能无端感受到很深厚的、积压着的情感。

不敢再次对视，不敢多说一句话。

她拢了拢外套，想要让它将自己完全地覆盖。

"小孟，忘记说了，Meya说，接下来你就好好看节目，我的捧花她让许淑雨来送了。"林可媛不舍地看完了这个节目，起身之后，一边匆匆地理了理自己的衣裳，一边和孟繁翊快速地说道。

孟繁翊点点头，然后望着林可媛的背影。

她的脸上是自信大方的笑，直接抄近路穿过人群，往后台走去。

沈鸣进也在人群中穿梭，宝贝地护着自己的小提琴，避免磕磕碰碰。

灯光骤然变暗，红色的帘幕缓缓拉开。

伴随着第一声音乐响起，一个身着火红色舞服的女孩跃入了视线。她的身姿是那样的轻盈，任何一个高难度的动作于她而言，看上去像是那样的轻而易举。

乐声转急，舞者的动作也越发迅速、热烈，像一簇盛夏绽放的花，那样的鲜活、恣意。

孟繁翊坐在底下，目光没有挪动一瞬，专注到连莫允淮后半场一直在看着自己都没有发现。

舞曲渐至高潮，舞台中央的女孩子乌发如瀑，红衣胜火，四周的惊叹声此起彼伏。坐在前排的七班同学倏然倒数三个数，声音大到周围的班级都看向他们。

"三，二，一——"七班同学齐齐站起来，将硕大无比的定制灯牌高高举起。

坐在后排的孟繁翊和莫允淮能看得见倒过来的"林可媛、沈鸣进必胜！"，每一个字都是不同颜色的灯光，在暗色的夜里，格外显眼。

台上的林可媛显然是看见了，因为周围有人不断地在说"哎，她笑了哎""笑起来超级好看"此类的话。

最后谢幕时,林可媛非常自然地将站在幕布后方一个死角处的沈鸣进拉到了台前。

掌声雷动,孟繁翊被浓烈的氛围渲染,也情不自禁地鼓起掌来。

在一片掌声中,莫允淮忽然道:"孟繁翊,你听我唱歌的时候都没有这么专心。"

孟繁翊还沉浸在惊艳的表演中,没听清莫允淮的问话,下意识道:"嗯?"

她有些迷茫地看看他,却听到他在小声地控诉:"你刚才听我唱歌,听得不够认真,一直在跟旁边的人讲话。而你现在看林可媛的表演,看得这么认真。"

孟繁翊理所当然地反问:"她不美吗?舞蹈不好看吗?"

莫允淮顿了一下:"她是跳得很好,只是……"

孟繁翊正想说,其实我并不是没有认真听你唱歌,是因为我旁边的那个女孩子。但是她知道,自己不能这么说。

每个人都有自己的骄傲,她不能替那个女孩子擅自决定,无论莫允淮认不认识对方。

明明是这样愉快的场合与氛围,孟繁翊却无端觉得有点难过。

难以言说的难过。

"孟繁翊,你看看,你又走神了。"莫允淮语气有些挫败,"和我相处,就这么无聊吗?"

孟繁翊回神,压下不安感,在心中自嘲,自己真是得了便宜还卖乖,明明还没得到,就开始患得患失。

这样的感同身受,这样自以为是地对别人的想法做阅读理解,实在是太过傲慢。

孟繁翊微微仰头,注视着莫允淮的眼睛,不动声色地换了一个话题:"其实我真的很专心的,我也有好好听你唱歌,这跟我现在认真看可媛的演出并不冲突……"

"这么漂亮、自信、大方的女孩子,谁不喜欢啊。"孟繁翊望着拨开人群往七班座位上走来的林可媛,神色柔软,"女孩子看到非常优秀的、好脾气的女孩子,其实第一反应就是很开心,也很想和她交朋友。"

"大部分男生好像都会有误解,觉得我们同性相斥……"孟繁翊想起往日里孟长君对一些事情的刻板印象,摇了摇头,"其实绝大多数的女孩子,对待其他女孩子都会非常友好。"

在两人回来之后,孟繁翊学着往日林可媛促狭的样子,对眼前含着笑的女孩子,和护着琴走回来的男生不紧不慢地道:"唔,一对璧人回来了啊。"

林可媛乜了她一眼,伸出一根指头,摆了摆:"小孟,学坏了啊。"

孟繁翊很快就把她轰走:"快去换班服,再过三个节目,就到了我们班合唱了。"

结果四人中,三个人都要换掉身上的礼服,最终就变成了孟繁翊也被迫到了换衣室,帮林可媛整理舞服。

少女漆黑浓密的头发被绑成一根麻花辫，松松垮垮地垂至肩头，孟繁翊安静地看着林可媛手指灵活地穿梭。

最后对着镜子整理领口时，林可媛突然道："小孟，自信一点。你今天在发光。"

紧接着，林可媛双手放在了孟繁翊的肩膀上，带动着她转了一圈，让她看着自己的裙子像花一样浅浅地绽开，又小幅度地收拢。

她怔怔地看着镜子里的自己。

相仿的话，颜思衿也同她说过，莫允淮也说过。

可是为什么自己会一遍遍地想要记住，却总是无条件地怀疑自己，又选择性忘记了呢？

"自信"对她来说真的是很困难的一件事情。

"快快快，要迟到了！"林可媛推着孟繁翊，两人赶紧出门。

早就等候在门口的两个少年也马上往舞台处奔跑。

他们遥遥地就望见七班已经站起身，前往后台，整齐有序。而穿着红衣服的Meya频频回头，看不清神色。

他们在黑夜中奔跑，竭尽全力。

夜风猎猎，没人顾得上妆会不会花，只是那样用力地向前奔跑。

而这一次，孟繁翊主动从近路走去。

无数目光都在好奇地看着她，以及她身后的三人。

她悄悄地深呼吸一口气，走上台。莫允淮也坐在了琴凳上，手指虚虚地抚着白键。

红色的幕布像是一扇厚重的、通往另一个世界的门。

门在缓缓打开。

她深呼吸，心跳却越来越快，几乎要蹦出喉咙。

她的脑海中反复地想，她站在 C 位，她绝不能出错，她……

却遽然和莫允淮对上了眼神。

他的眼神里隐藏着鼓励与笑意，就好像一池春水，风来，泛起微波。

风去，归于平静。

她奇迹般地镇定下来，望着底下的人群，心中只有一个念头——

因为我是孟繁翊，所以我可以。

4

昨晚盛大的金秋晚会，给每个人都留下了深深的印象。

然而一切如同辛德瑞拉十二点的咒语，次日清晨，一切又回归了往日的生活。

与往日不同的是，六点十五分，莫允淮单肩背着包，三两步走向了孟繁翊的位置，从书包里拿出了一个小袋子，放在了孟繁翊的桌角。

不等她拒绝，他就飞速地说道："是我妈做多的，她说你太瘦了，多吃些。"

孟繁翊的思路被打断，有些茫然地看着莫允淮，继而乖乖低头，看到了蛋挞和泡芙。

他离开时也如一阵风,没有等她的回应。

孟繁翊望着里面一张粉红色的小便笺,上面的字迹显然是谢襄落下的:繁翊,新的一天,多多开心^-^。

心情好像真的就这么明媚了起来。

她一边开心,一边忍不住地艳羡。

孟繁翊落笔学习前,望了一眼尚且热乎的甜品,抬头时又恰好能看到前排同学用功学习的背影,登时觉得有被激励到。

早自习下课的时候,陈冬川拿着一道化学题,转过身来,磕磕绊绊地问孟繁翊:"……你、你有空吗?"

孟繁翊刚从地理的海洋中挣扎出来,伸手便接过了陈冬川的化学作业本。

谁料到他紧紧握着作业本,没有放手。

孟繁翊眨了眨眼,陈冬川才像是如梦初醒,红色迅速从脖颈向上蔓延,整张脸都红了:"对……对不起。"

孟繁翊失笑,摆摆手表示没关系,继而低头看向这道化学题,另一只手在草稿本上飞速演算起来。

她长长的睫毛垂下,像是栖息的蝶,殷红的唇微张,似乎在自言自语。漆色的碎发顺着耳根垂下,很软。

即便是身穿很普通的校服,她的发上没有任何装饰,也非常好看。

陈冬川惊觉自己多看了一会儿。他不安地扫视了一眼周围,四周的人要么在和身边人神采飞扬地说着话,要么正埋头苦写。

没有人发现,刚才那几秒,他的注视。

他正欲松一口气,抬头时,却遥遥被一道锐利的目光捉住。

陈冬川浑身一僵,不敢和目光的主人对视。

莫允淮的视线很快就移开了,好似刚才刹那间露出的不太愉悦只是陈冬川的错觉。

"好了,这道题的解题步骤是这样的……"孟繁翊把化学作业本推过去,侧过脑袋同他讲。

声音很轻柔。

陈冬川被一点拨,霎时了然。他朝她投去感激的眼神。

是的,是感激。

自从孟繁翊给出善意之后,他忽然觉得,被原来的同桌忽视也不是什么大问题了。

更何况新同桌,以及周围一圈的新同学们,每一个都对他非常善意。

被连续投喂了小一个月,而且投喂的食物大部分是甜品、烤红薯,孟繁翊又很嗜甜,不知不觉地吃了很多。

直到学校突然开始了一场体检。

"啊啊啊，怎么办？小孟怎么办？又要体检了啊。"林可媛望着手上的一沓单子，苦着脸，"我妈要是知道我近视度数又增加了，非把我手机没收了不可。"

孟繁翊担心的倒不是这个，而是肺活量和抽血。

她其实，很怕疼，也很害怕看到血。

只是她很能忍，所以周围人都以为她对此无所谓。

七班的队伍按照学号一个个排好，孟繁翊站得离莫允淮很近。众人有序地向报告厅走去——那里被临时征用成了体检中心。

才走入，就闻到了报告厅内部的消毒水味。

医生们穿着白大褂，同学们在报告厅内部排起了长长的队伍。

第一项是体检身高体重。

为了保护隐私性，医生们不会大声报出身高体重的数值，只会迅速记录。

每一个项目，学生本人都可以看到自己该项的指标。

莫允淮是第一位，他测完之后，看了报告单一眼，看上去很是满意。

轮到林可媛。

孟繁翊眼睁睁地看着林可媛把自己薄薄的外套脱下来，又把校裤口袋里零零碎碎的物什全都掏出来：三枚硬币、一枚钥匙、发圈、橡皮……

然后将其全都郑重地交到了孟繁翊的手上，带着一脸的视死如归。

孟繁翊失笑："你不要有心理压力。"

林可媛摇摇头，沉默了："不，你不懂。"她上秤如上战场，一脸苦大仇深。

孟繁翊望着她尖尖的下巴，笑着摇了摇头。

果不其然，林可媛拿到单子的时候，眼睛亮了一下，明显就是体重降了一点。

而孟繁翊想着，怎么样今年都得长高一厘米吧，一边毫无压力地上了秤。

下一秒，她瞳孔"地震"，不敢置信地看着秤的表面，然后发出了灵魂质问："叔叔，这个秤，准吗？"

医生对这种问题已见怪不怪了，他飞快地记录数据，紧接着用没什么起伏的声音回答："很准。你也不重，你这个身高体重，肯定是偏瘦的。"

孟繁翊失魂落魄地拿着自己的体检单前往下一个项目，林可媛在前面等着她，眼中还保持着方才的愉悦："怎么样，长高了吗？"

孟繁翊看着薄薄的体检单上的数据，只觉得它有千斤重："长高了一厘米，但是……"

她极力忍耐着，才没有喊出声，而是很克制地道："可媛，你知道吗，我重了整整——七斤，七斤！"

孟繁翊沉重地想，谢襄对她的爱，已经化成了七斤肉，结结实实地长在了她身上。

在经过一连串项目的检测之后，孟繁翊终于下定决心，要和莫允淮说清楚，自己不能再接受谢襄的投喂了。

只是她并不想用"变重了"这个理由。

她知道其实也没什么，而且能够预料得到莫允淮会告诉她，她需要再重一点，才达到健康的标准,但……

她心事重重地在抽血处排队,见到前一个班级同学面不改色地被扎,面不改色地按着药棉走了,顿时又开始害怕。

轮到七班了,莫允淮忽然走到了孟繁翊和林可媛中间,神色诚恳地道:"插个队。"

林可媛诧异地看他一眼:"我从来没见过往后插队的。"

然而,当她瞥到孟繁翊隐隐发白的嘴唇,一瞬间就明白了。

前面的人一个一个地减少,莫允淮抽完血,孟繁翊白着脸,仰头小声问他:"这个医生扎得疼不疼啊?"

医生已经在催促了:"快点,别磨磨蹭蹭。"

孟繁翊让后面几位同学先上,自己站在旁边仔细地观摩同学们的表情。

莫允淮把药棉扔进了黄色的医疗废物的垃圾桶里,摇摇头:"不太疼。"

孟繁翊半信半疑地看着他,发白的唇被她咬出了一个红色的印子。

莫允淮望着她唇上那处,很快又移开了目光,望向下一个项目,若无其事地道:"真的,你可以试试看,真不疼。"

他也不催她,只是就站在她旁边等着。

孟繁翊硬着头皮坐了下来。

黄色的碘伏抹在手肘上,冰冰凉凉的,正如医生撕开包装纸后的针尖。

即将要扎下去时,孟繁翊的右手忽然拽住了莫允淮的衣襟,整张脸都朝向他。

她眼眸紧紧合上,完全不敢多看一眼。

当她的手骤然用力时,他便知道针扎入了她的手肘处。

莫允淮正想说些什么来转移她的注意力,孟繁翊就小声地道:"我……以后,能不能让阿姨不用顺便做我那份的加餐了。"

她问得实在委婉,莫允淮反应了半天:"啊……是不喜欢吗?不合口味的话,我可以跟我妈说一下。"

血才抽了小半管,显然还没有到合格的指标。孟繁翊强行把自己的注意力从手中转向了话题:"不是,我……我长胖了七斤。"

在疼痛之下,说出这样的事实,好像也不是多困难,孟繁翊想。

正是因为谢襄对她太好了,她才想要把实话说出口,而不是去选择别的理由。

针头拔出去的那一瞬间,莫允淮又感受到了孟繁翊的颤抖。

他看着她发白的脸颊,一时间什么话都忘记了,只是好像对她的疼痛感同身受。

那一刹那他只觉得,此刻不管孟繁翊提出什么要求,他都会答应。

所以他说,好。

在孟繁翊松手,兀自按住自己手上的药棉时,倏然瞄到了后面的同学的目光。

他们的诧异是那样的明显,孟繁翊猝然一惊,脚步一顿,将自己同莫允淮的距离拉开了一些。

后排的同学立刻将头转到一边去,表示自己什么都没看见。

"怎么了，我们去测肺活量？"莫允淮见孟繁翊还在按着药棉，出声道。

她点点头，慢慢地起身，往测肺活量处走去，一边走，一边想起了初中的一件事。

当时，整个班级是分散开来测的。而孟繁翊在先抽血还是先测肺活量之间犹豫，最后决定跟着莫允淮的选择来。

结果，莫允淮在测完肺活量之后，像是在等着谁，一直没有走。

孟繁翊硬着头皮开始吹。

肺活量测试需要一定的技巧，孟繁翊小心翼翼地跟着医生的指示去做，却怎么都学不会，无论如何她都吹不到一千。

最后整个大厅就只剩下她一个人在苦苦地吹着，身边的莫允淮一直没有走，她不确定他是不是在等着自己。

"我来示范一下吧。"他当时声音还没有如今的成熟，却仍然是很好听的少年音。

可以说，孟繁翊就没有听到莫允淮的声音，像他们班大部分变声的男孩子一样粗嘎过。

又或许是她的记忆美化。

她只记得，那个下午，她的目光落在他的手腕上，而他的手握着测量仪，却好像捏着一枝花般从容。他的每一个动作都不紧不慢，却能够深深地吸引她的目光。

说来也神奇，在医生说了一百遍都没有用的情况下，她只看着莫允淮做了一遍，便全都记住了。

最后测出的结果虽然不是优秀，不过已经足够了。

思绪回笼，还是莫允淮先测。

他的动作一如往昔干脆利索，而她的记忆蓦然鲜活起来。

第一次测肺活量一遍过。

孟繁翊松了口气，和莫允淮往教室走。

阳光还有一点烫，她整个人掩在了自己的大伞下。

莫允淮跟她待久了，也养成了撑伞的好习惯，浑然不记得自己以前说过"男生撑什么伞"这类的话。

"你是不是长高了啊？"孟繁翊捏着自己薄薄的体检单，好奇地问。

"我又长高了两厘米，按照这个速度，再过两年，我就可以长到我的理想身高了。"莫允淮状若无意地将自己的体检单递给孟繁翊，"我的每一项指标都是优秀。"

他强调了最后两个字。

孟繁翊"扑哧"一声笑出声来，在莫允淮看向她之前，赶快收敛面上的笑容。

他真的好像一只……喜欢炫耀的大型犬。

孟繁翊没有打开看，只是把两本体检单摆在一起，放在身后。

莫允淮像是感慨，又好像是自言自语："要是，时间能快进到大学就好了。"

孟繁翊心口一悸。

远处，校外有一座桥，上方是列车的轨道，此时，一辆列车驶过，驶向他们所期待的远方。

"秋天来了。"望着一寸寸昏昧的光线,莫允淮从孟繁翅的肩上取下一枚落叶。

"下下个秋天,我希望……能跟你在一所大学。"她转过身子,双手背在身后,悠然地往教学楼走。

他跟她隔着一寸的距离,看她的发被阳光涂上灿然的金色,眸中盛满了笑意。

"我也是。"他说。

回到班级之后,昨天考的化学试卷和英语试卷已经发下来了,帮忙发的同学还特别贴心地从每个人的抽屉里都抽出一本书,严严实实地压住了分数。

孟繁翅对昨天考试的内容心里有数,但仍是深呼吸了一口气,闭上眼睛,好一会儿才睁开。

只一眼,她便努力地不让自己的嘴角翘起,而是遥遥地往莫允淮那处眺望。

对方也恰好看看她,比了一个"OK"的手势,孟繁翅也状似随意地比了一个"OK"的动作。

两人对彼此都考出了满意的成绩这件事情心领神会。

化学老师上课时,着重把孟繁翅和陈冬川的名字拎出来表扬了一遍。

"孟繁翅进步真快!"化学老师一向严肃的脸上浮现了几缕笑意,"想想开学,我真是不敢想象,这个同学才花了几个月的时间,就从化学不太行变成了化学强者。"

孟繁翅被夸得不好意思,不过面上一直都没有什么表情,而是一页一页地翻看着化学的知识点。

"还有陈冬川同学也非常了不起。谁能想到最开始,他连及格都很困难呢。"化学老师欣慰地道,"看来,孟繁翅同学的辅导很有效果啊。"

坐在陈冬川后面的孟繁翅看得一清二楚:他的后脖颈全红了,一看就是被夸赞得不好意思了。

下课之后,Meya走进教室:"今天上级领导来视察,大家要注意讲文明,懂礼貌啊。"

她环顾一圈,发现不少同学都蔫蔫的,没有力气,整日里昏昏沉沉的,决定放个大招。

"各位同学,我要宣布一个对你们来说,算是好消息的事情。"

一听到"好消息",不少人立刻挺直了腰板。

"秋游计划提上日程,鉴于我们班和八班打了个平手,所以由我们两个班级的同学先决定好地点,反馈给班长。"Meya慢悠悠地说。

然后她成功地看到大部分人的眼睛一秒被点亮,她笑着扶额:"就知道你们这群小兔崽子爱凑热闹。"

林可媛带头起哄:"才不是,是因为Meya不把有意思的事放在前面讲啊——"她的尾音拖出了几拍,惹得所有人都绷不住笑起来。

底下一群人七嘴八舌地开始讨论,兴致勃勃地在几个秋游胜地里挑来选去。

Meya悠悠地补充了一句:"哦,不过在此之前大家得知道,下周二我们要去后山毅行。"

众人的笑容瞬间凝固。

宁中的后山,其实在几公里之外。

宁中为了培养学子们不畏艰难的精神,每一年,都会抽出一天,要求学生们从学校,走个几公里到后山山脚,再爬到山顶。

整个过程下来,确实非常考验同学们的体力、耐力,以及信念感。

"学校说了,可以带零食,有没有时间吃就是另一回事了。而且如果要带零食,得你们自己提。"Meya拍拍讲桌,"好了,今天的课就到这里。提前祝大家周末愉快。"

走出教室之前,Meya叮嘱孟繁翊,给她妈妈打个电话。

孟繁翊望着电话机前排成长长一列的各班同学,叹了口气。莫允淮也跟着走了出来,显然也有想打的电话。他们在整栋楼四处游走之后,终于找到一个空闲的电话机。

拨号之后,是漫长的等待,就在电话即将挂断的前一秒,周冬琴终于接通了:"喂?"

"妈妈,我……"孟繁翊的声音淹没在雨声里。

对面的周冬琴听出了她的声音,却没有听清楚她到底在讲什么,只是匆匆地道:"乖啊,没带钥匙的话,你先去思衿家里吧,妈妈跟你爸爸今天都在外面有事情……"

孟繁翊在她挂电话前快速问道:"可是思衿姐姐说过她这一周都不住这边。"

一根手指小心翼翼地戳了戳她的肩膀,孟繁翊转头。

是莫允淮。他做着口型,孟繁翊仔细分辨,是说"去我家里"。

她一怔,电话那头的周冬琴像是有点急了:"我们真的有急事,乖啊……你先去同学家待一待也行,晚一点我们就去接你。"

周冬琴一直都是个急性子,但孟繁翊真的很少见到,周冬琴用这样急切的语气同她说话。

"……好,那我就去同学家了,他也同意了。"

孟繁翊正要将听筒放回去,电话里倏然又传来一道问话:"哪个同学?"

原本想要将实话说出口,只是这样难免就要开始解释。

"林可媛,妈妈你知道的,我同桌。"孟繁翊没顾得上莫允淮也在现场,直接说出了她的名字,然后快速地道别、挂掉电话。

在她离开之前,身后一只手径直取下电话听筒,另一只手刷了卡。

她被困在电话线和他的手臂中,顿了一秒,继而歪头看他。

莫允淮浑然不觉般,右手骨节分明,按下数字按键的动作也是那样的好看。

这个距离,她甚至能听到莫允淮电话听筒里传来的声响。

这个电话机有些老旧,时不时传来电流声,并且经常坏掉,如果能使用,都是运气好。不少同学戏称这是"薛定谔的电话机"。

此刻,这一处冷冷清清,只有他们两人。转角传来了脚步声,还有几个男生的说话声夹杂着雨声,模模糊糊地传来。

孟繁翊见莫允淮已经拨通了电话,却没有丝毫放下手的意思,情急之下只好弯下腰,将电话线掀过头顶,整个人如一尾鱼,灵活地钻出了莫允淮的桎梏。

"好,那我等会儿就带孟繁翊回来了……妈,你叫谢惜诺安静点,等会儿孟繁翊要好好写作业的……"莫允淮好笑地看着孟繁翊的动作,以及她最后瞪了自己的一眼。

她自己都不知道那一眼究竟多没气势,反而像是浸了一泓静水,将天穹美景全都纳入。

她手里攥着一本薄薄的小册子,上面列满了地理知识点,正靠在旁边空教室前的墙壁上翻看着,假装和他不认识,实则在等他。

几个男生走过的一瞬间,莫允淮挂断了电话,假装没看到他们的眼神,然后自然无比地走到孟繁翊的身边道:"一起走吧,孟同学?"

乍一听到"孟同学"三个字,孟繁翊就会想起金秋晚会上,莫允淮当着所有人的面,连耳麦都没有摘下,就对她说,谢谢孟同学。

孟繁翊没去看那几个男生的眼神,点点头,跟着莫允淮走下了楼梯。

当他们坐进谢襄车内时,孟繁翊还觉得有些不真实。后座上坐着谢惜诺,正兴奋地冲孟繁翊挥挥手。

莫允淮坐在副驾驶上,望着内后视镜中两个女孩子的互动。

谢惜诺一直在分享她初中的事儿,小嘴"叭叭叭"讲个不停;一旁的孟繁翊宛如温柔的邻居家姐姐,耐心地引导她,并且专心地听着谢惜诺的少女烦恼。

就算这些心事在莫允淮看来都有些幼稚,她却没有任何嘲笑的意思。

"要是繁翊真是诺诺的姐姐好了。"谢襄转着方向盘,在红绿灯处等候时,笑着打趣。

还没等莫允淮给出回复,谢惜诺抢答:"反正,是不是姐姐都一样啦。要是繁翊姐姐真的变成了我的姐姐,哥哥还要哭了呢。"

一时之间,所有人都沉默了。

莫允淮:"你说得很对,下次别说了。"

谢襄掩饰性地轻轻咳嗽了一声,车内安静下来,就这样将刚才的话轻轻揭过了。

几人进了屋,雨声登时更大了。他们坐在客厅里,一旁有大圆桌,桌旁摆着一杯新鲜的柠檬水和馨香的甜点。

孟繁翊回想起前段时间自己重了七斤,顿时觉得这甜点都开始烫嘴。

谢襄贴心地给他们每人都备了一只透明的塑料手套,方便他们斯文地捏着泡芙吃。

谢襄将准备好的小礼物拿出来。

当礼物递到孟繁翊眼前时,她甚至没能反应过来,只是有些迷茫地望着谢襄。

"前段时间,莫允淮这小子跟我说每天都吃甜食,不健康。我想着,就给你织了副手套。"谢襄认真地道,"不要觉得有负担,你们认真学习,努力考上好大学,对我来说就已经是最好的礼物了。"

浅紫色的手套织出的花纹相当精致。

"谢谢您……"孟繁翎几乎有些惶恐了，她立刻起身，犹豫着要不要干脆鞠个躬。

谢襄笑着摆摆手，率先进了厨房。

"我妈最近辞了工作，想换一份，所以才那么闲的，你别介意，"莫允淮连忙解释，"不要太有负担。"

看上去就不像是没有负担的样子。

莫允淮继续道："等会儿吃了晚饭，你、我、谢惜诺，我们三个去采购？可以一次性把毅行和秋游的零食都买了。"

孟繁翎再次点头。

她今天有些失语，因为她收到了太多的关心。

"大家都先洗洗手啊，接下来要包饺子。"谢襄遥遥地招呼众人来帮忙。

谢惜诺欢呼一声，迫不及待地冲过去洗手。

桌上已经拌好了她最喜欢的馅儿，就等着加进去。

"繁翎有什么料是不喜欢的吗？"谢襄指了指旁边的香菜、蒜、姜、葱，"等下下完饺子之后，我再炒点小菜，怕不合你的口味。"

孟繁翎望着眼前的几样调味料，有些犹豫，并不是她不愿意说，而是她基本上都不吃，可她又怎么好意思挑三拣四。

正要开口，莫允淮却抢先一步回答："妈，孟繁翎这些都不吃。"

谢襄乜了他一眼："具体点？"

"不吃葱姜蒜香菜，吃水煮鱼不吃鱼，吃葱油拌面不吃葱，吃香肠包和肉包都不吃馅儿，还有……"莫允淮侃侃而谈。

孟繁翎心惊胆战地看着谢襄的平静面色，而莫允淮显然不介意。

初中开始，他如果坐的位置跟孟繁翎比较靠近，他就会注意到孟繁翎的口味。

谢襄听完，面上倒是没有什么特别的变化，只是沉吟了一会儿，才评价道："唔，是个难养活的小孩儿，怪不得这么瘦。"

孟繁翎一个人立在那里，有些不好意思，旁边的谢惜诺惊叹道："哇——全世界居然有这么多，繁翎姐姐不喜欢吃的东西。"

莫允淮轻咳了一声，给了谢惜诺一个脑瓜嘣："别难为她。"

谢襄笑眯眯地道："唔，幸好我有先见之明，挑的饺子馅都没有踩雷。来，咱们现在就开始直接包饺子，你们喜欢包什么样的都行。"

孟繁翎长这么大，还没有亲手包过饺子。

先不说饺子本身就不是南方的主食，往日里，每当孟繁翎想要帮周冬琴做些家务活时，周冬琴都会把她赶回房间，随后说，妈妈不累，你好好读书就是对妈妈最大的回报。

因此，每次小学寒暑假老师照例询问，大家有没有帮爸爸妈妈做家务时，她都会非常非常羞愧。

薄薄的面皮摊在手心，孟繁翊不知所措地看着莫允淮的动作。

他被她无辜的眼神烫了一下，霎时间便明白，孟繁翊也许从来都没有包过饺子，她并不会。

"你想学哪种包法？我来给你示范一下……"在莫允淮的讲解下，十种花样各异的饺子呈现在了小桌板上。

孟繁翊一会儿瞅瞅这个，一会儿又瞧瞧那个，觉得每个都做得非常好看。要是下锅了，她肯定舍不得吃。

"这是月牙饺子，这是柳叶饺子……"他一一介绍着，模样十分认真。

最后，孟繁翊跟着莫允淮开始慢慢学包月牙饺子。

然而实际上手操作，才发现困难无比：

她总是不知道，究竟要将多少的馅料摊在面皮上比较合适。太多了容易溢出来，太少了看上去又干瘪万分。

她磕磕绊绊包好了一个勉强看上去还行的饺子时，谢惜诺已经包完了五个，还眨了眨眼睛，好奇地问："繁翊姐姐，你这个包的是什么饺子啊。呃，我有点看不出来。"

孟繁翊望着手上的面粉，觉得心口中了好多箭。

在她不懈的努力下，除去馅儿太多的，除去包成了一团的饺子，孟繁翊最后的成果是五个。

站在谢襄旁边看饺子入锅，她连大气都不敢出，反复只要她多呼吸一口气，她的饺子就会在锅里显出原形。

孟繁翊脸上的表情实在是严肃得过分，谢襄乐了，把他们几人赶回去："接下来爱看电视、想写作业什么的都可以，我要在厨房里做菜了啊。"

充当了一回免费劳动力的三人面面相觑，最后谢惜诺小朋友一锤定音："我们把以前的动漫看一遍吧！繁翊姐姐你喜欢看什么啊？"

孟繁翊开始回忆起自己的童年。

周冬琴确实管得很严格，只是无论如何，她总有出门的时候。

孟繁翊小时候的快乐，就是在周冬琴出门的时候开电视。而她从小就知道，电视放久了会发烫，所以总是大夏天，忍着热意，将电风扇对着电视机呼呼啦啦地吹。

在周冬琴回来前几分钟，一旦孟繁翊听到了脚步声，就会将频道调回周冬琴最爱看的宫斗剧的频道，把音量先是静音，再调回原来的大小，左手已经压下了关闭电视的按键。

在声音即将发出的那一刻，她的左手一松，电视机彻底关闭。

悄无声息地按掉电视机后，孟繁翊不慌不忙地将电风扇转回来，朝着自己的方向，继而蹑手蹑脚地跑到沙发上，状似老老实实地写着自己的作业。

每次周冬琴回来都会有些奇怪，因为孟繁翊脸上总会有些汗。而她问孟繁翊热不热，当时还只是一个小团子的她只会摇摇头，大眼睛无辜地眨了眨，声音很细地说不热。

周冬琴就会心疼。

孟繁翊一边因为周冬琴的心疼而愧疚万分，另一边还是会继续偷看电视。

思绪被扯回来，孟繁翊认真地回忆了一下："我喜欢看的有很多……"她断断续续地报出一连串动漫的名字。

她每说一部，谢惜诺的眼神便亮上一分，到后来干脆利索地打开数字电视，一个一个地搜起来。

出乎孟繁翊意料的是，莫允淮也看得很认真。他神情专注到给了孟繁翊一种错觉：他是将这些当作学术研究了。

美食终于做好，谢襄喊几个孩子一起来吃饭。

满桌子都是孟繁翊喜欢吃的菜，她抬头瞥到谢襄的眼神时，只觉得对方的眸子里终于有了来自长辈的、特殊的怜爱，就好像自己真的是她的孩子一般。

非常柔和的眼神。

孟繁翊不合时宜地想，如果未来有机会，她一定要做一个像谢襄一样的人。

生活精致、有情调，总是以平等的态度来和自己的孩子讲话，身上没有一种高高在上的感觉。

她在开饭前，格外郑重地道谢，因为很多事情道谢："万分感谢。"

而她成功收到了谢襄看向自己的目光，刹那间也明白了，谢襄懂得这是什么意思。

孟繁翊吃相很斯文，细嚼慢咽，也不多说话。而谢惜诺话很多，饭碗里还有大半没吃完。

真正在莫允淮家里，孟繁翊才明白，往日里他陪她去食堂吃饭，很多时候真的是放慢了速度的。

他吃相并不粗鲁，可以说也很斯文，并不会如同旁人那样大口大口地吃饭。

只是他夹菜的速度很快，往往孟繁翊才吃一口，他就已经吃了三口。

孟繁翊也有幸见证了，什么叫作青春期男生的胃。

简直就是无底洞。

满满一桌的菜，大半的菜全进了莫允淮的肚子。

望着最后几只大闸蟹，莫允淮数了数，一人一只恰好平分。

而他端来了蟹八件，开始动作灵活地为大家拆蟹，看他剔出蟹肉的动作真的是非常享受。

孟繁翊不知不觉将一碗饭都吃完了，感觉自己的胃有些发胀，却忍不住还想要吃第二碗。

她不好意思地笑了笑，谢襄立时心领神会，正要给她盛第二碗时，莫允淮就将剥出的蟹肉摞成一碟子，推到了孟繁翊的面前，接下来再剥谢惜诺和谢襄的。

鲜美的大闸蟹蘸上酱油醋，就这样在味蕾上"噼里啪啦"地跳舞。一旁的饺子数量并不算多，大家都空着一小部分的肚子来吃饺子。

喷香的饺子中，她小心翼翼地挑着自己的饺子，不幸落败。

她包的饺子在锅里溜了一圈如同美了容，就算是她本人也找不出来了。

她挑出了几个莫允淮包的月牙饺子，放在碟子里，涮一涮酱油醋，再放入口中时，顿觉鲜美无比，好吃到她没忍住眯起了眼睛。

倏然，她的舌尖触碰到一颗硬物，她下意识地品一品，发觉是一颗白桃味的糖。肉香混合着糖的甜味，有点微妙的味道。

当她对上莫允淮的眼神时，却了然：他趁着她不注意，往饺子里塞了颗糖。

然后她就是这么幸运，吃到了这一颗糖。

饭后，是属于他们的零食大采购时间。

他们权当是饭后散步，特意去往稍微远一点，种类却很齐全的寻和超市购买。

两人都往超市内部走去，只有谢惜诺停在冰柜前，眼巴巴地看着柜子里的雪糕，半天挪不动步子。

"哥哥。"谢惜诺努力睁大眼睛看着莫允淮。

"你求我也没用。"莫允淮无情地拒绝了。

谢惜诺眼看着就要抹泪，莫允淮还是无动于衷。

眼神飘到了孟繁翊身上，谢惜诺立刻伸手握住了孟繁翊的手："姐姐，靠你了……我真的想吃，如果今天吃不到雪糕，那么我的身体、我的心灵、我美好的品质就要毁于一旦了，呜呜。"

孟繁翊被她哀求的眼神搞得哭笑不得，正想义正词严地拒绝，却发现小姑娘眼角硬生生落下了两颗泪。

孟繁翊惊了。

居然已经想吃到这个地步了吗，孟繁翊沉思。

过了两秒钟，孟繁翊扯了扯莫允淮的衣角，又一次用非常有效的必杀技——非常无辜地眨眨眼，然后认真道："诺诺看上去真的很想吃，你看她都哭了。"

莫允淮的神情有点动摇，孟繁翊叹口气，怜爱地摸了摸小姑娘的头："没关系，姐姐给你买。"

她本来就带够了钱，打算和莫允淮分开付的。

孟繁翊背对着谢惜诺，莫允淮恰好能看到谢惜诺脸上得意扬扬的表情，顿时不爽道："谢惜诺，只能吃这一次。"

最后还是他抢在孟繁翊之前，付了那盒巧克力味的雪糕的钱，让谢惜诺站在外边吃。

散发着丝丝凉气的雪糕被小姑娘一口咬下，表情甚是愉快地吃完了。

莫允淮和孟繁翊各自推着一辆购物车，一边细细地看着货架上的商品，一边讨论着，那些方便带着吃。

孟繁翊每转过一个货架，都会抬头看看玻璃门外的谢惜诺，确保她还安全地站在那儿才继续放心地拿各种零食。

"你看上去，比我更像她的亲人。"莫允淮拿下一盒百奇，发现是巧克力味之后，又放回了货架上，换了别的口味。

孟繁翊却道："我只是觉得，如果让她一个人站在那里，有点危险。"

她注意到他的动作，眉梢一挑："你不喜欢巧克力味？"

在她印象里，莫允淮对巧克力味并不排斥，而谢惜诺甚至特别喜欢这个味道。

"你不喜欢啊。"莫允淮理所应当地回答，并没有反应过来有哪里不对。

孟繁翊一怔，竭力按捺下上扬的嘴角："嗯，我不太喜欢巧克力的味道，觉得很奇怪。"

购物车里的零食一点点堆成小山高，孟繁翊看到谢惜诺吃完走进来了，就从货架后方走到宽敞处，冲她招招手。

"呜呜呜呜，巧克力味超级好吃。"谢惜诺显然还沉浸在雪糕的味道中无法自拔。孟繁翊从包里抽出张纸巾，替谢惜诺抹了抹嘴角上的巧克力渍，小姑娘一下子脸红了。

孟繁翊好奇地道："诺诺，巧克力味在你们这种喜欢的人尝来，是什么样的味道啊？"

谢惜诺这才反应过来，孟繁翊很讨厌巧克力味。她瞬间震惊："不是吧，世上居然还有人讨厌这个味道吗！"

孟繁翊耸耸肩："讨厌到可以毫不夸张地说，下辈子都不会喜欢这个味道。如果有一天我做到了能接受巧克力的味道，那一定是因为觉得，我的世界坍塌了一大块，体会到了太多的痛苦吧。"

谢惜诺痛心地道："姐姐，你错过了世界上的绝美味道……呜，没想到唯一有可能让我们反目成仇的，居然是巧克力。"

谢惜诺夸张的动作和做作的演技逗得孟繁翊不住地笑，两人看上去如同挚友，又似姐妹。

莫允淮笑着摇摇头，还是顺手将巧克力味的百奇放进了购物车，想着还是给谢惜诺准备一点吧。

时间指向了八点，谢襄恰好开车来接众人，孟繁翊借了个手机打电话。

"妈妈，你们好了没有？"孟繁翊轻声问道，整辆车内只有她的询问声。

周冬琴的声音里有些疲惫，但还是说："刚刚好，你在哪里？我叫你爸爸去接你。"

孟繁翊想了想，自己应该没有东西落在了莫允淮家里，就道："就在'亲爱的'附近，我们在'亲爱的'这家店里见面吧。"

她挂了电话。

谢襄从内后视镜中看了孟繁翊一眼，发觉她有些紧张，于是善解人意地道："那我就在'亲爱的'那里让你下车了。"

"谢谢阿姨。"孟繁翊乖乖地道谢，下车前像是早就打好了腹稿一般，对车内三个人再次道谢、道别。只是在对莫允淮的称呼上，她卡了一下，还是老老实实地喊了他的全名。

他们都跟她挥手道别。

"到家了记得给我回拨一个电话……我还是在这里等着你父母来吧。"谢襄实在是不放心,毕竟这个时间点并不算早了,小姑娘孤零零地站在这里,总归不太好。

孟繁翊一顿,连忙表示自己不耽误谢襄时间了,多次恳请之下,谢襄才让步,只是再三强调一定要给她打电话。

谁料到谢襄才刚开远,周冬琴就从孟长君的车上下来了:"怎么就你一个人站在这里?"

孟繁翊把一大袋零食搬到车上,摇摇头:"阿姨等了我很久了,是我觉得一直耽搁她时间不太好,才让她先走的。"

周冬琴不赞同地摇摇头,一边低头查看孟繁翊买的东西,一边说:"这怎么行呢,你一个小姑娘家家的,站在外边多危险……你怎么买了这么多垃圾食品。晚饭吃了吗,还饿不饿?"

孟繁翊用力地关上车门,然后才一一回答:"我们接下来要秋游,要毅行,所以我买一点零食带到学校去吃。晚饭吃过了,很好吃也很饱,不饿了……还有,我真的不想麻烦她。"

回想起谢襄最后的那个眼神,孟繁翊就知道,谢襄一定明白自己不想让她和周冬琴相见,才会同意离开的。

平心而论,谢襄已经做得很好了,而且现在也不算太晚。

在路上的时候,孟长君没有走往日的路,而是顺着路开了一段再绕开。他开得很快,说不出来心情好不好。

周冬琴只是淡淡地睇了孟长君一眼:"你爸烟瘾又犯了,这玩意儿,估计他是戒不掉。"

孟长君没有说话,而孟繁翊的眼神一瞬间落在了路边一辆缓慢开着的车上。

虽然只有短短几秒钟,但她还是看清楚了车牌号。

是谢襄的车。

所以,谢襄为了兼顾她的安全和某些说不出口的理由,其实只是将车开到了远一点的地方,确定她上车以后才离开。

霎时间,孟繁翊觉得眼眶微微发烫。

耳边,传来周冬琴的声音:"我今天和你爸爸在忙工作上的事情。你外婆身体不好,外公又早早走了,所以我只能找一个那边的工作,方便中午的时候照料她。白天我是顾不上你了,你跟着你爸,要乖一点啊。"

孟繁翊立即转过头来:"外婆现在的情况很严重吗?"

"唉,她白天摔了一跤。老人家,可怜得很,一个人在地上躺了一个多小时才有人看见,把她扶起来了……"周冬琴絮絮叨叨地说着,孟繁翊只觉得周冬琴额上的白发又多了一些。

"明天我去看看她吧?"孟繁翊不抱太大希望地提出。

外婆重男轻女很严重,她并不喜欢孟繁翊,只喜欢她几个舅舅家的儿子。

哪怕孟繁翊是他们中成绩最好的，甚至是最乖的。

最终，周冬琴还是点了点头："去一次吧，不过得忍着，你外婆脑子糊涂了，总是说些不好听的话，你别放在心上，学习最重要……"

孟繁翊把车灯的开关按亮，在灯下还是很轻易地就捕捉到了周冬琴黑发中夹杂着的几根白发，心口又开始泛酸。

在周冬琴问她做什么浪费油开灯之前，她把灯关掉了。

一天的好心情在慢慢蒸发、消弭，好像从来没存在过。

相比之下，莫允淮家美好到像是一场不真实的梦境，而她所处的，却是直面各种苦难的人间。

而且，她其实已经足够幸运。

5

"我再重复一遍，水带了没有？防晒霜涂好了吗？允许穿外套，但只能穿宁中校服。"Meya不厌其烦地一遍遍重复。

七班跟在六班的后面，浩浩荡荡地走到了校门口前的大广场上，十几个班整整齐齐地排好队伍。

校长站在靠近旗杆的地方，手里拿着一个小话筒："所有人都到齐了吗？"

底下是洪亮的喊声："到齐了！"

"那好，我来问大家一起来答。"校长每年都会进行同样的仪式，所以他完全不需要台词稿，声如洪钟地问，"我们去毅行的目的是什么？"

"磨砺心志，自强不息！敢于吃苦，百折不挠！"

校长满意地扫视一圈，继而问道："我们的校训是什么！"

"为祖国之栋梁，为人类之先锋！"

广播里适时放起了激昂的音乐，快节奏的鼓点，加上方才如同宣誓一般的话语，让在场将近一千位的高二学生，都感到了久违的热血沸腾。

几乎要在试卷中溺毙的心，在此刻终于重归鲜活。

他们的少年梦想，终于缓缓苏醒。

一开始各班的秩序都还算不错，但走到后来，有人走得快，有人走得慢。

几位带队老师很是辛苦地维护着秩序："几个要好的同学，不要三三两两地并排走，都给我排成一列队伍！"

人多起来，带队老师便有些忙不过来，接着不管原先的队伍如何，只要求所有同学都能够站成两列。

莫允淮就是这个时候，趁乱混到孟繁翊那儿的。他是男生，步子大，一下又走得快，所以倒也没有人怀疑他的动机。

而沈鸣进也紧紧跟在他的身旁，目光时不时落在林可媛身上，又若无其事地移开，假装是跟莫允淮聊天正聊得开心。

孟繁翊顺着这条路走下去，一路上都是她熟悉的标志。

这种感觉实在是太过奇妙，因为这一条是她放学回家的路，也就是说，在走到前面的十字路口，往右拐便是她家了。

孟繁翊若无其事地对他们提起，这条路走下去可以到自己家。林可媛开玩笑说，那下回便去她家蹭顿饭，反正离学校也不算太远。

众人一路上说说笑笑，丝毫没有毅行前的庄重感。

莫允淮把背上鼓鼓囊囊的背包摘下来，拉开拉链，从里面掏出一盒牛奶味的百奇，拆开之后递给孟繁翊。然后转了一圈，一包百奇很快就被分完了。

意犹未尽的孟繁翊下意识还想抽一根，此时发现塑料包装内部已经没有了，登时有些尴尬地收回了手。

莫允淮没有当众握住她的手指，只是把塑料包装壳从硬纸盒中取了出来。

他将最后一根刻意留下的百奇露出来，在孟繁翊面前晃了晃。

孟繁翊没忍住笑出了声。

她动作优雅地将那根百奇抽了出来，格外愉快地咬下一小截。清脆的折断声让她一怔，很快又眉眼弯弯，像是想到了很多有意思的事情。

在平坦道路上行走总归是很愉快的，然而这几里路走下来也委实有些累了。而恰恰在这个开始感到疲惫的节点，眼前出现了阶梯。向上望去，整座山看上去仍是如此高不可攀。

深吸一口气，一堆走得快的同学开始迅速地向上走。而孟繁翊早就将这座山视为假想敌，并且不断说服自己，倘若能够坚持爬到山顶，日后各种困难都能克服。

她也奋力向上，成了七班向前走的第一批人。莫允淮被 Meya 喊住，过了好一会儿，拿了一面不算重的七班的旗子，追上了孟繁翊。

她脚下不停，好奇地问道："这是什么？"

"Meya 说，上面会有我们班班旗放置的具体位置，旁边会有老师看着，相当于一个小小的比赛。"莫允淮道，"孟繁翊，你愿意跟我一起成为那些最先登上顶峰的人之一吗？"

她莞尔："当然。"

他们步伐偏快，同时嘴上也没闲着，正互相背诵着复杂的古诗文。他们一边背诵，一边轻微地喘着气。

一路上仍是绿荫繁密，独属于山间的微凉气息铺开一片，将每个人都裹在其中。石阶染上幽绿，一旁有几株长在陡峭处的大树，上面开满了大簇大簇雪白的花，像是秋天里的雪，静静地镶嵌在顶端，凝聚了流光。

"那是什么？"孟繁翊背诵课文的思路突然断了一下，伸手指着那几大团花。

他们身后正是七班的语文老师，原本很满意地听着两人背诵课文，假装自己不存在，此时此刻也仰起头，一瞬间被此花攫住了目光。

她思忖了一会儿，掏出了手机，用上了一款识别花木的 APP，扫描出来的结果是："唔，这里显示是野桐，看着也挺像的。"

"野桐花啊……"孟繁翊若有所思，他们的步伐又快了一点，语文老师在后面直说年轻人真是有活力啊。

在又走过一个拐角之后,他们终于和语文老师拉开了距离。孟繁翊转过头,刚想要和莫允淮说话,倏然看到一朵花瓣悠然落下,恰好停驻在他的发上。

洁白,柔软。

而这个拐角仍然只有他们两人。

孟繁翊戳了戳他的手臂。

莫允淮一顿,终于停下了脚步。

她和他站在同一级台阶上。而他走在外侧,下面是有些高的山崖。

她长长的睫毛颤动着,声音像云朵、柳絮一样轻柔:"低头,好,别动。"

他当真没有任何动作了,只是低下了头,方便她有所动作。

她踮起脚,伸直了手臂,将那朵花瓣从他头顶摘了下来。在他反应过来之前,她悄悄地拢到了校服外套的左侧口袋里。

"是什么东西吗?"他明知故问。

她的回答却相当敷衍:"唔,叶子。"

莫允淮显然不相信,问道:"在哪里?"

孟繁翊见后面有同学赶上来了,顿时随意地指了指地上被踩了几脚的落叶:"喏。"

莫允淮眼神中的幽怨未免太过明显,她忍俊不禁。

继续向上走,每一步都觉得艰难而沉重。

背上渗出了汗液,衬衫都贴在肌肤上,黏黏腻腻,分外难受。她从包里掏出一瓶矿泉水,拧了半天瓶盖,意外拧不开。

莫允淮自然无比地接过,替她拧开,再物归原主。

孟繁翊一顿:"其实,这瓶水,是我想拧开瓶盖,给你的。"

莫允淮看上去比她还热。

莫允淮原本递过去的手又很自然地收回来,就好像刚才没有发生过任何事。

他灌水的时候,仰头,喉结不断地滚动,一口气喝了大半瓶。

"你包里还有水吗?"他问。

孟繁翊以为他还要,便点点头,将背后的包取下,拉开了拉链,正要再拿出一瓶递给他时,被他一下子就制止了动作。

莫允淮无奈地道:"我只是想问你还有没有水,书包重不重,重的话我来背。"

然后他就看见了孟繁翊包里只剩下一瓶矿泉水,登时说不出话。

眼前的少女眉眼弯弯:"谢谢你呀。但是一点都不重。"

他被她笑得发昏,只觉得这天气太热,边专注地盯着脚下,边说:"孟繁翊,你傻不傻啊,就剩下一瓶水了,给我了你喝什么啊。"

他觉得无奈,又觉得心中微微泛着甜,嘴角上扬。

然后少女清冽如泉水的声音便响起了:"唔,我带了水杯,我喝热水。"

登山能见到许许多多往日里见不到的风景，也对释放压抑的心情很有帮助。看着原本地面高大的建筑慢慢变小，皱缩成一个个越来越小的黑点，会奇异地觉得，一切好像都不过如此。

他们都只不过是世间庸常活着的一粒尘埃罢了。

摆在面前的是两条岔路，一条蜿蜒曲折，却看似更容易到达山顶；另一条宽敞平坦，要绕的路却肉眼可见的多。

二选一的命题，孟繁翊心中早有抉择，只等莫允淮也来进行选择。

而莫允淮的选择果然与她一致——他们都选了一条看上去台阶会高上许多、更费力的小路，只是为了尽快完成将班旗插在规定位置的任务。

就像是为了实现梦想一样。

每一步向上的动作都异常费劲，他们会在对方觉得有些力不从心时，伸手搭一把。

在这种时候，男生的体力优势再次体现。

莫允淮已经顺手帮孟繁翊承担了一个书包的重量，可是她仍然觉得非常疲惫，甚至有一种想要停歇的渴望。

只是她用沉默来抵抗这种倦怠感。

走到距离山顶很接近的地方时，他忽然喊了停。

孟繁翊一口气没绷住，就这样也停了下来。

无处可以倚靠，她觉得腿软得厉害，又不肯轻易说累，只是咬着唇不说话。

莫允淮递上纸巾，她接过，道了声谢。

一口气还没彻底松懈，她打算继续向上走，尽管她还是觉得并没有恢复多少体力。

"孟繁翊，我好累啊！"他慢慢地道，声音里嵌着笑意，"休息一下吗？"

她狐疑的目光在他身上扫了几遍，确信他是真的累了，这才彻底打消了马上往上走的念头。

而莫允淮往下走了两级，单膝屈下，没有真的触碰到青色的台阶，而是认认真真地替她将松散的鞋带拢了拢，就开始系。

一个漂亮的蝴蝶结就这样轻松地出现，他还轻轻地扯了扯，确保系牢了。另一只鞋松散的鞋带也被如法炮制。

他起身时，她站在他上方两级台阶上，因此能与他平视。

"我们快到山顶了。"她偏开视线，换了个话题。

再来多少次，她好像都不能保持着平常心和他对视，总是忍不住错开视线。

继续往上走，本以为还有相当一段长的距离，孰料竟是很快走到了山顶。

站在平平坦坦的山顶，莫允淮先是在十几米外找到了七班的旗帜位，却没有看到守着的老师。

他干脆利落地拿了一张便利贴，贴在班旗上，把自己到达的时间点记了下来，方便老师计算分数。

然后，他转身走回了这个偏僻的小路口，和孟繁翎并肩站着。

他们向远方眺望。

四周除了莫允淮，再无他人。

孟繁翎双手拢成两半弯弯的圆弧，充当了扩音器。

在这一刻，她不惧任何人会听见她的声音这件事，只是冲着山下大声喊："我想要做一个闪闪发光的人——"

莫允淮也模仿着她的动作，冲山下大喊："我想要在我钟爱的领域留下姓名——"

"我一定要考上 I 大——"她喊出口的那一瞬间，他愣了一下，随后很是欣慰地望着她。

孟繁翎找到了自己的目标。

莫允淮也冲着山下再次大喊："我想和她一起，上、I、大——"

声音传到山下，隐隐还有回声。她戳了戳他的手臂，有些不满："你的梦想应该不止步于此吧。"

毕竟，他是所有人眼中 P 大、T 大的预备役。

她垂着眸子："你不用哄我开心，以及——

"你说过了，要有自己的梦想，不要以别人为自己的梦想。"

莫允淮静静地凝睇了她几秒，继而再次喊道："我想要上 P 大——我想要她也能上 P 大——"

她怔然。

此时，底下忽然传来一个熟悉的男声："哎！莫哥，你们到啦！"

孟繁翎悚然一惊，迅速后退几步，竟是有些慌乱地想要找地方躲起来。莫允淮好笑地一把拽住了她的手腕，示意她不要乱动以后才放开了手。

抬头一望，果然是张峤熟悉的圆脑袋和熟悉的笑容。

叶芝芝忍无可忍地站在他身边催他快走，别磨磨蹭蹭地挡路，而他们完全走上来以后，意外看到了拐角处僵着的孟繁翎。

叶芝芝脑中飞快地掠过一个猜测，嘴却更快地问："哎，小孟，你也在这里？"她还以为只有莫允淮一个人。

孟繁翎张口结舌："我……路过，真的。"她格外诚恳，"我真的，什么都没有听到。"

于是她巧妙地洗清了和莫允淮一起上来的"嫌疑"。

张峤望着一望无际的开阔视野，心中难免豪迈："我——要——上——T 大和 P 大——"

一旁的叶芝芝动作一顿。

张峤戳了戳她的胳膊，她才喊："希望我跟张峤这个傻子不要上同一个大学——"

叶芝芝刚喊完，就被张峤不满地戳了一下，叶芝芝优雅地翻了一个白眼："你干吗呢？"

张峤张口的瞬间，就忘记了自己到底想要说什么，只是觉得心情有点复杂，原本很轻松的感觉被另一种沉重替代。

但他不明白，究竟是因为叶芝芝骂他傻子，还是因为叶芝芝说不想跟他上一个大学。

而孟繁翊被叶芝芝怂恿着喊。

自讨苦吃的孟繁翊无话可说，她再次冲山下喊，连带着改了改自己的梦想："我最大的梦想是，我能够考到首都的大学，最好是 P 大——"

少年人的喊话在山间飘荡，被沉默的山崖全盘接受。

它见证了他们的誓言，也等待着他们实现的那一天。

"哇……"

在下山之后，摆在众人面前的就是学校精心准备的大餐。

小龙虾、酸菜鱼、菠萝饭等美食一一摆上来，最先被一扫而空的却是西瓜。

小羊排也很受欢迎，几乎是刚呈上来就被一扫而空。

孟繁翊坐的这桌非常不巧，有小一半的男生，他们风卷残云的速度非常快。

她眼睁睁地看着一圈轮下来，小羊排几乎没有了，眼里的光辉都暗淡了。

逆时针旋转，转到最后一位是莫允淮——显然小羊排的数目不太够。

孟繁翊有点失望，但还是没有表现出来，只是继续与同学们说笑。

下一秒，属于莫允淮的小羊排被他用公筷夹起，轻轻地放在了她的碗里。

他们坐在角落里，没什么人注意到莫允淮的动作，而他本人的神情也没有任何的变化，甚至全程都和孟繁翊没有更多的交流。

热气腾腾的酸菜鱼也上来了，莫允淮笑着问："我记得你吃水煮鱼不吃鱼，那酸菜鱼是不吃酸菜还是鱼？"

孟繁翊知道他在说自己挑食，假装没有听出来，只是说："嗯……不吃酸菜，吃鱼。"

于是他起身，接过她的碗，给她盛了满满一碗的鱼肉，盛得周围男生都道："这么多，莫哥，你一下吃得完吗……"

莫允淮答非所问："投喂是我的义务。"

在看到莫允淮把一整碗鱼肉都端给有些不好意思的孟繁翊之后，男生似懂非懂地点点头。

饭后，大家都准备小憩一会儿，养精蓄锐。

没一会儿，宽大的包厢里就传来了酣眠的呼噜声。

Meya 望着熟睡的少年人们，眼中晃过了一丝遥远的怀念，面上浮现了微笑，随即抬手拍照，为他们定格住这美好的一瞬间。

第八章

秋游,初雪,十七岁

1

在众人被陆陆续续叫醒之后,七班开始了下午的秋游计划。

下午的太阳猛烈非常,明明已经步入了秋天,却仍然保持着夏天的酷热。

孟繁翊从包里抽出伞,撑起来,遮住了炽热的阳光。

至于伞面上的英文字母,她也不再纠结了。

倘若莫允淮询问起伞的由来,她会如实说明;倘若他不问,她自然不会主动提及。

Meya带着众人走到了阳光晒不到的地方,大声宣布:"接下来,我们要去钟湾,想必大家基本上都听过这个名字。"

钟湾,是宁市著名的景点,有特别漂亮的海。不少本地的同学都经常在此处游玩,因为每个季节钟湾的景色都是不同的,总会有别样的美感。

"不过,我们今日的主要任务是,捡垃圾。"Meya不紧不慢地宣布,成功看到了原本还兴奋的学生们一秒蔫下来,如同霜打了的茄子。

她没忍住笑了一声,还是给了他们一点甜头吊着:"坚持哈,晚上我们有篝火晚会和烧烤大餐。午餐你们都说小龙虾太少,那我们晚餐小龙虾都点大盆的。"

下一秒,欢呼声骤然震彻此处,惹得其他班的人好奇地看过来。

众人走上巴士,并没有按照教室的位置坐,反而三三两两地随意挑着位置。

如果有晕车的同学,他们同前排的同学说一声,对方基本上也愿意换。

孟繁翊在看到林可媛时,心中悬着的惴惴不安感终于烟消云散。她正要走到林可媛的身侧坐下,却发现对方身边有人了。

沈鸣进的身影出现在她的眼帘。

她瞥了两人一眼,眼里饱含高深莫测的意味,让对面两人生生被瞧得心虚起来。

孟繁翊本身并不会晕车,于是很快就选好了后排的一个空座位。此时,旁边没有别人,她便走了进去,坐在了靠窗的位置上。

女孩子们大部分都坐在前排,少部分跟男生玩得很好的会选择坐在后排。

仍有不少人没有坐下来,挤在窄窄的一条走道上,寻找着座位。

孟繁翊一眼便望到了人群中的莫允淮。

他不笑的时候,五官俊朗,看上去很有领导者的气度:从容、自信,让人不由自主地就想相信他。

而他也看到她了,面上带上了笑意。一瞬间,面上的五官便更加生动,整个人都洋溢着朝气。

于是她也微微笑起来。

他刚把手伸出来,按在孟繁翊右边座位的前座顶上,前面就有一道声音先他一步响起。

站在莫允淮前面的是陈安甜,她一眼便攫住了孟繁翊微笑着的眼神,下意识地认为这是孟繁翊在对她微笑。

"小孟,我可以坐在这里吗?"陈安甜笑着问。

孟繁翊瞄到了莫允淮脸上骤然僵住一瞬的表情,没忍住笑出了声:"当然可以。"

莫允淮的表情实在是很有趣。

她很少见到这样明显吃瘪的表情会在他脸上出现。

最终,莫允淮认命地坐在了孟繁翊的后边,闷闷地靠着窗。

透明的玻璃窗浅浅映出他们的倒影。

孟繁翊没忍住,轻轻地戳了戳玻璃窗,发出很轻的声音,而后方的莫允淮一刹那就捕捉到了。

他们并不直视彼此,却能清晰地看到对方。

他也没忍住,笑了一下。

"小孟,你在笑什么?"陈安甜问道,"你刚才对我笑得好甜啊,真的特别甜,哈哈。"

孟繁翊跟陈安甜关系算是挺不错的,于是将视线转过来,盯着陈安甜,继而再次露出了一个更甜的笑。

陈安甜捂着心口:"你太甜了吧。"

女孩子们愉快地开始聊天。

莫允淮的眼神一直投向窗外,在其他人看来,他只是在看窗外飞速而过的风景。

Meya 不知何时也上了车,此时拿出一个小话筒,调试了一下是否正常之后,顺手把小音箱也拎了上来。

"有没有哪位同学想要唱歌的？"Meya笑道。

私语声戛然而止，几十双眼睛盯着Meya手中的小话筒，不少人眼里充满了跃跃欲试，只是没有人想要当第一个。

Meya环视四周，见没有人上来，便道："那老师就来献丑了啊。"

这下起哄声顿起，Meya故作矜持："好了好了，我明白大家急切的心情，好好等着吧。"

熟悉的音乐声一响起，众人：沉睡的记忆突然苏醒！

"轰轰烈烈的曾经相爱过，卿卿我我变成了传说……"Meya唱到高潮时，更多人的记忆开始苏醒，甚至跟着唱。

从女声独唱变成了班级大合唱。

谢襄特别喜欢《红尘情歌》，尤其是她这段时间疯狂回忆她的从前，经常会用家里的蓝牙音箱循环播放。

因而，莫允淮也下意识地跟着小声唱起来，他唱着唱着，眼神倏然凝在了玻璃上，发现孟繁翊含着笑意望着他。

他轻咳了一声。

她对着玻璃做口型，说得很慢，但他看得一清二楚。

她说，很、好、听。

一曲毕，Meya惊奇地道："你们怎么都会唱啊？这不是你们这个年代的歌啊。"

"Meya，你知不知道，这是我们班的班歌啊！"张峤趁机添乱，"大家听到您的手机铃声和闹钟铃声都是这首歌，所以这首就变成了我们班的班歌了。您是我们班的代表嘛。"

他这话说得足够甜，恰恰戳中了Meya的心。

她笑着："张峤，就你爱贫嘴。不过呢，老师确实很喜欢这首歌……"

Meya侃侃而谈一大通，接着，她应该问有没有谁想要来唱的，但唱歌的瘾突然上来了，便不客气地继续唱了第二首。

从《红尘情歌》唱到了《粉红色回忆》，再到《美酒加咖啡》，一首又一首。

陈安甜惊叹："从前看不出来，Meya居然是个麦霸。而且，她一旦开始唱歌了，前后鼻音居然分得清清楚楚。"

路上的时光很快就过去，当司机出声提示已经到了目的地的时候，Meya的歌才唱到一半，硬是把歌唱完了才下的车。

八班的班主任老邱早早就等候在那里了，笑着打趣："Meya，隔着老远，我们班就听到你的歌声了。大家都说唱得不错。"

Meya同老邱也算是老搭档："一不留神我就唱嗨了，谬赞谬赞。"

陈安甜和孟繁翊一起下车，莫允淮紧随其后，在走过车门的那几级阶梯时，状若无意地碰了碰孟繁翊的马尾，隐蔽地表达自己的不满。

七班和八班在两个班主任的指挥下，站在岸上，各自分配着任务：一部分人留在岸上洗洗水果,以及准备烧烤的食材,并且整理烧烤架;另一部分人则下去捡垃圾。

一个小时之后,再将两班人马对调,争取效率高一些将肉眼可见的垃圾捡完。

莫允淮和孟繁翊都被分配到了捡垃圾的队伍。

日头很高,众人都脱了鞋,并且将准备好的拖鞋摆在了岸上的阴凉处,避免日晒。

一脚踩下去,孟繁翊一顿。

"啊!"一声惨叫从她身后传来,张峤龇牙咧嘴,"救命啊啊啊,怎么会这么烫啊?"

他双脚不断地抬起,形如一只在原地做高抬腿、焦急得不行的猴子。

身后的叶芝芝毫不客气地推了他一把,大吼一声:"你傻啊!快去湿一点的沙滩上!"

她一边竭力快步走,一边像是驱赶着傻猴子一样把张峤赶向了湿润的海滩处。

而孟繁翊面上无动于衷,心底也在对这温度过高的沙滩指指点点,然后走得飞快。

莫允淮步子更大,走在她的身边:"等等。"

孟繁翊拢了拢防晒衣,摇了摇头:"等会儿到了湿海滩再等吧。"

她越走越快,莫允淮只好轻轻拽住了她的防晒衣,在她转过头来的那一瞬间——

一顶帽子轻轻地盖在了她的头上。

她蓦地睁大了眼睛。

他满意地打量了一会儿:"这样就不会被晒到了。"

他给她戴着的渔夫帽是很温柔的天蓝色。

她瞅瞅他:"那你自己怎么办?"

莫允淮从包里又拿出了一顶大一点的、纯粉色的帽子,毫不顾忌地戴在了头上。

孟繁翊愣了一瞬,很快又微笑起来:"其实男孩子戴粉色的帽子也很合适。"

莫允淮倒是颇为赞同地道:"嗯,我也觉得粉色还不错。这顶帽子是谢惜诺买给我的生日礼物,虽然我一开始一点都不想要来着……后来看多了这个颜色,觉得意外的还不错。"

浅色系的、同款式一粉一蓝的帽子在阳光下格外晃眼,两人还是搭档,一个拿着长嘴钳,一个拿着垃圾袋,走得不快,却能将周围的垃圾全都清除干净。

少年容颜俊朗,少女色若春晓,站在太阳底下,简直白到发光。

实在是,有些惹眼。

好在其他考虑周全的同学也都戴了帽子,一时之间倒也没引起两位班主任的注意。

一阵海风吹过,孟繁翊的帽子没有戴稳,被掀了起来。

她仰头,发觉帽子即将坠下去——

莫允淮一手稳稳地将帽子按住,声音有些低沉:"孟繁翊,小心。"

今日的钟湾,哪怕天气委实有些炎热,仍是游人如织。

莫允淮和孟繁翊一组,在一块堆满了石头的地方捡垃圾。

此处人相较于其他地方略少一些,因此他们谈话也非常自由。

垃圾装了小半袋,莫允淮忽然指着地上一个小小的坑洞:"你看。"

一个小小的坑洞旁,迅速爬过一只很小的螃蟹。莫允淮眼疾手快,一下子俯下身子,一把摁住了它,轻轻松松就将它捏住了。

望着小螃蟹慌张地乱动,孟繁翊道:"你还是放它下来吧。"

她退后一步,显然是并不太喜欢这种小生物:"看起来好像是大型蜘蛛……"

莫允淮将它放回了它原本待的洞穴旁,失笑:"就这么怕昆虫吗?"

孟繁翊望着莫允淮无辜的表情,明白对方是真心因为这个问题而感到疑惑,幽幽地道:"你不懂……"

莫允淮回想了一下,谢惜诺曾经在家里看到飞蛾时疯狂尖叫的样子,登时有些乐不可支;可他完全想象不出来,孟繁翊在面对昆虫时,究竟会是怎样的反应——因为从来没在学校里见过。

孟繁翊却好像看出了他的所思所想,从地上又夹起一根不知从何处来的枯树枝:"我见到虫子,嗯,基本上是不会尖叫的,因为我被吓得失声了。"

她伸手捏住那根树枝,意外发现竟不算脆,用来在沙滩上写字正好。

莫允淮顺着她的动作和话语,在脑海中想象了一下她遇到昆虫的场景:并不会尖叫,甚至是泰山崩于眼前而面不改色,只是内心可能早就在疯狂尖叫了。

他接着说道:"下次如果我在场,可以喊我。"

孟繁翊点点头,蹲下身子,用小股涌上岸的海水冲了冲这根树枝,然后重新捏在手里,走到了较为空旷的沙滩上。

莫允淮环顾四周,发现在他们所在的这一片区域内,没有任何显眼的垃圾了,便也跟着走到了空旷处。

孟繁翊握住树枝,在沙滩上开始一笔一画地写字。

莫允淮低头打量,却被她勒令等她写完之后再看,他只好将目光放在别处。

不远处是游客们的喧闹声,还有小孩子们的大声争执、大声欢笑。

海水碧蓝,无风时像是一块凝固的纯色玻璃;有风时,海潮起起伏伏,微腥的海风瞬间柔和地裹着众人。青天笼罩着整片海滩,将当下的风光压成一整幅配色清新的画卷。

莫允淮的思绪也不由自主地飘到了很远,整个人都逐渐放空。

直到孟繁翊一声很清脆的"可以了"将他拉回现实。

他俯视着这片海滩。

她用树枝在沙滩上写字,竟也写得如此娟秀。

起笔顿笔到位,粗细有致,每一笔都能看出她写得极其用心。

一小片海滩，都是她用不同的风格写下的他的名字，一共写了五次。

莫允淮望着这些字，一时间甚至觉得，这好像是她在他耳边不断地呼唤。用轻的、重的，用不同的语气，一遍遍喊着他的名字。

他从她手里接过树枝，仿着她的样子，一遍遍地、重复地写下她的名字。

不多不少，也是五个。

就像是她呼唤着他，他认真地给予她回应。

他们静默了一会儿，站在原地，彼此并不看向对方。

最后，他们为本次工作做了一个收尾的工作：他们巡视了一圈，确保没有任何垃圾之后，便将垃圾袋和长嘴钳放在了一边。

他碰了碰她的帽檐，她便跟着他往前走，走到一处游人略多但沙子略微黏稠的地方，开始堆城堡。

莫允淮动手能力一流，孟繁翊主要负责观看。

开始只有他们两个人，随着城堡渐渐成型，他们身边竟不知不觉围绕了很多的小朋友。

一个小女孩眨巴眨巴眼睛，声音细细地问："大哥哥，我可以住这个城堡里吗？"

小女孩开了口，旁边的几个小朋友也纷纷争着报名："我也要住进去！""加上我一个！"

莫允淮的声音里染上笑意："当然可以。不过，如果要住进来，要付出一定的价钱。比如说……"

他在地上径直开始了堆沙滩小汽车的行动。一辆车迅速成型，小朋友们惊叹不已，连孟繁翊眼中都掠过了惊艳之色。

"你们要想住进来，就要捏一个东西，送给那个姐姐。"莫允淮耐心地解释，"这座城堡是我堆起来送给那个姐姐的，所以城堡的主人是她。"

孟繁翊原本混迹在小朋友中间，此刻忽然被提到，眨了眨眼，没有说话，而是安静地听着。

最后呈现在孟繁翊面前的，是一座漂亮的沙滩城堡、一辆很生动的沙滩车，以及一堆勉强看得出来形状的"花"、圆圆的"珠宝"，甚至还有一把"锁"和一个滥竽充数的小螃蟹。

"为什么送我锁？"孟繁翊笑着问小姑娘。

"当然是，永结同心呀。"小姑娘指着自己的那把锁，"姐姐，你没见过同心锁吗？"

望着眼前这把最多只能看出个大概形状的"锁"，孟繁翊沉默了。

在堆完城堡之后，莫允淮从包里拿出相机，好好地拍了一张，然后看似开玩笑地说："孟繁翊，以后我真送你一座城堡吧。"

孟繁翊乜了他一眼，眸子里流动着动人的光彩："唔，然后我送你把锁？不听话就把你锁在里面？"

"你是不是小说看多了啊？"

孟繁翊认认真真地对他道："才没有。可能未来我没办法买城堡，但是，我觉得我的未来，一定不比你差。"

她的双眸里流动着笃定，以及对梦想的渴盼。

他望着她，微微笑起来："那当然了，孟繁翊的未来，可是要光芒万丈的。"

莫允淮说："我刚才想去海边很久了，你跟我去看看。"

孟繁翊连忙道："要是摔倒了怎么办啊……我不会游泳啊！"

莫允淮轻轻地拽着她的防晒衣，迫使她跟着往前走，一边走一边哄："没事没事，我扶着你，肯定没事的啊……"

孟繁翊虽然害怕，但并不抗拒，他能看得出来，她甚至有几分向往。

玻璃般的海水。

她怔然地往前，脚趾碰到了温热之下又有些冰凉的海水，战栗之后终于醒神。

她小心翼翼地将脚探进这海水中，看看海水在她脚下碎开，宛如踏碎了一块漂亮的玻璃，却没有丝毫的痛感。

他也踏在海里，然后拿着相机，喊着她拍照。

他的相机里，有微笑着的她、舒展双臂的她，还有怔然望着镜头、实则盯着他的她。

他人生的万花筒中，每一片漂亮的图案，都是她的模样。

在玩得尽兴之后，两人掐着点慢慢走到岸上，同下一组同学换了一下任务，加入了烧烤大军中。

"张峤！你偷吃！"叶芝芝疯狂地晃着张峤的肩膀，"啊啊啊，你怎么能偷吃！我最爱的鱿鱼啊！"

张峤做出投降的动作，叶芝芝气咻咻地罚他帮自己烤十串玉米。

除了滚烫又诱人的烧烤，还有几个圆滚滚的大西瓜。

老邱手法不错，一刀劈下来，西瓜能均匀地分成两半。

孟繁翊和莫允淮走过去的时候，老邱刚好切到最后一个西瓜，干脆地给了他们一半："下去慢慢分着吃啊，别争起来！吃不够，老师这边还有。"

刚才就有几个男生想吃西瓜正中间那一块，而开始斗智斗勇，企图用智力、体力来碾压对方，然后出现了最后一块被不知情的人挖走了的惨痛悲剧。

两人一半大西瓜，好像确实有点多。

莫允淮从老邱旁边拿了两个塑料碗，又拿了一柄公勺，第一下就挖了正中央那一块又大、又甜的瓜瓤。

鲜红的西瓜汁也被他舀进了碗内。

很快，一碗满满当当的西瓜呈现，他还极其细心地将最中间那一块摆在了正中央，然后将这一碗递给了孟繁翊。

没等孟繁翊回过神来，他又从烧烤烤熟了的食物盘子中，取出了几串卖相不错的蔬菜："我记得你应该很喜欢吃玉米……茄子应该不吃，不过可以试试味道，烤茄子还不错的。"

孟繁翊小心翼翼地咬了一口西瓜，又用公勺尝试着舀了一勺茄子到碗里，然后换成了自己的勺子，犹豫了一会儿，还是吃下去了。

意外的是，不算太难吃。

她小声松了口气，抬眸却捕捉到了他眼中闪过的笑意。

耳畔是几串银铃般的笑声。女孩子们大声分享各种趣事，其中，林可媛的声音最大；男生们早就开始了他们别样的游戏玩法。

原本是三三两两分散的人群，渐渐地再次融合到一起。

"你们班的感情真好。"老邱站在Meya旁边，感慨万分，"真和谐啊，还都很乖。"

Meya一脸骄傲："当然，他们都是好孩子。"

"他们拥有，最好的青春啊。"

2

夏天的余温好像还在孟繁翊的记忆里灼烧着，而气温已经在不知不觉之中降下来了。

距离上次出游才过去了仅仅两周，温度就仿佛摔了个跟头，不穿长袖就会感到丝丝缕缕的凉意。

踏入教室，已经有不少人在奋笔疾书，也有很多人拿出了政治课本。

学考逼近了。

孟繁翊的鼻腔有些发堵，呼吸不是很顺畅，眼眶也略微有些发潮。她将一切都归结于晨起的那个喷嚏——一定是因为凉气沁入了身体。

莫允淮比她早到一步。

她望向他时，他正低头奋笔疾书。奇妙的是，下一秒，他倏然抬头，然后同她对视。对视之后，目光很自然地移开。

没有人发现这个对视，但是她每天都会经历这样一道程序，就好像是一个正式开启她一日校园生活的暗号，她在这一眼之后，彻底安心。

拗口的政治课本、难以彻底讲清楚的玄妙的哲学题，纠纠缠缠地填满了她的脑海。

没多久，身边的林可媛也落座，身上还带着一丝凉意。

她习惯性坐下来就要先说上两句话，再开始学习，虽然这个习惯很不好，但她还是屡次不改，甚至兴致勃勃地扯着孟繁翊讲话："小孟，秋天到了哎。"

孟繁翊在纸上又写下了一个政治选择题的答案，点点头。

"那就意味着冬天也不远了……要是这个冬天会下雪就好了。我记得上一次下雪是我小学四年级时候的事情了……"林可媛絮絮叨叨的，眼神里满满都是对冬天的憧憬。

作为一个土生土长的宁市人,她见过雪的次数真是少之又少。如果偶然遇上雪大的情况,学校甚至会放他们出来玩一节课再回去。

孟繁翊觉得自己脑子"嗡嗡"作响得厉害,耳膜都有些鼓胀:"宁市不下雪。"

林可媛瞬间蔫儿了,老老实实地拿出了政治课本,打算背诵知识点。她坐得离门很近,因此能够借着缝儿远远地就看到了年级长正在往这处靠近。

她小声地、快速地说出早自习前的最后一句闲话:"可是,韩剧里都是初雪的时候告白哎……雪中告白,多浪漫啊!"

孟繁翊神色淡定地翻过一页,无心地搭了句话:"可是,我的城市不下雪。"

整个七班都很安静。她的话,像是一粒小小的雪粒,无声无息地融化在了温暖、潮湿的空气中,尘封了这个教室里的所有声音。

刚下课,莫允淮便经过了孟繁翊的身边。他在她桌前停了几秒,一包感冒灵冲剂便被摆在了她的桌角,而水杯也被他勾走,随后是一块很香甜的烤红薯裹着保鲜膜,被放在了她的台历前。

"我妈说给你的。"他强调,"她说冬天一定要吃烤红薯,暖一暖身子。"

烤红薯很甜,在气温降下来的日子里,吃着会很有幸福感。

他没等她拒绝,勾着水杯的绳子就走了。

林可媛"啧啧啧"地摇头,支着下巴又觉得歆羡无比。

烤红薯的香味在空中悄无声息地蔓延开来,不少目光都一动不动地精准锁定了孟繁翊。

她觉得头有点发昏,面上却很镇定,雪白的手指慢条斯理地剥开皮,咬一口便觉得甜度满分,心情也不知不觉浮起来,像是浸在了蜜水里。

莫允淮将冲泡好的药剂放在她面前,杵在这儿,不动。

孟繁翊望着手中的表,秒针一寸寸地挪着。

还有一分钟就上课了,她在心里倒计时,出声催他回座位。

他还不走:"孟繁翊,你是不是发烧了?"

最后三十秒的倒计时。

她甚至能听到走廊上,Meya 的高跟鞋踩在大理石地板上的声音,"噔噔噔"清脆得过分。

"我可以试一试你的额头温度吗?"他的话很是礼貌地问出口,等她点点头,他便伸出手,右手手背抵在她的额上,左手手背覆在自己的额上。

最后十秒的倒计时,他说:"应该是正常的体温。"

四周有同学的目光开始在他们身上着陆,两位当事人不慌不忙,而一旁的林可媛也在莫允淮走之后,抬起手学着莫允淮的动作,帮孟繁翊测体温。

好奇的目光熄灭,Meya 踏进教室的同一时间,孟繁翊很轻地对林可媛道:"谢谢。"

她实在是一位很体贴的同桌。

Meya一瞬间就锁定了她俩:"你们谁身体不舒服吗?"

孟繁翊摇摇头:"只是有点感冒。"

她的声音放大了一点,鼻音便凸显了。

Meya一听便皱眉:"你这样重的鼻音……下课来老师的办公室,我办公室里有感冒冲剂和药片。"

然后她就着这个话题,絮絮叨叨了一会儿要大家注意保重身体,毕竟学考临近了,身体才是第一位。

"谢谢老师。"孟繁翊很是认真地道谢。

奇妙的是,除了Meya,今天上课的老师都凑巧地叫了她的名字,也都发现了她感冒这件事情。

她搬作业本到老师办公室之后,一堆老师都给她递药片、赠热食。

老吴买了几大袋的糖炒栗子,非常容易剥开,这下恰好拿出一袋递给孟繁翊;谢老师正在给整个办公室分他对象亲手做的一大袋南瓜饼,于是孟繁翊也顺理成章地得到了三块;三位主课老师交给了她一堆花花绿绿的药剂,还有几板药,告诉她详细的用量用法。

连一向严肃无比的化学老师,也拿出一枚看上去香甜至极的烤红薯,给她装在了小塑料袋里:"身体健康最重要。"

她走进办公室时,怀中是满满当当的作业本;走出办公室时,怀里是一堆食物和药片。

有些凉意的药片的锡箔纸被食物的热度染烫,顺带着让她的心都柔软无比。

这就是秋天,快要熄灭的秋天,被浸泡在凉水里的秋天。

可是他们那么多人,都让她感觉到了暖意。

走到七班门口,她下意识地往楼下看去,能看到红得不那么纯粹的枫树树顶。

每一片枫叶的形状都很美。

心底柔软一隅被触动,她一瞬间甚至有些感动。

这就是,宁市的秋天。

宁中建在风口,狭管效应,每日的风都非常大。

从寝室回教室的路上,不少人都被大风吹得头疼。

今天中午有一个冗长的讲座,每个人听完讲座之后,都是身心俱疲。

回到教室后,七班的人都讶异地发现,他们每个人都有一杯奶茶。

"咦……"最先走进来的是孟繁翊,在许多不需要队形,零零散散回班级的这种情况下,她往往是走得最快的。

莫允淮紧随其后,当他看到满桌子的奶茶时,也蓦地一怔。

老吴在他俩身后走进来,笑呵呵地道:"快坐下,这是我和我爱人买的。"

同学们陆陆续续地回到了教室,望着眼前的奶茶,都感到了欣喜。

在经历过冷风吹拂之后,手中能捧上一杯温热的奶茶,品到口中是细腻的甜,这简直就是一种幸福。

在全班同学几乎都坐下之后,老吴悠悠地道:"这是小礼物。"

"老吴,今天是什么好日子啊?你给我们买了这么多的奶茶!"林可媛手中是她很喜欢的抹茶味,这会儿,她正迫不及待地拿出吸管。

"哦,是这样的,前段时间不知道为什么开始流行'秋天里的第一杯奶茶'这个说法。今天呢,是我和我爱人的结婚纪念日。虽然不知道这是你们这个秋天里的第几杯奶茶了,但我们还是打算跟你们一起庆祝。"老吴笑眯眯地打量着底下同学们的神情。

"起立!"陈安甜嗓音嘹亮。

七班同学谁也没有多问一句为什么,而是径直起身,各自在心底倒数了三位数后,非常整齐地鞠躬:"谢谢老吴!"

老吴哭笑不得地挥了挥手,示意他们赶紧坐下来:"行了行了,咱们都认识快一个学期了,行这么大礼做什么。"

他大发慈悲:"下节物理课,同学们可以一边喝奶茶一边听课啊!就是有一点,喝到最后快没了就停下来,不准发出比我嗓门儿更大的声音。"

七班同学哄堂大笑,张峤没忍住一边拍着桌子一边笑。林可媛也没忍住,拨弄了两下纸吸管:"我有证据,老吴是在内涵我。"

孟繁翊没急着拆开,因为她的标签纸上写着,巧克力奶茶。

闻着是可可的暖香甜味,可她觉得有些发腻。

环顾四周,她发现老吴订的都是抹茶味的和巧克力味的,因为这是市面上这家店受众最广的奶茶。

她想尝试着同巧克力热饮爱好者换一杯,但大家基本上都已经拆开了包装,看上去对自己得到的奶茶味道都颇为喜欢。

坐在后排的莫允淮一眼便捕捉了她的神情,以及她向周围不断打量的动作。

正欲将纸吸管扎下去的他停住了动作,刹那间便猜测到她手中的奶茶是巧克力味的。

"陈河,帮个忙,"莫允淮从后排拍了拍副班长的肩膀,"把这个传给孟繁翊,多谢。"

陈河原本正在计算着物理题的思绪因为"孟繁翊"三个字骤然断掉。

他半天没有接过莫允淮手上那杯抹茶味的奶茶,而是反问:"你不想喝?"

他开玩笑似的:"不想喝可以给我啊。"

说完这话,两人都安静了几秒钟。陈河也因为自己的话而略微感到尴尬。

事实上,他和莫允淮远远说不上有多熟,只是这回恰好成了前后桌而已。而他也不得不承认,他和莫允淮气场不合——又或许,并不是气场不合,只是他们似乎在每个方面上都是竞争对手。

莫允淮轻松道:"谁说我不喝的,孟繁翊喜欢抹茶味一点。"

他提及孟繁翊时相当熟稔,而陈河的目光也在此时落在了孟繁翊身上。

她偏过头,正在和旁边的林可媛说着话,脸上有显而易见的小烦恼,还稚气地咬了咬唇。

陈河没有多说话。

莫允淮的声音让他的目光从她面上挪开:"成,我自己递给她。"

他的语气里倒是听不出别的意味,只是他很快地瞥了几眼表上的秒针,在最后一分钟的倒计时里,在老吴意味深长的目光里,竭力保持着镇定,同孟繁翊换了杯奶茶。

放学之后,莫允淮照例和孟繁翊一起走。

他们绕过枫树,特意走了远路,为的是争取片刻能够单独聊天的时间。

"明天见。"莫允淮在即将和孟繁翊分开前,一本正经地道,"祝孟繁翊同学学考四 A 到手。"

"祝莫允淮选手早日四 A 到手。"她噙着笑,挥了挥手,"明天见啦。"

他望着她上了车之后,才掉头往谢襄的车那处走去。

"今天又这么开心?"谢襄见怪不怪地看着莫允淮嘴角的笑意,很自然地提起了旁的话题,"你外公今天打来了电话,想叫你给他回个电话。"

莫允淮一怔,从谢襄手中接过了她的手机。

他的外公移民加拿大很久了,每年最大的期盼就是谢襄他们一家子能够在寒暑假去加拿大玩。这几年,老爷子身体越发不好,干脆挑了一处风景甚好之所,天天给他们乐呵呵地拍照片发过来。

"你外公说,太想你和诺诺了。"谢襄道,"他还很想知道你在这边的生活如何,毕竟当初他怎么劝你去多伦多念高中,你都不愿意。"

莫允淮知道谢襄已经知晓了他和孟繁翊的事,此时仍是没由来地有些心虚,因此很快便拨了电话。

老人家接电话的速度倒是很快:"喂,是允淮吗?"

莫允淮这才意识到他方才速度太快,按成了语音通话:"嗯,是我。外公你最近身体怎么样?"

两人一路聊下去,聊得很开心。

老爷子退休之前,是大学教授,教文学那一块的,整个人的气质都非常儒雅。

莫允淮幼年在外公的培养下,看了不少英文书籍,因此在掌握英文方面,不可谓不得心应手。

"你妈妈说你有欣赏的姑娘了,是不是啊?"老爷子乐呵呵地道。

莫允淮没有犹豫:"是的,外公。"

"外公之前一直想叫你来这边读书,这下看来,是不是更不可能了?"老人家的语气是乐呵呵的,却难掩寂寞。

莫允淮内心的愧疚翻涌。

"我……"他顿了顿,还是实话实说,"是的,不过我寒暑假会去看你的。"

原先的话题充满了温情,到了这一步就好像被冻住了。

良久,老人家才叹息一声,似是欣慰,又充满了遗憾:"你总会有个更好的未来的,外公尊重你的决定。就是,你和诺诺要多多来看看我和你外婆啊。"

他的声音在电话那头显得那样苍老,却又无限包容。

莫允淮的心口微微酸涩,从前外公带他一起去图书馆的那些日子在他眼前又一次浮现。

外公的声音里略显沉重的东西被他抹去,变得轻松了些许:"一定要好好的啊。"

"我会的,外公。"他是如此庄重地承诺。

3

冬天在不知不觉中,悄然到来。

当每天早晨走出家门,见到学校草坪上挂着雪白的、看上去干燥的霜时,孟繁翊便知道,冬天彻底席卷了宁市。

她偏爱冬天,哪怕冬天带给她大部分的印象是不太明亮的光线、手上发痒的冻疮、走进教室那一瞬间因为冷热空气骤然变换而敏感万分的鼻子。

这天,孟繁翊出门前特意看了看单词日历上的字。

十二月七日,确确实实是她的生日。

只是这一天,周冬琴好像有很重要的事情要去忙活,因此没来得及同她说声生日快乐;孟长君一向是不怎么在意节日的,所以压根儿没想起来今天有什么特别。

从孟长君车里下来之前,她一反常态地按掉了英语听力,喊了一声:"爸爸。"

孟长君当时不知道在想些什么,竟没察觉到孟繁翊今日举动不同于以往,只是略带敷衍地挥了挥手:"好的,再见。"

孟繁翊顿了几秒,就将"你能跟我说一声生日快乐吗"这句话咽了下去,神色没什么变化地下了车,还是同往常一样挥了挥手。

进了校门,孟繁翊放弃了往日里习惯走的近路,难得想要顺着自己的心意,去看一看还没化开的霜。

她踏上那条石板路的第一步,发尾就被轻轻地拽了一下。

这样熟悉的动作,不用回首,她便知道是谁。

心跳骤然快了一拍,她的第一个想法是——他会不会是今天第一个跟她说生日快乐的人?

转头一看,果然是莫允淮。

他第一句话却并不是她想象的那样:"你怎么穿得这么厚?"

莫允淮看着孟繁翊夸张的高领毛衣，有些纳闷："可是我觉得还没有到最冷的时候啊。"

孟繁翊又把校服拉链往上拉了一截，把下颌尽可能地往下，缩进了宽大的冬季校服中一截，整张脸看上去更小了："我比较怕冷。"

她跟他隔着一段距离，走在窄窄的石板路两侧。当走到尽头，她也没有听到想要的祝福，很难说她不失望。

枯草被霜压得发白，她看着也觉得有点冷，不知不觉打了个寒噤。

她知道他这是忘记了。

其实本来不应该委屈的，毕竟很多人都是不记节日的。

只是因为没有人记住她的生日，这让她凭空生出了一种，很孤独的感觉。

她从抽屉里抽出了一本语文的练习本，开始同她最为头疼的病句纠缠。

教室里的窗户紧闭着，因为风实在是太大了，灌入教室会让人从头凉到脚。

孟繁翊只觉得就算门也关得死死的，手还是很冰。她摘掉手套，用力地搓了搓，企图摩擦生热。

孟繁翊不是没有暗示过林可媛，但今天对方的雷达好像失灵了一般，无论如何都听不懂她的暗示。

她并非是一个愿意多加提示的人。

很多东西，如果是她主动去要才能得到，那么她宁可不要。

孟繁翊难得挫败不已地开始写题目，效率倒是比往日高上许多。她沉浸在题海里，努力地抛却了因为所有人都遗忘而带来的，被抛弃的怅惘，相信今天也只会是一个平凡的日子。

下午最后一节课是化学纠错课，在最后十五分钟的时候，帮化学老师坐班的 Meya 接了一个电话，走了。

孟繁翊瞥了自己的表盘一眼。

最后剩下十五分钟，她就要离开宁中，回到家里继续沉浸在题海之中了。

也就是说，如果这十五分钟内她没有收到任何人的祝福，那么很有可能，她今天都不会收到祝福了。

身边的莫允淮神情专注，盯着孟繁翊这一周累积下来的化学错题，手上打草稿的动作飞快。

孟繁翊迟迟没有写下一个字——她想趁着这个空当，再问一次莫允淮。

没等她想好，莫允淮的声音轻轻地勾住了她："孟繁翊。"

"嗯。"她只以为是她的纠错步骤哪里出了错，很是习惯地捏着绿笔，准备将本子收回来订正。

他动作很轻地捏了捏她的指尖，让她蓦地停下了所有的动作，注意力全都集中在先是冰凉，却倏然盈满暖意的指尖。

"生日快乐。"他的声音沉沉的，却格外动人，语调不快，像是这四个字都拉长了，嚼碎了。

他动作很快地从作业本的下方拿出了几本很厚的本子，小心地递给了她。

她的心跳越来越快，在深呼吸一口气之后，她小心翼翼地翻开了扉页。

"这是送给孟繁翊的十七岁礼物。"扉页上的这行字，要是在旁人看来，定会觉得莫名其妙。

但她心下一颤，霎时间泛起层层涟漪。

她翻到了正文第一页，上面标注的是"十七岁的生日礼物"。大大出乎她的意料，上面居然是谱好的曲子。

没有歌词，只有五线谱。往后翻，会发现有简谱版。

"这是……"她望着他，心中的猜想渐渐成型。

莫允淮有些不好意思地道："嗯，是我谱的，但是有点单一粗糙。毕竟在音乐这方面，我虽然热爱，但总归是天赋不高。"

孟繁翊没有说话，继续向后翻，往后便是"十六岁的曲子""十五岁的曲子"……一直到她零岁。

孟繁翊指着"零"字："我还没出生，你就要送给我礼物？"

莫允淮认真地道："你的出生，对很多人来说，都是最好的礼物……我们能相遇，对我来说，便是最大的幸运。"

整整十八支曲子，每一处都是字迹工整、线条明晰。

"曲子确实是我很久以前谱的，本来想毕业以后交给你的。只不过，今年想要送你两件礼物。"他说。

莫允淮将几本她还没来得及打开的笔记本抽出来，一本一本地摊开，每一本上面都是他端端正正的字迹。

莫允淮一页一页地翻过来："这是我总结下来的化学题型，还有化学的知识点、易错点、易混淆点。从高一到高三都有……我已经把化学全部学完了，现在在复习，所以这些题型对我来说已经没有太大的价值了。"

然而，孟繁翊能看出，这是一份凝聚了多少时间的礼物。

她合上了本子。

班里的声音忽然躁动起来。

孟繁翊瞄了一眼手表，此时距离下课还有最后三十秒。

而陈安甜突然喊了一声："起立！"

孟繁翊下意识地要站起来，却被莫允淮按住了肩膀。

随后一整个班的人都大声喊："祝小孟——生！日！快！乐！"

喊声响彻整条走廊。

Meya推门进入，孟繁翊眼尖地望到了站在门口的周冬琴和孟长君。她一瞬间有些错愕，甚至觉得出现了幻觉。

"来几个同学帮忙发一下啊。对，就是孟繁翊同学今天生日，她的爸爸妈妈请我们每个人吃炸鸡,有热饮可以选择……每组第一个同学来帮忙发一下……"

班级中顿时热闹起来,孟繁翊不知所措地站起来,觉得自己应该上前帮忙。

但是她很快就发现,周冬琴的目光落在了她身边的莫允淮身上,顿时觉得更不好解释了。

她走上前,小声地、带着点撒娇意味地问:"妈妈,爸爸,你们怎么来了?"

然后她又解释了一句:"莫允淮是我化学纠错课的同桌……"

周冬琴仿佛不甚在意似的,随意地点点头,给了她一个拥抱:"恭喜我们家幼幼宝贝,又长大了一岁。"

孟繁翊的目光顺着敞开的门,和教室里的莫允淮遥遥对视,倏然之间觉得极其幸福。

她在妈妈的怀抱里,很慢、却很温柔地道:"嗯,离长成大人,也只有一年了。谢谢你们。"

她会一直、一直记得十七岁的生日。

一个月的时间一晃而过。单词日历上也随之变换成了"一月六日"。

这是他们学考的日子,也是高三选考的日子。

孟繁翊是被自己莫名急促的心跳唤醒的。她醒来的那一刻有些惊慌,第一反应便是摁亮了手机,看着屏幕上的5:10发愣。

趁着还早,她把手机开机,社交软件的右上角果然都是"99+"。

戳进去,莫允淮一人给她发的信息就已经到了"99+",她点进去,往上翻,看着他们从前的聊天记录,心里慢慢地平静下来。

到了最新的一条,恰好是刚刚他倏然发过来的一条:"上线了?"

她这才注意到他的名称换成了"38252370",一串眼花缭乱的数字。压下了好奇心,她问:"你醒了?"

她的心跳快了一拍,原本还有的一些困倦之意全然消除。

窗外没有落雪。

孟繁翊点开天气预报上的信息,上面写着大约是七点的时候会有雨夹雪。

"莫允淮,来打个赌吗?"她不想再打字,而是压低了声音,按下了语音按键上的"录音"选项。录完之后,她插上耳机听,觉得自己这条声音不算难听之后,才发出去。

下一秒,他的声音迅速地传来,深深浅浅地擦过她的耳畔,仿佛他就在她的身边,含着笑意,眼神深邃地望着她。

"什么赌?"

孟繁翊反反复复地听了好几遍,又将这句语音收藏,这才继续回复:"天气预报说,两个小时后下雨夹雪,如果真的下了雪……"

她的声音停顿了几秒才继续。而在这短暂的几秒钟内,她想了很多的赌注,却

177

发现这些并不适合作为赌注。

因为很多事情，只要她想要，他就会做到。无条件，不需要任何理由。

"那就，以后周末，有空跟我一起学习吧，线上的。"孟繁翊的一只手折着书角，有一下没一下地翻来、折去。

莫允淮道："如果没有下雪，那你跟我线下一起学。"

这个赌注，无论输还是赢，看上去都不会吃亏。

"要不要来打个电话？QQ电话。"她没忍住打了个寒噤，将毛茸茸的睡衣外套披在了肩上，第一次觉得自己冒失无比。

但是又隐隐带着些期盼。

她点开他的语音，手有点抖，不知道是因为等会儿要考试了太紧张，还是因为别的。

他说："好。"

没有问为什么，也并不在意缘由。只要她提出请求，他就会答应。

当她拨出电话的那一刻，他瞬间接通了。没有一个人提前说话，却能听到彼此的呼吸声，细微、悠长。

孟繁翊将手机倒扣在一边，耳机里传来他均匀的呼吸声，很安心地开始背书，默背。

尚未破晓的天，阴沉、朦胧，她却有他相伴。灯光是昏黄的，似乎电压不太稳定，时不时暗淡下来几秒。而在这几秒，她的思绪会短暂地放空，在重新变亮之后，又继续默背。

在6：40的时候，她刚要挂断电话，他的声音遽然传来，尾音上扬："孟繁翊，宁市下雪了。真的下雪了。"

先前也预报过很多次雨夹雪，然而没有一次是成功实现的，所以这一次的落雪就显得弥足珍贵。

她甚至来不及穿上棉拖鞋，赤着脚踩在了冰凉的瓷砖上，然后扶着窗沿，往外看去——

米粒般的雨夹雪，从天上降下来，为灰蒙蒙的天点缀上了一颗颗的白点。她推开窗子，任凭冷风灌入，伸出手往外伸，想要握住一颗属于她的雨夹雪。

那些雪珠子飘飘荡荡，就是不肯落在她的掌心里，但她固执地伸出手去。

莫允淮的声音从耳机中传出来："你穿拖鞋了没有？"

她迟来地感到自己的脚底冰凉一片，犹豫了一秒，他便继续道："快点把拖鞋穿上。"

孟繁翊没忍住，小声地辩解："这是这么多年来第一次下雪……"

言未尽，一颗雪珠终于落在了她的掌心，未等她多打量，它便融化了。

她冰凉的足终于被绵软的拖鞋完全地裹住，站在阳台上，仰头往天穹看去——

灰蒙蒙的天，细小的雪珠，像是一场剔透的冷泪，自天上滑落，冰冰凉凉沁透了所有人的心扉。

她的十七岁，落下了一场雪。

电话那头传来莫允淮温柔的叮嘱声，而孟繁翊只在转瞬之间想到保尔·艾吕雅的一句话，在电话的这头，无声地默念着：

"你是我路上的最后一个过客，最后的一个春天，最后的一场雪，最后的一次求生的战争。"

——在我正式走进你生活的这个冬天，遇见了青春里的第一场雪。

4

时光如白驹过隙，匆匆易逝。伴随着越发砭骨的寒风和阴沉的天色，四天的期末联考一晃而过，而在大家对答案的时候，又有许多科目出了成绩。

几乎是期末考完第三天的晚上，每门成绩就被老师们加班加点地批改出来了。

晚自习补习的语文课上，语文老师在讲作文的时候，破天荒地没有第一时间就将孟繁翊的作文拿起来念，而是卖了个关子："这一回，我们班有一个同学的作文分数和繁翊一样，大家猜猜是谁？"

许多人下意识从语文成绩向来都是班里前几名的同学中开始猜测，只是语文老师始终但笑不语。

须臾，语文老师公布了答案："是我们班的莫允淮同学。"

绝大多数人是不知道莫允淮这一次考试每门科目的成绩的，因此在听到这个结论的时候，齐齐有种"哟，这人恐怖如斯"的感觉。

因为几乎在所有人看来，莫允淮的短板只剩下语文。

"他最近的作文，不得不说，终于放下了他从前那种过分理性的语气，这篇文章看到最后我居然有些感动。"语文老师缓缓道。

莫允淮面上没有太多的表情，孟繁翊也没有向后望去，只是在心里默默地想：好在她对他的学业也算有些帮助。

"那么，究竟是什么让我们的莫同学，从纯粹的理性视角，变成了带上人文温度的角度呢？"语文老师突然点到了莫允淮，示意他站起来回答问题。

"我的语文除了老师你，还有都是孟繁翊教的。"他说出实话，但无形中带了连他自己都没有发觉的骄傲，"名师出高徒嘛。"

他一下子夸了三个人，语文老师顿时哭笑不得，不知道该说他什么好，便将目光放在了孟繁翊的身上。

她起身，颔首："一切都是老师您教得好。我的语文是您教的。"

他们二人站起来，莫允淮注视着孟繁翊的背影，而孟繁翊落落大方地站在那儿，神色始终淡然。

就在这时，天边骤然绽开了一朵烟花。巨大的声响惹得整个班级的人都往右侧看去。

是宁中不远处的那片天空,此时正是一朵粉紫色的烟花,无数流苏般的小烟火垂落,像是下一秒就从天幕跌入人间,似一颗将要燃尽的星星。

已经被玻璃阻隔了一层的声响巨大,却仍能听清楚室内的说话声。

不知是谁默默地提了一句:"快过年了哎……好想回家噢……"

只是这短短的一句话,却让不算空荡的教室里顿时填满了寂寞。

这种寂寞是刻在骨子里的,在见到每一个有关"家"的意象时,会悄然作祟,一种难以言喻的怅惘会偷偷地挠着心口。

仿佛雪落空山的寂寞。

还伴随着一些想要回家的,又几欲落泪的冲动。

一声烟花炸响之后,紧接着是数声尖锐的长啸,随后又有数朵大片大片地绽开,五光十色。

直到天幕重新涂上夜色,语文老师才出声说话,话题重新回到了议论文上。这一回,她开始细致地讲解。

方才那三五分钟的观赏烟花的时间,便是她留给学生们的温柔。

孟繁翊捏着成绩单回到家中时,实在没有想到推门会是这样的情形。

整个客厅的灯光大亮,而外婆坐在客厅的沙发上,开着电视,音量不低。

见到是她,外婆缓缓地道:"幼幼回来啦……"

孟繁翊下意识地点头,心中却在想为什么孟长君什么也不说,然后把成绩单轻轻地放在了周冬琴的手里,希望能让她稍微开心一点。

没有想到周冬琴这回还是皱眉:"你是不是跟莫允准成绩差变大了?"

孟繁翊沉默了一会儿,点点头。她虽在进步,而他也在进步。

外婆的目光悠悠地落在了成绩单上,看上去像是在思考,又好像只是在发呆。

她的脑海中浮现出那天周冬琴和孟长君说的话:"我妈的记性又差了一点,认人还是没错的……但是日常生活完全不行了。"

他们用方言对话,语速非常快。

"我知道幼幼快要高三了,这个关头耽误不得,我弟也不照顾她,她一个人在家里,我真的不放心。"

他们的声音当时混杂在夜色里,她听得不是太清楚,但从谈话的内容来看,情况似乎不太乐观,而且周冬琴有将外婆接回来住的意思。

孟长君具体是什么想法,孟繁翊就不知道了。

她原本以为,自己在认识到外婆的真实想法后,会不再在乎外婆。

可是当这位思绪迟滞的老人家在见到她之后,伸手从果盘里取了一枚苹果,拿起旁边的刨刀就打算开始削皮给她吃时,她还是没忍住,软和了目光。

她凑近,嗅到了外婆身上的老年气味,像是死亡的气息。这么多年,她亲眼见证了外婆脸上的沟壑一道道加深,记性一点点变差,目光逐渐变成了时而清明,时而呆滞。

孟繁翊有时候会在想，外婆这具身躯中装着的灵魂，究竟是多少岁的呢？在她的世界里，又是怎样看待这个光怪陆离的世界的呢？

她年轻时光滑的肌肤早就像是枯死的树皮，只能见到薄薄的一层，上面有抹不去的老年斑。

最终，刨刀还是没能在外婆手上存留三秒，就被周冬琴夺走了。

外婆安静地看着刨刀在她的女儿手中自如地挥动，脆生生的黄白色果肉就此褪去了红色的外衣。这枚苹果被递给了孟繁翊。

"怎么回事？你之前不是已经比林可媛考得高了吗？现在怎么又和她同个分数了，这样下去不行……"

孟繁翊对于这个结果丝毫不感到意外。

欣喜像是渐渐熄灭的火苗，她安静地听着周冬琴对外婆用方言解释了一大堆，这下倒是听出了周冬琴对她的成绩的评价还是正面居多。

她走入自己的房间前，周冬琴遥遥地喊了一声："幼幼，晚上客厅的灯别关啊，外婆晚上可能会出来喝喝水什么的，她现在连灯的开关都记不住……"

孟繁翊颔首，推开了自己房间的门。

关门之际，她看到了外婆的背影，佝偻，瘦弱，可怜。

人老之后都会这样吗？她几乎不敢想象。

已经夜间十点半了，窗外突然又传来了烟花声。

她把窗子打开，任凭冰凉的夜风灌入整个房间，然后打开相机的夜景模式，把每一朵焰火都拍下了形状。

她忍住了打开手机，和莫允淮聊天的冲动。

她没有选择继续学习，而是打开了一段时日没有翻开过的日记本，一点一滴地记录下自己的感受。

最后一年半。

她这样进行着倒计时。

补课的最后一天，孟繁翊和莫允淮是最后走的。他们认认真真地打扫干净教室，将抽屉清空，跟每一位要离开的同学都道别。

冬日的晚上昏暗得格外快，而在天穹彻底蒙上黑布之前，他们按灭了教室里的灯，正欲离开。

黄昏的光束涂着孟繁翊的脸颊，她转过头，半张脸没入黑暗，半张脸在橘黄色的光辉下，瞳孔是一片蜜糖般的色泽，眼里的专注掩饰不住。

"我们要把窗帘拉起来吗？"她歪头问。

莫允淮就这样静默着，没有回答，而是深深地注视着她。

他总是在凝视她。

上课时，他的目光会不由自主地落在她的身上；她的身影一旦淹没在人群里，他总是能够第一个就看见。

"寒假我会去多伦多。"莫允淮低声道，嗓音里有些低哑。

"多伦多……你以后会去多伦多上学吗？"她试探着问道。

她说不清楚自己究竟是什么心理，明明知道也许他出国深造对学业更有利，但她有时又不希望是这样。

不可以这么想。她警告自己。

她打住了这个念头，专心等待他的回答。

"不会。"他连一秒钟也没有多加犹豫，"我外公在那边住，他们都知道我会继续在国内上大学。"

"那你，可以跟我打电话吗？"她的目光穿过被映成暖黄色的玻璃，手无意识地抬起，五指张开，每一根指头都沾上了慢慢暗下去的暖黄色光晕。

"你可以，给我拍多伦多的风景吗？"她继续提出往日里从未提出过的要求，"我听说多伦多的风景很美，是最宜居的城市之一。"

"当然都可以。"他很快地回答。

落日在一点点下坠，光线在一点点变暗。她漂亮的面孔慢慢被影子吞没，他压住了想要说出口的一切话。

"走啦，明天见。"孟繁翊转过身子，脚步轻盈。

莫允淮拉住了她的书包带子，然后顺势将沉重的、装满了一个寒假的作业的书包拎到自己手上："我来吧。"

他们在校门口道别，双方家长的车早就停在附近，只等他们分开。

"孟繁翊，新年快乐。"莫允淮道，"多伦多会下雪，我到时候给你看鹅毛大雪。"他当然知道她有多喜欢雪。

孟繁翊先坐上车，然后透过玻璃窗子，向外眺望着莫允淮的身影，见到他也坐上了谢襄的车子，这会儿才放下心。

"他是你的同学？"孟长君发动车，车灯刹那间明亮。

孟繁翊心中极其柔软的情绪还未彻底散去，面上的伪装也不似平时那般严密，嘴角始终上扬。

她仅仅是停顿了一秒，谨慎地回答："他是我们班的第一名。我们恰好都是最后走的，他刚才帮我拎了一下书包。"

孟长君点评一句："很绅士，懂礼貌。"

孟繁翊觉得孟长君还有后话，所以没有任何反应。

"这种人品很不错的第一名同学，你要抓住机会和他交朋友，这是很不错的人脉资源……"孟长君又开始了他的人脉论，而孟繁翊并没有如同往日一般打断他的话，这让他感到了某些异常，"幼幼？"

孟繁翊回神："我有在听的。"

对寒假能见到异国的雪的欣喜，冲淡了孟长君的话音。

他的一切念叨都不再入耳，她也不再感到烦躁。

寒假非常短暂，而孟繁翊的前七天，几乎都是整天整天地疯狂学习。这个寒假与过去那么多年的寒假并无任何不同，都是格外寂寞的。

因为多伦多和宁市的时差，她和莫允淮一天之中几乎只能打不到一个小时的电话。

听起来，莫允淮也非常忙，据说，他父亲那边的亲戚全部移民加拿大，母亲那边的亲戚，只留下谢霜音没有离开。

孟繁翊难以抵御这样没有他的时光。

"多伦多的时间，居然正好比宁市晚十二个小时。"她小声抱怨，生怕屋外的人听见自己的说话声。

"是啊，我还在过去的一天，你就进入了新的一日。你比我永远要快十二个小时……"莫允淮把刷完的试卷整整齐齐地垒好，惊讶于它的厚度，"我的春节也不能跟你同时过了，真是可惜。"

孟繁翊从来没有体会到，二十天左右的假期对她来说，究竟是有多长。

而这段时间，她从很抗拒开视频电话，变成了每天都非常希望开视频电话。

新年的氛围，也越来越浓。

莫允淮给她拍过很多张外公写的毛笔字春联，也会讲和外公有关的事。

外公总会与他分享很多年轻时的趣事，尤其是他和外婆的爱情故事。那是属于两个文人的爱情，准确地阐释了什么叫作一见钟情，无奈却在错误的时间错误的地点，所以分道扬镳，最后却又意外地重逢。

莫允淮会一一阐述给孟繁翊听，有时候会非要让她讲出些感想。

除夕的那一天，多伦多下了一场很大的雪，每一朵雪花都像是轻柔的羽毛，落在掌心很冰。推开窗子，可以看到院子里积雪很厚。

莫允淮很耐心地等待孟繁翊接通电话，然后给她展示了整个银装素裹的世界。

孟繁翊一眼便注意到，他住的别墅，比国内的还要豪华。

无形的差距感只在她心口晃过一瞬间，对未来的笃定和对雪的喜欢远胜过了对这个问题本身的思考。

"今天我家里很热闹。"莫允淮给她多角度地拍了雪景，背景音是在厨房里跑来跑去的谢惜诺的欢呼声。

这天，家里的亲戚都来了。一大清早，整个家里就分外吵闹。

孟繁翊听到了很多女孩子的说话声，猜想道："你是不是姐姐妹妹特别多？"

莫允淮一个人坐在自己的房间里，习惯性上锁，然后无奈地道："被你猜中了。"

"所以每年过年的时候，我都只能一个人默默地吃饭，默默地过年。"他的表情看上去颇有些苦恼，但是语气并不如此，"你那边的天空是不是已经暗下来了？"

"都快八点了，我马上要开始吃年夜饭了。"她提醒道。

她点开莫允淮给她发的照片，放大，目光描摹着每一寸的雪。

每一张照片里都没有他，但是会出现他比"yes"的手势。

他们有一搭没一搭地聊着天。孟繁翊的背景音是从方才开始就没有停下过的炮竹声响、烟花声响；莫允淮这边一开始是巨大的说话声，直到他回了自己的房间，这才稍微好一点点。

八点钟，孟繁翊挂掉电话，准备吃年夜饭。

她坐在餐桌旁，按着习惯，坐在一个并不显眼的位置上，安静地等待着家中的长辈动第一筷。

在座的其实没有几位亲戚，孟繁翊很习惯这样有些寡淡的、几乎可以说是毫无新年气息的年夜饭。在场只有四个人，而外婆又是时而清醒，时而糊涂的。

"幼幼，你房间里那一大箱子的杂物，什么时候愿意给我搬走？"周冬琴状若无意地提起。

听到"杂物"二字的那一刻，孟繁翊还没反应过来，只是有些茫然地望着周冬琴。

"我知道你喜欢保存以前的笔记，但是那么大一个箱子，很占地方。你还是听我的，把它们都摆在书架子上……"周冬琴开始絮絮叨叨。

孟繁翊的眼神落在了眼前的一桌子菜上，哪怕其实现在她心跳过快，也没有表现出一分的异样："过段时间吧，我上学前给你收拾收拾。"

她因为周冬琴的这句话，整顿年夜饭都没什么胃口，借口要和班级群里的同学抢红包之后，向周冬琴借了手机，很快她就离桌。

离开之前，她好像听到外婆喊了几声她的名字，带着几分茫然。她转身迅速地回应了。

周冬琴在旁边低声地解释，说孟繁翊只是吃饱了，不是嫌弃和她一桌吃饭。

筋疲力竭地回到房间，孟繁翊给颜思衿发了几条信息，表示希望能将自己的日记本也放在她那里。随后，她立刻切回了QQ界面，发现班级群的聊天记录到了"99+"。

她戳开，一一浏览，原本不算太好的心情在慢慢变好。

一堆同学发红包，许多人都在抢。群里的手气王居然是陈冬川，而莫允淮每一局都领到了最低数额。

没有任何老师的群，总是能聊得特别开，话题也跳跃得很快。

你山乔大哥：我给你们发一个大红包！

张峤当真如他所言，发了一个红包，只不过是语音红包。孟繁翊手快，也点了进去，却发现语音是喊"哥哥"二字。

一叶不知秋：服了你啊，张峤，你有本事堂堂正正地发个红包。

你山乔大哥：我可以给你私发一个大红包，口令也是这个。怎么样，一声哥哥换一个大红包，不亏吧？

一叶不知秋：哎，乖弟弟。

场面因为叶芝芝和张峤而一度混乱。

而一笔画红包也非常有意思,莫允淮包了一个红包,要求大家画出狐狸和玫瑰花。紧接着千奇百怪的狐狸出现了。虽然其中不乏有许多画得很是不错,但更多的都是勉强看得出有五官的物体。

莫允淮一个一个点评过来,他发了很多条语音,虽然评价是犀利的,但采用了开玩笑的口吻,所以大家也都嘻嘻哈哈,没当真。

他也许是点评太多了,昏了头,点评到孟繁翎的时候,他张口就来:"这是狐狸?我勉强看得出来是有尾巴的……"

这么多条连贯的语音中,唯独此条只有几秒。

林可媛幸灾乐祸地在群里发:"醒醒,莫允淮,醒醒。"

莫允淮好一会儿才发了一条听起来虚弱万分的语音:"……我把撤销点成了删除。"

底下一片"哈哈哈",很多人都疯狂@孟繁翎,让她快点回怼莫允淮。

孟繁翎在屏幕前,嘴角上扬,其实心情很好,但她还是发出一条。

金石不渝:[句号 .jpg]

莫允淮迅速@她,在后边附上了一个"[滑跪 .jpg]"的表情包。

然后下一条语音又传来:"洒家恳请孟大人饶过洒家一命,实在是,身不由己得很啊。扪心自问,刚才那条语音其实是我家猫逼着我发的,它为的就是吸引孟大人您的注意……"

他下一秒就来敲了她的小窗,语气小心翼翼:"你没生气吧?"

她在屏幕前笑得开心,偏偏还要坏心眼儿地发语音:"生气了。"

"我不是故意的……"他的语气听起来诚恳万分,"我刚才没看清楚是你……别生气了,原谅我吧。"

群里一堆人@孟繁翎,要她给个回应,不少人嘻嘻哈哈地帮忙求情。

孟繁翎在输入框里删删减减,最终敲出了"我在气你没有理所当然地"几个字,还没敲完,误触到了发送键。

倏然,她睁大了眼睛——她把这条信息发在了班级群里!

尽管她在两秒钟内撤回了消息,底下还是多出了几个人发送的"?",看得她心梗。

她刚才想要给莫允淮私发"我在气你没有理所当然地夸我",打完又想要删掉,却没承想生了变故。

你林姐:小孟,理所当然什么?

一叶不知秋:小孟,理所当然什么?

三水欧巴:小孟,理所当然什么?

底下成了整整齐齐一排的队列,原先没看到的同学也加入了队伍。

孟繁翎没忍住,给莫允淮发了条语音:"多亏了你,我社死了。"

莫允淮在意的重点却是:"你方才想要发给我什么?"

她说不出口,也不好意思打字。

莫允淮却给她发来了一条语音,话语中携着笑意:"我给你赔罪好不好?你晚上跟我打电话好不好?语音电话,可以一直放着的那种,不要挂断,我给你念诗,念到你睡着为止……"

孟繁翊的十指微微蜷缩。

"那你的年夜饭怎么办?"她向来喜欢考虑周全。

莫允淮只道:"吃年夜饭的话,我就把手机放在枕头底下,我不挂断。你也别挂断,好不好?"

他这几天,总是喜欢用"好不好"的句式来询问她,每一次都恰好让她不忍心回绝。

她听着莫允淮的问话,总觉得他好像没有太多的安全感。

"好。"她敲在屏幕上只有平平淡淡的一个字,实际上她心头早已掠过千回百转的思绪。

她起身,熄了灯,拉开窗帘,望着窗外的场景。

万家灯火,天幕中有烟花。但更多没有烟花的时候,远方天际意外地呈现一种掺杂了黑墨水之后的克莱因蓝。

一切都像是一个虚假的幻梦。

她开了窗子,空气中弥漫着冬夜特有的冷寂气息,这回还混合着烟花燃放后的、淡淡的硫磺气味。

她和他,在地理位置上,相差了十万八千里。但是他们好像仍然相伴着彼此。

在将近十点的时候,周冬琴敲响了孟繁翊的房门。

孟繁翊在此时已经将房间的灯点亮,在预习着下个学期的课程。

"进来吧。"她平静地道,没有任何思路被打断的不快。

周冬琴端着一碗热气腾腾的长寿面进来了,然后将碗摆在了她的书桌上。

原本就没吃饱的孟繁翊顿时被香味吸引,却因为是她自己主动回的房间而没好意思端起来就吃。

"幼幼啊,你胃口太小了。快要高三了,妈妈要给你好好补补。不过外婆的老年痴呆也越来越严重……"周冬琴目光掠过孟繁翊的书本,眼中流露出一丝赞赏。

长寿面上漂着几朵香菇,蛋花泛着好看的金黄色。孟繁翊才把窗户关上不久,因此整个房间里还充斥着冷冽的气息,这一下,全部被熏暖和了。

"你这被子是不是太薄了?怎么怪冷的……"周冬琴扯了扯她的被角,很快又坐下来,看着她吃,目光里流露着柔情,"幼幼啊,快要到新的一年了,别怪妈妈太严格啊,妈妈也是为了你的未来着想。我相信我的宝贝,以后一定能考上好大学,找到好工作,嫁个好人家,幸福美满一辈子的。"

周冬琴拉着孟繁翊谈心,讲了很多很多的话,直到她吃完了最后一口面为止,才收拾好碗筷拿了出去:"幼幼,别学习到太晚啊,妈妈要睡了。年纪大了,就不守岁了。"

这不是孟繁翊第一次看见周冬琴的白发,但这是她第一次看到,周冬琴的白发在灯光下是那样明显。白发与黑发有着明显不同的质感,粗硬,顽固,霸道地蛰伏在一团青丝之下,悄无声息地啃食着岁月。

"妈妈,新年快乐。"她在周冬琴出门前喊道,有点难过,又有点幸福地道,"新年快乐。"

孟繁翊躺在床上的时候,差不多是十一点半了。莫允淮如约和她打通了语音电话。

孟繁翊将手机放在枕头一侧的下方,耳机线长长地插着,窗帘是拉开的,幽微的光线映在了耳机上。

"孟繁翊,孟繁翊,孟繁翊。"他一遍一遍地喊着她的名字。

"嗯,我在。"她用气音回复他,一直没有合眼,盯着墙壁上因冬夜寒风的吹拂而不断晃动的树影,整个人都犹如卧在一朵绵软的云上。

"我给你念诗……"那一边,传来了书页翻动的声音,同她这边呼啸的风声杂糅,奇异重叠。

"如同所有的事物充满了我的灵魂,你从所有的事物中浮现,充满了我的灵魂……"

他的声音很低,用讲述睡前故事的语调,很缓慢地铺陈开来。他没有念诗的题目,没有念诗的开头,而是很温柔地从中间截取几段。

困意覆盖在她的眼皮上,她终于舍得闭眼。朦胧中,她好像听到他念着外语,不是英语,但那种温柔的语气,应当还是在念诗。

她被他的声音缠绕着,慢慢坠入了一个梦境。

一个声音温柔、低沉地陷入她的梦境,绕成了一个温暖的拥抱。

她听见声音说:"新年快乐,希望你永远平安健康,也希望我的未来里有你。晚安。"

最后一声的"晚安"中漾满了情绪,太过复杂。

她在梦里弯眸,无声地张口,也给予声音祝福:

新年快乐,万事顺遂,晚安。

第九章

失利，变故，同学录

1

孟繁翊度过了刻骨铭心的十七岁，所有借着眼神表达出来的心绪全都凝缩在了十七岁里，所有的念想都悄无声息地在十七岁折叠。

她的十八岁，看上去并不如她所想那般真正可期。

一切愉快，都在她看到首考电子版成绩单的那一刻戛然而止。

孟繁翊捏着地理老师的手机，久久地盯着屏幕上的分数，就好像是一座雕塑。

寒风吹过她的下颌，让几乎凝固的她终于冻得打了一个哆嗦。

地理老师走出教室，贴心地关上门，没有立刻俯身查看她的成绩，而是低声地、温和地询问："如何？"

良久，孟繁翊才眨了眨被风吹得干涩的眼睛，有些迟滞地张口欲言，却又在对上地理老师视线的那一瞬间忘记了自己想要说什么。

地理老师低声征求同意，见她没有任何反应，便当作默认，抽回手机的那一刻，孟繁翊下意识抬手想要捂住分数，很快又硬生生地止住了自己的动作。

地理老师看完之后，只是声音很轻地道："没关系的，繁翊，还有一次机会。"

"嗯。"她应了一声，却不知道继续说什么好。

往日里积累起来的所有快乐在这一刻都被击碎，错愕、失落、难以相信的情绪填满了她的胸口，像一块沉重的铅块，牢牢桎梏着她的呼吸。她想要深呼吸一口气，却只觉得胃部有腐烂的味道，铁锈味贴在了舌尖上。

她这才明白，自己不留神，将舌尖咬破了一处。

风有点太冷了，像是尖锐的钢针，一根一根地扎进她的太阳穴，叫她疼得眼前都暗了些。她站起身，手按在自己的作业本上，慢慢地走进了教室。踏进门前，她后知后觉地补充了一句："谢谢老师。"

她好像听到了地理老师的回答，又好像没有。

她进屋，一步一步机械地走回自己的位置，望着教室内播放的黑白电影，似乎是在很认真地看着；但仔细打量，却发现她的眸子里没有装进任何的情绪。

教室里拉上了窗帘，整个房间都是暗淡一片，连带着她的瞳孔都变成了漆色，黑沉沉的，像是承载了凝成胶状的情绪，又像是黑夜下浓黑的海浪，隐藏着无数的话。

林可嫒看着孟繁翊没有任何变化的表情，做了一年的同桌的经验让她立刻明白，孟繁翊这一回考得不如意。

她识趣地没有多问，也停下了和后排女孩子的聊天。

蓝白色背景的成绩单，深深地刻在了她的脑海，上面的分数始终纠缠着她。

物理、化学、地理、英语四门科目，只有物理取得了让她勉强满意的高分，英语从原先快要突破一百四，变成了如坠崖般的一百二。

莫允淮在此刻也从后门走了进来。她若有所思，往后望了一眼。

对方的表情看上去有努力许久的释然，以及很难压制住的骄傲与喜悦。

所有的声音都被电影里的英文对白掩盖，孟繁翊什么都听不见，只能看到莫允淮的口型。他第一眼就是看她，他确实和她对视了。

他似乎在同她报着成绩，但她半晌没有看懂。最后她只是很乖巧地摇摇头，抿唇，继而露出一个有些僵硬的微笑，很快就转过头来，佯装自己看着屏幕，看得认真。

放弃的念头不知何时攀爬，如附骨之疽缠绕着周身。

孟繁翊摇了摇头，把这个念头赶出了脑海。

屏幕上的黑白画面还在变换着，但不知道为什么，她看着看着，只觉得胸口填满了蘸了水的棉絮，越来越堵。

眼角越来越酸，里面盛满了摇摇欲坠的眼泪。

孟繁翊从抽屉里抽出了一个本子，想要抓紧一切时间，从现在开始马上复习，把从前所有的错误、疏漏在这一刻都能找出来，都弥补。

可是她抽出来的是莫允淮赠送给她的那本很厚的化学笔记本。

钝痛的感觉一瞬间撕裂了她的胸腔，眼泪没有意识地滑落。

一滴，两滴，三滴。

全都坠落在翻开的书页中，洇开了一大片的字迹。

她努力地睁大了眼睛，想要将眼前的知识点摄入脑海，却发觉无法理解它的意思。

这么多年的学习，都仿佛是无效的努力。

谁说结果不重要。

在事关命运的第一次高考中，她那么多年的努力就此被彻底否定，往昔所有的骄傲都被击碎。

谁说努力了就一定能获得回报。

身边的林可媛也出门，向两位老师借手机查成绩。而旁边不知不觉又坐了一个人。

一张洁白的纸巾被他递到了她的面前。

她知道是莫允淮。

她没有接过，而是转过头，怔怔地望着他，不说话，只有眼泪不断地从眼角淌下。

她的手掩在课桌下方，拽住了他冬衣的下摆，忍着想要失声痛哭的想法，很小声地道："莫允淮。"

"我在。"他轻声道。

教室里黑暗一片，只有屏幕中迸溅的光亮，照亮了两人的面庞。像是暴雨夜骤然浮现的闪电，映出她苍白的脸。

"莫允淮。"她的声音淹没在了男女主角的话音中。

但他听到了，很轻地回应道："我在。"

"莫允淮。"她呼唤了第三声，也是最后一声。

他还是回答："我在。"

泪水浸湿了她的脸颊，漂亮的眸子里装满了茫然，她道："凭什么那么多年的努力，能在几场考试中就被彻底否定？"

"没有否定，不会否定……第二次会更好的。我会陪着你一起变好。"他这样安抚。

真的会变好吗？

从前对未来充满了无限期望、无限肯定的孟繁翊，忽然间再不敢确定。

孟繁翊站在孟长君的车前方，一瞬间竟有些失语，甚至不敢打开车门。

她甚至不敢去看孟长君的眼神，只觉得一阵窒息。她并不知道自己立在车窗前多久，只知道孟长君突然降下车窗的那一刻，她整个人都是惊惶的。

"幼幼，上车。"他没有什么表情。

只是这一眼，足够让孟繁翊判断出，他和周冬琴已经收到考试院发的短信了。

她深吸一口气，打开了车门。

路上，他没有说什么话，只有车载音乐里放着她前段时日拷贝的纯音乐。

很轻柔，甚至带着夏日的风的热气。

只是在此景之下，像一出滑稽剧本的配乐。

"爸爸，我……"她出声时，才发现自己的声音非常干涩，像是在砂纸上磨过一般。

"到家再说吧。"孟长君猝然打断了她的话音。

她心中抱有的最后一丝隐秘的希望，如同在风中摇曳的火苗，最后还是熄灭了。取而代之的，是茫然、无措，甚至是隐隐的恐惧。

她害怕看到周冬琴和孟长君失望的眼神，但毫无疑问，他们一定失望透顶了。

站在门前，她竟是不敢开门。是孟长君用钥匙开了门，催了她一声，仿佛生了根的脚底才迟缓地挪动，跨入了门。

房间的灯很亮，这是她第一眼看到的。

第二眼看到的，便是坐在客厅中央的周冬琴。她正低头翻看着手机，表情凝重一片。

"妈妈，我回来了。"孟繁翙努力让声音不那么颤抖。

在这个熟悉的家中，无数熟悉无比的家具在她的想象中被放大、放大，直至能够挡住她的身影，直至能够遮蔽周冬琴失望又愠怒的眼神。

"我看到你的成绩了，"周冬琴不给她一丝的机会，"很差。"

这两个字让她摇晃了一下，但还是稳稳地站着，只是头慢慢地低下去了。

"我很失望。"周冬琴的目光锐利万分，言辞也不再顾忌，"非常失望。原先有多期望，现在就有多失望。"

孟繁翙的眼眶中不知不觉又蓄了些泪，却竭力忍耐，不让它坠下："对不起。"

一片静默之中，她只觉得颈项上悬了一柄达摩克里斯之剑，越发恐惧。

"孟繁翙，你好好想想，到底为什么考得这么差！"这一声极其严厉，孟繁翙只有在小时候才听到周冬琴用这种声音说话。

孟繁翙下意识地一抖，目光在触及周冬琴的眼神时，仿佛被钉住了。

那一眼，极其失望，又有不加掩饰的愤怒。

"我在问你话。"周冬琴的声音此时又缓和下来，像是在压抑着怒火。

孟长君就坐在另一把椅子上，黑眸沉沉地盯着孟繁翙。

这一回，他没有再为孟繁翙说过情。

从小到大，他都会在周冬琴斥责孟繁翙时，在母女俩中和稀泥，当个和事佬。

孟繁翙的耳边出现了"嗡嗡"声，周冬琴的问话逐渐被覆盖。

她不知道怎么回答。

周冬琴冷着脸，一把将书包从她的背上卸下来。而她像一个木偶，没有反抗，泪水顺着眼角滑落，慢慢地在整张脸上涂开。

"既然不好好学习，那这些习题册干脆不要算了！"周冬琴抽出的那本习题册正是莫允淮做的化学笔记，随后，她翻到了第一页。

孟繁翙眨开了泪，看清了周冬琴的动作，立时往前扑了上去，要将化学笔记抢回来。而周冬琴比她的动作更快，后退了一步，然后，干脆利索地撕下了第一页，单手将第一页揉成了一团废纸，扔到了地上。

第一页的小角落，签了一个带有莫允淮个人风格的"莫"字。

孟繁翙缓缓地滑了下来，跪坐在地上，手有点抖，泪水模糊的眼眶里只有那个皱巴巴的"莫"字。

在这一秒，过去一年和周冬琴温和相处的一切都像是一场盛大的幻梦，被彻彻底底地揉皱了，撕碎了，梦的碎片扬在了空中，然后一片片散落。

她伸手，握住了那一团纸。

下一刻，更多清脆的撕碎声响起，她不敢置信地抬起头，看到周冬琴面无表情地撕了一张又一张的化学笔记,动作分外粗暴。

撕着撕着,周冬琴不再年轻的脸庞上也缓缓滑下两行泪水。

她张口,第一声是哽咽,第二声才是极其失望、痛心的斥责:"我是不是太纵容你了!我怎么教育你的!我跟你强调过很多次不努力学习的后果,你看看你现在的分数,有没有想过第二次考试不一定考得比第一次好!"

孟繁翊的手攥紧了纸团,她只是在流泪,喉间完全无法吐出只言片语,只是不断地摇头、摇头。

"我真的是失败至极。"周冬琴脸上的泪也流得很凶,"你现在就考这一点分数,我占绝大部分责任。"

孟繁翊的手中握着纸团,这周还没来得及修剪的指甲刺进皮肉。她的眼泪不断地坠落,滴在瓷白的地板砖上,很快汇聚成一小摊,在光下折射出刺目的光。

"过去一年,你撒了多少谎……你真的让我非常失望!"周冬琴破音了,声调尖锐、怪异,情绪激动万分。

"你一次次瞒着我,我一次一次地相信你。你是长大了,就觉得自己可以随便撒谎骗妈妈了是吗?"

两双流着泪的眼睛相互对视,孟繁翊连一句"不是"都吐不出来。所有的音节都消失在了她的喉咙,她只能不断地、不断地流泪。

化学笔记在周冬琴的手中彻底变成了白花花的碎纸,难以拼凑出任何一页,她道:"你现在不好好考试,是想当一个跟我一样的人,是吗?"

她将手中的化学笔记的封皮用力地掷到地上:"你也看到了吧?我没什么文化,能做的只是什么呢?我只能做乱七八糟的体力活,要么就只能靠你爸爸养着,所有的家务活全都是我包的,我只能做这些。你不好好读书,到底想要干什么呢?"

孟长君从椅子上站起来,从兜里摸出了一包烟,只是顿了一秒,然后往阳台走去,同时紧紧地关上了阳台门。

"我这么失败的人,此生最大的骄傲就是你。我以为我至少不是一无是处,至少可以教好女儿,但是呢?"她笑得讥讽,"我的女儿学会了欺骗,是我纵容的结果。我真是失败,你也让我无比失望。"

周冬琴深呼吸一口气,从旁边的桌上抽了两张纸巾,擦了擦眼泪,再说话时,声音已经平静了:"我要去你外婆家住,住到你放寒假再回来。这段时间你好好想想吧,我没力气骂你了。人生是你自己的,成绩不想要就别算了。"

她转过身,正欲离开前,冷不丁地道:"你是不是以为自己很努力?你的同学家里有钱,他们的努力叫作勤奋;你只是周冬琴的女儿,你的努力叫作本分。连本分都做不好,你自己掂量掂量吧。"

周冬琴回了自己的房间,很用力地摔门。

巨大的声响在孟繁翊的耳边炸开,她捏紧了那团纸,缓缓地、缓缓地收到胸口,让它紧紧地贴着心。

她在地板上跪坐了一个小时,这期间,她听到了周冬琴在房间里的痛哭声。

那是一个饱经风霜的中年妇女极其痛苦的声音，所有的自我谴责都化作尖锐的刀，一遍一遍地割着孟繁翊的心口，流出淋漓的血。

很久很久，她才拢起地上的碎屑，颤抖着将它们装进包里。

孟繁翊赤脚踩在冰凉的地板砖上，抱着被泪水浸透的包，走回了自己的房间。

在孟繁翊十八岁的一月二十七日，她彻夜未眠，在昏黄的灯光下，一边哭，一边贴着被撕成碎片、沦为这场争吵牺牲品的化学笔记本。

而那个皱缩的"莫"字，早就被泪水浸成了一团洇开的黑色墨迹，再也看不出来是什么字。

2

"你们知道，小孟最近怎么了吗？"林可媛不安地坐在了沈鸣进的前桌的位置上，眼神却是望着莫允淮的。

自从首考成绩出来之后，孟繁翊再没真心笑过了。

虽然对待林可媛的态度还是如往常一样温和，却真的再不多说一句与学习无关的话。

林可媛注意到，孟繁翊很久很久都没有看过莫允淮的化学笔记了。

而在首考之前，她平均每天要看两次以上。

莫允淮桌上孟繁翊送的台历已经被写满了，上面的日期也都是他十七岁的时间，可他舍不得换下来。

因为孟繁翊没有给他做过第二本的台历。

"我不知道。"莫允淮的说话声难得有些挫败，"她好像很自责，我的安慰没有太大的说服力。"

莫允淮的首考成绩是整个高三段的第一名，连他那个"小姨"谢霜音都没考过他。

三门副科赋分100，英语更是到了148分。

这是一个几乎没有人能超越的分数。

在首考后的这两周，有传闻莫允淮和年级里其他首考极高分的同学，都收到了国内顶尖的两所大学的电话。

每当有人询问莫允淮情况时，他没有表明态度，让人捉摸不透这个传闻的真假。

当初周末一起学习的四人小组，只有孟繁翊考得大跌水准。莫允淮无数次想问她首考的时候是不是太紧张了，最终却没能问出口。

他能感受到一切都有些不同了——这样的感觉让他茫然而惶恐。

他们之间，从来都是依靠对彼此的信任与承诺来维系。

他知道孟繁翊没有单方面地切断这条维系的线绳，可她确实发生了变化。

他同她说，晚安，她会认认真真地回复；他同她说，不要放弃，她也会重复一遍，绝不放弃。

可是她如今所说的话，都染上了一丝疲惫，就好像，她只能用重复的言语来一遍遍地巩固彼此的承诺。

一切的承诺都犹如沉重的枷锁，压在她孱弱的身躯上。

他知道很多次她都不想笑的。

但是面对他，她还是会挤出一个格外精致的笑容，看上去像是一副微笑面具，面具背后的是她蓄满泪水的眸子。

可是孟繁翊对着莫允淮，也始终说着，自己没事，没有任何问题，她会努力地学习。

"我觉得你已经很努力了，考试的时候一定是有别的因素使得你没考好。"在一周前，莫允淮没忍住，望着她的眼睛，认真地告诉她。

而她面上精致的笑容面具终于碎裂，恢复了面无表情。

她仰头看他，眼里映着天花板上雪白的灯光，就好像有泪水在眼眶中涌动，但是仔细地看时，却发觉这只是错觉："你说，那会是什么因素呢？"

她的眼神放得很远，看上去并不像是在对他说话，更像是一个人独自喃喃："可是我只能将这一切归结于我不够努力……因为我真的没办法了。

"谁说结果不重要呢……失败了，会有人告诉你，你努力错了方向，你是无效努力，甚至，你不努力。"

她的声音极其平静，她用这样的声音来阐述一个残忍的事实。

寒假到来，莫允淮又要前往多伦多。

外公的身体越发不好，最近检查出来大大小小的毛病一大堆。老人家也知道自己的时日无多了，便希望莫允淮能够在寒假看看他。

外公说这话的时候，让莫允淮心酸无比。

离开前，他在手机里再三叮嘱孟繁翊，如果看到了他的留言，请给他回复，哪怕是一个"嗯"字也好。

孟繁翊顿了一下，还是点头答应了。

高三的寒假只有七天，她本来打算彻底戒了手机。

"莫允淮，"她喊他的名字，"我可能会在最后一天的时候回你。前几天我不用手机。"

他沉默了一下，还是很认真地点点头，表示好。

这个寒假，老师们都知道他们很不容易，因此都手下留情，每门课只有五张试卷。

只是孟繁翊已经做好了决定，也知道这七日会是格外黑暗的一周。

周冬琴回来了，孟繁翊现在见到她，就会想起那天对方的哭声，便会有一瞬间被强烈的痛苦淹没的窒息感。

她僵硬地看着周冬琴，不知道作何反应好。

而在周冬琴向她的方向走了几步之后，孟繁翊的眼眶有点湿："妈妈，对不起。"

她在周冬琴那处的信誉度已然是零。

周冬琴深呼吸一口气，然后，扔开了手里的所有行李，上前几步，一把抱住了孟繁翊。

"幼幼,妈妈那天情绪太激动了。妈妈也跟你道歉,但是我们说好了,这是最后一次。"周冬琴摸着孟繁翊柔软的青丝,手蓦地一顿。

她竟然在孟繁翊的发间,看到了两根白发。

周冬琴皱着眉,把她的头发解开,取过剪刀,替孟繁翊剪白头发。

"妈妈知道你很辛苦,但是妈妈不能容忍你这么努力地学习,最后却没有取得相应的回报。"她淡淡地道。

而从周冬琴回来的那一刻,孟繁翊再次为自己繁重的学习计划添了浓重的一笔。

——那几乎是没日没夜的六天。

她疯狂地复习着从前所有的卷子,还将三年以来全部的错题本都刷了几遍,易错点不断地举一反三。

她专注到几个小时才从椅子上起来一次,短暂地休息一会儿,又坐下继续复习。

奇妙的是,如此高强度的复习,并没有让她陷入无尽的倦怠。一种莫名的亢奋支撑着她——或许可以称作,强烈的不甘心。

这六日,她每一晚都是昏睡过去的。通常是写着写着,无意识地靠在桌上睡着了,她醒来时,发现时间并没有过去多久。

她深刻地明白自己身体的极限,所以在达到临界点时,便很快地洗漱完毕,进入梦乡。

在第七日的时候,周冬琴看不下去了,走进她的屋子,帮她拉开窗帘,让冬日的阳光晒进来一会儿,然后道:"我让你努力学习的意思,不是让你牺牲健康学习。"

孟繁翊写完最后一笔,然后光速地对答案,来判断自己究竟有没有出错。

周冬琴走过去,强硬地按下她的笔:"今年的年夜饭,你都没有好好吃。你别把自己绷得太紧。"

孟繁翊盯着试卷上少数的红叉叉,心情短暂地放松了一刹,顺着周冬琴的意思点了点头。

"下午出去走走吧。"周冬琴只是这样说了一句,换来了孟繁翊很敷衍地点头。

在周冬琴离开之后,孟繁翊将桌子上的一沓错题全部纠完,后知后觉地想起了当初和莫允淮的约定。

她的手机还贴在漆黑的床板底下,很多天没有充过电了。

她有些恍惚地想着,是该放松放松。

撕下透明胶的那一刻,罪恶感没由来地充斥着她的心口。她不断地告诉自己,不要因为正常的放松而感到负累,不需要。

开机之后,莫允淮给她发的消息果然已经到了最大限度。

孟繁翊的眼神久久地凝在了被她设置为置顶的聊天框,还是没有立即点开,而是将林可媛的信息先点开。

你林姐:小孟,看到班级群里Meya的通知了没有?她叫我们要买同学录,早点买,开学之后,她会挑一个时间叫我们统一把同学录写掉。

孟繁翊戳开班级群，详细地看了看内容要求。

你林姐：小孟，下午有空吗？跟我出来一起买呗，六天不见，我可想你了。

金石不渝：我妈妈也催我出去走走，我去问问她，应该是没问题的。

过了一会儿。

金石不渝：我妈妈同意了，午饭后一起走吧。

你林姐：好耶！我真的想死你了！啾咪！

金石不渝：mua！

林可媛把孟繁翊给她发的"mua"截屏发给了莫允淮。

你林姐：你，无法拥有。

往日里她和莫允淮聊跟孟繁翊有关的话题，他都会回复林可媛。

但是这一回没有。

林可媛觉得有些奇怪。

你林姐：你不回我，不会是因为小孟跟我聊天但是没跟你聊天吧，哈哈哈哈。我乱说的，别打我，我猜猜都知道你肯定发了很多信息给她。

你林姐：不是吧，我居然真的猜中了？

38252370：呵。

此时此刻，孟繁翊一无所知，正不断地向上翻着聊天记录。

她很认真地将莫允淮发来的每一张照片都保存，然后将他发给她的所有话都截屏保存。

她瞒着周冬琴，打印了几张照片，然后压在教室里课桌左上角一沓书的最下方，学得实在很难过了，就会拿出来看一看。

多伦多的雪景真的很美。

孟繁翊尤其爱那一张在桥边的照片：落雪的夜晚，一旁广告的灯光呈现出很长的痕迹，色彩纷繁，将雪点染出了五光十色，看上去却像是星星的碎片。

一个念头在她的心中倏然盛放出一朵很柔软的花。

她慢慢地浏览完全部内容，在输入框中敲了许多行字，最后又不得不删掉。

因为他对她太过重视，她不知道要回什么样的信息，才能够将这六日的思念都尽数安抚。

良久，孟繁翊才敲下字。

金石不渝：很漂亮的雪景，我很喜欢。话说，你外公的身体还好吗？

对面秒回。

38252370：他这几天身体康健，我会转告他的。

她愣了一下，心里飘过一个让她有些不敢相信的想法。

金石不渝：……你跟他老人家说起过我？

38252370：嗯，我和他说我们以后会在一个大学。

孟繁翊总觉得这话别扭。现在浮在她的心头的，更多的是让她有些喘不过气。

她知道自己不会放弃，但也知道自己不再像从前一样能够确信地、万分笃定地告诉他,不会放弃。

金石不渝:回学校见。我等会儿要跟可媛买同学录了。

莫允淮多请了一周的假,为的就是能陪外公多些时日。

孟繁翊摁灭手机,久久地坐在椅子上,目光凝在雪白的墙壁上,那张她贴着的梦想的便笺上。

  我想上 P 大。

思绪放空,回神时孟繁翊只觉得格外疲惫,好像一个人负重,徒步前行了很多年。

眼皮渐渐地有些沉重,她便顺手定了一个下午一点半的闹钟,将手机扔进了抽屉里,打定主意小憩一会儿。

也不知睡了多久,她被周冬琴摇醒了,揉着睡意蒙眬的眼,打了个呵欠,慢吞吞地拖着步子去吃饭。

周冬琴问清楚了孟繁翊前往买同学录时身边陪伴的同学究竟是谁,在听到"林可媛"三个字的时候,搅拌着炼乳,淡淡地道:"我最后相信你一次。"

方才的温情因为这句话而被破坏。母女俩又想起了不久前的激烈争吵,或者说,是周冬琴单方面的斥责。

如此想来,却又觉得恍如隔世。

出发前,周冬琴给她挑好了衣物,是很中规中矩的羽绒服,香草紫,不算土气,却也没有亮眼之处。

她亲自给孟繁翊扣上最外面的扣子,好好地裹上围巾:"五点半前一定要回来。玩得要开心,这可能是高考前你最后一次出门玩了。"

孟繁翊眨眨眼,很乖巧地说好。

她出发前看了一眼挂在客厅的钟。

两点半。

她有将近三个小时和林可媛逛街的时间。

"小孟!这种同学录好好看!"林可媛超级激动地拽着孟繁翊晃啊晃,"好漂亮!"

异国情调的同学录,孟繁翊在初中的时候就买过。

内页做得精致,每一页的风景画也无比好看,让人一眼便能够联想到"浪漫"一词。

在放置"异国情调"主题的同学录的架子上,林可媛挑选了法国,孟繁翊意外发现了加拿大,翻开内页,里面写了"Toronto(多伦多)",立时心动,径直买下了这一本。

她们坐在奶茶店里,一页一页地翻看。

林可媛一开始万分欣喜,然而在和孟繁翊交换了同学录之后,慢慢笑不出来了。

"小孟,你快看你快看!"林可媛将两本同学录摆在一起,无语道,"前面还是不一样的,结果只有前面不一样,后面几十页都是一模一样的画。"

孟繁翊仔细对比,发现还真是如此。

看来这并非真的是法国或者多伦多的风景,应该只有前面几页是,后面全都是为了印刷方便,挑了一模一样的。

"这样就很黑心啊。啧,我现在觉得仿佛被骗了感情……"林可媛愤愤不平。

"没事没事,反正撞同学录跟撞衫不一样,一点都不尴尬。"孟繁翊安慰道。

她们坐在奶茶店里,慢悠悠地谈天说地。孟繁翊期间看了无数次表,心里空落落的,不太踏实,仿佛真切地忘了什么东西。不过她很快地安慰自己,她每次都觉得自己忘记了带什么,但是一次都没有真的忘记过。

这次应该也只是多余的忧虑而已。

她或许,只是因为前面六天过得太紧绷,才觉得今日下午的放松有些"浪费时间"。

不应该这样想。

她告诫自己。和好朋友出来玩,不算浪费时间。

周冬琴在孟繁翊出门之后,前往她的房间,打算好好帮她理一理东西。毕竟早上来的时候,发现她的书桌实在太乱。

拾掇拾掇之后,她又觉得这地板不足够干净,这样就不算给孟繁翊最好的学习环境。所以她又开始为孟繁翊的房间做大扫除。

在她清扫到床底下时,她忽然发觉了同往日不一样的触感。

她拿来手电筒,往床底照去——

她在床板上看到了垂下一截的透明胶带。

周冬琴不自觉地蹙眉,撕下了那截胶带,在原地研究了半天。那种孟繁翊还有事情瞒着她的感觉越发强烈。

就在下一秒,她听到了很轻的声音。

一开始,周冬琴以为是自己最近太操劳了,出现了幻听,但是很快,她就发觉这是一段音乐声。

她凝神,四处听着,最后将目光锁定在了书桌的抽屉里,伸手拉开。

一部隐隐有些熟悉的手机就这样躺在书桌的抽屉里,看上去似乎是在响着闹铃。

她第一反应是去看摆在床头柜上,她给孟繁翊准备的手机,确定了还在。

15:30的闹钟。

周冬琴的眉头越蹙越紧,没有立刻关掉闹钟,而是翻过来看了看。

这个手机的壳子,让她霎时间便明白,这是孟长君的旧手机。

怒火刹那间便被点燃。

她深呼吸,努力地按捺下愤怒,将黏糊糊的手机壳翻转过来,关掉了闹钟,企图开了这手机的锁。

手机有两种锁，密码锁和指纹锁。密码她是肯定猜不出来的，但是指纹不一定。因为孟长君的手机会把她的指纹录入，她的手机会把孟长君的指纹录入。

这是他们构建对彼此信赖的重要一环。

她从未想到，他有一天会瞒着自己，给女儿一部手机。

周冬琴将右手的拇指覆在了指纹锁上。

下一秒，指纹锁处泛出蓝光，伴随着很轻微的冰块相撞声，手机被解锁了。

她不甚娴熟地划动着屏幕，点开了社交软件。

周围一片寂静，整个世界都像是只剩下这一处的密闭空间。

孟长君去上班了，周冬琴没有第一时间和他对峙。

血液汩汩流动，她只觉得头晕得厉害，耳朵也开始发出鸣叫。一口极其浓重的郁气积压在胸口，越是浏览记录，她越是愤怒。

好不容易压下去的失望一股脑儿被掀开，她跟孟繁翊之间的那根刺始终没有被拔掉。

女儿在骗她。

她的宝贝女儿，在骗她。

周冬琴再次深呼吸，指尖往左划，恰好看到了"我的收藏"。她不断地告诉自己，要冷静，要冷静。

她忍耐，一个个软件点过来，严厉地审视着。

在最后意识到这台手机已经被孟繁翊使用了很久时，终于没能忍住，用力地将手机掷到了地上！

孟繁翊抱着那一本同学录，脚步有些轻快地踩在楼梯上。

冬天的夜晚黑得很快，夜幕像是一大块的墨迹，不太匀称地散开来。

转过一个拐角，烧烤的香味被凛冽的寒风一齐卷到了窗口，她甚至轻轻嗅了一下，难得感到了轻松。

她想，应该和朋友出去玩的。

她那么多天的压抑，都被这个美好的下午治愈了。

楼道的感应灯迎着她的脚步声亮起，她轻快地走着，走到门口时，却觉得心头有一种飘荡的感觉。

她深呼吸一口气，缓缓吐出，想要缓和自己的心跳。

掏出钥匙，开门。

屋子里却黑成一片。所有的窗帘都被拉了起来，房间里黑漆漆的，没有一丝光亮。

这是很少见的场景。

孟繁翊后退一步，有些慌乱。

下一刻，整个房间的灯被骤然点亮，周冬琴面上没有任何的情绪，按开了开关。

孟繁翊遥遥地望着周冬琴，忽然觉得她有些陌生。

视线下移，她的目光凝住了，那是一部她无比熟悉的手机。

"我解开了锁,你忘记把你爸爸手机里原本有的指纹锁删掉了。"周冬琴的声音听起来有些远,有些飘。

孟繁翊的脑海中空白一片。

有那么一秒,她茫然地想着,为什么我还不醒来?

这是一场梦吧。

然后,她就看见周冬琴站起身,当着她的面,将这部手机狠狠地、狠狠地砸到了地上,她看不清周冬琴的目光。

"我不会相信你了,孟繁翊。"周冬琴的情绪没有上一次那样的起伏。

孟繁翊却感到了比上一次还要浓重的窒息情绪。

"这么久以来,你都在瞒着我玩手机是不是?"周冬琴喃喃着,"你一直以来都在骗我是不是?"

"不是的。"孟繁翊的喉咙干涩一片,"不是的,妈妈……"

"你还敢说不是!"周冬琴骤然上扬了音调,尖厉到几欲划破她的耳膜,"你还有没有良心!你到底要骗我到什么时候!"

她骤然爆发的语气让孟繁翊吓了一跳,反应过来的时候眼泪已经落下来了,像是失去了控制,不断地下淌。

反胃感涌上喉咙,周冬琴的眼前黑了几秒,但还是稳稳地站在原地。

站在孟繁翊的角度,可以清晰地看到,她脸上的皱纹又深了,发间的霜雪,又多了。

"都是我害了你……都怪我没有早点发现……"周冬琴痛苦万分地慢慢地蹲下来,整张脸埋在自己的膝盖上,双手无力地插在发间。

周冬琴这么多年,只崩溃过三次,全都被她目睹了。

孟繁翊浑身发冷,像是冬日砭骨寒意沁入骨髓,慢慢地将周身的热血都变得冰凉万分。

——那一晚后来的事情她有些记不清了。

也许人都会选择性遗忘,又或许,其实并没有忘记,只是不敢轻易回想。

她只记得那晚她哭得声嘶力竭,周冬琴痛苦至极的自责声让她的心也在流血。

如果,一切能只伤害我一个人就好了。她想。

3

首考成绩出来之后,所有科目的课代表几乎都换了新的一批。

在这种时候当上课代表并不是什么让人特别高兴的事情,因为这意味着这门课在首考中没有取得让自身满意的成绩。

孟繁翊的物理算是四门里唯一正常发挥的科目,因此卸任物理课代表一职,在 Meya 的指定下,当了学习委员。

首考对于失败者而言,既是一种宽慰,又算是一种残忍。

因为他们无可避免地会发现,他们和胜利者的差距骤然拉大了,他们需要承担的压力，往往是后者的数倍。

所幸，失败者手中还握着第二次高考的机会，逆风翻盘，或考得更差，都难以预料。

在莫允淮终于从多伦多回国之后，他能够很明显地感受到班级里的氛围同从前不一样了——考好的人和考差的人之间像是有了一面屏障。并不是说他们的友情就此走到了终点，只是他们的友情确然受到了很大的影响。

上课不再是七班整个集体一起上，在三门选科以及英语课上，教室总会空了一大半。

莫允淮的下半年只需要专心备考语文和数学，也就是说，他只需要继续上语、数两门课的课程，别的课全部到自习室里自习。

他将错过绝大部分和孟繁翎一起上课的时间，他们的行动轨迹也就此不同。

他的人生似乎能够明确地看到远方的目标了，但是孟繁翎的人生前方还是雾蒙蒙一片，说不清楚下一次考试带给她的会是什么结果。

更可怕的是，莫允淮从未觉得自己是如此敏锐过——孟繁翎正日渐少言寡语，失去了从前的那份灵动与狡黠。

他每次看她学习，总会觉得，她的肩上压着很沉重的一座山，她不能喘气。

这种时候，他连上前同她搭话，都会陡然生出一种"我是不是在浪费她的时间"的错觉。

哪怕她每次都很温和地听着，但是不再发表自己的意见了，她的眼神里还是有他的——他能很明显地感觉到。

可是，就是有哪里不一样了。

孟繁翎在某些时候，眸子会倏然溢出一层水光，像是突然想起了很悲伤的事情，但他仔细地打量，却发现她的眼神还是那样平静，仿佛方才只是错觉。

他很不安地，在化学纠错课上，许多次都坐在她的身边，道："孟繁翎，第二次你会考好的。"

孟繁翎就这样望着他，不算深的瞳孔在灯光下映出一片平静："我知道。"

她其实知道他的潜台词，她看出了他的不安，也为此感到难过。

他是一个多么骄傲的少年。

他拥有优渥的家庭条件、卓越的学习成绩、超强的学习能力，以及远超平均线的外表与身形。他从不做有违道德的事情，也始终坚守着自己的原则，被无数人喜爱，还拥有一个光芒万丈的未来。

他是那么谦逊，又拥有很强的自尊心。他的往后都应该如此骄傲，去拥抱很精彩的人生。

而不应该是那样不确定地，一遍遍地询问着自己，一遍遍地劝慰着自己。

孟繁翎蓦然感觉到心酸。

过去了这么久，她好像还是那个只知道努力，没有任何特长与优点的孟繁翎，为数不多的骄傲便是成绩尚可。而在第一次高考之后，她失去了唯一的优势。

她无数次地想要在成绩方面超越他,因为只有如此,他们之间因为其他方面带来的差距与沟壑才能被弥补一二。

只是他太过耀眼,是她无论如何都无法企及的光。在如今的情况下,她想要超越他,同蚍蜉撼树无异。

"莫允淮,"孟繁翊的万般思绪在一瞬间收拢,声音并无起伏,"你不用上化学纠错课,你的化学首考成绩已经满分了。"

他完全可以不用再学化学了。

他却从这句话中读出了被抛弃的感觉,立时道:"没关系,我的时间真的很多,我最近又写了一本很厚的化学笔记,上面的重点比上一次还要全面。而且我保证,我保证里面涉及的例题都是为你量身定制的,我……"

"谢谢你,可是下次就不用了吧。"莫允淮好像看到孟繁翊的眸子里又划过一瞬的水光,像是在隐忍。

"我不能耽误你的时间。"她的声音好像也低了一度,"你要冲刺状元,你还需要准备好自招的内容,下次还是别上化学课了吧,我能行的。"

莫允淮在听到"谢谢"的时候,便察觉到了微妙之处。而她说的明明也是客观事实,是最佳选项,可他明确地读出了她深层次的拒绝。

"我……"他凝视着她。

她错开了目光,她不愿意再看着他的眼睛。

他们好像在变得生疏。

他确信,但是不知如何改变。

而这样的事情并不只是发生在化学的课堂,还有各种情况。

他学会了耍赖,总是把很多事情提前做完,先斩后奏,接着她就会接受,并且告诉他,下一次不要再这样了。

只是每一次他耍赖,她都会叹口气,就仿佛他这样做,是让她很苦恼的一件事。在她清澈的目光中,他做什么都好像变得多余,变得让她困扰。

而且下一次,就算他怎么耍赖,她都不愿意接受了。

如此坚决且肯定的态度,是他从未遇到的。

莫允淮想了很久,才给这样的行为定义:孟繁翊在和他划清界线。

可是为什么呢?

他没有想明白。他并不觉得成绩真的会拉大他们之间的距离,以至于她每次都会选择拒绝他。

他一直都算过得顺遂,没有遇到大挫折,而这一回,他隐隐约约地感知到,他们之间的问题会越来越大。

可是他不想这样。

孟繁翊不再回答他的每一个问题,虽然态度还是平和的,甚至很多时候还是温柔的,但他能感到,他们的关系在慢慢变得冷淡。

他遇到了最棘手的问题。

孟繁翎是他此生做过的最复杂的阅读理解，也是他目前为止都没有找到最优解的问题。

"这一回，我们要做志愿牌，贴在门口。"Meya道，"也就是说，所有人路过七班门口，都会看到这张志愿牌，所以大家要认真填写，不可以敷衍。"

听闻此话，孟繁翎的动作倏然一顿。

无数个日日夜夜里她写下的P大在这种时候成了一个莫大的讽刺，她不会傻到由着这样的志愿贴在门口。

其实在她高二的时候，曾经去找过颜思衿，看到他们班门口的志愿牌，是按姓氏的拼音来排的顺序。

当时她便在想，未来，她首考之后，一定要骄傲地写下"孟繁翎P大××专业"，然后下一行就是"莫允淮P大××专业"，他们整整齐齐地排在一上一下，无声地向众人昭示着他们共同的理想。

真正到了高三，她却知道自己不敢了。

不敢仍旧保持这样的天真，不敢和他真正地肩并肩。

为了确保每位同学都及时地写下自己的志愿，Meya一个人一个人地叫上去写，并且强调，专业可以不那么卡死，但是学校一定要想好。

第一个被叫上去的仍然是莫允淮，他的动作几乎没有任何的变化。

很快，在2号、3号之后，便轮到了孟繁翎。

她伫立在讲台前，脑中掠过了数所学校，最终选择填下A大——一所中规中矩的末流重点大学。倘若第二次高考语数发挥超常，剩下四门照旧，那么她勉强有可能够得到A大的边。

Meya站在旁边，并没有多说话，只是等她写完之后，平静地叫了下一位。

在所有人都写完了自己的志愿之后，Meya便将单子拿走，去做表格，紧急送往打印店制作。在打印出来之前，没有人知道对方的志愿究竟填的是什么。

所以莫允淮理所当然地觉得，孟繁翎还是写了从前约定的P大。

尽管知道孟繁翎不愿意他频繁地走向她，但他这一回还是没能忍住，向她走去，想要问问她的专业写了什么。

却只听到，林可媛询问了孟繁翎填了哪所大学。

孟繁翎停顿了一会儿。

"A大，"她的语调没有太大的起伏，"我填了A大。"

时间好像在那一刻定格了。

不知从哪一处没关紧的窗子吹入的风将窗帘吹得飘了起来，冬日的阳光透过尘埃，将窗帘映成了透明的碧色。

而在那一刻，莫允淮莫名想起，高二到高三，他们好像很多次站在一起，窗帘飘动，阳光欹斜，光影切割，将他们之间隔开了一道深深的距离。

所有的声音都消散在喉间，他有很多想问的，但又没有任何一句能够问出口。

他没有想过自己有朝一日会就此胆怯地离开，不敢问她原因。只是他刚往后移动了两步，她就发现了他。

四目相对，寒风顺着窗子开启后的一小条缝隙，灌入了整个房间，将她吹得微微战栗。

他很想上前，将身上的外套裹在她的身上。可是他确切地在她的眸子里看到了拒绝，所以不敢有所动作。

明明是她先放弃了曾经的约定，可是慌张的、不安的却是他。

他茫然地想，为什么呢？究竟是哪里发生了变化呢？

他们只是对视了一分钟。这一分钟里，彼此都倔强地不肯先挪开目光，仿佛先挪开，就是输家。

她先移开了目光，没有做出任何的解释，像是无事发生一般，兀自继续写着作业。

他倔强地盯着她的背影，直至上课。

他在等她的回头，等她的解释，可是他不问，却真的没有任何解释了。

连林可媛都看出了不对，此时大气都不敢出，只是一忽儿紧张地瞅瞅这个，一忽儿紧张地看看那个。

莫允淮面无表情地转过身，往自己的位置走回去。

林可媛注意到，孟繁翊一道基础题思考了非常久，好半天，她才像是真正回过神来一般，将化学书翻开，对照元素表。

"小孟。"林可媛喊她。

"嗯。"孟繁翊许久没说话，陡然说话，音调都变得有点低哑，甚至像是竭力忍耐后仍然泄出了一丝哭腔。

林可媛一怔，仔细地望着她，却发现她并没有哭，刚才只是错觉。

"我有件事情必须要告诉你。"谢襄深吸一口气，望着坐在后座上，脸色不太好看的莫允淮。

"是外公吗？"莫允淮似乎提前预料到了她的话。

"没错……霜音已经在准备出国的手续了，高三下学期，她应该会去多伦多读书。她的成绩这么好，手续处理起来也不算太烦琐……你现在知道我是什么意思吗？"谢襄的右手食指在方向盘上轻轻叩了几下，紧张地盯着红灯。

谢霜音是外公外婆的养女，当初是两位老人家身子尚且健朗的时候意外捡到的弃婴。在办理了收养的一系列手续之后，她便成了谢襄最小的妹妹，也就是莫允淮的小姨。

"我知道是什么意思……但是，再让我想想。"莫允淮沉默了一会儿，双手撑在膝上，如此回答。

如果不是父亲的身体或许真的支撑不了太久，谢襄也不愿意让莫允淮回去读书，毕竟知名学府高校招生办确实联系过她，但是她当时就犹豫着没有给出肯定的答复。

她无法做出决定。

谢家的家训和莫家的家训一贯都是尽孝更重要，与家人享受天伦之乐更为美事。她心中更倾向于让莫允淮回到加拿大去上学——老人家几乎已经扎根在那儿了，无法为了莫允淮而挪回来。更何况，她相信，以莫允淮的资质，无论在哪里都可以极为优秀。

可是她不能随意地剥夺莫允淮的人生选择权，因为这段人生是属于他的。

谢襄知道，莫允淮放不下的不只是十几年的目标名校，所以思忖再三，她还是将选择权交回给莫允淮。

"我不知道怎么选。"在回家的路上，他的声音很低、很低。

他知道，选择其中一个，便意味着放弃了另一个。

可是他承担不起放弃另一个的代价。

谢襄看了看日历，道："现在还没到三月份，先不急。不过，如果实在选不出来的话……你就做两手准备，出国手续也陆续办好，雅思那些都去考，国内这边招生、高考你也都准备好。"

冬日的天暗得很快，铅灰色的云朵大块大块地积压，阴沉沉的，让人无端有些喘不过气。往来的车辆很多，最终都被堵在这一条路上，许久都没有前进半分。

"还有……"谢襄顿了顿，才道，"你，要怎么跟繁翊说清楚？"她知道他们约好了上同一所大学。

这个问题简直如同一柄锐利的匕首，准确无误地找到了莫允淮最脆弱的点，径直扎入，登时刺得鲜血淋漓。他的唇抿到发白，脑海中回放着这一个月以来她种种的变化。

她望向自己的目光从以前的认真、专注、狡黠而灵动，变成了平静、客气，甚至略微有些冷淡。

说冷淡也不对，她的态度并没有那么明显的变化，但是每一日比前一日都更冷一点，这让他几乎无法忍受。

他的脑中倏然掠过一丝模糊的念头——也许，她是不想要一下子冷淡，不想要一下子那么伤人。

可是正是这份"体贴"，才让他更加难过，更加难以忍受。

如果她的态度骤然发生变化，那他一定会好好认错，好好寻找错误，然后跟她一遍遍地、认认真真地保证自己不会再次犯错，不会让她不开心。

可是她这样一点点地冷却，让他无措，却又完全找不到问题究竟出在哪儿。他想要道歉，想要对她比从前再好一点、再好一点——可是她说她不要了。

当她开始拒绝他的所有好意时，他便知道，有很多东西改变了。

今日的填写志愿，不是不让他错愕的，回过神来他只觉得微窒，然后是很闷的疼。

可是从客观上来说，他甚至很能理解她填写的内容，只是被欺骗、被毁约带来的伤害不是轻易能够过去的。

他很想问清楚，究竟是哪里不对，他究竟做错了什么，只要她说，他都愿意改，他都愿意的。

他并不相信，孟繁翊会仅仅因为成绩的差距而对他退避三舍。他相信孟繁翊的为人，也相信她不会因为成绩上的差距而对他冷淡，一定是有别的原因。

一定有别的原因，他一定可以找到答案。

"妈，再给我一点时间。"他深呼吸一口气，知道外公的身体并不能够拖延太久，"我有些事情想要找到原因。如果……如果，我最终找到的答案……我会做出选择的。"

说这话时，一个很淡的念头从他心口掠过。明明荒诞至极，明明没有可能，但是这个念头还是蓦地扎了根，骤然萌蘖，然后迅速地长成一株苍天大树，毫不留情地啃噬着他的阳光。

——对于某一种可能性，他其实一直从未去设想过。

或者说，他其实想过，但是不敢多想，一刻都不敢。

那就是，会不会这一切的变故，只是因为——她就是不想履行他们的约定了？

只是这样的答案，让他有些喘不过气。

倘若……倘若孟繁翊真的这样想，真的想和他划清界限，那么毋庸置疑，他会选择离开。

或许是谢襄知道，如果真的到了不得已的时候，她会强迫莫允淮做出出国的决定，所以她又开始做甜点，让莫允淮每天早上都带到学校里。

她做甜点的时候格外愧疚，因此做的分量就更加多了。

她望着莫允淮不知不觉又拔高一截、但是好像瘦削了的背影，有些心疼，而难以言说的愧疚和对父亲身体的担忧再一次覆盖她的心口。

谢襄也落入了两难困境的泥沼。

学校里。

"这是蛋挞、泡芙、慕斯……"莫允淮并不确定孟繁翊会不会拒绝，"我妈最近又开始做甜点了，她叫我给你带来。"

冬日的清晨，连呼吸一口气都是冷飕飕的，鼻腔、胸口都被寒气填满。此刻馨香的甜点气息充盈着孟繁翊的肺腑，连一旁的林可媛都忍不住目露艳羡，孟繁翊却没有抬头。

"谢谢阿姨的苦心，但是我不太想吃。"孟繁翊的手下动作没停。她的大脑在高速运转，绝大部分的注意力都沉浸在眼前的数学题上。

莫允淮听到这个答案，但是没有觉得太意外，所以他将里面的甜点取出一部分，分给了孟繁翊周围的同学。

周围人立时欢呼一声，纷纷感谢孟繁翊的慷慨。

孟繁翊写完最后一道题，望着眼前比往日的分量还要多上一倍的甜点，微不可察地蹙了蹙眉，没有伸手。

他道："这些都是你的，我妈很希望你能吃完。"

说完又觉得有些无奈，因为不知何时，他都得搬出谢襄，孟繁翊才肯接受他的好意了。

"谢谢阿姨,非常感谢——但是我不吃。"孟繁翊仰头,目光久违地专注地凝望着他,"我在寒假的时候立下过一个目标。"

莫允淮若有所感地正欲开口,孟繁翊便抢先道:"我本来不想说的,但是。"

莫允淮不想听了,可是孟繁翊却坚持着说了下去:"我首考考不好,我罚自己接下来一个学期都不许吃甜品,不许喝奶茶,不许吃包装的零食糖果。"

她知道这样的要求听起来严苛到过分,但她必须要用这种方式让自己戒掉对甜品的依赖。

戒掉足足一年,对甜品的依赖。

因为她没有达到自己的目标,因为不足够优秀,所以不配得到奖赏的甜品。

这并不是什么让人难以理解的逻辑,可是他却久久地沉默了。

她没有多看莫允淮的神情,只是淡淡道:"快点回座位吧,我也要继续写题目了。"

她面前那些分量的甜品足够班里每个同学都得到一个。

莫允淮深呼吸一口气:"这些是我妈送给你的,你想要怎么处置都行,不要还给我了。"

他清楚地看到,她的眉梢略微蹙起,漂亮的眸子里掠过了一丝困扰,像是这是一个相当棘手的问题。她最终还是选择起身,再次跟他、谢裹都道了声谢,然后从第一组开始,一个同学一个同学地发甜品。

莫允淮脚步没有停顿地离开了。

这一回,他不仅感到了难过,还有一丝从前从未察觉到的生气。然而很快,气又散了,他告诉自己,不可以这么想。

毕竟这份甜品不是她主动索要的,而是他强行要送给她的,她并不想接受,最后还是接受了。

那么,无论她怎么处置这些甜品,都是她的决定,他无权生气。

不能对她生气,他这样想。

接下来又是如同往日一般无二的一天。

莫允淮的轻松不知不觉间变成了很多人的精神支柱。

没有人因为他优异的成绩而感到嫉妒,也没有人因为他的轻松而感到愤愤不平。

因为他们都曾经见过,他有多努力,他的实力又有多强。

不过沈鸣进发现莫允淮又开始做起了英语,只不过这一回的习题不再局限于高考范围内,而是涵盖了雅思。

"老莫,你这么闲?"沈鸣进震惊地看着莫允淮的很厚的雅思练习,"你不会想要英语考一百五十分吧……"

"不是因为英语要考一百五十分。"莫允淮含糊道,"我只是考试需要。"

他没有对班里的任何人说过,他有极大的概率要出国,现在在准备的是出国入学必须要的雅思的考试。而沈鸣进下意识地认为,是高校招生办的要求,顿时感到了莫允淮的不容易。

莫允淮的目光钉在手下的习题上，意外地走神了。

其实，谢襄已经给他找好了很多所学校。有的学校比他曾经的梦想高校好一些，有一些会相对差一点，但毫无疑问，都是世界一流的大学。

他并不怀疑自己的实力，但是必须得承认，他更想要留在国内。

目前来看，他最心仪的国外学校有一项要求，那便是需要他在国内的高考成绩和平时成绩的大致情况。

也就是说，无论如何，他都能待在七班，和大家度过一个完整的高三，不会像谢霜音一样转学。

还有机会待在国内，他想，可是想起外公，他又有些难过。

为什么随着不断地成长，会遇到越来越多的困难呢？

为什么很多事情一定要做出选择呢？

成长，真的是一个太过艰难的过程。

他不知道最后能不能都得到。

连一向对未来有规划的他都无法笃定，未来一定能够如他所愿。

下课铃声响，下节课是化学纠错课，他会去自习室自习。在经过孟繁翊的身边时，他还是停顿了一下，耐心地寻求她的意见："你还需要我的帮助吗？"

孟繁翊白皙的右手手指扣在牛皮本的封皮上，左手隐没在课桌下，紧紧地攥着自己薄薄的校裤，回答却没有迟疑："不用了。"

莫允淮仍然选择用一种无事发生过的、开玩笑般的语气道："那很快我就不能替你答疑了。"

孟繁翊忍住了要脱口而出的"为什么"，很低地回应："嗯。"

她不问为什么，他却主动为她解答："我接下来要准备几场重要的考试……很重要，也快要考了。孟繁翊。"

他忽然唤了她一声。

她遽然抬头，对上了他漆色的眸，又立时慌乱地错开他眸子里的专注和认真。

炽热的、灼烧般的痛感在她心里蔓延，她不知道要怎样回应他的目光。

如今她知道，自己的一举一动，都是对这样诚挚的、炙热的情谊的亵渎和践踏。

她不想这样的，一点都不想。可是她不知道要怎样平衡，她把所有的事情都搞得一塌糊涂，糟糕万分。

他要去准备那些学府的招生考试了，这是好事。她在心里自我安慰。

可是在未来很长一段时间内，学校里都将看不到他的这个事实，又让她失魂落魄。

她剖开内心的最深层，还是得承认，只有莫允淮在这个教室里，她的心才是彻彻底底平静的。

他一直是她的标杆，她的锚点，她实现梦想的同行者。

他要去考试，这是好事，她不能打扰他。孟繁翎一遍遍地重复，笔下不停，不断地写着题目，佯装平静。

莫允淮的指尖微微一动，他的目光别开来，有一丝不易察觉到的失望与恐惧。

他从前从来没有恐惧过未来，可是他现在真的开始恐惧了。

4

"……谢谢你啊庄老师，实在感谢，繁翎回来了，我先跟她聊一聊。"

电话就此挂断，刚到家的孟繁翎听到了周冬琴的最后一句话，立刻意识到了什么。

她的手握紧了书包带子。

"我刚才，向你们老师要监控。"周冬琴轻描淡写，"她说我暂时不可以看，但以后可以，她还可以帮我看。所以你到底有没有好好学，一看就能够清楚。"

孟繁翎僵在原地。

她能够听见血管里汩汩的鲜血不断地向头部涌上去的声音，耳膜发疼，她的眼前都有些发黑。

她学习太过繁忙，甚至忘记剪指甲，以至于长长的指甲刺在手心上，留下了一个个月牙般的红印。

怒火从心口滋生，在脊髓中蔓延开来，几乎要将她脑海中名为理智的弦烧断。

她站在原地，努力地绷住声音，不让泣音流露，也不让已然盈满眼眶的泪水夺眶而出："你怎么可以这样……"

周冬琴望着她的眼睛，一瞬间便知道了答案："我说过，我不会再相信你了，你原先是没有听懂我的意思吗？"

气氛剑拔弩张，孟长君按住了周冬琴的肩膀，示意她不要生气，生气对身体不好。

而这个举动落在孟繁翎的眼里，就是爸爸站在了妈妈那一边。

她一直都知道他们爱她，可是在上次之后，她就深刻地意识到了，他们被迫划成了两个阵营。

她必须得顺服周冬琴，依照周冬琴的话去做。

从小到大，一直如此。

可是现在，她已经很愤怒了，委屈、难过、甚至是绝望一齐席卷了她的心。

她近乎痛苦地质问道："为什么非要这个样子……我真的已经很努力了……"

她只想要有一点喘息的空间。

在喊出这一声之后，孟繁翎跪坐在地上，捂住耳朵，什么都不愿意想，什么都不愿意听，只是在原地哭泣着。

她很久没有这样痛哭过了，是完全不顾忌一切的哭泣。

她真的好想说，她已经很努力了。

她真的没有办法了。

"我很努力了，难道连一点休息的时间都不能拥有吗？"她捂着耳朵，只能听见心跳越来越快,感到呼吸越来越困难,但她还在固执地重复。

"我知道你们是为我好……我都知道。可是我真的已经很努力了,我真的已经很累了……"

她泪眼婆娑地望着周冬琴,却只见到对方气得嘴唇都在颤抖,扬起的手始终没能放下,而是一直在颤抖着。

她闭上眼睛,眼泪将面庞铺上了一层湿漉漉的面罩。她呜咽着,等待着那记耳光落下来。

那记耳光迟迟未落,孟繁翊睁开眼。

她只看到了周冬琴颓然的面色、放下的手,和孟长君失望的眼神。

"你觉得妈妈对你的爱是负担、是累赘了是吧。"周冬琴面色也惨白一片,"……你爱怎么样,就怎么样吧。"

孟繁翊还在哭。

她知道,此刻在她深爱的父母眼里,自己已经是一个执迷不悟、不懂事的女孩子了。

是她让他们失望了。

可是那又有什么办法呢。孟繁翊抱紧了膝盖,眼泪从左眼砸到了右眼,倾斜着落在了膝盖上。

她实在是太累了,也太难过了。

三月份的时候,大家都在紧张地准备着一模,而莫允淮还在刷着雅思的题。

莫允淮这几日确实少找孟繁翊了,不过还是会来。孟繁翊能很明显地感受到,莫允淮在竭力拉近他们的距离,他在努力地修复着他们的关系。

他越是努力地逗她开心,她越是难过,没有办法在他面前笑出来。

她尝试过假笑,精致无比,但是他认真地告诉她,倘若不想笑,便不要笑了,不要为难自己了。

一模刚考完的那一天,孟繁翊的心情并不是很好——首考过后,所有科目的难度都变大了,她觉得自己还是考不好。

而那些首考中取得了好成绩的人,他们会保留首考的分数,这也意味着,她的年级排名会直线下降,她也很难超越他们。

莫允淮在收拾东西。

他的抽屉很空,自从首考考完,他抽屉里无关的科目试题都清空了,只留下他做的一页又一页的化学笔记,一张又一张的化学卷子。

后来孟繁翊说不需要了,他也曾想过真的直接扔了,最后还是小心翼翼地将准备好的化学笔记放在了孟繁翊的抽屉里,然后他就会获得孟繁翊的道谢。

但其实他不想要这样生疏。

他走到孟繁翊的身边,很轻地道:"孟繁翊,我走了。"

一模考完,大家都在收拾书包准备回家,而孟繁翊还稳稳地坐在椅子上,打算整理这一周的错题，直到晚上再离开。

莫允淮会提前离开，这是她没有想到的事情。

她没有问为什么。

他的目光中再次划过一丝细微的失望，以及自嘲，很快他就主动解释道："孟繁翊，我要去考试了。"

孟繁翊知道他大概是要去准备招生考试了，所以点点头。

莫允淮的神色是她看不懂的复杂，最后嘴角勾出一个有些自嘲的弧度，很低、很快地道："我走了，再见。"

他没指望能听到孟繁翊的话，因此走得很快。

就在他走到门口时，孟繁翊忽然也起身，很快地走到门口，仰头望着他："刚才忘记说了……祝考试顺利，你一定会得偿所愿。"

她在心底用最真诚的语气祝福他。

拜托了。

请一定要让他的未来一片坦荡、光明、夺目。

她会竭尽全力去追上他的步伐。

或许P大太过困难，但要想考到和他一个城市，对她来说，应该不是太困难的事情。

她又一次认真地注视着他，一遍遍地在心里祈祷。

他的未来，一定要光芒万丈。

莫允淮下意识地伸出手，然而手伸到一半，却又明白，不合适的，她不会愿意。

所以他也只是道谢，诚挚无比。

可是当他开始客气地同她道谢时，她发觉自己也是难过的。更何况，她看到了他收回的手，以及目光中的小心与忍耐。

莫允淮的目光很快就越过她，往更远的地方眺望。

他往前走，没有再回头。

孟繁翊的心口倏然间猛地跳动了两下。

少年的背影融在色彩瑰丽的霞色中，就好像在向她到不了的地方前行。

就好像，他此次前去，就要去触碰她无法参与的未来。

她没由来地慌张了一下，随即告诉自己，不会的。

只要等到毕业，只要等到毕业——

她一定可以等到的。

一模成绩出来，大家都考得不太好。

如孟繁翊所料，她的成绩和首考中大捷的同学排名差距拉大，她的排名几乎是断崖式下跌，径直跌出了年级前一百名。

"莫允淮"三个字更多的成了她心中的姓名符号。

不敢多想，不敢多说，不敢有任何表露。

倒是林可媛偶尔还会嘀咕一两句："莫允淮什么时候回来啊……他再不回来，我就默认可以坐他的位置了啊……"

近来她们同桌二人的聊天都少了许多，孟繁翊也能看出林可媛心情不好，因为她时不时会将纸揉成纸团，远远地"咻"的一声扔进了垃圾桶里。

纸团在空中划开了一道利落的弧线，恰好进了垃圾桶，林可媛就会比一个"yes"："这说明我下一次会考得很好。"

她大多数时候是自言自语，视线偶尔与孟繁翊对上了，两人会相视一笑，继而又一次投入题海。

她们都知道双方的父母要求极高，而且高得有些不合理了，所以只能用这样的方式发泄自己的不满。在释放压力之后，很快投入新一轮的学习之中。

而在一模后一个很普通的日子，孟繁翊还是没有等到莫允淮回来，Meya 却吩咐大家把同学录拿出来。

"从现在开始，我给你们两节课的时间，大家都把同学录写了，今天以后，就不要再让我看到同学录的影子了。"Meya 如此道。

班里的氛围顿时开始热络起来。

孟繁翊从抽屉的底层扒拉出她的加拿大同学录，林可媛也拿出她的法国同学录。两人大致地扫视一圈，没有看到重合的，顿觉放心。

同学录也是活页的，她们便取下一大半来，从第一组开始发。

班级里的总人数是五十人，而同学录足足有八十页，孟繁翊和林可媛同学录重复样式的那几页都不会被写到，所以两人都没有做任何特殊的标记。

每个人的桌角都摆着来自于班上同学的同学录，有的人会在边角做特殊标记，有的人不会。即便很多信息他们需要重复填很多次，但没有人选择敷衍。

不知不觉，整个班级都开始安静下来，只能听到低头写字的"沙沙"声，还有时不时掀动纸页的声响。

"报告。"一个熟悉的男声骤然在班级里响起，不少人惊喜地抬头。

不知是谁率先鼓起了掌，紧接着众人都开始鼓掌，掌声雷动。

莫允淮笑了一下，对着班里大声道："大家想我了没有！"

"想！"极为整齐划一，足以见得他的人缘有多好。

他挥了挥手，眼神掠过了孟繁翊，没有多停顿，极其自然地如同往日一样开玩笑道："哟，大家都想瞒着我写同学录啊。"

Meya 毫不留情地馈赠给他一个白眼："快坐下快坐下，一回来就这么吵。"

笑声如进溅的海浪，击在岸上，碎开无数瓣。七班处处都飘荡着笑声，是久违的、热烈的、鲜活的笑。

尘埃在光中浮动，每个人脸上的表情生动不已，大部分人都笑得东倒西歪，捶桌跺脚的不在少数。

明明并不算好笑，但他们都在为他的回归而感到开心。

莫允淮的出现，总是能让人的心安定。

莫名地，孟繁翊想起高二开学的第一天，他站在台上，一个人讲了一堆的自我介绍引得台下的人"哈哈"大笑。

他总是自带光芒。

许久不见，他褪去那些时日的暗淡，又变回了那个光芒万丈的少年，而不是不安、自我怀疑，以及小心翼翼。

他才坐下，就发现了桌角有一堆的同学录，第一反应是数一数究竟有多少张。

在他用修长的手指捏起每一页的时候，孟繁翊忽然慌张。

她没有给莫允淮同学录。

她不是忘记了，而是故意的。

因为想要挑出一张和给旁人的不同的同学录，亲手交到他的手中。

在莫允淮数完之后，孟繁翊的目光不由自主地落在他身上，难得紧张地等他看向她，这样，她就可以顺势，将她挑出来的那一页递给他——

可是他数完之后，没有抬头，一次都没有。

仅仅从两个动作中，孟繁翊就察觉到了细微的不同。这样的不同让她的心口一窒，心跳在变快，不安感油然而生。

她写完了大半的同学录，又从自己的同学录里挑选。

虽然这本同学录后面的风景并非加拿大专有，但其实也很好看，原先怕和林可媛的重复，所以孟繁翊没有用过。

她现在选择这一样式的同学录的一页，将它取出，准备递给莫允淮。

她一步步地朝他走去，心中充满忐忑，面上却没有任何的表情，公事公办一般地道："这是我的。"

莫允淮头都没抬，只是"唔"了一声，然后随手递出去一张他的同学录："你也填上。"

她顿了一下，没走。

他终于舍得从一堆纸张中抬起头，对着她笑了一下。

他笑得真心实意，而她在他的笑容中落荒而逃。可即便是转身离开，她也尽力保持了镇定。

走回去的路上，她一直在想，这一笑到底是什么意思？他先前不看她，又是什么意思？

想到这儿，她没忍住回了头，却恰好和他的目光对上。

她转过头，手中仍然捏着一张薄薄的同学录故作镇定地走回了自己的座位。

这一切都仿佛回到了首考之前。

她格外认真地填写着自己的个人信息，努力在每一行的空格中都填入略显幽默的答案。

在这个过程中，不断有人写完了她给出去的同学录，陆陆续续地交还给她。

她一边收着同学录，一边将个人信息填写完全，只有最后的寄语尚未来得及开始写。

她不断地琢磨着,顺便将一沓的同学录收回。她从抽屉里取出塑料硬壳,一本本子也跟着被抽了出来。

——是那本被周冬琴撕碎、又被她一页一页粘合的化学笔记本。她还记得,那么多的碎片,她一张一张地对齐,花了一整个晚上,完成了这项看上去全然不可能的工程。

她像是突然被浇了盆冷水,从头到脚,浑身的血液都凉了。

抬起的笔尖终究又顿住了。

她不能任性,不能从心所欲,也不能罔顾他的心情。

孟繁翊深吸一口气,在寄语处写下了最为平凡的话语:

我们有幸邂逅,我祝愿你此生平安,万事皆顺遂。
你的未来,一定是光芒万丈;
我的未来,也会是闪闪发光。

她没能忍住,在最后一行写下了很久很久之前,他告诉她的话。

他说,孟繁翊这三个字,在他心中注定闪闪发光。

她会一直一直记得。

莫允淮写好了孟繁翊的同学录,径直走到她的身侧,将这张薄薄的纸递给她。

班级里的同学写完了便四处走动,因此这个动作看起来并不突兀。

孟繁翊没有多看几眼,而是小心地收到了抽屉里,继而点头。

莫允淮走回了座位。

她却在想这张同学录到底要放在哪个位置最好。

里面的内容如同糖果,每一栏她都需要好好珍惜。

轻轻叹息,她还是只让这张同学录摆在了抽屉里最上面的那本书的上方,不让其他书本有压皱它的机会。

她的视线偏移几寸,目光落到了林可媛的桌上——林可媛早早地就填完所有人的同学录,现在正在无聊地编造信息,写在她自己多余的同学录上,假装班上有这么个同学。

孟繁翊不经意间瞥到一点内容,居然全都是以沈鸣进的名字为基础,胡编乱造各种人名,便失笑着摇了摇头。

5

体育课前,林可媛跟沈鸣进吵了一架。

起因其实是林可媛在电话里跟家里人吵了一架,因为家里人对她的成绩要求太过严苛,甚至说了一些她不爱听的话——虽然她知道这些都是实话。

她的本意是找沈鸣进诉苦,让沈鸣进陪她一起抱怨。

可是沈鸣进听完只觉得一头雾水,俨然站在了她父母那一侧。

林可嫒觉得不开心，随意寻了个小缘由便同他吵了起来。更准确地说，是她单方面的争吵，他每一次搭话都会让她更加愤怒。

所以体育课林可嫒就一个人先上来了。

她越想越委屈，走到自己课桌边上的时候，没能忍住脾气，用力地踹了一脚自己的课桌。

那些被她摆在抽屉最上方、尚未来得及收回同学录的集子里的纸页，十几张一起落在了地上。

泪水模糊了她的眼眶，她能看到模模糊糊的"沈鸣退""沈哑进"诸如此类的、她写的十几张有关他的恶搞版的同学录。

写这些的本意是为了短暂地释放压力，可是现在这些都显得格外荒诞。

教室里阒无一人，她缓缓地蹲下来，将脸枕在胳膊上，放声大哭，泪水沿着胳膊缝滴在了地上的同学录上。

她呜咽着，抓起地上她写了很久的同学录，将那些此时显得滑稽而讽刺的"沈鸣退""沈哑进"揉成一个个纸团，有的被她撕成了碎片。

陆陆续续有人进来，林可嫒止住了哭声，从抽屉里胡乱抽了几张纸巾，擦拭着眼泪。

沈鸣进从教室后门走进来，一眼就看到了蹲在地上的林可嫒，也看到了她脸上的泪痕，登时觉得头疼。

他走上前，半蹲下来，从那堆纸球中拿出一个，拆开后发现她写的是他。

"你看什么看！呜……"她很凶地劈手夺过那张纸，再次团成一个球，很用力地砸进他的怀里。

"别哭了好不好？是我的错。"沈鸣进温柔地抽出一张纸巾，递给她，"都是我的错，别生气。"

林可嫒把地上的一堆纸团全都扔进了沈鸣进的怀里，指使着他扔掉。

沈鸣进没动，目光凝在这堆纸团上，看上去有点不舍。

林可嫒狠下心决定报复他，于是指使着他一定要扔掉。

沈鸣进抱着一堆纸团，全部扔到了左边快满出来的垃圾桶里。他仰头望着黑板上的值日表："今天是我值日，你要不要跟我一起去倒垃圾？"

林可嫒停顿了一会儿，点点头。

沈鸣进拎起垃圾桶，林可嫒捡起地上最后一个纸球，扔进了右边的垃圾桶里，两人便走了。

今日也是两周一次的放假日，莫允淮和沈鸣进是值日生。

沈鸣进中午值过日了，晚上又有事急着要走。莫允淮表示理解，让他先走了。

冬日的黄昏格外短暂，浅金色的光照在地板上，柔和，又带着一些不够暖和的温度。

整个教室里只剩下莫允淮一个人，他将所有的垃圾都扫到了簸箕里，正欲全都

215

倒入右侧的垃圾桶时，目光倏然一凝。

他在一个被揉皱的纸球上，隐隐约约地看到了自己的字迹。

他半蹲下，从较空的垃圾桶中，取出了那个纸球。

所幸桶里没有别的垃圾，他很快地就将纸球拆开。

上面赫然便是他的字迹。

他怀着少年心事，写给孟繁翊的同学录，被团成纸球，扔在了垃圾桶里。

他不断地告诉自己，一定是有什么误会，他要回去询问孟繁翊。

可是寄语处，他手绘的元素周期表皱破得不忍直视，连他那句"我会一直等你"都皱成一团，还有被水滴过而洇开的效果。

就像个笑话。

他沉默地站起来，将这张纸重新揉成了一个纸团，扔进了垃圾桶里。

夕阳的余晖都暗淡不少。

他转身，离开。

只有一个纸团静静地躺在垃圾桶里，上面覆盖了簸箕里的垃圾和尘土，冷却了这张纸的书写者彼时滚烫的思绪。

回到家中的孟繁翊的头微微眩晕，隐隐觉得自己忘了什么事。

她打开书包，默默地盯了一会儿，忽然间想起了那张仍然放在抽屉里的同学录，心里倏然不安起来。

下午体育课上完以后，她没来得及去抽屉里查看同学录，而是继续写原本就摆在课桌角的作业。

她不确定，那张同学录究竟还有没有在她的课桌抽屉里，因为她方才在整理东西的时候，确实没有想起这一茬，也没有在抽屉里看到莫允淮那页同学录的影子。

"幼幼，赶紧坐下吃饭。"周冬琴喊住她，面上的表情很淡。

短短的一个多月，她们已经吵了无数回的架，两人都消瘦了很多。再加上孟繁翊知道周冬琴还要照顾有些痴呆的外婆会很忙，周冬琴知道高三的作业与考试压力会非常大，故而沉默地休战。

周冬琴不会再轻易踩孟繁翊的雷点，只是偶尔还会在言语中做出警告。

孟繁翊不欲和她多做争吵，便避开了这个话题。

晚饭后，她想要稍微放松一会儿，想起自己的一模成绩，只能咬咬牙又开始了一轮不输于在学校里的强度的学习。

只是今晚的学习格外不顺心，题目也做得不太顺手，心中总有一种空落落的感觉，仿佛忘记了很重要的事情。她的目光凝在了那部屏幕四分五裂的手机上，脑海中立刻回想起了周冬琴那一日硬生生将手机砸坏的情形。

这只手机一直被摆在了床头柜上，被周冬琴用胶带粘住，是一种冷峻的警告。

也就是说，从现在起，直至高考结束，她都不能再使用手机，除非是查询资料。

孟繁翊的目光很快地从手机上挪开，强行按捺下莫名心慌的感觉，继续写作业。

与此同时，莫允淮望着屏幕上自己发出的信息，久久没能等到孟繁翊的回应。内容无非就是询问他的同学录为什么会被揉作一团，扔进垃圾桶里。

他只是想要一个这一切不是她故意的答案。

QQ 号上，孟繁翊的头像始终灰着。莫允淮想起前段时日，她说她也许会一直不用 QQ，直至高考结束。

他能做的只有度过这一晚，在明天上学的时候，仔细去寻问清楚。

他只需要一个否认的答案，只要她告诉他，不是她故意要这么做的就好。

失眠了很久，眼见着天色从一片浓郁的暗，恢复了柔和的光亮，再到后来的明亮，莫允淮才隐隐有了些许的睡意。

他算着时间，定了个闹钟，打算早点去学校，一定要问清楚。

再次睁眼时，时间已经远远超过了所定的。他睡前按错了按键，将音量调到了极低处，而那样微弱的音量，并未唤醒他。

莫允淮迅速地起身前去洗漱，出来时连午餐都顾不上吃就想要去学校。

桌上有谢襄摆着的字条，说是今天去为谢惜诺办理相关的手续，让他自己坐公交车去上学。

莫允淮家附近的公交站点很远，班车少，等待的时间也非常久。

他随意地拿了桌上放冷的面包，匆匆地便出了门。

一路上他都在计算着时间，因为孟繁翊的返校时间在很早之前就被他掌握了——他在期盼着，能够和孟繁翊在路上便遇到。

"叔叔，能不能麻烦您再开快些？"莫允淮的手抓着公交车栏杆上方的拉环，态度恳切。

他的周围是满满的人，浓重的二氧化碳的味道。一大车的人都是学生，有几个在偷偷觑他，似乎是想同他搭话。

整辆车内像是被封得严严实实的沙丁鱼罐头，连转个身都难。

"不行啊，今天是返校日，路上车多。"司机叔叔摇摇头，继续按开前门，放人上来。

莫允淮原本便不多的站立空间又被挤压了一寸，他有些窒息地看着眼前的场景，小心翼翼地躲避着随着刹车发车而带来各种人向他的倾斜。

只是可惜公交车的速度还是慢了些，他显然错过了，不得不抓紧时间跑上教学楼，一路狂奔到教室。

终于跑到七班门口时，他双手按住膝盖，气喘吁吁，很快直起身，目光投向孟繁翊的座位——那里是空的，但是放着她的书包，说明她已经来了，只是刚好不在教室。

莫允淮连书包都没放下，三两步就走到林可媛旁边："孟繁翊去哪儿了？"

林可媛的神色有些古怪，她慢吞吞地回答："哦，这是个秘密啊……"

莫允淮难得全无耐心："我有事情找她，很急，很重要。"

他非常急，需要知道这件事背后的真相究竟是什么。

虽然天气寒冷，但莫允淮的额角因为方才的奔跑而沁出了汗珠。

林可媛顿了一会儿，还是道："陈河把她叫走了，也许学习方面有些事情吧。"

她这话前后矛盾，莫允淮一下子就品出了不对味儿。

他的目光难得严厉了一些，林可媛迟疑着，还是道："我怀疑，陈河，嗯，那什么，也许去……我只听到什么教学楼拐角……"

莫允淮将背上的包卸下来，放在了孟繁翊的桌上，转身就走。

身后传来林可媛急切的声音："哎，你等等，这种事情不能由你来掺和吧！"

他没有管林可媛的问话，只想要得到一个答案。

他在脑海中精准定位了教学楼拐角处的位置。这是一个特别的地方，因为那是宁中的老教学楼，因为内部器材有些老旧了，所以没有太多的学生会上课。

这栋教学楼一侧的拐角处下方有一个小小的房间，原本是放置各种清扫工具的，后来陆续搬空，锁也废弃了，竟意外成了学生们的秘密基地。

他的心不断地下沉，肺部像是被铅块填充，不断地挤压着氧气，让他有些呼吸困难。

等他反应过来，已经站在了楼梯上。

他望着拐角处并没有关上的那扇门时，恍若惊醒，背后竟然渗出了一点冷汗。

他现在又在干什么呢？他想。

他就这样站在楼梯上，静静地等着小房间里的人开口。

似乎已经来迟了，因为他听见孟繁翊道："对不起。"

不出所料，莫允淮心口绷紧的弦松懈了不少。

莫允淮知道自己已经违背了原则，在听到这个答案之后，他彻底地放宽心，转身就要踏上上一层的楼梯，就此离开——

"那你有很在意的对象吗，或者说目标？"陈河的这个问题像是把一切都定格了，包括莫允淮即将离开的背影。

孟繁翊安静地注视着站在她面前的这个男孩子，沉默了许久，开口："……以前的我很笃定有。"她最后只是这样说，或者说，是这样跟自己说。

她不知道的是，在她看不见的转角，那个少年很快地离开了，正如来时那般悄无声息。

第十章

定局，未来，再相逢

1

二模和一模没隔多久，而这一回，让众人更加重视。

班里的很多男生都在高三时如同拔节的竹一般疯狂长高。

而先前坐在孟繁翊前面的陈冬川也在高三一年成功地逆袭。

他从班级倒数的矮个结巴少年，长成了班里最高的那批人之一，人也逐渐乐观、开朗，还在高三上半学期的篮球赛中取得了好成绩。

孟繁翊觉得莫允淮还在长高，但她也很少凑到他的跟前了。

他们心知肚明，从前那样已经是过去式了。

不是不难过的，只是没有空，也没有人能够倾诉。

孟繁翊最大的动力便是告诉自己，要考上 P 大。

二模成绩出来的时候，七班的所有人都震惊了。

蝉联第一几乎一整年的莫允淮，这一回破天荒只考了班级第二，年级的排名也下降了不少。

他似乎是考试状态不佳，语文大跌水准，数学也因为一个大题第一小题数据的错误而致使整道题都错了。

这在过去，是从来没有发生过的事情。

而孟繁翊这一回超常发挥，语数考出了极为拔尖的水平，英语再次恢复 130+ 的水准，逼近一百四。

她成功摘得七班的第一名。

在得知成绩的那一天，班里很多人都对孟繁翊表示恭喜，也有不少人很担忧地望着莫允淮。

"莫哥可千万别有事啊……"张峤喃喃，"千万要平平安安上 Top1……"

不少目光在两人之间来回地转。

孟繁翊垂着眸子，没有说话。

老实说，在看到自己的成绩时，她的第一反应并不是惊喜，而是怀疑；在看到莫允淮成绩的那一瞬间，她下意识地想要寻找原因，却发现或许自己是他生活中最大的变量。

呈现在众人面前的，便是莫允淮的平静和孟繁翊的面无表情。

她的面上有时还会晃过几缕难过的情绪。

在成绩正式公布出来之后，他们一句话都没有说上。

孟繁翊无从知晓莫允淮的想法，只知道他或许会为她的进步而感到开心。同时，比这开心更沉重的情绪会倾轧着他，因为他肩上担负着非常多人的希望。

他们的希望是那样沉重，几乎要编织成一只巨大的笼。

开始选座位。

孟繁翊第一个进入七班的空教室，深呼吸一口气，坐在了第一组最后一排靠墙的位置，离莫允淮原先座位不算太远的地方。

她不知道自己在期待什么，同时也在说服自己，她坐最后一排，是为了一个人更加清静，减少往日里不必要的闲聊。

第二个踏入的是莫允淮。

他们四目相对。

他出声："恭喜，祝日后也得偿所愿。"

尽管他们之间的距离隔得有些远，但她还是从这句话中感到了一丝温柔。

她原本高高悬起的心蓦然安定下来，眼神不知不觉放得很柔软："你下次一定会再考回来的。"

他站在讲台上打量着整个教室的布局，最后慢慢走下来，一步步地走向了第四组最后一排最左靠墙的位置。

他们中间将会隔开很多人，而他也无法一抬头便望见她的背影。

孟繁翊因为莫允淮的选择而微微失落，很快又在笑自己不知道在想什么。

这样的距离，是最安全的。

孟繁翊遥遥地望着他，而他忽然看过来，似乎想说什么，碍于不断走进来的同学，又硬生生忍耐下去。

所有的位置都被选择完毕之后，Meya 将成绩单发下来，每个人的成绩赫然呈现在上方，后边跟着排名的进退步，十分显眼。

孟繁翊盯着莫允淮的成绩条，不由自主地用力咬唇。

与此同时，她感到了身后倏然刮过一阵风。

她回头——是莫允淮。

准确地说,是绷着情绪的莫允淮。

她能看清他瞳中漆色翻滚,沉沉如浓黑海浪,吞噬月光。

她一瞬间便感知到了他不太高的情绪。

空气在无形中变烫,气氛在绷紧,他站在她的身后,似乎处在某种情绪迅速萌蘖的临界点。

那是一种相当复杂的情绪。

"我找你有事。"莫允淮的眼神极为专注地着陆在她的眸中。他的语气听起来更像是在竭力地隐忍而未果。

孟繁翊注意到莫允淮背上背着的书包是很久之前他们一起出去玩的那只。

她感觉接下来他要跟她讲很重要的话,可她并不知道内容是什么。

不太好的预感让她不安、发慌、恐惧。

她跟着他,一步一步地走向高二时,他们找到的那个天台的位置。

只是这回不再是炎炎烈日。

他们没有像之前那样并排靠在墙上,而是面对面站着。

他果然又长高了。

孟繁翊有些紧张地仰头看他。

他深深地凝望着她,像从前无数次那样凝望着她,但又同从前不一样。

两人之间的沉默蔓延,铺满了周围。他在斟酌着措辞。

他不能给她太过沉重的压力,但内心又充满着疑惑,最终他开口:"这段时日的所有的事情我都可以不要答案,但是,我想知道,孟繁翊,你……还打算履行我们之前的约定吗?"

所有约定的倾覆必有起因。

比如今日成绩的滑铁卢,以及谢襄明确地告诉他,这是最后一天,他必须在今天做出是否出国上大学的决定。

十八岁的少年思索了很久很久,想要找到一个平衡点,但是很难,这是他做过的最难的选择题。

莫允淮最后站在母亲身前,告诉她,今天他要去问清楚一个问题。问完了他一定会给她一个答案。

痛苦的抉择,无论选择哪一个,他都有很大的可能性失去另一个,可是他必须选。

他在等她的答案。

在这一刹那,孟繁翊想了很多很多,所有的记忆像是被压缩成了一滴水珠,从万丈高空中急速坠落,越来越快、越来越快——

孟繁翊闭了闭眼睛,回想起周冬琴的泪痕、孟长君失望的目光、成绩单上的排名和分数、四分五裂的手机屏幕、被她好不容易粘好的化学笔记本,一时之间不敢想象,几秒后他的目光。

她小幅度地吸了一口气，仰头，凝睇着他。

"抱歉。"她说。

他的目光恍若骤然熄灭的萤火，一瞬间浮现出了茫然与不解，之后才是很深的难过。

他想问为什么，在很多的事情上他都想知道为什么，可是他所有的骄傲都在警告他，不要再继续问了。

他向来知道，她要是不愿意说，可以有很多很完美的理由让他哑然。

"我知道了。"这四个字他说得有点慢，而后面那句话，他的语气是不同于往日的坚定，"我之后，不打扰你了。"

她无措地望着他，右手攥紧了校裤，攥出了褶皱。

云块沉沉压下，砭骨寒风如针般扎入她的身体的每个部分，仿佛骨头都开始疼痛。

他率先离开，脚步异常干脆，没有回头，这一回，是真真切切的，一次都没有回头。

孟繁翊缓缓地蹲下来，抱住了小腿，她没有哭，或许是前段时间流了太多的眼泪。她只是觉得，一切好像都在变得糟糕。

如果她有茧就好了，想要一直一直待在茧里，不要做出选择，不要说出伤人的话，不要面对这越来越让人难过的一切。

她后知后觉地想要告诉他，能不能再等一等。

可是在他说出了最后的那句话之后，一切解释都不再有意义。

那个刮着寒风的下午，她在天台上坐了很久，手上的冻疮并没有好全，还在发痒、作痛。

她很安静地落泪。

一切的进展都好像倒回了初中。

他和她再次处于一个非常陌生的状态。

他并不疏远她，在面对她偶尔的询问时，都会很平静地回答。

可是他的态度是前所未有的客气。

他对她，是温和而疏离的。

正是这样的态度，让她无比难过，却又知道这或许是拒绝的代价。

高考越来越近，她在上课的时候，时常会莫名其妙地落泪。

次数不多，但是老师看到了都会被她吓到，下课后会把她叫出去谈话，但是在谈话的过程中，他们发现她并没有意识到自己哭了。

"繁翊，是不是压力太大了？"Meya皱着眉头，"放轻松一点，不要太有压力。离高考只有三十天了，没有必要背着太沉重的担子，你最近的成绩真的是越来越好了。"

说来也有些奇妙,她似乎心情越糟糕,考出来的成绩却越好。而且是超乎寻常的好,排名时不时就成第一。

大家都视孟繁翊为逆袭成功的例子,又觉得理所当然。

努力的人值得最好的回报。

黑板上的倒计时数值越来越小,时间流动得越来越快。

很多个深夜,她都为自己不能更高一点的分数而痛苦、失眠。

但是她一直都告诉自己,忍一忍,等到高考过后,高考过后……她要告诉他,她不是不难过,是无法做出抉择,她想要向他解释这一切。

她一定要将这一切解释清楚。

还有最后十天。

她深吸一口气,痛苦之下涌动着希望,又有点惶恐。

再咬咬牙,她就可以说清楚这一切。

倒计时只剩下七天的时候,宁中竟然又组织了一场考试。并不算太正式,但还是要分考场去不同的班级考试。

整个高三年段的同学都在抱怨,觉得年级长想出这个主意,真的是滑天下之大稽,离谱至极。

Meya 也很少见到这样的操作,最后却只能安慰大家,好好考最后一次,学校准备的卷子难度不会太高,最后一次的考试都是给大家增加信心用的。

而不知是哪个班级的同学带头,私下里联系了每个班的班长。

而一个秘密的计划,就此开展。

在最后一次的模拟考里,所有的高三同学都如往常般正常地出门,正常地前往考场。

只不过,副科科目的考试由一堆没有选择此科目的考生参加。

没有选择历史的孟繁翊毅然决然地坐在了历史考场里。

历史答题卷发下来,有大片大片空白的地方。

孟繁翊没有看题目,而是开始慢慢地写,写她的青春岁月。

或许写在这里有些不合时宜,但我还是想要这么做。请您见谅,也非常感谢您能包容我的任性。

以下只是我对于我高中三年来的一些体悟与反思的琐碎笔记。

在很久之前,我的数学是并不如意的。我不断地询问自己,我真的适合学习数学吗?

我不断地告诉自己,我的未来不会走理科的道路,我学习一元二次方程、柯西不等式、托勒密定理,这些都是没有用的,一旦我高中毕业,我就再不会拾起。它们在我的生活中不会有任何的用处。我不可能在买菜的时候告诉对方,等我解出这个方程,就知道价格了。

我想,生活是不需要那样高深的数学的,这一切都是没有意义的。

时至今日，我已经有了很明确的理想，也仍然明确自己不会选择理科的专业，不会跟数学继续博弈。

　　那我学习数学的意义又是什么呢？

　　我想了很久很久，终于明白，换一个角度，我可以看到截然不同的世界。

　　如果把这一切比喻成一场漫长的考验，而学习数学不仅是在完善我的逻辑思维，更是在培养我学会面对难题、竭力解决难题的精神。我曾经因为数学而深夜痛哭过，但是第二天我还是不得不咬咬牙去寻找它的解法。

　　是它迫使我努力，也是它告诉我，努力是值得的。

　　我从一个遇事只想着逃避、面对难题只想退缩的女孩子，变成了一个在面对任何恶劣的环境，都学会调整自己，去融入环境的人。

　　而学习之于我，是唯一走向光明的路途。

　　只有傲慢者才会对"小镇做题家"这个称号出言不逊，普通人的努力，日日夜夜的努力，绝不可以被他们这样两句极其傲慢的言语所抹灭。

　　很庆幸，这三年，我没有辜负我自己。

　　我不知道最后结果如何，但我仍然会竭尽全力，我永不服输，我要站在山顶，去实现我的目标和梦想。

　　等我登至山顶，我便要认真告诉你。

　　请等我奔向你。

　　几场考试下来，几乎所有的改卷老师都傻眼了：物理试卷上被写满了历史知识点，许多考生表示对文科的又爱又恨；地理试卷上有人画出一整个化学元素周期表；技术试卷上有人画了整个年级班主任的肖像画，极其生动……

　　他们任性地用这样的方式度过了最后一场考试，也做好了被责骂的准备。

　　出乎意料，所有老师在最后都很宽容地将卷子发下去。而考号对应的学生新奇地望着自己的答题卷，饶有兴趣地看着上面留下的稀奇古怪的内容。

　　年级长在广播里紧急播报，内容却是异常温和："就把这当作是青春里最刻骨铭心的考试之一吧，祝同学们都能在山顶相见。"

　　背景音乐是五月天的《倔强》，这让他们想起了倒计时一百天的时候，高一高二的学弟学妹们给他们进行的喊楼活动。

　　他们的面孔是那样年轻，他们的祝福是那样真切。

　　思绪回笼，许多人对视，却发现彼此都是眼眶湿润，泪水滑落。

　　所有人都拥有一个最好的未来。

　　所有人的未来都不被定义。

　　高考考完的那一刻，孟繁翎是有些迷茫的。

　　她好像浸在一场有些紧张的梦境里，到这一刻还没有清醒。

直到收卷老师将所有的试卷都一一清点完毕,她迈出教室大门的那一刻,迎面而来是难得的一阵不带热度的风时,她才醒过来。

她的脑海里晃过莫允淮的电话号码。

莫允淮没有考第二次的地理高考,所以她需要给他打电话。

她一定要跟他见面,她一定要奔向他,她一定要说清楚这一切的一切……

她向着电话机奔跑,脚步都异常轻盈。

人群都在向楼下拥去,独独她一人在走廊上奔跑。

薄薄的白衬衫被风带起了一点点,她想着莫允淮,嘴角不知不觉上扬,露出一个很漂亮的弧度。

"孟繁翊。"莫允淮的声音骤然响起。

孟繁翊蓦然顿住了脚步,眼神中划过欣喜——这是他从那次过后,第一次主动找她谈话。

她矜持地将双手背到身后,一个甜美的笑还没从脸上流露,就被她小心翼翼地先压下。

她要等不及了,她想要马上说出口——

"我……"

"我……"

两道声音同时响起。

莫允淮听到了她上扬的音调,猜测她应该是高考考得相当不错。

"你先说吧。"她的声音里像是裹了蜜糖,不知不觉地融下来,黏腻、甜美,仍然叫他心悸无比。

可他也知道,这是能让人溺死的甜意。

"我没有别的意思,只是我想了很久,还是决定告诉你。"莫允淮的声音很平静,右手微微弯曲,最终还是没能攥成一个拳头。

孟繁翊的笑容一顿,心口漾过一阵阴冷的预感。

"我要出国了,等会儿的票。"他很平静地阐述一个事实,"从今往后,你不用担心我打扰你了。我现在终于能够放下了,很感谢这么多年的陪伴,也恳请你原谅我过往的不懂事的纠缠。"

孟繁翊有一瞬间觉得自己耳鸣了,或者还在做梦。

不然她怎么有点不能理解他的意思呢。

"我会去多伦多上大学,已经收到 offer(录取通知书)了,等着高考成绩出来,就是差最后一道手续了。"他很慢地讲述,"我会留在加拿大工作,以后都不会回来了。感谢青春中与你相遇,也很抱歉给你带来了糟糕的回忆。从今往后,就此别过吧。"

她想说可是我还有很多话想说,想说今晚还有同学会你不去吗,想说我不想你离开,想说很多很多的对不起。

可是所有的话都被她嚼碎,再咽了回去。

她终究只是垂眸，用上她擅长的伪装，极其平静地说："对不起……我非常、非常、非常感谢，你曾经带给我的一切……你没有对我造成困扰。祝万事顺遂。"

她安静地站在原地，看着他的背影消失在楼梯的转角处。

她的电话，最终拨给了颜思衿。

颜思衿如今得偿所愿，在她梦想的学府里和心上人一起努力。

而十七岁那年被颜思衿祝福的孟繁翊，只能一个人站在走廊上，没能忍住，呜咽声从唇齿之间溢出，像是痛苦的小兽。

她断断续续地讲述了高三这一年的经过，最后的时候，一个问句被她的语调切割得支离破碎。

她问，为什么呀，为什么明明熬过了那么多时日，明明考完了高考，明明这段难熬的旅途应该到终点了。

颜思衿只能温柔而怜惜地安慰。

你们都是骄傲的人，并不足够自私，所以一个会在拒绝之后骄傲地放弃，一个会在他说要离开时不出声挽留。

因为一切已经成为定局，多说的言语只会让彼此难堪。

总是怕等不及。

可是现实就是会告诉你，已经来不及。

2

"幼幼，我们有件事情想要跟你说。"

高考结束后，孟长君来接孟繁翊，等了许久，才等到了看上去眼皮、鼻尖都有些泛红的孟繁翊。他不确定是不是自己看错了。

他深呼吸一口气，注视着车前方的玻璃。

天色昏昧，一如无数个平凡的傍晚，只是这个傍晚注定不同。

孟繁翊沉默着颔首，心情看上去不太好。

"我跟你妈妈……"他顿了好一会儿，不知如何开口。

就在他停顿的这十几秒间，数个念头掠过孟繁翊的脑海，几乎都是惊心动魄的糟糕。她没能忍住，眉梢慢慢蹙起，恐惧布满心口。

"我跟你妈妈在你高二的时候就离婚了。"孟长君尽量用无事发生的口吻来阐述这个事实。

红灯熄灭，绿灯亮起。在夜里，荧荧的绿光更让她有种难以忍受的恐惧。

只是在她听到这个消息之后，觉得是可以接受的——跟她先前的诸多基于生死的猜想相比较，仅仅是离婚听上去并不是什么大事。

所以她很平静地回答："哦。"

孟长君有些错愕，但他没有多问，而是道："所以你打算跟谁？你妈妈得照顾你姥姥，可能有点辛苦，但是我们两个人都是爱你的。"

"爸爸,"孟繁翊把车内昏黄的灯熄灭,让孟长君没办法看清她的表情,"你们离婚之后,户口本是不是就要分开了啊?"

孟长君没有料想到她会问这样的问题,只是很低地应了一声。

孟繁翊的声音在黑暗中听起来像是快要熄灭的火苗,莫名有种脆弱:"我已经满十八周岁了,应该可以独立将户口迁出来了吧。"

他从她的这句话中,体察到她并不是对过去那些时日他和周冬琴的龃龉、争吵没有察觉:"迁户口有很严格的条件限制,暂时不可以。要不,你就留在爸爸这里吧。"

孟繁翊的声音突兀地响起,打断了他的话:"你以后还会结婚吗?"

孟长君失语,因为答案他也不确定,甚至很有可能是肯定的。

"如果你和妈妈以后还会各自结婚,我就自己一人一个户口本。"她注视着暗色的玻璃窗外各种霓虹灯光,只感到了深深的孤独,"我不想选择。"

他明白,孟繁翊的意思是,不想要涉足未来他的新家庭了。

"所以,你可以告诉我,为什么你们要离婚吗——我只想知道一个理由。"孟繁翊的声音像是从即将消散骤然凝实。

孟长君回想着很久很久以前,他和周冬琴的相识相爱,竟是恍如隔世。

生活将他们不断地磨平棱角。在外面对他人时,他是圆滑的;可不得不承认,面对家人时,所有的尖锐棱角全都指向了她们。

一个又一个矛盾的计划点,一次又一次的争吵,他们都已经疲惫了。

"因为我们找不到可以继续过下去的理由了,幼幼。原谅爸爸妈妈等你高中毕业了才对你说。"孟长君深吸一口气,僵硬地将话题转回她的成绩,含含糊糊地询问。

今日的夜好漫长。

宁市这么多年,都看不到天幕上的星星了。

她觉得自己应该为高考结束而高兴的,可是不知道为什么,她觉得骨头在发疼,尖锐的疼痛沿着骨髓蔓延,胸口是一阵一阵的闷痛,呼吸也很困难,缺氧的感觉在泛滥。

原来她是一把锁,是禁锢周冬琴和孟长君自由的锁。

她原先以为自己是一面盾牌,能够好好地保护自己深爱的人。但后来她才发现,自己其实是尖锐的刺,刺伤了自己最爱的人,他们明明负伤流血,还要笑着跟她说,没关系,不怪你,都是我自己的问题。

从高考结束到出成绩,孟繁翊大概有二十天的时间可以自由挥霍。

不同于其他所有准大学生的选择,孟繁翊第一天将自己关在家里,对着许多莫允淮馈赠给她的物什,想了一整天的人生哲理。

她需要花一些时间,努力和自己和解。因为她知道,不能将所有的事情都揽在自己的身上,不能把这一切的错误都归咎于自己。

生活极其吊诡，命运的轨迹捉摸不定。

在这二十天内，孟繁翊列出了自己所有想要做、却没能做成功的事情，然后在前面画上了方框。

盯着自己的计划表半晌，她又想起了很久以前。

当时，莫允淮陪着她一起列计划，然后互相交换，彼此监督。

想到这个名字，她的心口又是一阵格外尖锐、格外难忍的疼痛。

无论她怎么做，哪里都是他。

孟繁翊深呼吸一口气，拿出了孟长君给她买的新手机，在企鹅号上的个性签名里挂上了"断网二十天"这行字，继而干脆利索地将手机关机。

她不能划开手机，一旦点开手机，她就抑制不住地想要点开他的聊天框，想要划开他的朋友圈。

可是她知道，当他说自己未来都要留在加拿大的时候，他们的生活已然分成了两个截然不同的方向，背道而驰，并不会再有交集。

如果注定无法得到，那她不愿意多做挣扎。

她不想要让彼此难堪。

在这二十天里，她阅读了大量高中时期没时间看的书籍，做了很多摘抄，也练书法、学油画，做一切她想做很久但是始终没有做的事情。

第一次走到琴行里，她的指尖按下"so, re, do"三个音，指尖震颤。

开琴行的是一个很温柔的姐姐，她坐在琴凳上，给孟繁翊演奏了很多支曲子。分别前，她笑着叫孟繁翊下次再来。

孟繁翊也独自一人前往那家她和莫允淮共同去过的"亲爱的"店，点了一杯和从前那么多次的选择一样的奶茶，用现金支付，然后静静地坐在店里，翻开一本书。

没有想到这回的店员小姐姐仍然是他们从前遇到的那位。

其实在后来，她跟莫允淮陆陆续续还去过这家奶茶店很多次，巧合的是，每次遇到的都是这位。

几次下来，彼此都有了印象。

今天，店员小姐姐将孟繁翊点了很多次的芝士桃桃放在她面前以后，顺口问了一句："他呢？"

孟繁翊的指尖一顿，然后抬头，没有说话。

店员小姐姐道："你真的不尝尝我们店的新品吗？真的很好喝的，这一年多，你每次来都只点这个，真的不会喝腻吗？"

孟繁翊想说她其实是一个很固执的人。她喜欢循规蹈矩，不愿做出改变，一旦钟情于某样事物，就会一直一直选择它。

她垂眸："下次一定会的……目前，没有办法了。"

店员小姐姐还在等着第一个问题的答案。

店内人很少，孟繁翊坐在这家离莫允淮家很近的奶茶店中，不知道自己到底在期待什么。

是期待他倏然推门而入？还是期待她能够在路上同他邂逅？

可是她明明知道他现在已经在多伦多了。

"他出国了。"她的声音听起来恍若轻描淡写，"我把一切都搞砸了。"

店员小姐姐一静，然后转身取出钥匙，要开一个柜子的锁，一边开一边解释："我们的心事专栏活动举办了也有一年多了，然后，如果是心愿达成，我们可以免费赠送一杯奶茶……"

柜内分成了很多的小格子，她拉出了"M"开头的那一屉，往底下翻，很快便找到了莫允淮的字条。

孟繁翊捏紧了那张字条。

"虽然说，这样做好像确实不好……但是我觉得这个有必要让你看到。"店员小姐姐道，"我不知道是因为什么原因而搞砸的，如果不是原则性的错误，我由衷地祝福你们能重修旧好。"

孟繁翊安静地看着手中的那张字条。

他们原来是双向奔赴了那么久。可是，她从来不知道，之前那样不起眼的自己，究竟是哪一点值得他这样？

"我这里还有他的电话号码……我找找，你要不要试试拨打过去？什么误会都讲开了比较好，不然出国留学一趟，真的会有很多很多的变数……"店员小姐姐很热心地絮絮叨叨。

孟繁翊没有打断她的话。

在不知情的人眼中，他们的分开都是因为误会，而一切都尚且有挽回的余地。

"一切都是我的错。"孟繁翊在她停下说话之后，道，"他不会回来了。他会有一段属于他的人生。误会也许是有的，但是伤害已经造成了，并且已经不可挽回。"

她喝完以后，同店员小姐姐认真地告别，也取走了莫允淮的那张便利贴。

推门出去时，热浪灼着她的脚踝。

这一回，换她独自一人重新走过这一整条街道，去重新经历一遍那些事。

整条街道都是那样的熟悉，但是许多家店铺都已经倒闭，换成了新的店面。

那个属于他们的夏天，终究是不会回来了。

再次上网时，已经是查成绩那天了。

孟长君和周冬琴几乎是押着孟繁翊坐下，盯着她输入密码。

周冬琴已经搬出家里，住在外婆家了，今天特地赶回来。而孟长君见到周冬琴，并没有多说什么——两人只是相顾无言。

孟繁翊知道自己是维系他们的纽带，而自己的成绩是让他们有话题的根源。

"其实不用等我查，我查不如爸爸手机快。考试院会将具体的成绩发到爸爸的手机里的。"孟繁翊输入密码的手迟迟未落下。

她不想当着他们的面输入密码，因为她想要自己决定志愿。如果被他们知道了密码，未来填志愿的时候不按他们的心意来，临时篡改志愿也是很有可能的事情。

周冬琴坚持要孟繁翊输入密码查询，认为这样更有仪式感。而孟长君的意见向来和周冬琴向左，因此他没有多说话，只是沉默地走出书房，坐在沙发上，焦急不安地不断地刷新着手机屏幕，等待短信的到来。

在这期间，孟繁翊将许久未用的手机开机，出乎意料的是，社交软件上呈现了鲜红的"99+"角标。

她的心"怦怦"跳起来，顾忌着周冬琴在场，便没有立刻点开。

在这短暂又磨人的等待时间里，孟繁翊的脑海中划过了很多很多的念头，无一不是跟莫允淮有关。惶恐又一次蔓延、上泛，她忍不住地想，莫允淮到底会不会给她发消息。

不敢点开，怕他没有给自己发消息；却又不敢不点开，生怕真的错过了他的消息。

周冬琴淡淡地觑了孟繁翊一眼，然后将目光放在了不断转着圈圈的显示屏上——今天登录的人太多，网站卡顿，实在是有些出不来。

"幼幼！"客厅里传来孟长君的高喊。

这么多年，孟长君始终是低低地说话，很少有语调这样高昂的时候，足够听得出来，他极为激动。

孟繁翊的心跳因为另一个无比重要的原因也开始加速，她蓦地起身，在周冬琴之先便出了书房。

客厅里，孟长君高举着手机，见她来了，立马递给她。

只是这一刻孟繁翊的注意力并不在手机上，而是在孟长君歪了的领带上和由于没拿稳掉了一地的烟上。

下一秒，她的注意力才成功转移到手机上。

语数考出了历史新高，数学直逼满分，语文在一百四的边缘，英语最终成功地上了一百四。剩下的三门成绩都还算不错，地理在努力之下也达到了九十七分，唯一的败笔是化学，考的分数和首考没有任何的变化。

孟长君拿出了另一部手机就开始给孟繁翊许多年不联系的七大姑八大姨打电话，周冬琴紧随其后，虽然对分数没有太大的概念，但是知道这绝对是一个相当了不起的分数，立时转身，忍不住地夸赞孟繁翊。

在看到全省位次之后，孟繁翊知道自己上顶尖两所院校应该还是有些困难，但是前几名的985高校基本上可以任意挑选了。

奇妙的是，她并没有感到极大的欢喜，只有一个念头在脑海里扎根：有些科目，无论如何就是学不好。

譬如说化学，就算她深刻地爱着这门学科，也没有用。

不过这样的成绩已经让她相当满意了。孟繁翊还在努力地保持镇静，又看了很多遍这个考号,确定是自己的成绩。

"爸爸,你说这不会是诈骗吧?"她在父母欣喜的目光中镇定了半晌,最终只憋出来这一句话。

"说不定呢,说不定呢。"孟长君踱步来踱步去,看上去当真是极其严肃地在思考这个可能性,但是翘起的嘴角还是暴露了他的心情。

他走来走去,嘴里嘀嘀咕咕的正在说些什么,孟繁翊听不清。

周冬琴忽然抱住了孟繁翊,在她没反应过来之前,眼睛抵在了她的肩膀上,哽咽出声:"妈妈终于等到你成才了……"

场面有点混乱,喜悦迟滞地涌上心口。

孟繁翊僵硬地任由周冬琴拥抱着,觉得呼吸有点困难。

在周冬琴冷静下来之后,孟繁翊一个人回了房间,按亮了手机屏幕。

深深地呼吸一口气,她按开了社交软件。

置顶的那人头像是灰暗的,他给她发的消息仍然停留在很久很久之前。

就好像是被一盆凉水兀地浇下,原本的喜悦感都变薄,变模糊。

那么多的信息,都是跟她关系要好的同学发过来的,林可媛一个人就占了大头。

孟繁翊一一耐心地回复,指尖在置顶处悬空了很久,最终还是没有落下。

林可媛很快就回复,号叫着问孟繁翊成绩如何。

孟繁翊敲敲打打许多种回复,最终还是觉得好像都不太合适,于是道:"成绩对我自己而言还是挺满意的,不过还是有遗憾。"

整个班级群都沸腾了,向来寡言的同学也在今日活跃起来。

大家都很开心。

孟繁翊想,这是好事情。

只是可惜,他没有出现。

孟繁翊最终上了宁市本地一所顶尖985,I大。

知道这个消息的时候,很多人都给她发来了祝贺,孟繁翊一一表示感谢。

原本她不想留在宁市继续生活,总觉得大学还是要去更远的地方看一看才能开阔视野。

她还很想去一个能看到雪的地方,也想去地理位置上最靠近他的地方读书。

只是她知道,这些想法都是不理智的。

而她也终于下定决心去遗忘,虽然想要忘记是一件很困难的事情。

在她前往I大的那一天,周冬琴和孟长君一齐送她。

下车前,周冬琴将孟繁翊的碎发好好地别至耳后,认真地打量她几眼:"我的幼幼是世上最漂亮的女孩子。上大学以后可以穿好看的裙子,化好看的妆,但是重心一定要落在学习上。大学里也不要因为想谈恋爱而谈恋爱,一定要因为真心,但不要沉溺在恋爱里……"

周冬琴一改往日的观点，絮絮叨叨。

孟繁翊安静地听着，没有多说一句话。

她真的好想说，可是，你以前不是这样跟我说的。

可是，我想要余生都有的那个人，已经不会再和我执手了。

我们彻彻底底地背道而驰，虽然都通往光明坦途，但无异于平行线。

"妈妈以后就不在宁市了啊，要多来看看妈妈。"周冬琴看着孟繁翊的眉眼，目光里流动着怜惜与疼爱，"妈妈以前说过很多话，可能不好听，但这都是为了你好……"

孟繁翊却倏然问出了一个问题："妈妈，你以后还会结婚吗？"

周冬琴一愣，继而苦笑："有谁会要我这样的人呢？我不漂亮，又不聪明，只会干粗活。"

孟繁翊伸出手，很认真地将周冬琴耳边的碎发也捋到耳后："如果有遇到爱的人，那你就大胆尝试吧。放心，我不是你的拖累了，你可以好好地去享受生活，而不用担心我的学习。"

她给了周冬琴一个拥抱。

松手时，她看到周冬琴湿润的眼眶："你怎么会是妈妈的拖累呢，你是妈妈的宝贝。"

孟繁翊只是笑着没有说话。

她拖着行李箱，朝周冬琴和孟长君挥挥手，然后不再回头，径直地往 I 大校门走去。

她前十八年的人生，跟周冬琴有过无数次争吵。她们观念不合，经常发生激烈的碰撞。她们冷战，她们争吵，她们之间有着无法逾越的鸿沟，犹如天堑。

孟繁翊一直知道，这些是没有办法真正弥补的，而她也没有想过要强行改变周冬琴的想法。

她深深爱着周冬琴，可她也曾经因为周冬琴而倍感痛苦。

她们母女之间，矛盾重重，却又深爱彼此，笨拙地示好，却又不经意间将对方刺得流血。

周冬琴应该为自己而活，不应该成日被琐碎的家务、女儿的成绩、丈夫的不耐烦与斥责锁住。

她才不到五十岁，完全可以过一段崭新的人生。

在孟繁翊的眼中，努力的定义就是时时刻刻地学习。

本以为到了 I 大，所有人都会非常非常努力，以此来取得最好的成绩。

只是当她在 I 大的新传专业学了一个月之后，却发现并不是这样的。

她的室友都是非常优秀的人，性格迥异，不过大家都很好相处。

孟繁翊逐渐发现，她们对努力的定义有所不同。

其余三人，几乎都是秉持着"在该玩耍的时间我就玩得痛快，在该学习的时候我就学得认真"的理念，上课效率非常高，记忆力也是惊人的好。

整个寝室一直以来都非常融洽。

某天，孟繁翊下课后，打算回寝室休息，却被一个男生拦住表白了。

这是整个寝室发生的第一件和情感有关的八卦，所以引得另外三人讨论。

一号床的那位姑娘姓盛，大家都叫她小盛。往日里小盛会看些缠绵悱恻的小说，在现实中见证告白还是第一回。

她不好意思地笑笑，然后问孟繁翊："小孟，我们都很想知道整件事情的经过。"

孟繁翊拗不过她们，简略地讲了一下。

二号床姑娘若有所思地总结："所以，你也不知道为什么对方会和你表白……"

接下来的环节无外乎是询问孟繁翊有没有谈过恋爱，孟繁翊只是微笑着摇摇头，表情看上去很正常。

三号床姑娘觉得有些诧异，因为孟繁翊看上去真的很美，性格很好，成绩还非常优异，追求的人肯定不乏佼佼者。

在她们提出来要不要试一试，大学不谈一段恋爱会很遗憾的时候，孟繁翊沉默了。

她其实想了很多很多。

她是一个很喜欢沉溺在回忆里的人。回忆是她的温床，一旦回忆被腐蚀殆尽，她可能会觉得茫然而无所适从。

距离莫允淮离开她已经很久了，但她还是牢牢地记着这个名字，也深深地记着这个名字给自己带来的刻骨铭心的情感暗涌。

时至今日仍然如此。

可是她又是一个相当理智的人。

她知道回首往事已经没有太大的意义，她想要的只是为了自己而更努力地生活。

所以这并不完全是她拒绝谈恋爱的理由。

她只是希望，所有的感情都要被尊重。如果心中仍有所爱，再去和对方谈论情爱，何尝不是一种残忍与自私。

无论对谁来说都是一个不可原谅的错误。

她不是没有告诉过自己，放弃吧，不要喜欢他了。

可是做不到，真的做不到，只能等时间来帮忙冲淡那么美好又那么悲伤的回忆。

无数个深夜里，她都因为思念而失眠，也因为强行戒断而痛苦。

可是没有用。

她想要谈一段很认真的恋爱，也想要谈一段彼此尊重的恋爱。

所以她只是认认真真地回答："我不会随便试一试的。我死板，固执，不懂得变通。我不想要抱着'试一试说不定呢'的态度来开展一段恋爱关系，而是希望我喜欢他，他也喜欢我，我们彼此尊重，认真地对待这段感情。"

"大家好像都习惯了'在大学里一定要恋爱'的观念，速食爱情不知不觉在我们中间泛滥，大家都沉浸在表层的喜爱中。在这种情况下，好像真正用心去爱一个人变成了一件很滑稽的事情。"孟繁翊一点一点地阐述。

"可是我不想将这样的爱情理念奉为圭臬。说我天真也好，固执也罢，我想要的不是他的甜言蜜语，'为了谈恋爱而谈恋爱'，而是他真的喜欢我，甚至真的爱我。"孟繁翊道，"我不想将就，我希望跟他有以后。"

孟繁翊的一番话让整个寝室都陷入了思考。

夜间，孟繁翊躺在床上，看不到任何的光亮，依然有些失眠。

她白日里的一番话说得那样冠冕堂皇，心里仍然无可避免地想起他。

他是她心中千百次的念想，她怎么都戒不掉的瘾。他的名字牢牢地在她心底扎根，疯长，一触即痛。

她翻了个身子，眼里不知何时蓄起的泪水就径直砸在了枕上。

睡意模糊间，她听到了很细碎的啜泣声。

是小盛。

终于坠入梦乡，可是孟繁翊知道这是梦。

一片金色的海浪中，她去追逐那只金蝶，却无论如何都握了空。

她也只敢在梦中一遍遍地呼唤他的名字。

醒来时头痛欲裂，却不敢多加思念。

在繁忙日子的罅隙里，孟繁翊还是会忍不住点开莫允淮的朋友圈。

明明知道不会有人发现、即使有人发现了也没有关系，但她每一次仍然会屏住了呼吸。

在大二那一年，莫允淮终于恢复了朋友圈的更新。

他设置了仅三天可见，而她上瘾般地不断地点入查看。

她看到莫允淮发了很多照片。

照片上的他在安静时看上去气质趋于沉稳，而在和朋友们一起出游时，笑容又有她很熟悉的少年气。

他的身边再无她，可他依然过得很好。

孟繁翊还注意到，只要出游，就一定会有同样的几张面孔。他们应该都是莫允淮在多伦多认识的华裔，其中有一个女生，她望向莫允淮时，似乎有情意。

可是每一次，每一次的合照中都有她。

孟繁翊不信莫允淮没感受到。

他其实是一个心思相当细腻的人，绝对不会完全看不出来一个女孩子对他的喜欢。

如果他不疏离，而是纵容，那么一切都指向一个答案。

孟繁翊不是唯一受到偏爱的。

孟繁翎蓦然关掉了手机,一时间没能握住,手机滑落,坠在地上。

坐在一旁的室友小盛被她一惊,眨了眨眼,俯身拾起了手机。

"非常感谢。"孟繁翎微笑着道。

小盛盯了她一会儿:"小孟,如果不想笑的话,不要笑,这样会很累。"

讲台上的老师正在悠悠地讲题,不知是不是错觉,小盛觉得孟繁翎精致的笑容只是在掩饰着某种情绪。

这话他也说过。

孟繁翎还是带着微笑,继续记着笔记。

在这个清醒的白昼,她终于还是没能成功骗过自己。

她很想很想他。

可是一切已经结束了。

3

在大二下学期的期中,孟繁翎收到了一条消息:

"致我校传媒学院的学子,我校将在七月开展与加拿大M大的短期交换生项目,其中,大二年段的名额为三个,有意向者请向各班班长报名。"

这个消息让她如梦醒一般,有些怔然。

在这两年以来,孟繁翎逐渐被繁忙的学业、疲惫的家教兼职填满了生活的每一寸,只会在夜间想起他。

梦里也有他。每一次都是不断地重复背道而驰的场景。黑白色的画面,哑剧,沉默的分别。

有时候她不记得自己究竟有没有梦到他,只是醒来的时候会有很难过的情绪残留,摸一摸脸上的泪痕,以及有些湿的枕侧,她还是会难过。

她已经很努力地去切断和他有关的一切回忆了。白天能够想起他的次数越来越少,情绪也越来越寡淡。

和七班同学的关系也越来越淡,并不是不想维护,而是她理解大家都是非常忙碌的人,因此不想总是打扰。疏于联系,感情自然而然就变淡了。

她跟林可媛之间的联系也越来越少,只有在生日的时候会聊上两句。孟繁翎得知她和沈鸣进在一起的时候,难得有一种感同身受的开心。

只是每一次的祝福都格外干瘪,显得非常敷衍,可是她明明是无比真心的。

原本可以起到维系作用的、有关莫允淮的一切话题都变成了两人之间的禁忌。

时间果然是冲淡一切感情的最佳方法。

温暾,却又无比可怕,在反应过来的时候,会发现不知从何时起,原本相熟的朋友就疏于联系;原本相爱的人,会渐渐走远。

人在时间之流的包裹下,对某种曾经刻骨铭心的情感会逐渐钝化。

然而在听到她所在的学院有莫允淮所在学校的短期交换生名额的时候,孟繁翎恍若从一个巨大的、在阳光下幻化出五光十色的泡泡中终于挣脱,所有被刻意稀释的情感都在这一瞬迸发。

那一刹那是那样的惊心动魄,迟滞的情感洪流冲垮了一切理智。

就在那一刻,她做出了一个决定。

短期交换生的学费并不算是特别的昂贵,学校会支付相当一部分。然而对于孟繁翙来说,剩下的仍然不算是小数目。

在这件事情上,孟繁翙谁都不想告诉,只是孟长君那边,她得向他要户口本。

"……幼幼长大了,自己能够做出决定了,爸爸都支持你。"孟长君的鬓边又添了一些白发,神态看上去还是和几年前一样。

他没有对孟繁翙前往异国做交换生这件事产生任何的异议。

孟繁翙神色镇定,离开家前,忽然给了孟长君一个拥抱。

"爸爸,你要幸福。"孟繁翙声音很轻,但是很坚定。

在一年前得知孟长君有了一个新的交往对象时,孟繁翙很难说清楚自己的心理感受。

第一反应是没有由来的愤怒,一种类似被背叛的感觉。

她当时脑海中仅有的一个想法是:周冬琴知道了,不会异常愤怒吗?

可是很快她就反应过来,他已经跟周冬琴离婚了,而且他们感情破裂已经有两三年了。周冬琴都不愤怒,她为什么要愤怒?

孟繁翙不断地说服自己,她是希望孟长君说服的。但在睡前想起孟长君还是忍不住会有一种相当的惶恐:她其实是自私的,她希望孟长君只有她这一个孩子,永远无条件地爱她。

可是前段时间,她又收到了周冬琴那边的消息,说,今年年底,打算和一个男人结婚了。

说起来有些痴情,孟繁翙并不太相信。

周冬琴说,这是她上学时的同桌,他们同桌没有几年,只记得这个男孩和别人不一样。别人见她好看,表达喜欢的方式是使坏,是扯她的辫子,捉虫子吓唬她。可只有他,每一次都认认真真地维护她。

孟繁翙受邀前去参加了一次他们之间的饭局。

男人在不经意间望向周冬琴时,眼中会掠过柔软;而穿梭在熙熙攘攘的夜市中时,男人也会下意识地护住周冬琴,却很绅士。

周冬琴见到他,会露出从来没有在孟长君面前表现出的不好意思。

孟繁翙一边觉得酸,一边又替周冬琴高兴。

她想着,男人是不是真心对待周冬琴的,如果这一切的"不经意"都是假装出来的话,那未免也太过演技高超。

周冬琴知道她的想法后,认真地和她谈了一次:"可是那又如何呢?社会地位上,我比他低上很多,可他并未指使我做家务,而是每一次的重要抉择都征询我的意见。在我这个年纪,已经很难相信爱情了。我至今还是不信,可我愿为了这个词来尝试一次，横竖不过受到欺骗罢了。"

说到这里，她忽而一顿，话题又转向孟繁翊谈恋爱了没有。

答案当然是否定，说辞仍然是她几年前就想好的、无数个日夜里辗转反侧的所思所想。

周冬琴沉默地望着她，良久，才道："是不是因为我？"

孟繁翊摇头。

周冬琴没有多言。她并不认为自己做错了，可是孟繁翊的反应，让她固有的观念动摇了。

她的女儿如今很优秀，绩点几乎是整个专业里最高的，各项技能也非常娴熟，当她需要一个开朗、大方的外在形象时，她会毫不犹豫地勉强自己，表现出人人都很喜欢的活泼大方。

可是她不是没有看到过孟繁翊安静下来的样子。

很瘦，修长的脖颈在灯光下被映得雪白，看上去更是脆弱，仿佛轻轻一折便会断。

等到孟繁翊终于得到这个名额时，心情却并非想象中的那样愉悦。

仿佛这是命运馈赠的礼物，她无从忖度究竟要付出多少的筹码。

也许这会是一场豪赌。

孟繁翊在到达异国前，同自己打了一个赌。

如果她这次前往多伦多的 M 大能遇到莫允淮，如果只是他一人，那她一定会上前，认真告诉他自己的心意。

无论他是否有了心上人，她也要将这份感情诉之于口，给自己一个交代。

从很久很久以前，她的目光就只为他停留。

如果这一次再无可能，她要让自己彻彻底底地戒掉名为"莫允淮"的瘾，从此再不干涉他的生活，她的生活中也再不会有他。

踏入 M 大的时候，孟繁翊第一感觉就是漂亮。

一进入校园，绿植错落有致，更为显眼的是成片成片的枫树。

如果是秋天，一定是非常美的场景。

只可惜现在是夏季。

孟繁翊随着大部队一起走，带队的导师一边走一边介绍，显然是对此处已然极为熟悉。

孟繁翊的耳朵留心着导师的话，眼神却漫无目的地晃过眼前的行人。

一旁有喷泉，还有一棵巨大的枫树，以及一大片的草坪。

眼前之景有些模糊，孟繁翊没忍住眯了眯眼，看清了很多人在草坪上铺上了野餐布，他们一边高谈阔论，一边吃着东西，看上去却是意外的很融洽。

孟繁翊仰头，认真地聆听导师的教诲。

"……请勇敢地在这个世界发声，为苦难者发声，为这肮脏泥泞、却又在路旁盛开无数鲜花的世界传播声音。"

在往后的十天，她没有遇到过莫允淮。原本因他而来，最终的目标却并不只是锁定在他的身上。

孟繁翊每一天都过得相当充实。

心灵上的充实能够在相当程度上削弱她的惘然、焦虑，以及深夜惊醒时的痛苦。

在最后一天的时候，他们没有再上课，而是由导师带着他们逛遍整个校园。

这本应该是来这儿第一天做的事情，但是带队导师只是道："我们已经欣赏过水平相当高的课程之美，不妨也来体会一番 M 大的自然之美。"

这话说得文绉绉，但孟繁翊早有此意，欣然答应。

他们从校区开始，一边慢慢地绕着各样的建筑走，一边听着讲解。

无论在哪一处，都有抱着书本认真阅读的学生，也有与对方辩论得相当激烈的人。口语角各种语言都出现了，练汉语的外国学生见到孟繁翊他们，简直是眼前一亮，立刻上前拦住，简单解释一番后导师便同意了他们的请求。

跟孟繁翊对话的是一个长相充满了异域风情的女生，她磕磕巴巴地解释自己是从小在多伦多长大的中国人，很想学汉语，因为自己是中国人，也因为自己喜欢的男生是中国人。

孟繁翊心念一动，放慢了语速道："你们学校里的中国男生很多吗？"

女生点点头，尽量加快语速道："是很多……但是在，我，心中，最优秀、最帅气的只有他一个……"

孟繁翊不知想起了什么，脸上露出了一个相当真心的笑容，点头表示对她的话极其赞同。

世界上有那么多的狐狸，但被驯养的那一只，只属于小王子。

只有小王子才能够驯养。

"哦，看到了，在那里！"女生骤然提高的声音一下子打断了孟繁翊的思绪。她定睛，向前望去——

一个在她梦里出现千百次的侧脸骤然出现。

莫允淮的五官更加立体，整个人看上去更为沉稳。喉结明显，随意搭在腿上的修长五指仍然让她熟悉无比。

几乎是一瞬间就失语了。

女生还在旁边叽叽喳喳，并且催促着孟繁翊快点评价他是不是足够优秀、足够帅气。

孟繁翊的眼眶骤然发酸了，不由自主地飘上了雾气。

她真的好想他啊。

可是她不能往前多走一步，只好低声地回答道："他非常非常优秀，也拥有与实力相同的帅气……每个见过他的人，几乎都喜欢他。"

就在这时，孟繁翎注意到，莫允淮在跟树另一侧的人说话。

她看不清，下意识地往一旁绕了两步。于是她一个人就突兀地站在了大部队的旁边。

他的身边坐着那个女孩子。

那个孟繁翎无数次在他的朋友圈里看见、无数次确信她心悦他的女孩子。

他们像是笑着说了什么，莫允淮摆摆手，做出了一个无奈的动作。女孩子笑颜粲然，像是一瞬间所有的光辉都映在了她的身上。

很快，莫允淮同她说了什么，离开了。

"哦，真是遗憾。"一声奇怪的口音让孟繁翎的注意力集中到这边。

拉她练口语的这个女孩子有点沮丧："可是，他真的有好多的爱慕者。只有她能一直站在他身边……"

待了三五分钟后，导师终于从一堆热情的外国学生中笑呵呵地走了出来，一行人打算挪步，孟繁翎却难得央求再等一会儿。

导师望着她的眼神，倏然之间好像明白了什么。

孟繁翎表示诚挚的谢意。

与此同时，莫允淮又走回来了。只是这一回他手上多了东西。

孟繁翎眨眨眼，发现是雪糕。饶是隔着颇远一段距离，孟繁翎也能看清深棕色的外表。

"你知道他的手上拿着的是什么吗？"孟繁翎问。

话音刚落，就看到莫允淮笑着将那盒雪糕拿给了对面的那个女孩子。隔得有点远，看不清她笑容里究竟有多少的欢喜。

"哦，这个我知道，是KitKat，巧克力味的雪，雪糕，味道真的很棒……"女孩子难得说连贯了一句话，"听说莫很讨厌白桃味的东西，最喜欢巧克力味的……他甚至很讨厌别人提起白桃这个词……啊，我是不是真的完全没戏啦？"

孟繁翎违心地夸了她一句说得流畅，继而又问："那是他的女朋友吗？"

"是的吧，不然以莫的性格，早，早就拒绝了……不过他好温柔哦，拒绝都是那么，温柔……呃，坚定。"

女孩子还在断断续续地说着话，孟繁翎已经没有在听了。她转过头去，不愿意再多看，脑海中却不断地闪现出他对着别人微笑的样子。

巧克力真的好吃吗？

孟繁翎知道自己一定会给出同从前一样的答案。但是她在路过小超市时，还是没忍住，买了KitKat，请导师和学长学姐们一起吃。

他们都很喜欢这个味道。

只有孟繁翎咬下第一口时，就已经感到了反胃。可她固执地任由它在口腔中融化，蔓延。

不断地忍耐，向来是她能够做到的。

她面色如常地吃完一整根，忍受着胃部翻腾的感觉，甚至面上带上了一点温柔的笑意，望着其余几人。

"我们很快就要走了。大家还有什么想要了解的吗？"导师的声音有种很温和的力量。

孟繁翊这一回，终于不再回头。

胃部被冰凉的雪糕刺得阵阵发疼，奇怪的苦味与黏腻的甜味相掺杂。

闭目是莫允淮从前红着脸对自己微笑的样子，睁眼却又想起他对着别人微笑的样子。

孟繁翊调出手机，从相册里翻出了以前在国内的照片，然后发了出去，如完成任务。

单人照片上的孟繁翊的假笑一如现在，跟朋友在一起却是真的开心。

孟繁翊没有告诉周冬琴自己出国的事情，因此每隔两三天就会翻出一些存货发在朋友圈里，让周冬琴能够了解她的生活与动态。

"真的没有了吗？"导师的目光似乎看向了她。

"没有了。"她平静地回答，划开了他的微信界面。

他的微信号码，她早就记得烂熟。

红色的"删除"二字甚至隐隐泛着白光。

她的指尖在空中悬停一秒，最终还是按下。

深吸一口气，她将手机放回了口袋里。

我知道，这一段的青春结束了。

从此我会努力地不去爱你。

4

他们终于从所有的回忆中回到了现实。

在孟繁翊说完"不是"之后，一阵久久的缄默在两人中间蔓延开来。冰凉的雨珠蹭过她的手背，白皙的手在夜间的灯光下竟是惨白一片。

他们彼此都不知道对方的话究竟意味着什么。

因为太过沉重，因为太久没有得到过希望，所以没有人主动出声询问，这话究竟是什么意思。

在沉默太久之后，莫允淮才道"走吧"，于是两人又在同一柄伞下，凑得有点近，慢慢往车子走。

伞整个向孟繁翊那一侧倾斜，莫允淮的左肩被雨伞上滚落的水珠浸湿了一片。

他身上已经没有什么酒精的味道了，男士香水的气味将她整个裹住。

她感受到了一种无言的孤独。

她已经吃了很久的 KitKat，很多年。糟糕的情绪一旦涌上来，她就会报复性地吃雪糕。

她不知道自己究竟在固执什么,也不知道为什么这么多年自己都会坚持吃这款雪糕。

只是这种她几乎难以忍受的苦味,能够让她一遍又一遍地冷静,不断地斩断无用的思念。

她已经很努力很努力了,可是这么多年,她还是不断回想。那么多的回忆从没有真正褪色,因为午夜时所有泛着青春气息的梦境都会让她不断地重复回想。

不敢忘,唯恐忘记了从前,就再也没有跟他更多一点的回忆了。

"送你回家。"莫允淮配合她的步伐,慢慢地走。

夜里有点凉,呼吸间会有深深的凉意卷进肺里。

他的右边,是她的温度。

他很小心地保持着同她的距离,避免一不小心碰到她。

风有点大,他撑伞的手很稳,指骨分明,有些用力。但雨不听话,几乎整片整片地砸向孟繁翊的方向,歪歪斜斜。

"换个位置。"莫允淮言简意赅,示意孟繁翊不要动,在走到她右侧的那一瞬间,指尖还是碰到了她肩膀处的衣料。

温热的,带着她的温度的,他很轻地捻了捻指尖。

"你家住在哪里?"他避免再次叫她的名字。

他喜欢三个字连名带姓地喊她,因为那些日日夜夜,他不断地书写她的名字。

孟,繁,翊。

他写得最好看的三个字,也无数次觉得是世上音调读起来最好听的三个字。

"我还是住在长宁路。"孟繁翊没有太过斟酌自己的每一句回复,也许是这雨夜不同的料峭让她放松了警惕,只想再离他近一点点,像是渴望温度的小动物。

"跟叔叔阿姨住?"他问得漫不经心,听上去只是非常随性的话。

孟繁翊兀地顿住了脚步。在莫允淮为她停下之前,她又往前走,声音很平静,混在雨水里,有点凉。

"家里人分开了。我妈妈嫁给了她学生时期的同桌,我爸娶了他单位里的同事……那个同事带一个小孩嫁过来的。"

孟繁翊才说出口,就知道自己失言了。她已经和莫允淮很多年没有聊过天,就算现在重新加上了微信,他和她的关系还是咫尺天涯。这些只有亲近人才能听得的家长里短,不需要跟他说。

莫允淮的脚步没有停顿,但是握伞的力度更大了一点。

他有些意外孟繁翊还愿意和他说这些,但或许是因为她连声音里都充满着难掩的寂寞。

竭力忍下不合时宜想要安慰的想法,他只是为她绅士地拉开车门,让她坐了进去。

在报出地址之后,他和她坐在后座,彼此都是靠着车门,一左一右,隔得很远。

他的姿态颇为放松，或许是喝了酒的缘故，不再像往日里那样沉稳，而是偏过头，盯着车窗，借着路上偶尔晃过的灯光，打量着她的眉眼。

冷不防她一转头，两人对视。

像从前无数次的对视那样，他们注视着对方。只是这一回，两人的眼里都盛满了包装得完美的平静。

孟繁翊先错开眼。

她只知道，再多看两眼，所有的伪装都会暴露，所有的爱慕都会倾泻而出。那样太难堪了，在他们经过这么多之后，在他们几乎不再有可能之后。

车辆缓缓驶至长宁路。

莫允淮先孟繁翊一步下车，将伞先打开。

倾斜的雨丝，滂沱的大雨，连路灯的光束都变得湿漉漉的，映在她的脸上，伞柄的黑影挡住了一部分的光，像是缓缓流动的浓黑之泪。

他们走到了小区门口，莫允淮倏然出声："我送你上去吧。"

孟繁翊没有说话。

"不安全。"他补充，然后端详她的神色。

孟繁翊没有犹豫，点头之后两人便一步一步走向了楼梯口。

颜思衿今年结婚了，她搬走之后，对面的房间一直空置着。后来她担心孟繁翊独自一人会没人照顾，便将房子租了出去，出租的对象严格限制在女生。

孟繁翊在将那么多有关莫允淮的东西搬回来的时候，不是不错愕的。

那么多年，她不知不觉叠了很多的星星、千纸鹤，写了很多很多的信，数本日记本，还有他写给她的化学笔记。

那么多年。

孟繁翊最遗憾的是，她并没有找到莫允淮的同学录，找了很多遍，甚至冒着被识破心事的风险，问了很多很多的人，但都未果。

这一次，住在孟繁翊对门的是一个很漂亮的女孩子。她们每次遇上了，都会笑眯眯地打招呼，只是后来女生找了男朋友，孟繁翊就极大地减少了平日空闲时候出门的次数。

一个人住，她并没有太多的安全感，每天晚上都是将背牢牢地抵在墙上，侧着身睡去。

莫允淮送她到了楼梯口。这时候恰好从楼梯上走下来一个男人，经过他们的时候脚步轻微地顿了一下。孟繁翊手中握着钥匙，将要插入门中时，蓦地一顿。

莫允淮站在她身边，凑得很近，伸手揽过她的肩膀，语气温柔而亲昵："亲爱的，我没吃夜宵，我做，你要不要也来一点？"

他状若无意地瞥了那个男人一眼，慢条斯理地解开了扣子，将外套脱下来，披在她的肩上："穿这么少，着凉了怎么办。"

脱下外套后，莫允淮甚至不用动作，紧实的肌肉线条藏在衣下，却仍然显眼。

孟繁翙几乎是一瞬间就领悟了莫允淮的意思，立时开始了她惯常的伪装，用很甜的、撒娇的口吻道："好啊，我好喜欢你做的夜宵！"

她仰头看他，目光里的专注不似作伪，甚至全心全意到仿佛只有他一人。

莫允淮面色如常，可是他知道自己缓慢的心跳在加快，整个人都开始慢慢绷紧。

"你得换个指纹锁。"他凑在她的耳边说话，温热的气息一圈一圈地裹住了她，"然后把我的指纹全都输入，全部。"

孟繁翙的耳尖变红，她羞赧地点头。

男人下了楼梯，脚步声逐渐消失。

莫允淮松开了那只手。准确地说，他的指尖一直虚虚地浮在她肩膀的左侧，并没有真的触碰到她，热度却一样清晰。

在男人走了之后，孟繁翙后退一步，垂下眼，将肩上的衣服取下。雪夜壁炉前的木柴焚烧的气味裹住了她整个人。

在递出外套的那一刹那，孟繁翙不得不承认，她有些后悔。

因为她是想念他的，想要浸泡在他的气息里，沉沉睡去。

在此刻，他们中间又是一阵沉默。

"我不会对你做什么的，不要紧张。如果我刚才的举动让你感到唐突，那么很抱歉。"他接过外套，"但是你知道，这样不安全。"

孟繁翙不是没感觉到，只是前些日子她太过疲累，才没发现每次她回家之后，这个男人都会恰好走过楼梯。

现在回想，简直叫人毛骨悚然。

住了十几年的房子，一直都没有电梯。在楼道里上上下下，孟繁翙所有的活动轨迹都可以被人轻易得知。

"我在门口放了男士皮鞋，还有拖鞋。我每天都有定时收回来。"孟繁翙指着门口的鞋。

她不会说，她买的时候，全都是根据十八岁的莫允淮的鞋子尺码来做计算的。

"可是他显然对你的情况很了解。"莫允淮毫不客气地指出问题关键，"你所有假装家中有另一个人的举措都是无效的。"

孟繁翙指尖一颤，知道他说的都是对的。

她深呼吸一口气，回想起自己前往同学会前做出的决定——她一定要告诉他，不然会后悔。

可是真的站在他的面前，却好像失去了很多的勇气。

这么多年，在情感上她还是一个很被动的人。

"我要走了。"莫允淮的手上搭着外套，紧实的肌肉线条、过近的距离，让他的气息变得非常有侵略性。

孟繁翙被他的气息笼着，整个人都开始发沉，像是一条上岸的鱼，越来越希望甘霖能够降落。她想要走远，可是对水的渴望几乎要战胜了理智。

她的心里一直有两个声音在激烈地辩驳，一方要求大声说出自己的心意，另一方则警告她要循序渐进，否则连朋友都做不成。

莫允淮已经在往楼下走了。

他正踏下一级台阶，孟繁翊就没忍住，伸手碰了碰他的衣角，一不留神触到了薄薄的衣料下方的温热，与她温软的触感不同，他连手臂都是极富力量感的。

他好像变了很多，又好像没有变化。

莫允淮转头，望着她，目光里有一丝没有完全隐藏的温情："怎么了？"

孟繁翊捕捉到之后，有一瞬的不确定，猜想着是不是因为喝过酒。

她将目光再次专注地和他对上，松开了手，但很认真地问道："……要不要一起吃夜宵？我真的可以做，虽然厨艺不太精湛。"

她错开目光："我有点……害怕。"

她难得示弱，长长的睫羽轻颤，像极了落在白雪之上的蝶足，纤细而浓密。

他动作一顿。

沉默在两人中间漾开，在难堪降临之前，他答应了。

孟繁翊并没有发现自己在不知不觉中松了一口气，她只是如同往昔一般地捏着钥匙，在插入锁眼、拧开之后的那一刻，她还是发了几秒钟的呆。

门被她大力推开，一直推到底。她凝视着黢黑的房间内部，僵了几秒，没有任何的动作。

直至莫允淮手机手电筒的灯光倏然划破浓厚的漆色，她才猛地回神般，按亮了不远处的开关。

明亮的灯光倏然洒下，像是一场柔和的雨。

这很不对劲。

莫允淮知道孟繁翊没有怕黑的问题，因为他始终记得那一年他们在黑暗中不断地奔向前方的场景。

莫允淮没有出声询问她方才的反常，而是状若无意般道："我来做夜宵？"

孟繁翊声音有些低："不用，我来就好……我这里有小粽子、饺子、小馄饨、面条、粉丝、粉干我都可以做，就是味道不够好。你想要吃点什么？"

莫允淮慢条斯理地挽起自己的袖口，一圈一圈地折平，肌肉线条就这样出现在她的面前："我来吧。"

孟繁翊也不勉强，而是进了厨房，准备好锅碗瓢盆。

孟繁翊家的冰箱是老式的，上面是冷冻格，下面是冷藏格。莫允淮下意识地打开了下面那层，想要将饺子翻出来，却没想到映入眼帘的是塞了一整格的甜品。

准确地来说，是巧克力味的甜品。巧克力味的蛋糕、慕斯、千层，旁边摆着许多条条的巧克力，几大罐透明罐子里的咖啡粉也满满当当。

他的表情管理能力原本已经非常强大，可是在此时，他没有发觉自己蹙紧了眉。

他很想问清楚究竟是怎么回事。

他一直都知道孟繁翊有多讨厌巧克力的味道,觉得它又苦涩又腻。不管什么样的食物,洒了巧克力粉她都能一口品出。

莫允淮摸了摸口袋,从里面拿出了两颗白桃味的糖果。

自从他出国后,口袋里会常备几颗白桃味的糖,能够有效压缩突如其来的汹涌思念,也能够挽救他某些时刻岌岌可危的情绪失控。

原先他不嗜甜,可是后来离开了这种糖果,他就会经常性地想起她。

每一天,很多很多遍。

就比如说现在。

他没有在冷藏柜里找到一丝白桃味的东西。所以他将这两颗糖果放在了她的冷藏格里。

他又开了上方的格子,顺利找到了饺子。

饺子被装在了很好看的透明密封袋里,一看便知道是她亲手包的。

他不由得想起很久很久之前,她并不会包饺子,而他认真地包,她会很认真地学,虽然最后的结果充分证明了她没有什么天赋,可他当时觉得结果不重要。

她现在学会了很多种的方法,每一枚都包得相当精致。

厨房收拾得很整洁,旁边摆着的新鲜蔬菜足以证明她是一个经常下厨的人。莫允淮在蒸饺子的过程中,不动声色地打量着整个环境,以此来判断她究竟是否遇见过另一个让她心动之人。

这很荒谬。他警告自己。

饺子的香味不断地散出,她坐在客厅的沙发上,很平静地捧着一本书,看得入迷。他站在厨房昏黄的灯光下,目光时不时投射在她身上,窗外的雨淅淅沥沥地落下。

就仿佛他们同居了很久,这个点,她想吃夜宵,他便下厨。

当煮熟的饺子被摆到餐桌上的时候,他尚未出声喊她,她就很自觉地走到了他的身边。他们拉开椅子坐下,没有面对面,却近得只要他一伸手就能碰到她的皓腕。

那些话还是堵在了她的胸口,很难出声。

可是她知道自己必须说话,必须在今天告诉他。

她不确定这话说出口之后,他们会不会有以后。可是这是迟到了七年的话,再不说就要彻底迟了。

她必须得承认,就算自己当初干脆利索地删掉了他的微信,后来还是换了小号偷偷地加上,所以同学会上会格外狼狈地切换着微信号。

然而想要承认这么多年的爱意,真的非常困难。

她总是学不会主动,总是不断地失去,也总在失去之后不断地后悔。

一顿饺子她吃得心不在焉,不断地沉浸在过去的回忆里,丝毫没有注意到自己的表情不知不觉变得有些难过。

"孟繁翊,"莫允淮倏然出声,"和我吃夜宵是一件很为难的事情吗?"

孟繁翊的思绪回笼。她安静地望着他,摇摇头,目光不自知地涂过他面上的每一寸，眷恋的情绪并未多做遮掩。

"你……"张口又觉得自己冒失，她强行转了一个话题，"你最近和……和你的女朋友如何？"

刚问出口她就发觉这是一个相当失败的问题。

她知道自己的问话太过虚伪，也知道这两年来，他发的所有集体合照中都没有了那个女孩子的身影。她曾卑劣地揣测过，他们是不是分手了，是不是感情不合。可是刚揣测完又开始感到痛苦。

她没有彻底得到过，却也拥有过得到的假象，所以后来的失去就让她格外难忍。

可是对方得到过。

他会不会和那个女孩子接吻，会不会那个女孩子说很多很多遍"我爱你"，会不会想过有以后……

想到这里，她的思绪就会被自己强行打断——这或许是一个自我保护机制。

他是她戒不掉的瘾。

莫允淮放下筷子，神色莫测地盯着她，有些冷淡地问："你觉得，我会是有了女朋友之后，还在半夜答应进入异性故友家中的人吗？"

异性故友。

他这样定义他们的关系。他也不曾否认那是他的女朋友。

她攥紧了筷子，声音有点低："对不起，我不是这个意思。"

她从前说过对不起，可她总觉得不够。

莫允淮望着孟繁翊。

这么多年，她发生了很多的变化。气质更加成熟，容颜也更加动人，无论她说什么话、做什么动作，都极容易地牵动他的心绪。

她现在这样低头，让他感受到一种难以忍受的心疼，如同细细密密的针扎过。

可是不能这样，他不能在这种时候给她拥抱。因为他并不确定她会不会像当初那样，不给出任何理由就慢慢变得冷淡、疏离。

可他也不想要让她难过。他不可能欺骗自己的心。

一顿夜宵竟是吃得索然无味。

他打算走，但他不甘心到此为止。哪怕她还是无意，他这一回也一定要问清楚。

年少时期他相当骄傲，不肯问清楚究竟是什么原因才让她放弃他。可是这么多年来，他明白了一个道理，便是自己想要的答案，无论是采用什么样的方式，都一定要问清楚。

如果他依旧喜欢，甚至深爱，那他绝不放手。

现在，答案是肯定的。他绝对不会放手。

他们几乎是同时放下了筷子，也几乎是同时望向对方。

"我有件事情想说。"他们异口同声。

话音落下，一秒之后，他们再次异口同声地道：

"我只想向你解释当初的事情。"

"我只想知道当初你究竟为什么这么做。"

熟悉的感觉涌上了两人的心口,年少的回忆不断地敲开他们的防御机制。同样的痛楚。

孟繁翊艰涩地开口,用尽量简洁的、客观的、不带个人情感的话语来描述整个事情的经过:"当时……我首考考砸了,然后,我妈妈发现了我擅自使用手机,管我更严厉了,我几乎没有任何的私人空间。"

莫允淮的表情看不出来什么太大的变化,他继续冷静地问道:"为什么不告诉我这一切?我可以和你一起面对……"

孟繁翊干涩很久的眼眶徐徐蓄满了泪:"我们真的能一起解决吗?"

这些隐藏在她心底很多年的问题再次浮出水面。她做过无数次的假设,假设她当初告诉他了,那么他们又能做什么呢?

不管重来多少次,孟繁翊都会发现这是个无解的问题。除非她可以自私地告诉他一切,那么无可避免的,他的精力就会分出一部分来处理这件事。

不是她不相信他,只是他当时面临着许多的压力。

莫允淮从来不是她一个人的莫允淮,他承担着无数希望,承担着无数的压力。

说到底,只是她对未来没有自信。

莫允淮深呼吸一口气,黑眸沉沉地凝睇着她,像是要将她看透。

她却终于难以忍受般,双手捂住眼睛,泪水沿着指缝淅淅沥沥地下滑,像是外面倏然变大的雨滴,每一滴都落入了他的心里:"我们那时候才十八岁,莫允淮。

"我已经很努力地找平衡点了,可是我的家长固执地认为我的首考考砸就是因为这些,无论我如何解释都没有任何办法……我的错误,为什么要你来承担呢?"

她断断续续地说着,始终没有看他,因为她怕自己一旦看到了他的失望眼神,所有的一切都会说不出口。

可是就算她今夜失去他,彻底击碎了能够和他在一起的可能性,她也要将这些话说出口。

"我不能确定我们的未来一定能够光明一片,莫允淮。我怕在很多年以后,你会突如其来地因为我当初影响你而后悔。

"我真的很害怕……你后悔。"

这么多年,有很多很多人跟她表白。她始终是自信的,知道自己值得被爱,也知道自己有多好,也越来越爱自己——这是她这么多年的进步。可是在面对一切跟他有关的问题,她又回到了很多年以前、十七岁的那个自己,自卑、胆怯,却又固执无比。

她低泣着,却倏然感到了肩上一暖,柴木炙烤的香味又一次裹挟了她。

是他将外套再一次披在了她的肩上。

在这一刻,他们都明白了,这么多年,两人都不曾放下彼此。

那么多的意难平，那么多的情意，并没有随着时间的流逝被冲淡，反而如丝线，一圈一圈地、日复一日地缠绕住彼此。

她的手背一片冰凉，却被他温热的手心覆住。

她听见他的声音在耳边如流水般缓缓淌开："我没有女朋友，一直都没有……我必须要承认，我从来没有放下过你，从来没有。这些话我本来没有打算今天说，也不打算这么快就告诉你……但是我只喜欢你，余生只想和你一起度过。

"我们之间并不是那样简单，也并不是现在我用几句'我喜欢你''我爱你'能够抹平的。我得承认，当初我很难过，到现在我还是会因为当年的事情耿耿于怀，但这只是因为我还是很在意。

"所以孟繁翎，你愿意，再给我们彼此一次机会吗？我们慢慢来，慢慢地、慢慢地修复所有的裂痕，我们会有很多很多的时间。"

她漂亮的眸子里盛满泪水，望着单膝半跪在她面前的他。

距离他们分别已经有七年。

眼前的少年已经长成了男人，气度沉稳，容颜俊朗。

这七年，原来他们都不曾放下。

所以这一回，她放纵自己的任性，任由泪水流淌，勇敢地往前，紧紧地抱住了他，然后将眼睛覆在他的肩头，放开了所有的忍耐，终于痛哭出声。

而他也慷慨地给予了她年少时期无法做到的拥抱，很用力、很用力的一个拥抱，像是树枝缠住春雪，希望对方能够彻底融化在他的怀里，然后彼此永久不分离。

5

孟繁翎昨晚有些失眠，今早顶着黑眼圈，坐在办公室里选题。

她目前在国内很大的一家报社里做编辑，也算干得颇有成就。在这里，她能感觉到自己是被需要的。

她一向热爱这样的职业。

莫允淮在她下班的时候发了一条消息，表示今晚想要和她一起吃饭。

想到这里，她没忍住，嘴角轻微地上扬，眉眼微弯。

他们目前的关系并不能被定义成世俗的情侣，或许有更准确的形容，便是"处在试用期的未来情侣"。虽然他们知道彼此都不想要再放开手，但也并不想要给对方沉重的压力，而是希望能够轻松地相处。

他们已经等了对方很多很多年，如今也不差这么一时片刻。

临近下班，孟繁翎就已经将手头上的任务全部处理完毕，只等着到点下班。

上司陈姐这时候笑盈盈地走过来，轻轻叩了叩她的桌子，小声地道："下班后留一下，有事跟你说。"

没有人注意到她们这儿的动静。

孟繁翎动作一顿，心头掠过一阵不祥的预感——上一回陈姐这样说，是私事。

这一回不会……

她给莫允淮回了一条消息，有些苦恼地表示，也许会有点事情，没有办法和他一起回去。

莫允淮发来的消息看上去倒是不算太在意，只是告诉她路上要小心，如果要坐别人的车回去，一定要先把车牌号发给他，然后路上能跟他保持联系就尽量保持。

孟繁翊看着他发来的一长串，想起他每一条近乎简洁到没有什么字的朋友圈，心情有点愉悦。

他只会在面对她的时候说这么多的话。

终于挨到下班时间，陈姐走到孟繁翊面前，语气轻松，像是在说家常话一般地提："小孟啊，我亲戚家有个帅小伙，年龄跟你同岁，人也沉稳，特别懂疼人，就是不太会主动和女生相处……哦，忘记跟你讲了，他也是你们I大毕业的，年薪也很高。"

孟繁翊动作一顿，半天没有说话，等待着陈姐的下一句话。

其实她已经大概猜到是什么事情了，只是她不愿意主动说出来，只有由陈姐说出来，她才方便直接拒绝。

"你们……见见呗？我说我们单位里有个姑娘小孟，人又美，实力又强，挣得比我们这儿的男生还多，整个人还活泼大方招人喜欢，就是不急着找男朋友。"陈姐故意停顿下来。

孟繁翊还是不表态，等着陈姐将话说完。

"说到这里，他还没有很感兴趣你知道吗？"陈姐脸上闪过一丝笑意，"但在听到你的名字之后，他改了往日的态度，一下子就答应下来。我当时就想着，他是不是学生时代就是你的什么同学，早就在关注你。然后他承认了。"

孟繁翊的神情很平静。

她垂眸，在心中一遍又一遍地模拟着拒绝的话。

说她冷情也好，残忍也罢。她一直都知道喜欢别人很多年究竟是什么感受，可是只要面对的人不是莫允淮，她都会毫不犹豫地拒绝。她知道成年人世界的法则，就是不要浪费彼此的时间。

她不会答应他，也不会给他留下任何似是而非的念头，而是会冷静地拒绝，然后祝福。

自从她上大学之后，收到的表白就不计其数，室友们纷纷调侃。可是她谁也没有选。

在短期交换生结束之后，她回国，当天就将头发剪短了。之后更忙碌，也更像一台不知疲倦的机器。她不是没有想过彻底放下莫允淮，不是没有想过她的往后余生再也没有他。

只是当她深夜失眠，又想起莫允淮时，会觉得难过。

也会因为或许她会在世俗的压力下嫁给一个不爱的人而感到恐慌。

真的不会觉得难过吗？

为什么人可以这般将就，和一个不爱的人一起去拍照，结婚，从此命运被长久地绑在一起，缺少了感情的维系，只能勉强算是搭伴过日子，更直白一点，只是利益的联合。

为什么可以忍受呢？当不得不和不爱的人躺在同一张床上，他在睡熟之后会发出酣眠的声响，而她只能在深夜里望着天花板，忍受着陌生的气息。

她不敢往下想。

如果那个人不是莫允淮，她只会感到深深的反胃，深深的厌恶与痛苦。

她不能忍受和不爱的人过一生。

更别提相爱的人都有可能分开，不爱的人之间脆弱的联系只有利益。

所以只能是莫允淮。

"很抱歉，陈姐。"她用带着歉意的眸子注视着陈姐，看上去非常无辜，没有人知道这是她惯常用于逃避某件极其不想做的事情的小计策，"我有心上人了。"

她向来知道怎样让人心软，只是从不轻易使用。

陈姐的神色果真动摇了一瞬，只是她在这件事情上难得表现出了她的强硬态度："你试一试，如果你见到他，跟他聊过以后，还是无动于衷的话，你自己拒绝他。"

她放缓了声音："他说喜欢你很久了。"

孟繁翊冷静地回复："可是他没有亲自跟我说过。"

陈姐只道："你知道，那么喜欢一个人是什么样的感受。"

孟繁翊见到她柔软下来的眼神，终于叹口气，无奈地妥协。

她低头给莫允淮发消息，诚实地告诉他，她必须要去相亲一趟，主要是去拒绝对方。

莫允淮这回发来的话很简洁：如果有需要，我来接你。告诉我地址和时间就行。

孟繁翊知道他并不是不在意这些事情，只是他选择尊重她。

毕竟他们现在还不算是情侣关系。

慢慢磨合，拒绝掉更多外人未来插手的可能性，他觉得其实也算是一件好事情。

而他，一贯相信她。

孟繁翊到场之后，见到一个低着头玩手机的男人。如果说后脑勺也能判断人的颜值的话，那孟繁翊猜测，会是一个很帅的人。

当他抬头望向她的那一瞬间，孟繁翊有些错愕。她是真的没有想到，眼前人会是他。

十七岁那年的他还是一个瘦至皮包骨的矮小男生，考试成绩排名在班里几乎一直是倒数，没有太大的亮点，像是一滴水，悄无声息地滴入整个七班这片汪洋里。

"陈冬川。"孟繁翊准确无误地叫出他的名字，有些感慨地望着他还算熟悉的眉眼。

他真的是长开了,浓眉大眼,周身的气质都让人相当舒适。

——怎么看都不像是那个瘦弱的少年,也不似陈姐口中"不跟女生说话"的亲戚。

"孟繁翊。"他很大方地叫着她的名字,目光坦坦荡荡,同时伸出了手。

她有些讶异,不过掩饰得很好,也微笑着伸出手道:"好久不见。"

孟繁翊想起陈姐的话,顿时失语。

她从前从未想过他也喜欢她的可能性。

如果说莫允淮的喜欢是太阳,温暖,明亮,只有寥寥数人才知道,那么陈冬川的喜欢就是只有他自己知道。

真正的沉默者。

孟繁翊以为自己什么都想不起来了,但是注视着这双变了很多、却又仿佛从未改变的眼睛,想起了很多细碎的片段。

陈冬川在某种程度上,是初中的孟繁翊。

"很抱歉,但是我必须要说明,我是因为陈姐才不得不来的。"孟繁翊的坐姿很优雅,看上去也算放松,"我有心上人了。"

她忍住了将"我很爱他"几个字说出口。在某些时候的表白,对别人来说会是一种莫大的残忍。她从陈冬川的身上看到了一个往昔的自己,知道无望的暗恋是怎样的。

她不知道当自己成了被暗恋者,究竟要怎样做才能不伤害到对方的心。

但是只要是拒绝,就会让他很难过。或许他不会表现出来,但她知道。

"没有关系。"陈冬川笑得轻松,"我姑姑是不是跟你说,我喜欢你了很久?"

孟繁翊迟疑着点头。

陈冬川望着她精致的眉眼,很温和地道:"那都是过去式了,我只是偶尔会想知道,你过得好不好。"

孟繁翊松了一口气,也慢慢笑起来。这回是个真心实意的笑容。

不是所有的喜欢和爱意都是双向的。

孟繁翊和陈冬川随意地聊着天,并非很拘束。她知道太过拘谨的态度会伤害他。

八点,她和莫允淮约好的时间到了。她很礼貌地致歉,客套地表示下次再聚。

已经算是非常沉稳的陈冬川点点头,询问她需不需要接送。

她笑得羞涩,说心上人来接了。

她先走出了门,他透过玻璃门、放下的车窗,和那头的莫允淮遥遥对视。

陈冬川先挪开了目光。下次见面,就是婚礼了吧,他想。

他要了红酒,沉默地喝了几口。

从少年长成大人的一个重要转折点,就是学会给彼此保留情面。

就像她知道他说的是谎话。

就像他知道她还是猜出来正确答案了。

第十一章

过往,返校,重修好

1

莫允淮、孟繁翊工作极其繁忙,事实上,两人真正相处的时间并没有太多。

而处在工作状态中的孟繁翊,向来效率极高,也从不摸鱼。因此,她几乎很少去看手机。

所以这一回,就错过了莫允淮发来的消息。

在午休的时候,她从前台签收了一束花,有些不太好意思地抱着这捧花,往自己的办公桌走去。

一大捧的玫瑰,馥郁的香味。

她将它们捧在怀里,有一种格外幸福的满足感。原本有些空瘪、泛疼的胃部倏然淌过一阵暖流,然后慢慢上涌,填满了整个身子。

她仔细地数一数,是二十五枝玫瑰花。

二十五。

孟繁翊一瞬间便明白了,这一定是莫允淮送的。

她仔细地在一大簇芬芳馥郁、开得热烈的玫瑰中寻找着寄语卡片,只看到了成片成片的、宛如红酒酒液般的深红花瓣。

她抱着这一大捧的花回到了办公室,恰好陈姐也在此处。

自从上次相亲失败之后,孟繁翊见到陈姐总会觉得尴尬,然而陈姐若无其事,孟繁翊便觉得这事已经算是过去了。

"小孟,这是你追求者送来的?还挺漂亮。"陈姐笑意盈盈,语气之中听不出任何的意味。

孟繁翊放下花束,小心地将它们摆在桌边。

她慢慢地回答:"是心上人送的。"

陈姐并没有多说什么,只是有些遗憾地看着她。孟繁翊装作自己没有看懂她的遗憾,神色淡定地走回自己的办公桌。

孟繁翊坐下的时候,桌子上的手机亮了一瞬。她按亮屏幕,是莫允淮。

Snow:收到了吗?

"Snow"是孟繁翊给莫允淮的备注。很久之前,她从不用备注,因为他永远是置顶,她也能一眼就看到他名称的变化。只是后来,她的企鹅号置顶一直都没有再亮起过。

现在换成了微信,这个微信号算是她的工作号,所以她不方便一直置顶莫允淮。

金石不渝:收到了。非常漂亮,我想要一捧很久了。

孟繁翊没有注意到,自己在发消息的时候一直都是唇边沁着笑意的。而一旁的陈姐目睹了这一切,只是有些怅然地想着,大约自己的侄子真的没什么机会了。

不是不可惜的,毕竟她很喜欢孟繁翊。只是她也知道孟繁翊追求者甚多,从来没见她和谁在一起过,谁能料到原来早就心有所属。

孟繁翊本以为这只是一次心血来潮的浪漫,可没想到莫允淮每一天都会给她订花束。并且并不重复,上面的寄语卡片也是他精心挑选、精心写下的。

25、23、70,这三个数字一直在重复,他送了很多天的花,每一张寄语卡片都被孟繁翊好好地收起来。她一张一张仔细地翻过,讶异地发现,连寄语卡片上的风景画都是他亲手画上去的。

卡片上的话都是他写给她的情书。

每日一篇。

一开始,孟繁翊收到花只是少部分人知道的事情,后来,整个单位的人都知道,人缘非常好、能力非常强的孟繁翊心有所属了,而且追求者也相当爱她,明晃晃的占有欲并未掩饰。

这确实在很大程度上减少了孟繁翊的追求者。

孟繁翊望着满桌子的花束,逐渐感觉头疼起来。

一开始她是将这些花全部捧回家的——她没有同莫允淮说过,这些花对她来说究竟有多重要。

她少年时期拥有他的物品的数目少得可怜,长大后就像是一只贪心的松鼠,总想着要再多一点,再多一点。

她问过自己,为什么会这样收集他的爱意,明明深知彼此几乎不会有太大的分开的可能性。她也并不觉得自己对这段感情没有自信。

在某一日又收到莫允淮的一大捧玫瑰后,她看到了他的寄语卡片,一瞬间豁然开朗。

他这一回写得很短:

松鼠储栗,我们储爱。

少年时期太过美好，好到脆弱。

现在他们有能力承担责任，却仍然担心自己的能力不够；相信自己能够坚定，却忧虑明天的风雨。

他们需要很多、很多的爱意将彼此裹挟、填满。

他们之间还有很多、很多的伤痕需要抚平，结痂的伤口需要对方落下热吻。

"今天没有加班？"孟繁翊抱着一大簇玫瑰，眉梢之中带上了甜蜜的忧虑。

莫允淮笑着回答，神色之中略有些疲惫："在国外很少加班，而且效率很高……在国内就算效率高，还是要被拖着加班，回国几个月了，还总觉得有些不习惯。"

他在国外工作了好几年，回国才仅仅几个月。

孟繁翊轻轻地低头，嗅着玫瑰的馥郁："国内都是加班成常态了……虽然常态不等于正常，但是很多时候只能适应。没关系，慢慢来。"

莫允淮适应能力一向很强，真正让他困扰的并不是无法适应这样的模式，而是和孟繁翊完全不够的相处时间："幼幼，我想和你多待一会儿。"

孟繁翊的手一顿："你叫我什么？"

莫允淮把车停在一家评分很高的餐馆旁边，然后转头，含着笑望她："幼幼啊。"

她只觉得热度从触碰到玫瑰花花瓣的指尖一路点燃，往脸上烧去，立时转过头去："你别这么叫我……"

莫允淮坏心眼儿地喊了很多遍，喊得她头晕，只觉得整辆车子都盈满了玫瑰花的浓郁香味，双颊都被香气熏红了。在她的认知里，这个名字只有很亲近的人才能喊。

周冬琴和她解释过为什么要叫"幼幼"。

第一个"幼"是指，她在父母心里，永远是一个长不大的小孩子，永远可爱、永远值得被爱；第二个"幼"是孟长君希望她在长大以后、经历了很多事情之后，依然要保持一颗赤子之心，永不放弃，永不言输。

他们告诉她，"幼幼"在他们心里，是最宝贝、最可爱的意思。

孟繁翊想着想着，笑容又有点寡淡，方才被莫允淮呼唤的羞赧退去了不少。

当初算是相爱的两个人、一起为她取出这个名字的两个人，如今天各一方，都不住在宁市了。

他们都有了自己的家庭，孟繁翊也不再是他们最爱的人了。

果然不能说永远，一说永远，就从没有实现过。

"你知道为什么我的猫要叫'又又'吗？"莫允淮下了车，拉开她的车门之后说道，"因为我之前听到过你妈妈这么喊你。我其实也很想这么喊你，可是我跟你一点都不熟悉，我永远都只能看着你的背影。"

又是永远。

孟繁翊将玫瑰小心翼翼地放在车里，然后合上车门："可是你知不知道，有很多人在你不知道的时候，一直都在看你。"

秋天的夜晚有些凉意，他将她往自己这一侧带了带，目光格外柔和地道："可是我只在意你。"

"我妹妹领回又又时，让我取名字。我还记得白天的时候你跟你同桌笑得很灿烂——也许是她讲了一个好笑的笑话，我午休的时候，梦里都是你。有一个词用得不错——神魂颠倒。"莫允淮推开餐厅的门，神色之中满是怀念。

孟繁翊没有料到会听到这样炽热的话语，方才因为父母的事情带来的怅惘被驱散了很多很多。

"我以前不怎么喜欢猫，可是后来我知道你很喜欢猫，所以我就尝试着去找这种生物的可爱之处。"莫允淮早就订好了座位，轻轻地拉过孟繁翊的手，严丝合缝地十指相扣，"我因为你，发现了一种生灵的可爱之处。"

她的面色越发绯红。

这么多年，只有面对莫允淮的时候，孟繁翊才做不到彻底的镇定自若。

点完餐之后，莫允淮神情柔和地注视着她，像是注视着失而复得的珍宝："我喊它又又，是因为你一次又一次地改变了我，让我变成了更好的自己——说来好笑。"

他顿了顿，发觉自己正在急切地剖白，像是想要借着这来之不易的闲暇时光，将这颗心都剖出来跟她陈明爱意："我原先不是一个多优秀的人，甚至有些傲慢者的通病，可是当我发现你不喜欢这些，我就选择了改变。我一点一点地改掉身上的坏毛病，一点一点地努力变成一个更优秀的自己。"

孟繁翊安静地望着他，手指抵在红色的丝绸质感的桌布上，用力到有点泛白。

"我很庆幸遇到了你，这让我变成了更好的我自己。否则，现在的我，或许会是一个目中无人、不懂得谦逊为何物的人，在被社会毒打之后，狼狈不堪。

"孟繁翊，因为遇见你，因为知道你爱着这个世界，所以我开始省察己身，开始尝试着爱这个世界。从前的我因为奇怪的自尊心不肯说出来，现在的我能够坦然承认，我因为对你的感情，而更爱整个世界。"

孟繁翊安静地开始品尝着这家餐馆的菜，在经历了一场不算太过漫长的剖白之后，她体会到了格外饱满的、几乎要凝成实质的情绪。这让她觉得胃部再一次被很舒适地填满，甚至四肢百骸都淌过被爱的幸福感。

她知道他这么努力地剖白自己，就是为了让她收集到更多的爱意，不要再忧虑。

他们在某些程度上，非常相像。

他们都储爱。

"又又怎么样了？"孟繁翊问道。

她在经历过极其饱满的情绪的填充之后，总觉得太过幸运，会有一种奇妙的失语，喉咙中只能慢慢吐出破碎的语句。

但她知道，她只是太幸福了。

"又又已经很老了，谢惜诺现在养着，你要是愿意，我也可以带你去看看，它应该很喜欢你。"莫允淮回想着这只陪他度过很多孤寂岁月的猫，"它或许时日不多了。冬天快要来了。"

孟繁翙时不时注视着眼前的男人。他的每一句话都是不疾不徐的,虽然剖白过爱意,但也没有了年少的心急,像是淙淙静水,就这样温和地漫入她的心扉。

他将每一颗扣子都扣得端正时,会有一种沉稳的气度,同别人讲话的时候会带着一种温和的疏离。

他真的改变了很多。

但他依然是她的太阳,这点不会变。

他一直都知道,怎样让她感到安心。

他在一遍又一遍地、无比温柔地、怜惜地修复着他们之间的裂痕。

他从不逼迫她说出更多的真相,等着她主动说出口。

"外公已经去世了,我也时常会想念他。"莫允淮现在可以很平静地说出这些话,"他临走前几天,问我有没有喜欢的姑娘。我给他看过你的照片了,很多很多的照片。他告诉我人生很短,如果有什么想要做到的事情,就放手去做。"

孟繁翙的眼睫颤动,仔仔细细地在他脸上捕捉着神情。

他没有哀伤,而是怀念。

"我还记得他,他就不算彻底死去。"他这样说。

而莫允淮对当初七班的同学现状知之甚少,孟繁翙就一一说给他听。

譬如说,林可媛和沈鸣进的爱情长跑终于要迎来曙光,他们分分合合那么多次,还是决定在一起度过余生;许淑雨意外地和陈河在一起了,而且早就结婚了,现在都生孩子了……

兜兜转转,当年暗恋者多多少少都勇敢了一次,有人成功,有人失败,有人经历过无数段失败的感情,有人顺利从校园直接到了婚纱。

没有人一直在原地,他们都在很努力地往前走,大家都在竭力和命运对抗,努力地不把生活过得一团糟。

大部分人其实都成功了。

七年,他们对彼此的思念浓厚如岩浆,在容器里滚烫,取出来时发现还是喜欢的形状。

他们不曾停止过喜欢,本能地喜欢着、热爱着。

一顿饭吃得心满意足,孟繁翙出门前,好好地看了看店名:"下一回我绝对会再来一次。"

太过合口味的菜。不知道是不是因为身边多了一个他,所以才不会这样空落落的。

"莫允淮,"她的眸子在夜色里溢着光,"你下次不用给我送这么多的花了。"

莫允淮安静地等待她的下文,目光里全都是她。

"你送我的爱意够多了,我储藏了太多的爱意。"她伸出手,五指一寸一寸地贴紧了他的每根指头,"我也要给你很多很多的爱。"

他们手牵着手,往不远处的公园走去。

这个公园，其实他们十七岁的时候也来过。只是那个时候游客还不多，每个晚上还不算热闹。

他和她站在漆黑的角落，没有路灯，只看到水中有一枚抹着银灰色的月亮，粼粼地泛着光。

"等一等，八点有音乐喷泉。"孟繁翎晃着他们牵着的手，笑得狡黠。

笑容在月光下一样晃眼。

"你看，我们现在做了以前不敢做的事情。"她故意用力地攥了攥手。

十指相扣，温热的触感。

莫允淮只觉得这触感太过柔软，像是绵软的絮，却又光滑。他忍住了想要在上面落下吻的冲动，告诉自己时间还不到，他不可以太过心急。

他们可以慢慢地相爱。

过去的事情，他想要知道答案，但是如果这个答案需要她很痛苦地剖开心脏说出，那他宁愿不要。

他只想要和她有以后，所以，过去什么样，他都可以忘掉。

白昼里镇定、大方的孟繁翎睡去，狡黠、可爱的她借着夜色苏醒。

距离八点还有最后五分钟。

莫允淮的声音在风中飘动，气息却温热地浮在她的耳边："我也可以做以前不敢做的事情。"

她眨了眨眼，还没有反应过来，便被他拥住了。

夜凉如水，她被裹在一个很温暖的怀抱里，鼻尖掠过了干燥的松枝焚烧的味道，在冰冰凉凉的雪上慢慢地烧，只有寂寞的旅人在不断地跋山涉水，走到她的身边。

好像一直都是他在主动。

孟繁翎用力地回抱，面颊贴在他的心口处，能听到他的心跳，有力，却快速。

她暗下了一个决心。

2

八点，音乐喷泉准时出现。

围在湖边的游人顿时多了起来，光亮处挤不下，不少人都往暗处拥来。

孟繁翎先放开了手，离开了这个让他有些舍不得的怀抱。

莫允淮后退两步，孟繁翎也跟着退了两步。

眼前游人们的黑影很快挡住了完整的视线。

孟繁翎有些失望，莫允淮却道："过来一点。"

她往他身边凑了凑，柔软的鞋底感受到了这条路上铺满的鹅卵石的形状，觉得有些硌脚。

他再一次搂住她，用带着一点宠溺的口吻，很轻地哄着她："直接踩在我脚上好不好？"

他们挪到了月光照不到的后方，因为知道彼此都不喜欢处在人群正前方的感觉。

孟繁翊清楚地知道，自己的脸颊绝对红透了。

她垂眸，小心翼翼地踩在了他的鞋上，拽住了他的外套，忐忑不安地问："我会不会太重了？你有没有被我踩疼？我要不还是下来吧……"

"嘘。"他的食指抵在了她的唇上。

两人都因为触感而一怔，可是谁都没有主动地后退一步。

"开始了。"他低头，凑在她的耳边很轻地道，"我们专心看。"

绚丽的灯光顺着水流四溅，不断变换着的流光溢彩盈满了他们的眼眸。

她努力地踮起脚，想要看到更多，他轻轻松松地揽过她，单手就将她抱了起来。

骤然拔高的视线，他和她紧贴着的肌肤。

她能窥见音乐喷泉的全貌，注意力却并不是真的在喷泉上。

她紧张地看着眼前的景色，这一回越过了水柱，径直看到了镶嵌在天上的皎月。它身边有云如纱般流动，朦朦胧胧的，却是真真切切的。

这一切都是真实的，不是她七年后一场荒诞的梦。

这一切都是存在的。

他真的回国了，他也真的没有忘记她，他真的还是爱她。

良久，音乐喷泉才结束。

游人如织，渐渐散去。拥挤的空气瞬间清新，她嗅到了夜晚和他的味道。

孟繁翊小心地退后，有些心疼地问："我有没有踩疼你了？"

他的眼神融在了夜色里，很沉，她一瞬间又感觉到了侵略性变强，所有的气息都密密地裹着她。

心跳不知不觉再次加速，他的声音沉下来，有些哑："孟繁翊，我可不可以吻你？"

直白的邀约，她被烫到一般，蓦地睁大了眼睛，往后退了一步。

随后，她又像是想起了什么似的，无声地深呼吸，然后道："不可以。"

莫允淮低笑了一声，也不恼，只是上前一步，在她的耳尖很轻地碰了一下，仿佛是在亲吻她的发丝。炙热的气息一刹那便涂满了整个耳郭，她几乎有些僵住了。

他笑着说："好吧，不吻。"

孟繁翊如石雕般静了一会儿，继而缓缓道："莫允淮，你闭上眼睛。"

他只当她要小小地恶作剧报复回来，于是很配合地闭上了眼睛。

如同纱般的云慢慢退开，露出了更大面积的银色月亮。清辉寸寸洒下，给他们镀上了一层柔和的光亮。

她上前一步，再次踩住了他的鞋，然后竭力地踮起脚，就像刚才那样。

闭着眼睛的莫允淮只觉得纯黑的夜变得亮堂了些，才想着兴许是月亮出来了。思绪纷乱，他正想着孟繁翊到底会怎么惩罚他，却感到了她踩上来的感觉。

大概是要很用力地踩疼他？

他几乎是失笑了，正想着睁开眼说换个别的方法，这样没办法让他疼。

他只觉得一片柔软停在了他的右脸处，非常温柔的触碰。

他遽然睁眼——她闭着眼睛,踮起脚,非常生涩地、很轻地给予了他一个柔若棉絮的浅吻。

孟繁翅很慢地睁开了眼睛,一瞬间便发现了莫允淮的眼神同从前并不一样,很深沉,像是吞噬了天光的黑夜,是浓郁的、纯色的黑。

莫名其妙地,她开始感到了心慌,下意识地往后退了两步,转身便想离他稍微远一点。

然而下一秒,孟繁翅却被莫允淮拉住了手腕,另一只温热的手掌抵在了她脆弱的脖颈上。她一下子便落入了一个炙热的怀抱之中。

而抚在她颈项上的那只手格外有力,迫使她仰起头来,温热的气息低低地覆盖。

她蓦地睁大了眼睛。

柔软的唇相贴,开始是轻柔的,却更像是一个预示和警告。

她的后脑勺被他的手掌按住,不容拒绝。在这一刻,他身上从前不曾具备的侵略气息前所未有的强烈,环住她,如同一张网,想要将她彻底地网住。

甘霖被汲取,气息被掠夺,她逐渐感到有些呼吸不过来。她想要推开他,然而手有些发软,腿也无法站住,整个人昏昏沉沉的。

她开始推他的胸口,觉得自己已经用尽了力气,可是仍然无法推动他分毫。

到了最后她已经全然浸入这个吻了。

在这样的奇妙触感中,她想起了很多碎片式的画面。

年少时她就朦朦胧胧地感觉到了男生的绝对力量,更准确地说,是莫允淮的力量。她还记得自己当时退开了——彼时就觉得有些东西在未来会逐渐失控,可她很难说清楚自己那一瞬间究竟懂了什么东西。

在此刻,她宛如一叶漂在海浪上的扁舟,在风暴中无法控制自己的方向,只能任由海浪来主宰小舟的命运。

不知过了多久,他终于放开了她。

她的腿一软,差点直接滑下去,还是莫允淮先接住了她。

莫允淮用拇指用力地擦过她的唇瓣,噙着笑,慢条斯理地道:"这才是那时不敢做的事情。"

眼前,他的心上人,爱了那么多年的心上人,被他吻得唇色殷红,眸子里沁满了朦朦胧胧的水雾,让他很想要吻她的眼睛。她似乎仍没有反应过来,只是很乖地望着他,什么都不做。

他们都在小口小口地喘气。

他本来以为她这么害羞,应该会转身就离他几步远的,却没有想到她只是轻轻地拽了拽他的衣料,用那种带了点撒娇意味的语调道:"莫允淮。"

他的右手还是很自然地揽在她的腰侧:"嗯,我在。"

气氛旖旎,他们都想到了夏目漱石的那句"今晚月色真美",但谁都没有开口,怕再多说一句话,就会让这样难得的氛围散去。

或许是过了很久很久,又或许只是过了一刹那。

孟繁翙把脸贴在他的心口，很轻地道："我应该在你当初离开前，就冲上去吻你的。"

她这句话果然让两人回到了那个并不算愉快的盛夏中。那个时候的他们一直都觉得如果离开，就是真的离开了，或许往后余生都不会有任何的改变。

"现在我已经回来了。以后也不会再走了。"莫允淮温和地道。

孟繁翙没有看他，而是很慢很慢地道："其实我当时很喜欢你，可是我找不到一个可以挽留你的理由。我总不能阻止你奔向一个更好的未来吧？"

"其实留在国内，说不定会过得更好。但是现在说这些都没有意义了。我当初去国外，更大的原因是为了陪外公更久，显然当时的决定是对的。"他故作轻松地安慰她，"如果你当时来吻我，那我就会更犹豫了。"

他没有说，她还喜欢他这件事，让他觉得有些心酸。

因为当年的莫允淮只觉得心灰意冷，而她说不出口，双方都觉得难过。

她难过了，这个事实让他更为难过。

她并没有被安慰到，只是在很认真地表明自己的心意："莫允淮，我真的真的，很喜欢你。重逢时说不出口，现在相处了一段时日，我还是想告诉你，我喜欢你，心悦你。"

从十八岁到现在，确实很久了。

莫允淮揉了揉她的头发，在上面又一次落下了一个吻。

旖旎且温情的氛围在来电铃声响起的那一刻消散殆尽，尤其是孟繁翙看到手机上的显示是"妈妈"的时候。

她迟疑地看了莫允淮一眼，将手机屏幕在他面前晃了晃。

莫允淮示意她接起来，自己不说话。

"喂，妈妈？"孟繁翙的声音很平静，听上去和往日没有什么区别。

周冬琴那一头听起来吵吵闹闹的，听上去有小孩子的声音。但是她声音里有一种不自知的幸福的平静感。

"幼幼，你在外面吗？"周冬琴问道。

孟繁翙的左手悄悄地握住了莫允淮的右手，然后将脑袋慢慢地枕在了他的手臂处："嗯，对。"

"你是和谁在外面玩吗？现在有点晚了，还是要早点回去啊，女孩子在外面有些不安全的⋯⋯"

"是跟朋友在外面⋯⋯嗯。"

听到"朋友"二字的莫允淮低头，在她的右脸颊上轻轻地吻了吻，冷静地看着她的脸越来越红，以此来表达自己的不满。

"哪个朋友？男的女的？"周冬琴还是一如既往的敏锐，随后又像是想起了什么似的，"你要是觉得不喜欢我这样问，那你还是不用回答了⋯⋯妈妈不是想要窥探你的隐私，只是想确保你现在安不安全⋯⋯"

孟繁翙晃了晃莫允淮的手，没有说话。

周冬琴近些年来已经改了很多了,她已经竭力不去探究孟繁翊的隐私了,因为孟繁翊明确地表示自己一点都不喜欢这样。

而周冬琴现在过得应该也算是幸福的,因为男方家的每一个亲戚都意外地欢迎她,也许是因为他们知道他思慕她很久了。

孟繁翊像是想起了什么似的,很平静地唤了周冬琴一声:"妈妈。"

周冬琴那边有客人,声音嘈杂得很。她好像在往安静的地方走去,因为背景音小了很多:"怎么了,幼幼?"

"妈妈,我身边这个,是——我男朋友。"她的面上没有什么表情。

身边的莫允淮因为她突如其来的直白而僵了一下,随后用力地拥住她,很紧。

"男朋友?"周冬琴的声音上扬了一下,很快又落了下来,严肃起来,"你们现在打算去哪里?"

孟繁翊企图推开这个过分用力的拥抱,有些艰难地回答道:"就是出来,到公园看看音乐喷泉,然后我们就要各回各家了。"

"他叫什么名字?是哪里人?工作是做什么的?你们是怎么认识的?相处了多久了?"周冬琴听到孟繁翊的答案,心下松了口气,知道他们没打算胡来,问出了最后一个她从前绝对不会问出的、天真到几乎有些可笑的问题,"最关键的是,他喜欢你吗?或者说,他爱你吗?"

"唔……"孟繁翊在思考着怎么回答,手机却被莫允淮拿走了。

他将手机放在耳边,很认真地道:"阿姨,我是莫允淮。"

电话那边瞬间安静了。

"啊,是你啊。"周冬琴忽然觉得不知道要说些什么才好——似乎说什么都是很不合适的。

"阿姨,我对幼幼是认真的。"他只是阐述着事实,"我原籍是淮束人,家里大部分人移民加拿大了,但是我没打算移民。目前在国内一家驰名的互联网公司做数据分析师,薪资情况还可以,幼幼不用担心房、车等任何经济方面的问题。"

认识多久,怎么认识的自然不必多说。

他深吸一口气,想要回答最后一个问题。

"我很爱幼幼,多年以前就很爱她,现在还是很爱她。"他牵过孟繁翊的手,轻轻地吻了吻她的手背。

在长辈面前提及"爱"字,似乎总归是一件相当困难的事情。无论他多成熟,多沉稳,多么事业有成,在长辈们丰富的阅历面前,"爱"字似乎不足以作为能够真正相伴一生的证据。

可是他听到周冬琴笑了一声,好像是如释重负。

"你们年纪也不小了,想必你们都知道自己想要什么。"周冬琴的声音温和了不少,"以前我对你有误解,在这里向你道个歉。"

在闲聊一番之后,终于挂了电话。

莫允淮牵着孟繁翊的手,慢慢地往回走。

孟繁翃仰头望他:"你是不是在想,我妈怎么这么容易说话了,跟以前的她一点都不一样。"

莫允淮有些想抽烟,只是孟繁翃在旁边,便止住了这样的念头:"嗯。"

她指着空中那轮再一次要被云纱吞噬的皎月:"因为她到了中年,才遇到了真正的爱情。她再婚的对象是喜欢她很多年的人——我原先也是不相信的,觉得很离谱,也不太相信世界上有始终如一的感情。"

"可是很多年了,我去看过我妈好几回,她年轻了很多,而且开始相信十几岁小姑娘才会真正相信的爱情。"孟繁翃有些感慨,"只能说,真的分人。她前面的人生过得很苦,所幸在中年遇上了真正的爱情。

"所以她对当初阻止我的事情格外愧疚,就算再来一遍,她也许还是会这样做。"

两人安静了一会儿。

"幼幼,搬家吧。你家住着不安全。"莫允淮道,"搬到一个离我近一点的地方,我每天都去给你做饭。我想要每天都能看到你。"

他知道他们之间不能太快,不然有些伤口会再次裂开。

但是这样的要求并不算过分。

他们都很想很想,再靠近对方一点点。

3

莫允淮在将孟繁翃送上楼之后,静静地在她的门口站了很久,确保没有看到上一回那个男人,这才慢慢地下了楼。

楼道口的感应灯一下一下地闪着,彰显着它岁数不小的事实。

从孟繁翃所住的、这层楼道的大窗口往外看去,可以看到黑夜里,远处闪闪烁烁的霓虹灯光。

这个点,已经有不少户人家熄了灯。

深秋的夜晚已经带上了冬天的寒意,这让他想到了很多年前那个冬天,忽然觉得有点冷。

他在车上装了一盒烟,只是之前一直都没有抽过,因为他不确定孟繁翃喜不喜欢这个味道,更何况他已经下定决心要戒掉。

他听说人一旦染上了烟瘾,就很难真正地戒掉。那些所谓戒烟成功的人,倘若再给他一支烟抽两口,或许烟瘾会再次复发。

他并没有瘾,但是在某些时候想要用一两支来平复平复心绪。

莫允淮靠在灯柱上,吸了一口烟。

风有点大,路灯也不明亮,一看就是用了许多年的灯罩附上了一层灰蒙蒙的物质。

这让他莫名想起了夏夜里不断撞击灯罩的蛾子,那样不顾一切的决心,那样扑火的炙热,全然被阻隔。

他们在坦诚一部分事实,小心翼翼地撕开自己的创口,不断地渴望它们不要流血。

一切都在逐渐变好。

所有细碎的伤口都在慢慢地愈合。晚上的那个吻让他空落很久的心慢慢被温热填满；原本飘忽不定的心绪，也仿佛有了踏实的落脚点。

有关首考成绩出来的那一天的记忆仍然是那样清晰。

他至今都记得，七班那被粉笔灰厚厚涂满一层的投影布上，正放着黑白电影《魂断蓝桥》。

电影中前半段那样的热恋，莫名地让人心慌，仿佛某个隐喻与象征。

他很能明白那种想要不顾一切的心情。但彼时的他也知道，他不可能这样做。

那支烟最后在他的指尖闪了闪，像是一颗微弱的火星，最后散成了一堆灰烬。

莫允淮回家之后，翻出了《魂断蓝桥》DVD，投影幕布缓缓打开。

他并不爱看电影，但这一天，他在黑暗中，沉默地将这部片子又看完了一遍。

放映到热恋的部分时，他的眼前莫名浮现出八年前的场景，那时候的孟繁翊笑得毫无负担，那个冬天，是他最喜欢的一个冬天。

房间里有点冷。

他这才发现窗子一直都没有拉上。窗帘上已经覆了一层灰，但他还没来得及打扫。

下回可以带孟繁翊一起来。

她应该会很喜欢这种，冬天能够窝在沙发里，暗着灯，静静地看完一场电影，然后和身边的爱人接吻的感觉。

孟繁翊接到这个让她感到匪夷所思的电话时，挑了挑眉："你的意思是说，你那位被采访者，指明要跟我吃饭？"

这个理由相当怪异。

孟繁翊上一次的选题"女性的力量"意外得到了全票的通过。

而在那么多采访者的名单里，因为往日里跟孟繁翊颇为熟悉的记者选择了一位物理方向的工作者，她同时还兼任微博大V，粉丝有大几十万。

"她为什么要跟我吃饭？"孟繁翊喃喃，"这位学者，她叫什么名字？"

当孟繁翊跟林可媛坐在一起的时候，不是不感觉微妙的。

七年前，她们是最好的同桌，只可惜上大学之后联系日益稀少，到了最后几乎没有。偶然几句聊天内容，都是节假日礼节性的问候。

眼前的林可媛化着素净的妆容，看上去还是很富有青春感。

这让孟繁翊有种时间倒流的错觉——因为高中的时候，林可媛一直嚷嚷着，以后要化浓妆，她的五官适合浓妆。

"怎么想到要用这种方式来请我吃饭？"孟繁翊微笑着道。

然而在她意识到对面是林可媛，不是别人的时候，她的笑容才慢慢地松了一点，变得更真诚:"你完全可以在微信上跟我说一句,只要我有空,我就一定会答应的。"

林可媛请她在一家粤式饭馆里吃饭。

饭店装修得相当精致,四处都是垂下来的、藤蔓状的水晶灯,咖啡色的壁纸上刻满了暗金色的花鸟形状,柔软的布椅坐着相当舒适。

桌上插着一枝艳红色的玫瑰,上面还沾着玲珑的水珠。

可这显然不是提前预定好的样子,花束也是错误的。

林可媛也笑着开口,只是孟繁翎也看出来,这是她惯用的微笑,并不是那么真心实意。

七年的岁月,她们都在不知不觉中长成了大人,习惯性地掩饰最真实的情绪,在面对生疏的朋友时,很难将面具完全拆卸,只能让时间慢慢地松弛她们之间的氛围。

"原本想直接告诉你的,但是总觉得我们之间太久没联系,还是正式些比较好。"林可媛转着手中那只高脚杯。前段时间在同学会上,她若无其事地同孟繁翎搭话,好像成了很久以前的事。

"我没有想到你在这家报社工作——这家报社可以说是国内相当有权威的报社了,恭喜你。"林可媛像是找不到什么特别合适的话题,只好从两人的工作开始谈起。

仅仅是七年的时间,就将两个曾经相当要好的同桌,变成了人海中关系相当生疏的陌生人。

林可媛和孟繁翎谈她在物理领域的成就。她很自谦,但是她发表的论文并不是真的像她说的那样,不足挂齿。相反,可以说是颇具影响力,让她在学术界小小的崭露头角。

在她们正式谈到某些主题的时候,孟繁翎想起同事的嘱托,从兜里掏出一支录音笔,林可媛表示不介意。

"女性的力量——在我看来,这是一个相当广泛的话题。就我个人而言,我始终为物理的魅力所折服。"林可媛支着下巴,像是在透过孟繁翎看向别处,"事实上,我并不认为女性比男性弱,甚至可以说,有很多女孩子都有不亚于我的天赋。"

菜一道一道地上来,香味开始环绕在两人周围。

孟繁翎不太习惯吃粤菜,但在有些寒冷的深秋,这些热乎乎的饭菜都开始泛着温暖的香味。

"比如说小孟你,你如果当初坚持学物理,现在一定是卓有成就。"林可媛夹了一筷子的白灼虾,表情看上去很是享受。

孟繁翎迟疑着下筷,夹起了一筷子玫瑰豉油鸡,蜜色的鸡肉外脆里嫩,嗅着就很香:"我喜欢的只是高中物理,无意在这个方向深造。心怀热爱,才走得远。"

她们慢慢地闲聊,终于找回了一点当初和谐相处的感觉。

从物理学领域的成就,转移到了她的微博号上。

她一直都坚持着拍摄一些视频,来和大家科普简单的物理学知识,甚至出了几期有关如何学好物理的视频。底下有不少宁中的学生都摸过来了,纷纷一口一个"学姐"，而林可嫒也相当受用。

最重要的是，她也凭借自己的几十万粉丝的影响力，开始为很多事情发声。

她们在某种程度上是相似的。

"其实我为那些人发声，并不是出于多高尚的理由，而是我真的很害怕我也遇到相同的事情，却没有人来帮助我。"林可嫒艰难地对付着手头上的虾，有些头疼地嘀咕了一句，"要是沈鸣退还在就好了……他肯定会帮我剥。"

她们对视一眼，终于在这番话中又找回了熟悉的彼此。

相视一笑时，精致的笑容终于松动，真心从面具后方露出。

她们交谈的语速越来越快，到后来越谈论越兴奋，对彼此的观点都深感赞同。

一场交谈下来，她们脑海中只有一句话：

她们都还是当年的她们，这场交谈真可谓酣畅淋漓。

孟繁翊心满意足地关了录音笔，至于后续还有些问题，就全都交给同事了，接下来是她们的私人时间。

林可嫒望着孟繁翊关掉录音笔的动作，突兀地道："小孟，对不起。"

孟繁翊抬头，想起了前段时间她没头没尾的那句话。

林可嫒深呼吸："有一件事情，你也许还不知道……但是我想了很久，觉得只有这一种可能。"

莫名地，孟繁翊心跳开始加速。

她的心口微微发沉，知道她要说的，或许是七年前的事情。

她有一瞬间很害怕听到林可嫒的答案，因为不想要这来之不易的氛围被撕碎。

但很快，她就努力地告诉自己，一定要学会接受真相。

"你当年不见的同学录……也许是被我误扔了。然后，被莫允淮看到了，在教室前面的垃圾桶里。"

孟繁翊的耳边"嗡"了一声，她有些茫然地望着林可嫒。

久违的痛感再一次泛滥，她眨了眨眼睛，其实有些没听清林可嫒究竟在说什么。

她只是重复道："没有证据，你不要把什么事情都往自己身上揽。"

"对不起，抱歉。"林可嫒攥紧了衣袖，"……我非常抱歉。"

"你那时候问过我，有没有看到同学录，我理所当然地认为没有。"林可嫒的声音有点沙哑，她的表情看上去很是难过。

"但同学会的时候，在你来之前，莫允淮突然来问我这个问题……他问我，知不知道为什么他的同学录被揉成一团，扔进了垃圾桶里。我问他为什么不去问你。"林可嫒顿了顿，声音颤抖得有点厉害。

她现在深深地沉浸在自责中。

"他告诉我，说他想知道答案，但他无法笃定你的回答。"林可嫒绞着手，手指用力到有些泛白。

林可嫒当时完全没能意识到事实的真相，但她如实地告知，孟繁翊寻找过那张同学录很长很长时间。她不敢大张旗鼓，只好很花费心思地一个人一个人问过来，还要尽量问得若无其事，避免其他人一眼就看穿了她的意图。

林可媛之所以能想起那一天，完全是因为那天的争吵。

作为故事的主角之一的孟繁翊有些愣怔地望着林可媛。

她不知道自己该做出什么反应，窒息感慢慢淹没了她。

她听着林可媛将那天的事情经过完整地讲述了一遍，指尖越发冰凉。

……所以他当初也变得冷淡，这件事一定给他造成了很大的伤害吧。

将他写的同学录揉成一团，扔进垃圾桶……

这简直就是在践踏他的自尊心。

孟繁翊不断地将当初的事情串联起来。她在此时此刻不得不承认，这么多年，就算她很刻意地不去回想有关他的一切，脑海中还是不断地、反复地重播有关他的所有的一切。

他的情感变化也是那样清晰，几乎刻在了她的血液里。

如此一想，只觉得呼吸更加困难。

林可媛没有问孟繁翊原不原谅她，而是继续道："我当初没有将我跟沈鸣进的事情说出来，后来同学会结束，我也就跟在场所有人都说了。以后也不会再有我跟莫允淮的不实绯闻了……我真的很抱歉。"

她垂下头，安静地听孟繁翊的审判。

悬于颈项之上的达摩克利斯之剑迟迟未落，林可媛并不抬头，只是默默等待。

"我该走了，这一顿谢谢款待。"良久，孟繁翊如是道。

她很难马上说出"我原谅你""并不是你的错"这类的话，知道林可媛并不是故意的，也知道她和莫允淮当初已经有了深深的裂痕，这件事情只能算是压死骆驼的最后一根稻草。

可是她仍然很心疼莫允淮在看到那样认真写好的同学录，被揉成一团纸，扔进垃圾桶的感受。

她也不是不委屈，可是更多的是难过，为很多很多事情难过。

今天莫允淮加班，她告诉他晚饭要跟采访对象一起解决的时候，他在手机里只是有些孩子气地咕哝着，要换一家公司，月薪低一些可以，但是一定要有时间陪她。

她哭笑不得地说不用。

可是现在想起莫允淮，她只觉得心疼无比。

孟繁翊打车回去，上车前照例拍好了车牌号，以及各种信息，还给他拨打了电话。

坐在车上的时候，她一直都保持着信号良好，同他打着电话。

他加班，没办法多说话，也没办法听她说很多很多的话，她就将手机放在耳旁，听着他敲键盘的声音，也不出声。

鼠标点击的声音非常有规律，让她的心平和了不少。

在这段不算短的回家路中，他加完了班，然后开始和她小声地闲聊。

中途有一段路，信号非常差，她猜测他是上了电梯。

电梯里应该没有很多的人，因为他音量正常地和她聊着天。

他笑着说，今天下班回去还是要给她带一枝玫瑰。一捧太多，那日日挑选最好的一枝也不错。

他和她相处的时候，也会跟她倒苦水，但大部分都是很可爱的小抱怨，不会给她带来多少的负面情绪，有时候还会让她非常想笑。

暗色的玻璃车窗外有各色的灯光，但都被盖下去了，只露出寡淡的色泽。一幢幢的房屋飞快地后退，夜间的凉风顺着打开的一条缝儿悄悄爬入车内，让她打了个寒噤。

"你吃饱了没有？幼幼，我今天晚上还没吃饭。"他低低的声音从手机那头传来，擦过她的耳朵，正如渐渐染上凉意的寒风，却在她的耳尖点燃了火星。

"晚上我们一起吃夜宵。"孟繁翙下定决心给他做一顿好吃的，显摆显摆自己不算磕碜的厨艺。

他们听了彼此的呼吸好一会儿，孟繁翙才倏然道："莫允淮。"

她还是很喜欢叫他三个字，非常非常喜欢，因为会有一种终于完全抓住他的手的切实满足感。

她道："同学录不是我扔掉的。"

莫允淮原本的笑意停顿了一秒，骤然碎裂。他的声音从平静又变得柔软："我知道了。"

孟繁翙想说你不要难过，可是她知道这些都只是漂亮话。

怎么可能不难过。

沉默了很久，他才道："都过去了。而且并不是你，我很庆幸。"

孟繁翙捂住了收音处，对司机道："麻烦您开快一点。"

她等不及了，她只想给他一个拥抱。

在分别的七年里，她的太阳也有暗淡的时候。

她想要驱散覆在她的太阳上的阴霾。

她还想跟他接一个很绵长的吻。

莫允淮径直将车驶向了孟繁翙的家里。

这两天，她陆陆续续地将东西打包好，打算明天搬家。

厨房是还没有彻底收拾的地方，他比她早到一步，率先翻开冰箱冷冻格，最后找到了几包速冻的馄饨。

他若无其事地翻开冷藏格，看到里面的巧克力味的甜食少了很多——孟繁翙没有再像从前一样，及时补充巧克力味的甜品。

这算是一个好现象。

因为他隐约明白，她吃巧克力并不是因为喜欢，也不是因为习惯，而是为了努力地忘记难过，用舌尖的苦涩发泄。

莫允淮想着，撕开了一颗白桃味的糖，先压一压胃里的空荡感。

经过他的不懈努力，冰箱里的白桃味甜食终于比巧克力味的多上许多。

有一次，孟繁翎撞见他吃巧克力味的慕斯，下意识地道："白桃味现在不是已经是你最讨厌的味道了吗……"

莫允淮解决完他不爱吃的甜食，撕开一颗白桃味的糖果压一压味道，反问："你怎么知道？"

孟繁翎当时似乎是愣了一下，然后笑得有点勉强。

他也没多问，知道问了或许会是一个让他有些难过的答案。

他们都在很小心地避开对方的伤口，等待着对方主动说出口。

正想着下几包馄饨比较合适，门铃就响了。

他开门，她就这样立在门口，带着暮秋夜晚的寒风，很用力地拥住了他。

他身上的温暖气息一瞬间就将她覆盖。

他失笑着问："怎么了……"

他连话都还没说完，她就踮脚，一个不讲道理的吻生涩地落在他的嘴角。

莫允淮的眼神几乎是一瞬间就变了。

他用力地扣住她的后脑勺，将她压向自己，然后小心地挪步，合上门，将她抵在门口深深地吻。

他吻得深入又专注，温柔又强势地侵略着她的每一寸，像是要将两人的气息深深地融在一起。白桃味的糖果被柔软的舌让渡来，又送回去，最终融化成甜腻的糖水。

他们吻了太久。

分开的时候，他用力地揩了揩她的嘴角，才将甜腻抹去。

他的额头抵在她的额头上，几乎是满足地叹息："幼幼，你真的好甜。"

孟繁翎的面上立时泛起绯红，但她没有移动，而是很轻地舔了舔他的唇珠。

这个举动，在格外温情之时，堪称将氛围推向另一个极端。

他没忍住，再一次同她接了一个很深很深的吻。

分开的时候，她双手捂住唇，半晌都说不出话来。

好半天，她才憋出一句："我记得你去的是加拿大，不是法国。"

他瞬间懂得了她的言下之意，轻笑一声："我有认真预习过功课。"

孟繁翎的眸子里都浸了一汪水，有些羞恼地道："快去煮馄饨！都要化了！"

莫允淮随手搭在桌上的馄饨确实不太好了——他们也没料到会接这么久的吻。

原先所有的心痛都被两个吻抚平了，她却依然想要紧紧地抱着他。

在他煮着馄饨时，她又一次从身后抱住了他。结实的脊背微烫，瞬间绷紧的肌肉充满了力量感。

"你最近好黏人，"莫允淮转过身，亲亲她的额头，"但是我很喜欢。"

孟繁翎显然也发觉了自己黏人无比，只是她完全控制不了，甚至想要一直这样抱下去。

锅里的水在煮着，慢慢地发出沸腾的声音。锅盖的缝隙里冒出了缕缕热气，落在油烟机黑色的屏上，很快就消散得一干二净。

他们真的很像夫妻，在自己的家中安静地生活着，无人打扰。

莫允淮转过身,将孟繁翊紧紧地拥入怀中,心口涌过奇异的柔软。

"莫允淮,"她闷闷地唤着他的名字,"我想和你结婚,现在,立刻,马上。"

他在她的头顶落下炙热的吻,然后不紧不慢地道:"其实我十八岁的时候就想和你结婚。

"从十八岁想到现在,每一天都没有停止过这个念头。"

4

搬家的那天早上已经有了入冬的迹象。空气变得有些湿,有些冷,砭骨的寒风一阵一阵地往孟繁翊的脸上刺去。

这一日对两人来说都是难得的休闲日。

两人因为搬家,身上沁出了薄薄的汗珠。

一卡车的货物被运走了,孟繁翊长长地松了口气,抱着剩下的几只纸箱往莫允淮车后座塞。

莫允淮无比自然地接过,掂了掂,发现异常沉重,顺口问道:"这里面装的是什么?"

没想到孟繁翊没有立刻回答他,而是停顿了几秒才道:"一些……我现在用不到了的东西,但对我来说很珍贵,有一些是书。"

莫允淮将整个箱子轻轻地放在后座,听到了玻璃磕碰般的声音,问:"这里装了易碎物品?"

孟繁翊神色镇定地道:"以前很喜欢的一些装饰性的小罐子——好了,我们出发吧。"

她如此轻易地岔开话题,莫允淮没有深究。

孟繁翊的东西并不算特别多,而且收拾得相当整齐,所以总体而言,搬家的效率还算高。

她搬到的地方,是一个离莫允淮居住的别墅较近的一个小区,安保指数很高。

房租并不便宜,但对于现在的孟繁翊来说,完全有能力支付。

好不容易整理完,已经到了晚饭的时间点了。

莫允淮娴熟地围上围裙,转过身来吻了吻孟繁翊。

一个很浅的吻。

他的眸子里掠过温柔:"晚饭想要吃什么?这里的食材挺充足的。"

孟繁翊并没有什么特别想吃的,因此一切都交给莫允淮决定。

在莫允淮烧菜的过程中,孟繁翊也没有闲着。她很细致地切好菜,一摞一摞地摆在旁边,方便莫允淮及时地拿到。

她曾经听谁说过,两个人在一起,对于家务并不应该刻板地两两划分。

如果是像她和莫允淮这种情侣,更希望时时刻刻都能看到对方。

所以莫允淮烧菜的同时,她会切好菜、为他递上盘子,这样一转身就能看见对方,会有满足感和参与感。

饭菜的香味逐渐弥漫开来,孟繁翎打开了一丝窗。

耳边是油烟机"隆隆"的声响,眼前是从高楼往下眺望时,路上走过的一大堆行人的黑影,像是会移动的小小墨点。

寂静又寒冷的秋夜里,只要有一点的烟火气息,都会让人无比幸福,连时光都好像静淀下来。

夜色一点点吞噬了白昼,所有的光束都被天空好好地收拢折叠,赠送给第二天的时间。

这里的夜景意外的很好,孟繁翎可以站在阳台上,眺望着很远的地方。

因为她居住的楼层足够高,大部分的楼宇都没有这栋楼这么高,所以她的视线并不受到阻碍。

站在阳台上,被凉风吹拂,隐隐会有一些寂寥。

"莫允淮,我们公开吧。"孟繁翎的眼神很是温柔。

他们一直都很低调,而往昔的同学们,如果得了闲也就是好奇地八卦两句,来满足自己的好奇心。

莫允淮其实等待公开这件事已经很久了,只是孟繁翎没有说,他便不打算主动提,直到自己能够给予她足够的安全感为止。

"所以,你想要发什么样的文案?"莫允淮将锅里的那条鱼小心地铲出来,鲜美的汤汁也被慢慢注入整个碗中,浓厚的香味一瞬间盈满了整个房间。

孟繁翎一直都不太喜欢吃鱼,只不过她有在努力地改。她一直都知道莫允淮很喜欢吃鱼,所以希望自己也能慢慢地接受这道菜。

"我记得你并不喜欢吃鱼,"莫允淮含笑望着一连夹了好几筷子鱼肉的孟繁翎,慢悠悠地道,"不必为了我而委屈自己。"

孟繁翎长这么大,还没有吃过这样好吃的鱼。

她强行忍住了继续夹鱼肉的动作,认真地道:"我觉得你的手艺相当可以。我以前不怎么喜欢吃鱼,而且没有人能做出让我觉得可口的鱼,你是第一个。"

"你很喜欢,这是我的荣幸。"莫允淮将这盘鱼端到了餐桌上。

桌上的五道菜全都是由莫允淮所烹制的。

每一道菜的配色都很好看,尽管家常,却是香味扑鼻,让人食指大动。

在这样舒适的一日之中,他们商讨着究竟要发什么样的文案才算合适。

孟繁翎从事新闻这方面那么多年,对文字华丽的追求早就去掉了不少,力求文字的力度表达到位,因此想不出什么优美动人的文案;而莫允淮早就把孟繁翎高中时期教给他的那些华丽的词藻忘了干净,因此也无法拟写出文艺风的文案。

两人对视许久,最后还是相视一笑,眼神中带着一丝很淡的无奈,更多的是对对方的浓重情意。

孟繁翎摇头叹息:"说来别人可能不信,我高考的时候语文都要到一百四了,居然连编一句文案都这么困难。"

她说出这话时才想起,当初并不知道莫允淮考的具体分数如何。

在那一年，他说完自己要出国之后，孟繁翊就自觉地屏蔽了一切的信息，从网络世界中挣扎了出来。

信息源被切断，她也无从得知莫允淮的具体情况。

而莫允淮仅仅用一眼就看出了孟繁翊眸子里的疑惑，很轻地道："到了P大和T大的标准了，不过不是高考状元，有点可惜。"

当时的考试，他确实被自己要出国这件事情搅乱了心神，算错了一些颇为基础的题目，失了一些不该失的分。但现在再提高考，再提"如果我当初怎样怎样……"是无意义的。

当往事已然不可更改，那他很感恩在这个时机又重新和孟繁翊邂逅。

一切都是恰到好处。

"这个时机也许才是最好的。尽管这七年来，我都很想念你。"莫允淮道。

"我也是。"孟繁翊眸子里沁着笑意。

他们最近还养成了一个很好的习惯，就是该给对方私人空间的时候，就竭力不去打扰，但是晚饭过后的时间，被他们定义为"一起散步"的时间。

走在夜风里，他们感受着彼此手心的温度。

像无数平凡的情侣那样，他们的话题没有离开生活琐事与情情爱爱。

"你想好公开的文案了吗？"孟繁翊的左手被莫允淮的右手扣住，走在马路的人行道上。

莫允淮摇摇头。

孟繁翊笑着道："我的手机给你，你帮我写；你的手机给我，我帮你写？"

就这样随意地坐在了附近公园的长椅上，两位文案苦手对着对方的手机发呆。

莫允淮写不出来，便伸手握住孟繁翊的右手，将她的指纹录入到自己的手机："我的手机完全对你开放。"

孟繁翊并不挣扎，任由他将右手的指纹都录入，缓缓道："唔，我不会看你的手机的，除非有什么意外的情况。手机内容是你的隐私，我不想要侵犯你的隐私。"

她的未尽之意，便是"我完全信任你"。

然后孟繁翊也将莫允淮的指纹录入她的手机，只是她往日里不太用指纹锁，因为以前有过不好的回忆，让她下意识有些抵触。

孟繁翊很快地提起另一个话题，希望自己忘掉以前的不愉快："你这样，不怕我用你的银行卡吗？直接转走钱。"

她的笑容在路灯的灯光下极为甜美，他忍不住在她的右脸颊亲了亲："没关系，我的银行卡密码是25,23,70,所有的银行卡密码都是这个,你想转多少都没有关系。"

孟繁翊眼皮颤了颤。

她一直都猜测这三个数字跟自己有关，但她始终没有问出口，究竟是什么意思。从前是不好问，后来是不好意思问，而现在显然就是一个最好的时机。

"能不能告诉我这些数字是什么意思？"她的声音被夜风吹散了。

莫允淮点开浏览器里的化学元素序列图，没有多说，然后别过头，目光放在路灯上，等待孟繁翊看完之后的答复。

她不明所以地点开看，下意识地屏住了呼吸——

25，是锰；23，是钒；70，是镱。

锰钒镱，谐音就是，孟繁翊。

等等。孟繁翊想起了他以前的网名，38252370。她蹙着眉，目光快速地回到上方——38，锶。

所以，38252370的意义是——思孟繁翊。

她良久都没有说话。

莫允淮的耳尖有些泛红，见孟繁翊久久不说话，这才回过头来，轻轻地碰了碰她的脸颊，难得有些忐忑。

他怕自己爱得太沉重，让她觉得有负担。

"莫允淮……"孟繁翊的声音有些发涩，手也攥紧了自己的衣服，非常用力，"我……高考考得最差的一门就是化学，非常差。它是我没办法去P大的原因。"

他轻轻地拉过她的手："没有关系，都已经过去了。"

她的声音里携着一点点泣音，但是她没有哭："早知道，早知道……我再努力一点，再努力一点学化学就好了……再努力一点点。"

这是她这么久以来，最后悔的时刻。

而他却给了她一个拥抱，这是七年前看到成绩的她不曾拥有的："没有关系，我爱你，和别的一切都没有关系。只要你现在在我身边，就够了。"

坐在公园的长椅上，孟繁翊同莫允淮十指相扣，然后拍了一张照。

路灯下，莫允淮的手指骨分明，泛出冷色，是很好看的手。

孟繁翊拿着莫允淮的手机，半晌，幽幽地叹口气，在他的朋友圈里打下：和孟繁翊。

几乎是她在发出去的那一瞬间，一堆人都给莫允淮点了赞。短短三分钟内，给他点赞的人数已经到了八十多位。

孟繁翊出声道："我可以看一看给你留言的人都是谁吗？"

莫允淮似乎还在想文案："当然可以。"

孟繁翊点开点赞的消息，下面一排备注都是七班同学的名字，还有很多莫允淮的同事，或者是朋友。

她倏然想起当初莫允淮微信里出现了很多次的女孩子，抿唇，想着怎样开口才能显得自己并不小气。

"莫允淮……你当初上大学的时候，那个经常和你一起的女同学，你还有她的微信吗……"孟繁翊犹豫了一会儿，还是决定直接询问。直球看上去显得比较大方。

莫允淮愣怔了许久，硬是没有想起来孟繁翊说的究竟是谁。

"就是那个眼睛很大的，披着头发，下方染成了酒红色的女孩子。"她在印象里不断地翻找，最后只憋出了几句话。

莫允淮再一次回想了很久,才道:"你说的是 Sharon?"

孟繁翊不知道他说的究竟是不是那个女孩子。

孟繁翊对那个女孩子的印象仅限于莫允淮的朋友圈照片,以及他递给她的 KitKat。

"应该还是有的……但是没太多记忆了,我们很久没聊天了,好几年了吧。"莫允淮道,"有什么想知道的吗,我都可以坦诚。"

明明这是一次可以立刻知道他的往事的机会,可是孟繁翊忽然失去了兴趣:"以后再告诉我也无妨……你快点发吧。"

她不想让无关紧要的人毁了今晚的氛围,也不想要在属于他们的短暂时光中聊起第三个人。

就这么一忽儿的工夫,点赞和评论已经几百条了,大部分都是一堆问号。有几个或许是莫允淮的外国朋友,因为下面几乎是长长一段的、毫不掩饰惊讶的英语小论文。

孟繁翊不断地刷新着朋友圈,等着莫允淮将文案发出来。

她想看看他写了什么话。

在刷新第七次的时候,莫允淮终于将内容发了出来。孟繁翊第一眼看到的就是莫允淮拿了她拍的这张图,文案也是简洁如她:"和莫允淮。"

她没来得及说他敷衍,眼前的一幕让她几乎失语。

莫允淮在旁边轻声道:"我记得你给我的备注应该是'Snow'?我最近又做了什么惹你不开心了吗,备注居然是'戒断'?"

他的声音是带着笑意的,但同样等着她的答案。

孟繁翊咬唇,许久没说话。

她要怎么说,她切错微信号了?

可是她一直都没打算让莫允淮发现她的小号。

莫允淮没等到她的回答,抬眸望向她。漆色的眸子在路灯下,泛着温柔的情绪。

"其实……"她不知道如何开口,起了个头,又硬生生吞了回去。

而莫允淮也很快就发现了问题:"你的头像换过了?可是我记得明明不是这张雪景图——"

话音才落,他就意识到了什么,从她手里拿回自己的手机,一瞬间就发现了问题。

他没有给她备注。

这不是孟繁翊往日里用的账号。

他知道自己的微信里加了一大堆的人,因为当初他在 M 大的时候,很多学长学姐都会加他谈论各种问题,不少人其实都是躺列的。

他发微信会分组,但也仅仅是将同事和亲朋好友分开,所以他发的所有微信,孟繁翊的这个账号都能看到。

不用她多言,莫允淮很快就理清楚了很多事情。

"孟繁翊,"他叫了她一声,"你当初为什么要在原先的账号里删了我?你明明,没有在刚上大学的时候就删掉,为什么后来会这样做?"

他的语气难得有些严肃。

这个问题,他在无数个深夜都想过。而她朋友圈的内容,莫允淮只能拜托沈鸣进给他截图。

他将每一张截图都保存得很好,而在沈鸣进看不下去他这样,说要帮他跟孟繁翊说一说情况的时候,莫允淮还是拦住了他。

因为没必要。

过去式也许真的就是过去式了。

只是在夜阑人静的时候,他也会很不甘心。

他还是没有停止过思念,只是一直都没有足够的勇气,因为无法确认如今他在她心里的地位。

他想知道自己到底在她那里算是什么。

过去的老朋友?没能成功的暧昧对象?还是一个或许有点天真的、死缠烂打的同学?

这些都不会伤害到他。

他只是怕变成了一个"不熟的陌生人"。

"我不希望我们之间有任何误会——任何都不希望。"他难得强硬地和她对视,目光中是对他们之间一定存在着某种误会的笃定。

"你说过你没有女朋友,我相信,所以我不想多问。"她想了很久,只说出了这么一句话。

夜风有点大了。莫允淮揽过她,格外用力地将她拥入怀中。

孟繁翊的头枕在莫允淮的肩上,右臂被炙热的手用力地按住,像是生怕她逃跑。强烈的气息极具存在感地缠绕在她的周围,将她一圈一圈地卷入回忆。

她习惯性沉默,习惯性不坦诚。

"你不能不告诉我。"他的声音很低,气息喷在她的耳畔,像是缠绵的吻,让她一刹那就觉得有些热。

"……你在朋友圈发过很多那个女孩子的照片,虽然不是你们两个人的合照,但是她是在你大学时候,出现在朋友圈次数最多的女性。"孟繁翊的声音听起来有点淡,被风吹得破碎。

"她的眼神里有很浓厚的爱意,我想,你应该看得出来。"孟繁翊最后还是没能将实话说出口。

她还没想好,怎样告诉他,自己去过 M 大,也正好遇到了他,遇到了他笑着给她买巧克力味的雪糕。

可是孟繁翊最讨厌巧克力味,所以更加难过。

"我后来听说过……有人说,她是你的女朋友。嗯,我想也是。你应该是看得出来的,她看上去非常非常喜欢你,喜欢都要忍不住了,我当时真的有点难过,想着好多年了,谁都会变,要不算了,要不就忘了……"

她知道自己不能再说下去了,久违的酸涩溢出来了,让她有些喘不过气。

但是还没有说完,她必须要听到他的解释。

"可是我删掉你之后,发现还是戒不掉。当时我跟七班同学联系已经不是很多了……所以我还是决定再加你一次,可是越看越难过……"她说不下去了,将脸完全地埋在他的心口。

声音霎时散掉了。

"她就是 Sharon,她不是我的女朋友……坦诚地说,她是我当时在国外最要好的朋友的妹妹,所以我们每一次都会带上她。"莫允淮抚过她的眼角,感到指尖有点潮湿,顿时觉得心口像是被凿去一块。

"我确实是看出来了,可是我的朋友拜托我再忍一忍——他问过我对她有没有意思,我如实回答,有心上人了,也许是以后都很难放下的那种。"

莫允淮慢慢地说着,脑海中不由自主地想起那天的回忆,竟然意外的很清晰。

他的朋友站在他面前,努力地说服他不要再回头了,要向前:"Ray,你说过你喜欢的人不喜欢你了。据我所知,如果不喜欢了,那基本上就没什么挽回的余地了……你真的不考虑我妹妹吗?"

往日里大家都叫他"莫",但是急了也会叫他的英文名。

"可是我还爱她。我已经很努力地不去爱了。"他的语气是平静的。

朋友急得在他身边转来转去:"可是 Sharon 显然非常非常喜欢你。好吧,我不能强人所难,那我能不能拜托你忍耐一下……她说她快要表白了,她表白的时候,你能不能拒绝得温柔一点?"

莫允淮冷静地看着他:"可是我温柔拒绝,才是对她的最大残忍——她会觉得她在我这里还有希望。"

"Ray,拜托了拜托了。"朋友从来没有这样认真地恳求过他,"那,你可以在拒绝她的时候讲点你跟心上人的事情吗?温柔地讲,语气和缓一点,这样应该能让她清醒一点……"

莫允淮一时之间不知道到底是谁对 Sharon 更残酷一点。

说是很快就表白,但其实是过了很久很久。

莫允淮每次都有意识地避开这个姑娘,甚至拍照的时候都努力地跟她隔开最远,无数次想要在她表白之前就先拒绝。

只是这样并不符合他的教养。

终于有一天,Sharon 给他发出了单人邀请,请他到大榕树底下和她一起野餐。

他拒绝了野餐,但没有拒绝她的单人邀请,因为他知道这是她选定的表白时日。

他还记得那天有点热,他们周围两三米都没什么人,但是不远处有很多人。

他后来才想起那天是短期留学生交换日的最后一天。

"Ray……"她鼓起勇气这么唤他,也知道往日里大家更多时候都叫他"莫",是一个中文发音,但她私心里觉得这个英文名更让他们亲近。

莫允淮的目光淡淡望向她,须臾,她就红了脸:"你上次赌输了……你去给我买雪糕吗？我要巧克力味的。"

他想起上一次的赌注，是因为大家无聊地谈起初恋的话题，他怎么也不肯开口。在有关初恋的游戏里，他总是一败涂地，最后甚至欠了他们许多的赌注。

Sharon一直都知道莫允淮不喜欢巧克力味和白桃味，甚至连这两种口味的东西都不太愿意碰，像是会想起什么不太好的回忆。

可是她非常喜欢巧克力味。

她想知道他会不会为了她破戒。

莫允淮没什么所谓地去买了雪糕。他并不是真的对巧克力厌恶至极，只是因为巧克力会点燃他很多很多的回忆与思念，所以不喜欢。

当接过他手中的雪糕时，Sharon笑颜粲然："我非常喜欢！"

莫允淮的笑容非常具备礼节性："不欠你了。"

Sharon看上去真的有点紧张，因为她的话题相当跳跃，不知怎么的，又从雪糕转移到了别的话题："那些短期交换生今天要走了哎……他们看上去和你好像，都是中国人吧？"

莫允淮顺着她的目光看去，眼神一凝。

走在最后的那个女孩子背挺得很直，他莫名地就觉得熟悉。

荒诞的想法在他心头闪过，他强行按捺住想要追过去的冲动，因为Sharon开始表白了。

少女心事最难辜负。

莫允淮在她讲完之后，像从前拒绝了无数人那样，再次拒绝了她。

不同的是，他这一回的拒绝格外温柔，在她觉得好像有些缥缈的希望时，他开始同她讲起了自己的心上人，自己难以放下的人。

他讲得太过投入，也带着太多不自知的深情，以至于他完全没发现对方什么时候眸中噙满了泪水，大声打断了他："我知道了！你不要再跟我讲了！你真是，太过分了！为什么要跟我讲那么多有关你心上人的事情……我不想听……"

她很快地跑开，雪糕盒被遗留在地上，孤零零的，在草坪上却又显得非常刺眼。

莫允淮拾起，准备等会儿扔进垃圾桶里。

他心情难得轻松，虽然觉得自己真的是残忍又浑蛋，不过歹让一个姑娘彻底死了心。为了防止她做傻事，他给朋友打了一个电话。

打完电话的他又觉得心里空落落的，脑海里不断地浮现方才那个莫名熟悉的身影。

他打开手机，翻出朋友圈。

孟繁翊恰好发了九张图片，背景显然就是国内。

莫允淮不动声色地点开照片，一一保存后又合上了手机，慢慢地往回走去。

他一边走一边自嘲，怎么可能是孟繁翊。

果然是想疯了。

在讲述完这一切之后，莫允淮有些忐忑地望着孟繁翊。

她却依然很用力地抱着他。

"幼幼？"他唤了她一声。

"我想了想，"她的声音闷闷的，"我还没有跟你说过我爱你。所以……"

她仰头，很慢很慢地道："莫允淮，我爱你，我也很爱你。"

5

"校庆返校？"孟繁翊告诉莫允淮这个消息的时候，他正在烘焙甜点，闻言抬头望着她。

烤箱恰好在此时发出了"叮"的一声。

孟繁翊很喜欢吃甜食，而莫允淮又有心让她戒掉巧克力味的甜食。因为他不希望她总是勉强自己，总是难过。

在他的不懈努力下，整个冰箱里的巧克力味的甜品几乎已经不见了踪影，连用于提神的咖啡都被他用浓茶来代替。

今日，他做了很多白桃味的甜品，甚至曲奇饼都泛着一股白桃的甜香。而孟繁翊一点都没有感觉到腻味。

"没错，Meya说学校请我们返校，录制视频，同时校庆那天要出席，毕竟我们现在也算是小有成就的成功人士，尤其是你。"孟繁翊捏起一块饼干，轻轻地放入口中，只觉得甜香无比，没忍住又吃了第二块。

冬天的脚步确实来临了。整个房间里都弥漫着一股暖香味，这让她非常有安全感。所有的寒风都被隔绝在窗子之外，只能看见屋檐上的白霜，向下望去，树枝也在晃晃悠悠地乱颤。

寒风像是一张巨大的网，将整个城市都包裹在其中。

莫允淮把所有的甜点都摆出来，连盛着甜品的小碟子都格外精致："她有说什么时候录制视频吗——校庆当天？"

"Meya说，这是她带的最后一届学生了，现在他们在读高三的上学期。她希望我们作为学长学姐，能够莅临现场给他们做一些指导，如果去不了可以录制一些励志视频。"孟繁翊回忆着Meya在手机上给她发的微信，如此说道，"是明天，不过明天我们刚好休息，也算是有空，可以去。"

莫允淮拿起一枚蛋挞，咬了一口。

蛋挞和其他甜品放在一起，不知不觉也染上了白桃的香味，咬下一口，酥脆的表皮，内里格外嫩，也非常香醇："嗯，那就去吧。我也很多年没有回宁中了。"

莫允淮和孟繁翊虽然没有住在一起，但他们在空闲的日子里都会来到对方的家中，就这样消磨过一天。

对于处在热恋中的情侣来说，什么都不做，光是看着对方，都足够看一整天。

他们养成了相当好的习惯，每次见面都会拥抱一下，而分别前，会给对方一个吻。

"我本来想明天同你约会的，但是既然明天要回宁中，约会的事情就放在下一周吧。"他顺手将她垂落的发丝撩至耳后,指尖在她的脸颊上很轻地摩挲了一下,然后若无其事地移开。

他们分别的时候往往是深夜,最后一吻总是容易吻得难舍难分,擦枪走火的事情不是没有,可是最后都忍住了。

他每一次都会非常绅士地询问她,而孟繁翎对这类事情似乎总是有些畏惧与惶惑。

在这种时候,他便会执起她的手,很轻地吻着,一下一下地吻着,声音嘶哑,满目都是温柔和怜惜:"我不会强迫你的,不要担心。"

其实他也忍得辛苦,只是家中很早就教导过这方面最好是在婚后。在婚后,一定程度上对女孩子来说,是一种保护。

"一定一定要尊重她的意愿,不可以放任自己的想法,她的想法最重要。"谢襄认真地强调,而莫允淮的耳尖有些泛红。

自从他跟孟繁翎公开之后,谢襄总是会在微信上跟他强调:"你一定要保护好繁翎,不可以伤害她,凡事都要考虑到她的想法。"

他也在等待一个时机,带孟繁翎回去见一见谢襄。

她和谢襄也有许多年没见了。

"莫允淮,我的咖啡呢?"孟繁翎打开冰箱找了一圈都没找到,"那么一大罐咖啡呢,你不会都倒了吧?"

她确实不喜欢咖啡的味道,但那么一大罐,一下子都倒了,让她觉得有些可惜。

"没有倒了,在我那里。"他摸摸鼻尖,没想到这回她会这么留意咖啡。

"唔,那也好……帮我没收了吧,我正好需要戒掉它。"孟繁翎走到莫允淮面前,亲亲他的鼻尖,凝视了他一会儿,然后笑起来,"你不会以为我生气了吧。"

莫允淮也很轻地在她的唇上吻了吻:"没有生气就好。"

她顺势坐进了他的怀里,很专注地盯着他。

他的手放在她的腰间,却倏然摸到了一片滑腻的肌肤,顿时蹙眉:"这么冷,怎么穿得这么少?"

她搂住他的颈项,额头抵着他的额头:"明天去的话,我们要怎么准备?假装我们不是情侣?毕竟他们现在在高三,做了不好的榜样是不是不太好……"

她雪白的手腕在他的眼前晃来晃去,他将她的右手从脖子上拿下来,从手心开始吻,沿着手腕、手肘一路向下。

炽热的吻,在皓腕上落下了浅浅的红印。

这是他极力克制后的结果。

而她笔直的腿此刻缠在他的腰上,整个人紧紧贴着他。

"这样的动作,说着这样无情的话……"莫允淮很轻地掐了掐她的腰,引得她猛然一缩,迅速地挣脱了他的怀抱。

"不想跟你说话。"她很快就坐到了对面的沙发上,脸很红,然后抱住了抱枕,把头埋进去。

他们都平静了一会儿，才继续刚才的话题，只是空气中还有丝丝缕缕的暧昧。

孟繁翊认真地道："我们明天可以一起去，但是我们假装不是情侣好了。可以跟 Meya 说清楚，但是不能让现在上高中的学弟学妹们知道。"

"万一谁真的春心萌动，被我们刺激一下就去谈恋爱了，那才是罪大恶极。"孟繁翊的眸中盛满了认真。

莫允淮知道孟繁翊是对的。这个年纪，成绩和未来大过一切。

"但是要是他们自己认出来了，那可就不怪我了。"莫允淮慢悠悠地道，将红茶倒在了孟繁翊的杯子里，以便她吃腻了甜点后能够很快地喝到。

孟繁翊望着茶杯上冒出的腾腾热气："我觉得我能够演得很像——你看我高中的时候，就知道我多能演了。"

"不过我不能保证我演得很像。"莫允淮道，"在其他任何方面我都可以，唯独在这件事情上我可能做不到。"

他只知道他真的不可以。

唯一勉强做到的便是他离开她的那一天，心灰意冷之下，真的想要不再爱，态度确实冷淡了很多。

只是他知道自己要花多大的力气才能按捺住转身再去找她的冲动。

"我爱你……我的眼睛可能藏不住。"他摊手，"如果他们认出来了，那我就承认了。"

孟繁翊盯着自己手上还没消掉的红印："下一回，不要在这么明显的地方留下印子了。"

他起身，走到她的身边，握住她的手，将卷上去的袖子拉了下来，吻了吻手背："没关系，可以遮住的，冬天很方便。"

许多年没有走进宁中，没想到这里发生了这样翻天覆地的变化：原本米色的墙壁全部刷成了砖红色，看上去就足够热烈，像是黑夜中永不熄灭的火焰，熠熠生辉，闪闪发亮。

现在门口设置了门禁，需要刷脸进入。莫允淮和孟繁翊两人的学籍早就不在此处，因此和门口的保安叔叔大眼瞪小眼。

这位保安叔叔还是七年前的那一位，他们还认得他，只可惜他认不得他们了。

最后还是打电话叫 Meya 来领走他们的。

Meya 刚到门口时，风姿绰约，仍然穿着旗袍，不大的眼睛里露出了笑意："你们两个一起来的啊？是刚好碰上了吗？"

Meya 替他们扫脸，门开了，孟繁翊先通过通道，只是左手还牢牢地牵着莫允淮的右手，将他也带过了机器。

孟繁翊笑着道："他现在是我的男朋友。"

Meya 一愣，很快就反应过来，惊喜万分："好事情啊，你们是我学生中第一对成的呢……"

孟繁翊右手握成虚拳，抵在唇前，轻咳了两声，心想还有沈鸣进和林可媛呢，他们两个分分合合这么多年，最后还是好好地在一起了。

想到林可媛，她的笑容淡了一点。

她确实还没想好到底要怎样处理，因为她也知道林可媛不是故意的，现在很自责，而且林可媛显然想要和她修复关系。

"那、那个，Meya，"孟繁翊上一次当面唤她这个英文名，已经是七年前了，现在喊来格外生疏，"能不能不要在学弟学妹们面前说我们两个的关系？怕给他们做不好的榜样，毕竟都高三了。"

Meya 瞟了他们紧紧相扣的手一眼，笑吟吟地道："好啊，你们先把对方的手放开。"

孟繁翊抽了两次都没抽成功，眸光潋滟地瞪了莫允淮一眼，示意他赶紧松开。

莫允淮却道："到了教室前再松开。"

Meya 闻言，笑得更开心了，带着他们一路走上完全翻新的教学楼："打算什么时候结婚啊？"

孟繁翊一噎，莫允淮先说话了："快了，到时候一定请老师您来。"

今天的校园里很热闹，到了下课，楼上的栏杆上就会伏满了学生，都在好奇地往下打量。

走在路上，确实多了很多很多穿上黑色西装的、看上去就是年轻有为的人；发上染了霜雪的、威严的长辈也不是没有，但数目不是很多。

他们走在校园里，都有一个共同点，就是眼神中带着深切的怀念，又觉得有些陌生。

人真是奇怪啊。

明明待在学校里的时候，恨不能早日逃离此处，而且能够轻率地说出"我讨厌宁中""宁中的校领导的决策都是用脚趾头想出来的吧"。

可是当他们回来，回到这一处，就会发现，记忆磨去了不美好的地方，留下的都是美好。许多人见到当初的校领导，甚至会觉得深深怀念，倍感亲切。

莫允淮踏上宁中的楼梯时，发现此处每一级的阶梯都被贴上了励志名言，抑或是英文单词；墙壁上挂着密密麻麻的名人素材，只要学生们重复地经过此处，一定会深深地记住这些墙上挂着的事迹。

"我觉得……"莫允淮俯下身子，凑在孟繁翊的耳边，很慢地道，"这里看上去更像监狱了。"

他的唇几乎贴在了她的耳边，让她的耳尖一瞬间红透了。

孟繁翊幅度过大地往右一躲，羞恼地捂住了耳朵。

Meya 在前面转头，看到的便是这样的场景，顿时感慨一句："还是年轻好，做什么都非常有活力啊。"

孟繁翊立刻举报莫允淮："老师，他说宁中更像监狱了。"

莫允淮立时往她那处挪了几步，揽住了她的肩，熟悉的气息压在了她的周围，让她一刹那就闭了嘴。

Meya 倒是不怎么在意："没办法嘛，现在大家都很努力，不努力一点是比不过别人的。这个墙上的素材还是两周一换呢。"

终于走到了教室门口，孟繁翊用力地挣脱莫允淮的怀抱，用手指在自己四周比画了一下，表示要装出陌生人的样子。

莫允淮依言放开了她的手，和她隔开了一段距离。

孟繁翊在这个时候偏头端详他。

眼前的男人身量颀长，容颜映丽，神色却有点冷淡，带着疏离的气质，看上去不好接近。

只有孟繁翊知道他与人亲密时的模样，他会在她没穿鞋的时候眉梢微微蹙起，让她踩在他的鞋上，或者将她抱起，放在沙发上，然后单膝为她穿上袜子。

他同七年前已经有了太多的不同。

可他依然是她的太阳。

如果他没有去加拿大，没有经历过七年的等待，也许会更开朗一些，像是从前那样，帅气却不自知，有无数的爱慕者。

不过现在这样也很好，她也很爱这样的他。

准确地说，是他，所以她才爱。

门"嘎吱"一声被推开，也打断了孟繁翊的思绪。

教室内，明亮的灯光下，一堆人好奇的目光投射，附着在他们身上。

孟繁翊的职业素养促使她一秒钟就换上了相当妥帖的笑容，哪怕心里有些慌张，面上却还是从容无比。

她和莫允淮一前一后地进了教室，意外发现教室里面已经有了不少七班原来的同学。

陈冬川的身影赫然在列。

他在看到她的时候，眼神变化了一下，却又在看到莫允淮的时候重新变得沉寂。

孟繁翊的脚步没有任何的停顿，连微笑都没有波动分毫，走到了原七班的同学身边，笑着看着底下的少年人。

原七班的同学一个一个走上去自我介绍，PPT 上每个人格外优秀的履历都让底下的少年人惊叹无比。

轮到孟繁翊，她的高考成绩被打在屏幕上，下面是她就读的大学，现在在职的工作，条条都是优异无比。

底下倒吸一口凉气。

如今距离这帮高三学生最近的，便是高考成绩。他们早就听 Meya 科普过七年前的那一次高考究竟有多难，所以她超高的成绩就格外让人艳羡。

"我叫孟繁翊，是你们的学姐。"她笑盈盈地望着底下，"这边是我的简历，但是我觉得这些都不是我最大的成就。在学习方面，你们有什么想要问我的吗？我会知无不言，言无不尽。"

许多人的眼睛都亮了,她回答了很多关于语数英、物理这四门究竟怎么学的问题。

她提出的方法确实不太寻常,不少人都若有所思,像是被启发了。

站在边上的白雅笑着和许淑雨小声道:"学委还是那么引人注目。"

她和许淑雨还是那么要好,就像当年那样。

孟繁翊回答完一大堆问题之后,抬头看了看墙上的钟,问:"还有什么问题吗?"

一个女孩子举手,孟繁翊示意她站起来。

对方羞涩地道:"学姐,说起来有点不好意思,但是我真的想知道……原来学霸也有学不好的科目吗,为什么你的化学成绩这么与众不同啊?"

孟繁翊一顿。

确实,她的化学成绩在一堆几乎要亮瞎眼的高分中,格外累赘,看上去几乎就不像是一个水平的人考的。

可是,人人都有短板。

"化学是我的短板。"她像是想起了什么似的,很慢地说,"我在接受过一个人帮助之后,化学成绩上去了一大截,但是后来没考好。在最后一个学期……我因为一些不可抗力因素,失去了他的帮助,后来高考还是差了一截。"

"难道我们一定要借助别人的力量才能成功吗?"那个女孩子不自觉地歪歪脑袋,认真问道。

"不是这个意思哦。"孟繁翊笑眯眯地道,"靠自己才是成功的最根本的途径,但是有时候也需要和别人互相交流。最重要的一点是,要珍惜和别人一起相处的时间。他们本没有义务教会你题目,但是他们这么做了。少年时期的情谊,弥足珍贵。"

"真的是最后一个问题。"小姑娘看上去还是没打算坐下,"学姐,那位学长和你是什么关系?"

孟繁翊一怔,顺着她的手看向了站在旁边的莫允淮。

小姑娘的声音听上去认真又笃定:"那位学长一直看着你,一秒都没有移开目光哎,你跟我讲话的时候,也时不时看向他……"

Meya喊了一声:"坐下坐下,只许问学习方面的问题!"

全班哄堂大笑。

孟繁翊却好像在这阵笑声中回到了很多年以前。

他们在人海中对视,又默契地错开目光,仿佛什么也没有发生过。

莫允淮三两下便走上了讲台,站在了孟繁翊的身边,嗓音沉稳:"我们是双向奔赴,暗恋成真。"

整个班级先是愣了一秒,下一秒起哄的声音几乎要掀翻天花板。

原七班的人也跟着起哄,起哄的本事不输当年。

孟繁翊无奈地轻轻拽了拽他的袖子,心中又划过隐蔽的欣喜。

她最终脸色绯红地站在他的右侧,没有看底下人的反应,听着莫允淮的闲扯。

"我和她啊,嗯,喜欢了很多年了。对了,你们看,这是我的成绩。"

莫允淮的成绩比孟繁翎还要高上一截,让整个班的人都失语了。

"不过我去了国外留学,这不是重点。重点是,我能有考上国内任何大学的分数,全都是因为她。"莫允淮罔顾孟繁翎让他别扯淡的眼神,镇定自若地道,"我们知道不能早恋,因为早恋真的很影响成绩,所以我原计划就是高考后再说……

"啊对,我当时就是想着,为了成功概率高一点,我一定要考出一个非常优秀的成绩,一定要非常非常优秀,让她的追求者都没办法比过我。她的追求者一直都很多很多,到现在还是很多。"

孟繁翎从他这句话里听出了一些醋意,霎时就知道他是因为前段时间的相亲还醋着,登时无奈地笑了笑。

只是笑容里裹着甜蜜。

他一谈起她,身上的疏离气质如霜雪坠入春水,簌簌融化了,所有人都能听出他的爱意。

他在构想没有出现他们彼此疏远的结局,给这些高中生留下了一个美好的憧憬。

"所以呢,最好的方式,就是考得比她高……虽然她也总是考过我。嗯,最好的方式,就是让你自己成为有限范围内的第一名,证明你比她的任何追求者都优秀。"

孟繁翎听着莫允淮一本正经地胡说八道,顿时扶额。

只不过他下场的时候,右手牢牢地扣住了她的左手,十指相扣:"我们快结婚了,到时候给大家发喜糖啊,见者有份。"

孟繁翎站在旁边,小声地道:"做什么随便许诺啊,我都不知道什么时候结婚。"

莫允淮凑在她的耳边,轻轻道:"亲爱的,你看看我们周围,原七班的同学有谁的进度比我们更慢一点吗?许淑雨他们都要准备二胎了,我们两个连婚都没结。"

"见过家长后……我们去领证吧。"他这样说。

七年的时间过去,校长早就换了一位,只是仍旧庄严。

他站在主席台上,望着底下的人山人海,肃穆的声音从话筒里传出,在校园各个角落的广播里回荡:"各位老师,各位同学,在暮秋的这个日子里,我们迎来了我们母校一百岁的诞辰。今天,我们有幸邀请到了已在各行各业取得成就的校友们……"

孟繁翎和莫允淮站在校友处,放眼望着整个校园。

校园里的树不少都是四季常青,最多是叶片变成了深绿色,也有很多树已经垂垂老矣,一阵风吹来,许多泛黄的树叶便从树上被卷落,颤颤悠悠地落在了地上,像枯死的蝶,用不了多久,就会变成土壤的一部分。

年少听校长的致辞时,孟繁翎总爱在底下捧一本小本子,上面记满了密密麻麻的英语单词、化学方程式,又或者是语文的古诗文,所以从来没有认真听过校长的话。

而周围的少男少女也总是一副神游天外的样子,注意力早就不知道跑到了哪里。

长大后,她第一次认真地听校长的讲话。

她将每一句话都听得相当仔细。

在校长缓缓阐述之中,她发觉,对方一定是认真写过稿子的。他讲述的是为什么读书能够改变命运,甚至能够减弱阶级固化的现象,为国之振兴做出伟大贡献。

她听着听着,不知不觉就热泪盈眶,望向底下人时,发现只有前排的同学在好好地听。

他们还是太年轻,不知道这三年的努力对一生的影响有多么大。

"高考不会决定命运,但是毫无疑问,它会在相当程度上影响命运。"

孟繁翎忘记是谁曾经这样告诉过她:"高考是残酷的,会筛选出一大批人,他们或是靠天赋便取得成功,抑或是凭借自律取得成功;倘若自律的人失败了,他未来的人生却并不一定是失败的。"

孟繁翎一直都知道,自己算是小有天赋的一批人,但让她成功,完全是因为"勤奋"和"自律"。

当有天赋的人站在她的面前,她只有淡淡歆羡;当自律者站在她面前时,却会让她由衷钦佩。

她对勤奋者有天然的偏爱——也许是因为,包括她自己在内,绝大部分的人都不是真正的天才,所以较之"天赋","勤奋""自律"是普通人更容易做到的。

校长的演讲完毕之后,孟繁翎还久久无法回神,直到莫允淮轻轻地晃了晃他们十指相扣的手。

"把手放进我的口袋里。"他的声音非常轻,借着无人用话筒发言的空隙,用气音道,"快冬天了,做好保暖,不要长冻疮。"

莫允淮的话把她从自己热血澎湃的世界里带回了人间。

她笑笑,顺从地将手放在他的手心里,然后被他揣到了口袋里,好好地裹着,目光却放在了主席台上。

他还记得她的手冬天就会长冻疮,所以总得提前很久就开始戴手套。

她总是会被这样的细节深深打动。

接下来的时间过得非常快,而她和莫允淮几乎是寸步不离,原七班的同学见到了都要笑着调侃一句。往往是孟繁翎被调侃得脸不由自主地发红,哪怕强行镇定都无法让面色恢复,而莫允淮仍是从容不迫。

他在其他人的面前都是气度极为沉稳的成功人士,唯独在她面前,能看到很多少年时期莫允淮的影子。

他爱吃醋、很幼稚,哪怕陈河现在有家室,他仍然耿耿于怀,表面不显露出来,实际上非要对陈河退避三舍。好笑的是,陈河现在更不敢凑近孟繁翎,生怕许淑雨生气,最后还是许淑雨拖着陈河走到孟繁翎面前打招呼的。

"小孟。"许淑雨笑眯眯地打量眼前的两人,心满意足,"你们什么时候结婚呀?"

孟繁翎正欲开口,莫允淮抢先回答:"很快很快了,够快的话,年底就能结婚。"

孟繁翎瞪他一眼:"我不想在冬天穿着婚纱瑟瑟发抖。"

莫允淮一本正经地道:"我们可以在冬天领证。"

许淑雨笑出了声:"到时候一定要请我们喝喜酒啊。"陈河跟着附和。

他们简单地寒暄完毕,转身又遇到了陈冬川。

陈冬川走到两人面前,平静地说:"聊聊?"

莫允淮道:"就在此处吧,我们长话短说。"

陈冬川身上一直都有种非常寂寞的感觉,他走在人群里,却好像独自在行走。他看上去对什么都不太关心,可是没有太多的人很关心他。

"真的很感谢你们,"陈冬川开口,说的内容却是两人想不到的,"尤其是你,莫允淮。"

莫允淮一顿。

"多谢很多年前,那节课……你为我解围。可以说,就是从那一刻起,我不再像以前那样,怯懦,阴郁,没有任何朋友。"陈冬川的语速不快不慢,让人听着很舒服,"也感谢孟繁翊,你在学习方面帮助了我太多。"

孟繁翊的眼神里透露出细微的茫然,而莫允淮的眼神未曾有变化。

但是陈冬川知道,他们都想不起来了。

或许,那些随手的帮助,对他们来说只是日常而已。

世上总有人可以活得相当敞亮,他们真心实意地将善意馈赠给那么多人,而他只是他们帮助过的人中,普普通通的一个而已。

他们就应该这么明媚,他们的名字就应该在各自的领域里闪闪发光。

第十二章

无穷，雪落，正相爱

1

"看电影？"孟繁翊歪头。

在校庆结束之后，莫允淮没有马上和她一起回家，而是提议去附近的影院看场电影。

天色暗得很快，天空从纯净的蓝色慢慢变成了温柔的紫色，像是星星划过的长长的轨迹，尾部接近透明。

气温也在一点点降下来，但是他的掌心很温暖。

莫允淮在很早之前就订好了今晚的电影票，他查询过了，据说是一场爱情电影，男主演是几乎家喻户晓的年轻的三金影帝，而女主演却是一个新人，听说很漂亮，但是没什么演技。

毕竟对他来说，最重要的便是，这是一部爱情电影。

爆米花的香气盈满了整个大厅，莫允淮相当自然地问："要大桶的吗？"

她很乖地点头，他便带着她去购买。

他们坐在位置上时，电影恰好开始。

在刚开头的时候，他漫不经心地捏起一颗爆米花，轻轻地塞到孟繁翊的口中。对方很顺从地咬下，神情已然是浸在了电影里。

他感到指腹被柔软的舌尖碰过，一怔，正打算抽出手指，孟繁翊状若无意地咬了咬他的指尖，伴随着柔软的舌。

他的眼底暗色慢慢酝酿，孟繁翊目光锁在屏幕上，口中却道："好好看电影。"

他只能忍住不断滋生、膨胀的想法，一只手用力地扣住了她的另一只手，目光着陆在电影里。

画面中，女主演的爱意几乎压抑不住，她每一次都笑得极为动人，满心满眼只有男主演。她所有的动作都自然无比，所有撒娇般的话语都顺理成章。

这是一场关于暗恋的戏码，她在这场戏里阐释得异常动人。

只是莫允淮买之前，没有想过这是一场悲剧。

短暂地得到过，再失去，相当残忍。

而男主演的深情与隐忍，众人也都看得见。

只是电影中的那位女主角不知道罢了。

孟繁翊看着看着，眼角不知不觉浸满了泪。她想起很多年前的那场电影，她和莫允淮在彼时都是怀着"也许永远都得不到"的心情。那场电影相当热闹，她只记住了那场电影的男女主演接吻的镜头。

记忆中更多的，是她时不时会小心翼翼地去看身边遥不可及的莫允淮。

电影散场，气氛有点沉重。

"女主演的演技还是挺好的，一点都不像网上传的那样。"孟繁翊主动划破了沉重的空气。

他们都想起了曾经，无数个眺望着彼此的日日夜夜。深切的思念，缭绕的烟雾，深夜时无声地落泪。

"我的失误，"莫允淮道，"我没想到会是悲剧。"

他们走出影院的时候，手里还有一大桶爆米花。

他们坐在长椅上，像过去无数次那样，望着来来往往的行人，偶尔仰头看看天空的星星。

"你知道吗，我每一次想你的时候，我都会去电影院买一张票，看一场电影。"孟繁翊靠在他的肩头，喃喃。说完自己又笑了，因为莫允淮肯定不知道。

"那么，看的是什么电影？"他温声地问道。

"我其实也不看爱情片，我专门挑非常刺激的恐怖片，如果没有恐怖片，我就看一些动作片。遗憾的是，电影院里的恐怖片一点也不恐怖，但是我每次看完心情都会好很多。"孟繁翊捏起一颗爆米花，贴在莫允淮的唇上，非要他吃下去才满意。

她跟着他待久了，越来越放松，全然没有了以前的包袱。

莫允淮的心口又开始发酸泛疼。他一直都鼓励她把从前的难过说出来、宣泄掉，由他来承受。但是每次她说的时候，他都会抑制不住地难过。

"幼幼，"他一遍一遍亲昵地喊着她的名字，"听说下周有流星雨……你跟我一起去看吧。我们有很长的岁月，一点一点地把所有的难过都替换成快乐。"

夜幕如同仙女的锦缎，而繁星一颗一颗地镶嵌在夜间的天幕上，犹如锦缎上缀着的珍珠。

莫允淮从车上取出了垫子，孟繁翊顺手接过放在车上的包，背在身前。合上车门之后，在这天地间，几乎听不到别的声响。

他们到达的地方，是介于宁中和后山之间的一大片草地。不远处是田野，夜间能听到细微的声音，但比起夏日，已然安静了许多。

　　"这里视野相当开阔，而且没有太多灯光。"莫允淮的气息温热地浮在她的身边。

　　两人十指紧扣着走了一段路，找了一个风不算大的地方，将垫子铺在了地上，坐了下来。

　　"大冬天晚上出门看流星雨的，恐怕只有我们两个了。"她的话听上去在抱怨，只是细品之下有许多的期待。

　　还没有到晚上十一点，流星雨到来。

　　"大概还有半个小时，"莫允淮按亮了屏幕——为了配合氛围，他把手机的亮度调得很低，"我们可以聊聊天。"

　　孟繁翊早就戴上了厚厚的手套，闻言点点头，却又想起莫允淮看不见。

　　一转头，她借着一点点的光亮，勉强看清了他在夜色中晶亮亮的漆色的瞳，以及似乎上扬的嘴角。

　　"我以前一直在想，为什么谈及过去，我们两个之间好像只剩下了伤心。"莫允淮不疾不徐地道，"明明我们之间也有很多很好的回忆。所以今夜，就让愉快的记忆彻底覆盖那些不开心的往事。"

　　孟繁翊戴着的手套太过厚重，勉力才拉住书包的拉链："你先说吧。"

　　莫允淮明明看不见，却帮她拉开了书包拉链，从里面取出了两支棒棒糖："白桃味还是荔枝味？"

　　"你怎么……"话音还未落，她就想起包里的东西是她指使着莫允淮装好的，于是果断改口，"白桃味！"

　　莫允淮打开了手电筒，将白桃味的棒棒糖包装纸细致地撕开，递给她的时候顺带着摸了一下她的脸："怎么这么冰？"

　　于是他坐得更近了些，替她挡住了更多的风，这才缓缓地谈起从前的事情："其实，我高一的时候，想方设法引起你注意过。"

　　孟繁翊一脸茫然："嗯？"

　　莫允淮的声音没有异常，只有他自己知道耳尖在开始变烫："你还记不记得，高一每次月考之后，你的抽屉里就会多几颗糖？"

　　孟繁翊仔细地回想。

　　那已经是差不多十年前的事情了，所有的细节在岁月的洗礼下，泛黄，褪色，像是薄薄的一张纸，放久了，便不能随意触碰。因为不知道下一次触碰，是想起来，还是变脆。

　　模模糊糊间，她似乎是想起来有这件事情。

　　孟繁翊想了许久，才道："啊，好像是的……"

　　"你有吃过吗？"莫允淮的声音里似乎带了些许的忐忑，像是再次回到了少年时期，"我挑了很久很久，尝了很多种白桃口味的糖，觉得那一种最好吃。"

　　孟繁翊一顿。

她对高一的回忆，只有前期极为惨淡的成绩，和摞得相当高的作业。

整体都是灰色的，像是被命运缝入了暗色的袋子里，怎么样挣扎，都无法逃脱。

老师的斥责、同学过强的竞争意识，以及每个人堪称对任何事情都漠不关心的态度，都给她的记忆涂上了暗色调。

可是，也是有亮光的。

当她看到第一颗白桃口味的糖果时，她下意识以为是上一场考试坐在这里的人落下的。

但是后来，她发现，每一次月考都有。

她在问了跟她要好的所有的同学之后，都得到了明确的否定答案。

所以，她大胆地猜测，这或许是某个少年留下的。又或者是某个对她有很深的善意的人留下的。

客观来说，前者的可能性更大。

这两种猜测都让她心情变好，因为哪怕她知道自己并不认识那个人，也会非常感谢他的善意。

"……啊。"她如梦初醒一般地回答，"原来是你吗？"

在高一最后一次期末考之前，她在抽屉里放了一张字条：谢谢你的糖，祝高二的你我都能成功，以后就不用送啦:)

然后小心翼翼地折好，很郑重地在字条的最上面标上了"糖"。

"我后来给你写了一张字条你知道吗？"她的笑容隐没在夜色里，却格外真挚动人，"我当时特地写了'糖'，就是怕其他人打开，你却不打开。"

莫允淮停顿了一下："……我从来不会随便动别人的课桌。"

他的声音里似乎有点久违的懊丧。

孟繁翊却笑起来，最后靠在他的肩膀上，笑着想，原来不是她的字条起到了作用，而是因为他们高二分班的时候，真的再次成为同班同学了啊。

"好吃吗？"他还是很关心这个问题。

孟繁翊微笑着仰起头，却又懒得费劲儿坐端正，因此只吻到了他的下巴："我一颗都没有吃——唔，收藏起来了，因为觉得是高一的时候遇到的善意，不管是谁的，都值得尊重。"

他低头，准确地在她的唇上吻了吻，有些冰凉，一触即分："我一直在等你发现……"

说来也凑巧，他高一的时候，每一次的月考，总有一门在她的班级，他甚至好几次都坐在她的座位上。

只要她每一次都去对照座位表，那到最后一定可以查出来是他。

"高一的时候没想过要知道对方是谁。"孟繁翊道。

她是真的没有多余的好奇心。因为旁人对她来说，都不重要。

某种程度上来说，她是固执又凉薄的。除了莫允淮，其他人都被她拒绝进入生活。

说话间，夜幕中的星星仿佛又多了一些，逐渐泛起明亮的光。

向远望去，可以看见后山在夜色中朦朦胧胧的影子，仿佛在安静地沉睡。

他们慢慢地躺下来，望着天穹中的星星，十指紧扣，都用上了一点力气。

"幼幼，"他温柔地呼唤着她的名字，声音在风中逐渐消弭，"你记不记得，高一的时候，我们去顶楼那间地理教室的那一次？"

孟繁翃当然记得，一个猜想在她脑海中掠过，心跳顿时加速。

她道："我知道谢老师高一也教过你们班。"

谢老师是特别有浪漫情调的老师，每一次出现各种美丽的天文现象时，他都会跟他们分享。而那一次，他在请示过年级长之后，带着他教过的班级的所有学生，一同到了顶楼的地理教室——那里有一架天文望远镜。

孟繁翃已经不记得那一回是观测什么天文现象，但她清楚地记得，队伍排得很长很长，从地理教室门口往教室内侧排。

而她当时因为节约时间，写更多的作业，选择排到了最后几位，也在宽敞的地理教室内部。

在观测过程中，不知是谁碰到了灯的开关。

整个教室落入黑暗。而在黑暗中，感官被放大，人声更为嘈杂。

她听到了身后的男声说话，很轻，似乎在说着异国的语言，但她一下子就认出来是莫允淮的声音。

她的手似乎跟谁的手碰到了，她条件反射地就要抽回去，然而被身边的手很轻地握了一下，就松开了。

灯亮了。

站在她身边的只有她高一时的好友，以及莫允淮。

而莫允淮彼时平静地在架子上寻找感兴趣的地理书籍，孟繁翃也不敢去想究竟是谁握住了她的手。

她一直都没向好友问清楚，因为势必会被套话，而她一直都讨厌麻烦，也从来不希望自己的心事被第二个同龄人知道，哪怕是好朋友也不行。

"是我握住了你的手，"他道，"但不是故意的……事后很想道歉，但是转过身你就不见了。后来再难开口，也很后悔我的莽撞。"

然而一个不敢说，一个不敢去猜想。他们都小心翼翼地触碰着陌生的壁障，试探着打破。

如此幸运，高二时相逢。

她才不会告诉他，这份幸运，是她精心设计的、主动握住的。因为她从不相信自己拥有好运，所以从来都想要靠着自己来亲手捕捉幸运。

孟繁翃正欲说些什么，眼神却凝在了天幕中："开始了。"

缀满了繁星的夜幕中，开始有数目较多的流星划过。

长长的光迹，如同坠落的雨。

他们在草坪上，看着繁星闪烁，流星曳开长长的尾，不断地划破夜色，像是凝满的泪珠，如雨般滑落，泛出很淡的翠色光芒，恍若垂至情人心口的泪痕，却并不凄怆。

不断地滑落，涔涔的泪，难收的情深。

"原本运行在星际空间的流星体靠近地球时，因着引力而被吸引，宿命般地进入地球的大气层，最终产生了光迹。"他的声音在夜色中如淙淙的流水，"我们宿命般地相识，注定会相爱。"

"你写过一首地理情诗，我反复琢磨了很久很久，才知道你那时候标的数字，是我们相识的日子。"他缓缓地背着那一年她写下的诗句，"……冰冷的黑夜里我握住你的指节，带你看远方恒星璀璨，给你讲那个王子和他的玫瑰。"

"如今我们相爱，宿命般地相爱，我们不再是两颗永远不可相遇的行星。"他说，"何其幸运，我能够遇到你，爱上你，最终真的得到了你。"

"孟繁翊，你才是我会永远深爱的星星。"

夜幕之上，漫天星河都为他们倾覆，岁月在这一刻，终于凝聚出形状。

2

最近工作量骤增。

一早上高强度的工作让孟繁翊头晕眼花，午休时分才得以喘口气。

孟繁翊盯着手机里的信息，半晌都不知道究竟怎样回复才好。

微信里，是林可媛发来的信息。

幸福感恩一家人：小孟，你下个月一号有没有空？

幸福感恩一家人：我要结婚了，婚礼在下个月的一号，我想请你当伴娘。

幸福感恩一家人：你……愿意原谅我吗？

孟繁翊在输入框里打打删删，往日的诸多回忆在她的脑海中重播，像是色彩绮丽的水彩画，她从来都没有忘过。

金石不渝：抱歉。

孟繁翊还没打完，对面秒回：啊……这样吗？对不起，打扰了。

孟繁翊的下一条回复加载了半天，这才成功发了出去。

金石不渝：婚礼可以参加，但是伴娘应该不可以了。

金石不渝：因为，嗯，我说不定要去领证了……过去的事，就让它过去吧，我们都会有很好的未来，以后可以经常约出来玩。

就算她如今不再是不惧一切的少年，可她还是坚定地相信，她们都会幸福。

今日本是一个很寻常的周五，却因为今天两人要见家长而变得极为不同。

按道理来说，应当是莫允淮先去拜访孟繁翊父母才比较合适。

然而如今孟繁翊的父母已经离婚，都各自拥有了新的家庭，并且过得相当幸福。

而正巧谢襄和莫允淮的父亲莫盛昨天回了国，所以联络之后商量了一下，大家决定在一起直接吃一顿饭，不用太拘泥于小细节。

孟繁翊难得紧张地站在镜子前，反复地照着，不断地整理着仪表。

莫允淮将她后面的领子抚得更为平整："确定叔叔喜欢砚台，阿姨喜欢首饰吗？"

连他一向平静的嗓音都带了点疑问，并不像原先胸有成竹的样子。

孟繁翊点点头，然后问："那阿姨是喜欢口红，叔叔喜欢茶叶吗？"

莫允淮道："是，不过我妈的口红确实已经一抽屉了，你要是给她再买一管，她估计会天天供着舍不得用。"

"她真的很喜欢你。"他补充，"我爸虽然没有见过你的面，但是已经被我妈洗脑了。"

孟繁翊的脸红了红。

时间一分一秒地过去，她化上了妆，头发扎成一个丸子，每一根碎发都熨帖地垂在耳边。他忽然伸手捏了捏她的耳垂，惹得她没忍住回头，美眸含嗔。

莫允淮低笑了一声："走了。"

他望着孟繁翊迟疑的眼神，像是知道她想要问什么似的："嗯，很美。"

天色已经渐渐暗下来了，路灯的光很温柔地铺洒开，裹住了一团又一团的凛冽寒风。

两人从车上下来的时候，都收到了双方父母已经到了的消息。

孟繁翊的心跳有些快，而上一回有着类似紧张的时刻，便是在她推开同学聚会包厢门的那一刻。

现在，她再一次站在一个包厢的门口，静静等待了一会儿。

莫允淮先拧动了门把手。

门缓缓开启，屋里的四人都是他们许久未见到的。

因为各种原因，都有相当一段时日没见着了。

莫允淮和孟繁翊都出声打了招呼，然后上前一步，坐在了显然是为他们两个留出的位置中。

"我们已经简单地做过自我介绍了，接下来由你们跟我们做一下介绍。"谢襄善解人意地出声提醒。

"我是莫允淮，叔叔阿姨好。"莫允淮朝着周冬琴和孟长君致意，然后把手上提着的礼物递给两人，"并不是很贵重的礼物，希望你们能喜欢。"

出于礼节，两人没有立时打开。

时隔多年，莫允淮终于再次见到了周冬琴。

如今的周冬琴，状态和他们高中时候的周冬琴完全不一样。

整个人的气质不再那般尖锐，而是趋于平和。发中原本的霜雪色都被染黑，干枯、有些稀疏的长发变成了更为浓密的短发，整个人看上去却更加年轻且精神。

"我很早之前就听过你的名字。"周冬琴望着他，竟然笑起来，"当时听到就觉得，会是一个学习很好的孩子。"

莫允淮有些意外。

"我是说真的，一听就知道，这孩子应该会是班级里成绩名列前茅的孩子。"

她顿了顿,"后来,我对你有些误会,幸好现在都已经解开了。"

他们都没有说是什么误会,但明白都已经过去了。

过去的误解,让它被埋葬在时光之中吧,只留下一个平和的未来,彼此宽容,彼此谅解。

莫允淮郑重地点头:"谢谢阿姨,我会好好对幼幼的。"

刚说完,他就僵住了——一不留神将孟繁翊的小名说了出来,而在他父母耳中,有些事情就会瞒不住了。

譬如说,他的猫叫又又。

果不其然,当他跟谢襄对上视线的时候,他看到了谢襄促狭的眼神,面上没什么反应,心里却有些懊恼。

周冬琴看上去并不因为这个感到意外,但笑不语。

莫允淮又将视线移向孟长君。

对方看他的眼神意外的很温和,只是温和过后,就是严肃。

"你要怎样说服我,让我放心把幼幼交给你呢。"他第一次在外人面前,用父亲的口吻询问。

孟繁翊很少见到这样严肃的孟长君了,她瞥了对方发福的身材两眼,心里不合时宜地想着,可是我们已经很久很久没有在一起吃过饭了,你也拥有了新的家庭了。

这么想着,突然就觉得有些寂寞。

除了孟繁翊,所有人的目光都落在莫允淮的身上,等待着他的回答。

他沉思了一会儿,缓缓道:"我不知道怎样向您保证,因为所有的言语都有可能作废,只有时间可以见证。

"我想,寿数并非人定,命运的轨迹也无从探寻。但是我会一直照顾她,我想要让她少承受一份关于我的痛苦。"

青年的声音这样响起。

在这样的场合,提生死似乎有些太过沉重,可是孟长君就是从莫允淮的眼中看到了他的笃定,和对孟繁翊几乎无处掩藏的爱意。

"说到做到。"孟长君往莫允淮的杯中倒了些酒,"那我就相信你说的了啊,小伙子。"

孟长君的声音是平静的,可是孟繁翊好像看到了他眼中的泪光。

孟繁翊将自己的杯子和莫允淮的杯子对调了一下,小声地抱怨:"爸,他今天要开车,不能喝酒。"

莫允淮却道:"可以叫代驾。"然后安抚性地碰了碰她的手,一触即分,端过酒杯后一饮而尽。

轮到孟繁翊了,她起身,将两样不太重的礼物递给了谢襄和莫盛,微笑着正要讲话,谢襄就道:"繁翊啊,你不用多说,我和他爸爸都认识你的,我们都很喜欢你。"

她直截了当地表明出喜欢:"我们也一直都知道你很优秀,非常努力。莫允淮能够和你在一起,是他太过幸运。"

孟繁翊笑得有些不好意思，不过在笑完之后，她又认真地补充道："可是我遇见他，也是一种幸运。"

能和他相爱，才更是幸运。

莫盛的气质很威严，但是看着孟繁翊的时候，相当温和："以后他要是哪里做得不对，你就直接跟他说，来跟我们告状也行。"

莫允淮咳嗽了一声。

谢襄就差当众翻个白眼送给他："怎么了，我们就是偏爱繁翊一点啊，你自己好自为之。"

家长们都笑起来，孟繁翊也望着莫允淮的眼睛笑。

其实家长们都不知道，他们喜欢了彼此那么久，从很早就开始，到最终真的能在一起。

因为都暗恋过，所以对方反馈的所有爱意，自己都会珍重无比地藏在心里。

珍而重之，爱而惜之。

所幸，他们有长长的余生相伴，可以好好地相爱。

3

温度一日日地降下来，每天清晨醒来，都会发现草地上布满了雪白的霜。原本翠色的草开始泛白，像是被冻伤了。

孟繁翊一直都很期待一场雪，以至于她总是把霜错认成雪，每次走近了发现并不是想要的，总会有些失望。

"为什么这么期待雪？"莫允淮问道，很自然地帮她把围巾一圈一圈地缠上，在她的眉心吻了吻。

孟繁翊不知如何说出口。她把手贴在冰凉的玻璃窗子上，静默了很久，好像还是找不到理由。

雪好像是一切的源头。

她一直一直记得，八年前宁市下的那场雨夹雪。那个时候莫允淮也一直陪着她，无论她想要做什么，都可以放心去做。

她总是在规则的边缘行走，多往前一步，就是泥沼，往后退一步，又是安全距离。

孟繁翊其实一直都很清楚，自己当时也在不断地放纵，因为想要再靠近一点点。

雪是象征，是隐喻，是她和自己的约定。

"也许是因为……"她说话时的热气轻轻呵在了窗子上，白雾飘散了一下，很快又消失不见，"想要在下雪那天领证吧。"

莫允淮闻言："要是这个冬天都不下雪呢？"

她用开玩笑般的语气道："那就不领证了……"

话音未落，她就被他强势的吻攫取了全部的气息。水声黏腻，她呼吸有些不畅，身子往后仰了一下，被他用力地压回怀里。隔着厚厚的毛衣，她似乎都能感受到他手掌的灼热温度，烫得她起了一层细微的鸡皮疙瘩。

他望着她不知何时被吻出了水雾的眸子,低声道:"不可以。"

这是他极为少见的、强硬的拒绝。

她的脸贴在他的心口,听着他激烈的心跳,腰间被他的手搭住,整个人就这样被他的气息全部裹挟。

"多伦多的雪,是什么样的?"良久,她问道。

她并不是没有见过,只是还是想听他多说。

"我住的地方,每年冬天都会下雪。"他想了想,"然后有一天下雪了,我跟那边的朋友出门,广告牌旁边的灯柱往夜空中照了很远很远……天空中的雪点就呈现出灯光的颜色,我记得一会儿是玫红色,一会儿是天蓝色。"

"我和我朋友就停了下来,站在旁边的桥上,靠着栏杆。"他顿了顿,神色变得很温柔,"我告诉他,要是我的朋友也来了多伦多就好了,我是真的很想很想她,因为她很喜欢雪,所以我想带她来看看。"

"是什么时候的事情?"孟繁翊踮脚,吻了吻他的唇,仰头望着他,好像眼中只有他一个人。

他顿了一会儿,才道:"高一。"

相当奇妙的是,莫允淮和孟繁翊的青春像是两股纠缠不清的线,不知从何时开始,缠绕得越来越紧。青春里的每一块记忆碎片里,似乎都有对方的身影。

他们一起靠在沙发上,看着屏幕上的爱情电影。桌上摆着两罐啤酒,窗外寒风呼啸,屋内倒是很暖和。

电影的结尾是男主角和女主角最后站在人群中间,笑意盎然。

可是孟繁翊却注意到了人群外围的一个女人,就这样静静地站着,微笑着。

"你信不信,她喜欢这个男主演。"孟繁翊朝虚空中指了指。

莫允淮显然也早就注意到了:"准确地来说,应该是,这部戏中,她喜欢这位男主角。"

他们都没有说判断的理由。

因为暗恋一个人的眼神是如此熟悉,如此难以克制。

"莫允淮,我其实是一个循规蹈矩的人。"孟繁翊的五指插入莫允淮的指缝里,另一只手拨弄着他的手指,捏捏指腹和骨节,"我讨厌主动,讨厌变化,我最早喜欢你的时候,甚至想好了,未来同学会那天,我会开玩笑地跟你表白,轻描淡写一句我曾经喜欢过你。"

莫允淮用力地扣住了她的手。

"幸好后来我勇敢了一把。"她笑着对他说,"决定学化学,也许是我人生中最出格的举动之一,它是所有勇敢的开始。"

"孟繁翊。"他这样叫了她一声。

许久没有听到莫允淮这样喊他,孟繁翊心中一悸,目光仍然落在屏幕上,看着电影定格的最后一幕,男女主那样的笑容:"什么?"

他倏然起身,从茶几下方的抽屉里取出了一个方形的小盒子,还有一个卡包。

孟繁翃的心蓦然跳动得厉害，像是预料到了什么似的，她下意识地坐直了身体，指尖颤动，攥紧了衣服。

他打开盒子。

是一枚银白的戒指，莫比乌斯环的形状，最前端镶了碎钻，在灯光下折射出漂亮的光芒。

"我不会说漂亮话，"他单膝跪在她面前，"所以句句都是出自真心，也许不够动人，请你多担待。"

她很难形容自己内心的感觉，像是沙堆成的高塔，一瞬间全部崩塌、跌落，有力量，却又松软。

"我在求婚之前做了很多很多的功课，甚至把这件事当作相当重要的任务来做。我每天都在想，我一定要在一个最完美的时刻，向你说我的心情。但是我发现，不需要完美——

"只需要，我们彼此相爱。"

她的心像是跌入了春水里，温温热热的，沉沉浮浮。

她没有意识到自己哭了，直到泪水彻底模糊了眼眶。

"莫比乌斯环，象征着无穷。曾经我以为，我们之间相爱的可能性，是负无穷，永远不可能相爱。"他这样说，"然后，我们邂逅，我们之间也终于变成了零。"

孟繁翃捂住嘴，眼泪一串串滑落。

她泪眼模糊地听着莫允淮说着她从前也想过的话。

也许这就是思维共振，他们想的竟然分毫不差。

"后来，我非常幸运地捕捉到你眼里没来得及遮掩的爱意。"他凝睇着她，用满怀的深情，温柔地道，"在那一刻，我相信，我们的未来，会是正无穷。"

她一直在哭，他用指腹轻柔地抹去她的泪水。

"如果从浪漫的角度来讲，我可能已经把所有的浪漫耗尽了。"他望着她，笑起来，"孟小姐，你愿意回到现实来，考虑一下莫允淮的条件是否配得上你吗？"

他把所有的卡摊开，摆在她旁边的沙发上，还有很多的证件。

"目前为止，我的所有积蓄都在这些卡里，"他指着沙发上一排整整齐齐的银行卡，"每张卡大概有六位数或者七位数，并不是非常多，但是这是我自己挣的，没有用过父母的钱。"

孟繁翃眨了眨眼睛，眼里最后一点泪水被她眨落了。

"目前在我名下的房产，宁市有两套，加拿大也有两套。"他的语速不疾不徐，"然后还没有买车，目前是借我小姨的开，你要是有喜欢的类型，我们可以明天就去看看……"

孟繁翃在这一刻深刻感受到了差距，以及后知后觉地发现，自己即将变成一个相当有钱的人的事实。

说不上来是什么心情，并不是鲜明的开心或者不开心。

"请不要有压力。"莫允淮道，"我出示这些，只是想告诉你，你是自由的，我们也是平等的。正是因为你足够好，让我贫瘠的心灵第一次开满了玫瑰，所以我才将我拥有的物质财富全都给你，或许勉强能讲清楚我的爱意。"

"我们一直是平等的。而长久以来，让我学会这么努力的，只有你。"他毫不吝惜地将所有的爱意阐述给她听，"每一次抬头，都会看见你努力的背影，每一次、每一次都是，那样竭尽全力。"

"我原本觉得自己相当优秀，所以骄傲自满，直到遇见你，我才发现自己的骄傲太过可笑。"他说的每一个字都敲击在她的心上，像是滴滴答答的落雨，潮湿又泛着热意，"有一段时间见到你，我都觉得自惭形秽。"

"孟繁翊，你值得最好的。"他仰头，望着沙发上的人，这样真切地、诚挚地、满怀爱意地说道。

孟繁翊的眼中再度蓄满泪水。

她想说很多，譬如，是你改变了我，是你才让我这般认真、做任何事情都会竭尽全力，一切都是因为你。

可是她什么都说不出口，细碎的哽咽声挤在喉咙口。

她只是这样望着他，不断地描摹着他的眉眼。

"我以前认为，你就是我的整个青春。"莫允淮缓缓道，"现在，我希望你能是我的青春与余生。所以，孟繁翊，你愿意嫁给我吗？"

她不断地点头，泪水甚至坠到了他的手背上。

他握住她白皙的手，很是庄重地将戒指缓缓地戴在了她的手上，然后起身，抹去了她所有的泪水。

"往后余生，我们一直相爱。"

领证的那一天，天气预报说会下雪，而且是真真正正的雪，不再只是雨夹雪。

孟繁翊进入民政局前，始终等不到雪。

她深吸一口气，和旁边的莫允淮十指相扣。莫允淮轻笑了一声，也用力地握住了她的手。

孟繁翊望着眼前的登记表，心想这恐怕是她这辈子将名字签得最好看的一次。

从民政局出来的那一刻，手里是一本热乎的结婚证。

莫允淮相当珍重地将它放在了自己卡包里最重要的位置，旁边有一张孟繁翊的照片。

孟繁翊反反复复地打开，心中涌上很奇妙的感觉。

一切都是命运最好的安排。

"幼幼，抬头。"他的声音在她耳畔响起。

孟繁翊蓦然抬头。

空中落下柔若柳絮的雪，就这样轻轻地、缓缓地，覆了对面人的肩上。

而他眼里的笑意是如此明显，眸子里只盛着一个她。

宁市下雪了，孟繁翊想。

在我和他终于实行承诺、决定厮守一生的这一天——
我的城市下雪了。

4
距离他们领证的那一天，已经过去了一个多月。
但莫允淮仍然记得那一天，雪后晴空的感觉，非常美妙。
今天他难得不用加班，下班的时间甚至比孟繁翊还要早上许多。
他打算先回去，把家里全部收拾好，今晚或许可以过一个相当有情调的夜晚。
但他在电梯里遇到了一个老太太，老太太对他们一直都很热情，在他们搬过来之后，送了不少东西。
今天偶然碰上了，老太太听闻莫允淮学生时代成绩很好，便为自己的孙子向他借笔记。
天色暗得相当迅速。莫允淮按亮了书房的灯，不断地回想着自己当初把笔记放在书房的哪个纸箱里。
他走到书桌旁，半蹲下身子，很快就在角落找到了箱子。
书房没有剪刀，他用钥匙划开了封箱用的透明胶。
在看到箱子里的东西时，他一开始是没有反应过来的。
偌大的纸箱里装着各样的物品。左上角的泡沫塑料裹着的东西露出了缝隙，可以看出来是三个很大的玻璃罐子，里面装着满满当当的物什，凑近点看，很容易看出来是折成的纸星星、千纸鹤。
光是看到这里，他的心口就是一阵发紧。
他隐约感到，这是孟繁翊一直没有告诉他的事情。
右上角是一瓶西柚味水溶C的干净空瓶，他一秒钟就想起这是高二时，他经常和她互换的饮料。
而左下角摆满了厚实的本子，上面带了锁，他合理猜测是日记本一类的东西。
他的心迟钝地开始发疼，只是这一次，不再是因为难过，而是因为某些他不知道的、也许是她深爱着他的证据。
右下角，摆着一大堆洗出的照片。因为数量太多，所以只是被她摆在了无盖的纸盒子里。
他本不欲多看，但有几张照片正面朝上，全都是他。
他一怔，翻了翻。
出乎他意料的是，这里有相当一部分是他的照片，有的是合照，有的是从别的照片上单独将他截下来的。
而这些照片背后都写着时间，他越往前翻，就越震惊。他并不觉得恐惧，但他发觉了一个从前从未明白的真相。
他翻到了第一张照片。
这是初一的时候，班级里所有人穿着额外购买的班服的合照。

她当时的头微微侧过去，没有注视着相机镜头。

直到此刻，他顺着她的目光的方向看去，发现她在看着他。

莫允淮将照片翻到背面。

上面有干涸了很久的字迹："这是我青春里最温柔的亮色。"

他在那一刹那，几乎失语。

他知道这是属于她的东西，他不能再看下去了。所以他好好地将照片放回了整个纸盒的最前方，然后一一抚平。

然而，在这个过程中，他的目光不经意间又降落在了纸盒下方被压住的那一摞纸上。

只一眼，他的心跳再次加速。

露出一角的纸中，写着"加拿大……"。

这一回，他没有犹豫，径直将那摞纸取出。

在看到标题的那一瞬间，他整个人都顿住了——《加拿大M大短期交换生申请书》。

他向来极稳的手，微微发抖。

他看到了时间，是他们大二下学期的暑假。

所有的记忆在他的脑海漂泊，一片混乱之中，他却蓦地拽住了一根线。

那样的回忆，让他呼吸有些急促，像是在隐忍痛苦。

他的记忆重新回到了那个暑假。

他曾经真的觉得在校园里看到了孟繁翊的身影，但是她的朋友圈昭示的事实全都是他认错人了，她在国内。

当时他听取了友人的建议，如果想缓解某些事情带来的痛苦，不妨转移注意力，所以他选择了将生活的碎片剪辑成视频。

而在交换生们还在的那一段时间里，他拍过很多条M大的校园。

他在后期处理素材时，注意到很多条素材里都有模糊的、像孟繁翊的身影，但他只觉得是自己想多。

他们就这样又错过了许多年。

暖黄色的灯光洒在莫允淮的肩头，像是无声的慰藉。

他沉默着，将短期交换生材料放回去。

脚边不知何时飘落下来一张字条，他俯身拾起。

    多伦多的雪景很美。

    可是我在南方，我的城市不下雪。

他捏紧了字条。

他想起，自己剪辑的那个视频里，曾经用很愉快的语调说过："大家和我一起来看雪。"

背景音是他的友人们的笑声。
灯光洒下了很多的暖意。

孟繁翊下班回到家里的时候，屋子里很明亮。
她下意识地松了口气——高中那一次被周冬琴影响之后，她很抗拒一个人晚上回到屋里，漆黑一片的场景。
她的音调听上去相当轻快："我回来啦。"
莫允淮正好将厨房里准备好的菜肴全部端到桌上，甚至熨帖地替她将碗筷摆好，闻言，很温柔地道："先去洗手。"
她在家里很放松，跟他讲着上班的时候遇到的很多趣事。
她表示很庆幸遇到了很多很好的同事，大家都热爱着手上的工作，也为之深深努力。
莫允淮很专注地听着，时不时给她夹菜，并且提出了很多的问题，她也很认真地解答。
晚饭后照例是散步消食，只是夜间风有些大，他俯身，替她戴好口罩，然后隔着口罩吻一吻她。
蜻蜓点水的吻。
一切看上去无比寻常，又相当甜蜜。
在散步回到家之后，她说要去书房找几本书，他忽然喊住了她："幼幼。"
"嗯？"孟繁翊望着莫允淮，漂亮的眼眸里划过疑问。
他走近，俯身，气息缠在她的身侧："请你相信我，我是真的真的……很爱你。"
所以，请不要保留地告诉我，那些事情。
她笑颜粲然："我知道，我也是真的真的，很爱你。"
孟繁翊的手指划过每一本书的书脊，最终定格在她想找的工具书前，然而抽出书的时候，旁边那本也被带着掉了出来。
厚重的书本坠在地上，蓦然翻开。
她俯下身，从摊开的书中取下显然不属于她的书签。
更准确地来说，是夹在书里的字条。
她慢慢地看："曾经我喜欢你是寂静的。暗恋虽无声，相爱却有声。"
她知道这是莫允淮的字迹，只当是唯一的惊喜，所以小心翼翼地放在手心里。
随后，孟繁翊却发现，每一本书里，都夹着他写的情话字条。

　　我在这里爱你，而且地平线陡然地隐藏你。
　　在这些冰冷的事物中我仍然爱你。
　　有时我的吻借这些阴郁的船只而行，
　　穿越海洋永无停息。

我爱你那朝圣者的灵魂,
爱你将来衰老了的脸上痛苦的皱纹。

我怎能够把你来比作夏天?
你不独比它可爱也比它温婉。
…………

  孟繁翊有些怅然地望着手中的情话字条。
  心里有一块地方很明确地塌陷了,柔和,酸软,恍若冬日里捧着一杯温热的牛奶。
  心中的爱意不断地膨胀,她放下书,转身便想要将所有的话告诉他,非常非常想。
  只是转身便落入了一个怀抱中,熟悉的气息整个覆住了她。
  他修长的手指扣住了她的下颌,然后很用力地吻下去,他们像是两株伴生的藤蔓,越缠越紧,气息不断地相融。
  他的怀抱温度很高,她的腰渐渐发软,却被他揽住。
  她想要推开他,但是手上完全没有力气。
  他的声音擦过她的耳畔,嘶哑低沉,她很熟悉这样的声音意味着什么:"我只要你心尖的一捧雪……"
  她的眸子变得湿漉漉的,很轻地眨着。
  她有些听不清他的话。
  她额头抵在他的颈项处,长长的睫毛让他感到了细细密密的痒意。
  "你去过加拿大,为什么不告诉我……"他用气音在她耳旁很慢很慢地说话。
  她很明显地颤抖了一下,泣音溢出:"我,忘了……"
  他惩戒般地俯身。
  "我,真的,忘记了……"一句话说得支离破碎,但她还在努力地解释,"原本觉得……没必要……"
  孟繁翊不记得时间过去了多久,她只记得最后眼皮非常非常沉重。
  在他抱着她清洗过后,她很努力地动了动手指,有些模糊地说出了最后一句话:"写给你的,信……可以看……日记,也可以……"
  她沉沉睡去,他却毫无睡意。
  莫允淮从箱子里将她写给他的那封信取出,在床头灯那昏暗的、橘黄色的光下一点一点地阅读。
  旁边是孟繁翊的睡颜,他怜惜地伸手,抚着她的脸。

  致莫允淮:
    这是我写给你的第七封信,前面六封,全都在我的日记本里。
    因为太过怯懦,所以始终无法送出。
    现在是高考倒计时最后第七天,我的心情非常慌乱,尽管我没有表现出来。

所以想要把所有的心情都写下来,我知道,我写下来之后,会平静很多。
我们从之前的无话不说,变成了各自缄默。
而都是我的责任。
我很抱歉。
但请允许我小小地辩解一下,因为我处在一个两难困境中,摇摇欲坠。我也在竭尽全力地保持平衡,努力将伤害减小,只是很可惜,收效甚微。
最后十几天,我就能够将我真实的心意全部告诉你了。
也许这些话语都很难讲清楚我所有的情感,但我相信你能感知到。
时间有些紧迫,我只能匆匆地写下这些贫瘠、单薄、干瘪的话语。
我想和你考同一所大学,真的非常非常想。
最后七天,请等等我,我一定会做到的。

落款是孟繁翊,时间正是高考倒计时仅剩下七天的时候。
这是一封充满诚意的信,对未来充满那样的希望。
莫允淮望着身边的爱人,手不住地摩挲着信纸,刚想将纸收起来,却发现背面有字。
最下方的时间是今年,他和她重逢的那一天。
背面只有两行字——

我的心间有群山,
而你的名字在群山中回唱。

番外一

爱意,秘密,新婚礼物

莫允淮和孟繁翊的婚礼定在夏日,因为他们的故事正式开始,是在蝉鸣声悠长的夏日。

而在婚礼前,他们别出心裁地决定拍一支 MV,用微电影的形式记录他们的点点滴滴。

而这支 MV 真正拍摄好、剪辑好,是在两个月之后了。

彼时,孟繁翊从冰箱里拿出了一罐冰镇的可乐和一罐冰镇的橙汁,轻轻放在茶几上。

莫允淮将电脑和投影仪调试好,比了一个"OK"的手势。

孟繁翊"啪嗒"一声将灯关掉。

她借着幽蓝色的光亮,走到了他的身前,然后坐在了他的怀里。

莫允淮就这样拥住她,长腿将她纤细的腿圈住,然后伸手,很自觉地将可乐递给她,自己拉开了橙汁的易拉环。

MV 正式开始。

映入眼帘的,是一个倒计时钟表,是用黑色线条画出来的,动画效果相当可爱。

"嗒、嗒、嗒!"声音响了三下。

紧接着,帷幕被拉开,屏幕上显示出很可爱的字体:"《暗恋对白》。"

歌声很温柔地响起:"暑热擦亮邂逅的序幕——"

画面中的那个学生孟繁翊抱着书本,从两栋教学楼之间的三楼走廊走过,而学生莫允淮,从四楼走廊走过。

他们的怀中都抱着书本,就这样各自走过,彼此不知道对方离自己很近很近。

屏幕前的孟繁翊灌了一口可乐，声音很轻地道："原来在电视里听到自己的歌声是这种感觉。"

连她自己都能够听出黏稠的爱意，尽管唱的时候并没有察觉到。

莫允淮同她接了一个橙汁味的吻："专心看。"

她的后背紧紧地贴在莫允淮的胸膛，感受着他的呼吸，轻笑了一声。

画面如潮水般涌开。

孟繁翊双手背在身后，走在小卖部的货架前，仔仔细细地挑选饮料，终于看到心仪的，伸手之时，另一只温热的手忽然碰到了她的指尖。

两人俱是一怔。

西柚色的水溶C在货架上安安静静地摆着，可是两位当事人皆是心跳怦然，指尖宛若触电般迅速地分开，对视一眼，又互相错开视线。

温柔的歌声蓦然铺满了他们的整个世界："西柚饮料将心事目睹，仅此而已是谎言重复。"

柔和，平静，却填满了小心翼翼。

像极了少年心事。

"冰糖草莓却甜到发苦。"她的歌声似是一阵叹息。

画面转场，少年在操场的起跑线上的身影夺目无比，一声枪响，宛若离弦之箭，整个人都绷到最紧，额上滚下发烫的汗水。

紧接着他拿到了奖牌，就这样把所有的奖牌全都悬于她修长、雪白的颈项上。

她的眸中蓄满了泪水，却带着深切的笑意，而笑容在阳光下粲然无比。

他不自觉地用充满爱意的目光凝望着她，身体却更快一步地给予了她一个怀抱。

莫允淮的歌声更低沉些，却有独特的动人意味："奖牌，闪闪发亮；拥抱，当作寻常。"

轻微的吸气声和画面中他越来越紧的拥抱相和："情绪，不断掩藏；爱意，心口发烫。"

继而曲子中蕴含的情绪不断地攀升，由原先的浅淡、低沉、温柔的情绪变得越来越浓烈。

与之相应的，是画面中两人在楼梯口转着背书，光影切割，墙壁上的影子昭示着他们在对方看不见的地方无数次地想要伸手，去勾住对方的手。

但是他们只敢用手指悄然地触碰着虚空中对方的影子，佯装自己已经牵到了对方的手。

她唱：

"我的城市真的不会下雪吗？

"可是我不想就这样淡忘。"

他亦唱：

"还无法告诉她我的心意吗？

"但她是我年少时的妄想。"

他们的声音犹如当年的耳机线绳，紧紧地缠绕在一起，无法远离，情不自禁地再靠近一点。

　　她在空空荡荡的教室里认真地写着题。

　　他本来坐在她的后桌，却悄悄扔字条到她的桌上，随即走到她的身边，拍立得记录下她一瞬间有些惊讶的目光。窗边的晚霞如锦缎，大片大片瑰丽的霞光漾开，把她和他眼中的爱意掩盖。

　　她顺势指着本子上的化学方程式，他和她凑得相当近，呼吸缠绕。

　　而课桌上，赫然贴着一张化学元素周期表，和她名字有关的元素都被做上了标记。

　　"要多少次才会拥有勇气，站在你面前说我的心意。"歌声重叠，合唱极为扣人心弦。

　　画面切割成两块，他们迎着霞光各自回到自己的家中。

　　"情书落笔，写入日记。"

　　暖黄色的灯光下，她在日记本上写下当初的地理情诗，每一笔都写得相当用力，不过非常有筋骨；他在很多纸上都不知不觉地画满了她的卡通头像，下面附上各样的英文情诗，最终他爬上人字梯，将每张纸都夹在书中，放在了几乎靠近天花板的最高处的那层书架上，小心无比。

　　"纸星星诉说无数思慕，暗色楼道将心动展露；王子和玫瑰从未结束，他向我前进九十九步。"

　　伴随着逐渐明媚的歌声，画面迅速地切过。

　　三千多颗的纸星星，漆色楼道里他扣紧了她的手腕往金秋晚会的场地奔去，不断地被塞入心愿字条的小王子的石膏娃娃……

　　画面定格在她化好了相当美的妆，然后他们在舞台后方条间的对视中。

　　"捧花对象，触碰金色海浪。"他的声音穿过了她手中的花束。

　　"黑白琴键，网住落雨声响。"他的手心覆在她的手掌上，音乐教室外的雨珠敲击在玻璃窗上，留下道道水痕，而玻璃上又映出了她和他的诚挚的笑容。

　　"雪色秋霜，点燃绯红光芒。"

　　她从教学楼二楼向下望去，他站在校园的枫树下，笑着冲她招手。

　　"砖红的墙，镌刻共同理想。"

　　他和她坐在天台之上，他抚过她的头顶，触到柔软的青丝，取下漂亮的发圈。

　　他的手，小心地碰着她的指尖。

　　情绪层层叠叠地堆积，越来越浓郁，过渡的伴奏也将情绪托举到高潮。

　　画面中二十五岁的莫允淮背着吉他，扣着她的手，来到了山间的平地上。在柔软翠色的草间，他铺下野餐布，将在家中做好的白桃味甜品放在布料上。

　　又又也出境了，只是它看上去有些慵懒，窝在孟繁翙的怀里不怎么动；而莫允淮弹着吉他，眸中露出了他自己并未发觉的深情。

　　画面一转，仍是这副装扮。

他们站在了山上，俯瞰众生与浩渺的美景。

他伸手，握住了她的手，看她提着裙摆转圈，浅绿色的裙摆绽开，像是欲飞的蝶。

又又卧在旁边，仰头，望着他们。

情绪堆积到了顶点。

"我的城市真的不会下雪吗？

"那一天我真的看见了初雪。"

她的歌声蓦然变高，像是历经了很多很多的事，终于得偿所愿。

"还无法告诉她我的心意吗？

"那一天我捕捉到相爱的证据。"

他的歌声紧随在她的后面，有释然又认真的意味。

高潮之后，遽然空白，没有任何的音响。

世界都仿佛被纯白色吞没了。

几秒之后。

"嘀嗒、嘀嗒、嘀嗒。"

时钟再一次出现，不紧不慢地倒计时完三秒后，他和她的歌声同时响起。

"你是我这一生，最珍而重之的秘密。"

像是掀起的潮水骤然恢复了宁静，他们最后共同地念了一句念白。

而画面上，是他和她目光相望，伸出手——

手上的莫比乌斯环戒指闪闪发光。

而所有的人，都撒着花瓣，认真地祝福他们。

"我的心间有群山。"

"而你的名字，在群山中回唱。"

看完了整支视频的孟繁翊将仅剩的几口可乐一股脑儿喝完，空罐子被她摆在了茶几上。

"我很喜欢。"

孟繁翊的头顶抵在他的心口，能感受到他的心跳，很慢很慢地说。

莫允淮吻了吻她的耳尖，将她抱得更紧了些："我也很喜欢。"

孟繁翊发朋友圈的时候，格外郑重地打下了：曲／莫允淮 词／孟繁翊

而莫允淮也发了朋友圈：新婚礼物，祝还在暗恋的各位早日得偿所愿。

底下很快就有人回复：

△不愧是当初七班第一轮流坐的两人。

△原来你们真的结婚了啊！呜呜呜，太好了……

△你们好甜，啊啊啊，最珍而重之的秘密……小孟还是好会！

△可是暗恋的人，大多数都没有你们这么幸运。

最后一条攫住了莫允淮的视线。

莫允淮这样回复：可是不试一试怎么知道，你究竟是不是最幸运的那个人。

发完朋友圈，孟繁翊转过身来，坐在他的腿上，雪白的腿勾住了他的腰，皓腕

牢牢地扣住了他的脖颈,和他接吻。
　　而他在吻中掌握了主动权,连续不断地探索着更多能让彼此愉悦的方式。
　　良久,他喘着气在她耳边道:"幼幼。"
　　她把额头抵在他心口,很乖顺地发出了一个模糊的音节:"嗯?"
　　"我爱你,非常、非常爱你。"他说。
　　她温柔地回答:"你是我这一生,最珍而重之的秘密。我也非常、非常爱你。"

番外二

明月，明月，奔她而来

　　孟繁翎第一次爽了和莫允淮的约。
　　这是领证以来，他们计划着共度的第一个浪漫周末。
　　"我明天就把MV发出来。"莫允淮用力地摸了摸孟繁翎的后颈，在上面落了一个吻。
　　与其说是吻，不如说是一种充满占有欲的标记。
　　孟繁翎安静地等他结束一切动作，这才背对着镜子，努力扭过头去看自己雪色颈项上的吻痕。
　　"这下只能穿高领毛衣了。"她轻轻地叹了口气，却舍不得责怪他。
　　莫允淮倏忽拥住了她，力度不小："……到底有谁比我更重要？"
　　孟繁翎失笑："是姜妧，我们的初中同学。"
　　饶是莫允淮这样的好记性，也没能回想起这究竟是谁。
　　她突然抬手环住了他的脖子，然后轻轻地在他唇上吻一吻："我要走了。"
　　莫允淮提出要送，孟繁翎却拒绝了。
　　她其实也不太记得姜妧是谁，不过依稀记得年少时确实有个姓姜的同学。直觉告诉她，这是一次很郑重的私人邀约，需要她只身前行。
　　到了咖啡馆，约定的座位上已经坐着一人了。
　　孟繁翎在她看过来的那一瞬间，习惯性地礼貌笑一笑，坐了下来，坦诚说："你好，很抱歉我记不清你了。"
　　姜妧长得很漂亮，是那种很有生命力的美："记不得也正常，毕竟我以前不叫这个名字。"

"我以前叫姜若楠。"

孟繁翊的脑海迷离惝恍地淌过一段记忆,对面的姜妩明白她想起来了,便只是安静地等待她回忆完毕。

她记起来的却是高一的回忆,并非初中的。

高一的时候,孟繁翊和莫允淮不在一个班。

孟繁翊待的班级离饮水机更近,于是几乎每一节下课,她都会拿着水杯往饮水机走,只为经过的那一秒,有机会往门内小小地瞥一眼。

下课后的莫允淮,或低头刷题,或抬头同附近的同学笑闹。

看见他是她一天里难得涂上暖色调的时刻,尽管只持续短暂几秒,她就会因为胡思乱想而内耗。

她以前并不喜欢夏天和冬天。

因为夏天会关门拉窗帘,在室内开空调以保证凉快,她经过时只能望着浅绿色的窗帘发呆,视线被牢牢阻隔。

冬天也会关门,她只能不断地寻找角度,以便于一个"不经意"的回眸就能看清他的身影。

她还记得最清楚的角度,是第二扇玻璃的二分之一处。

可是讨厌夏天和冬天又怎么样呢,宁市的春秋短至眨眼就过完了。

直到某一天,英语老师让她帮忙去莫允淮那里取一份资料。

孟繁翊站在他的班级门口,深呼吸一口气,这才敲了敲门。

窗帘紧紧闭合,没有任何的缝隙。

她抬手正要再敲,门突然开了,她举起的手僵硬在空中。

"孟繁翊?"开门的女生喊了一声她的名字。

孟繁翊僵硬地笑一笑,目光已经滑进了黢黑的教室里,前排同学脸上晃过一片流光溢彩。

他们在看电影。

"姜若楠,能不能帮我喊一下,莫允淮?"孟繁翊停顿了一下。

姜若楠的表情空白了一秒,攥紧了手,几秒钟后才讷讷地道:"我去帮你叫他。"

她弓着身灵活地走过狭窄的过道,以免挡住别人的视线。

而在很后排的莫允淮视线早就和孟繁翊对上。

她的眼睫颤了颤,狼狈地躲开了他的注视。

好一会儿莫允淮才从后门走了出来,喉结不自然地滚动了一下,轻咳了一声,这才问她:"有什么事情吗?孟繁翊。"

他原来记得她啊。

"英语老师让我来你这儿拿一份新出的 Z20 模拟卷。"孟繁翊仰起头看他的时候,听见自己的声音这样平静。

她惯会在他面前装出冷静的模样。

他好像一下子有点没反应过来，怔怔地说："哦……"

旁边的姜若楠不经意地探出身来："你们刚是在说 Z20 吗？"

莫允淮也并不觉得冒犯："对。"

"我帮你们拿可以吗？"姜若楠的手在空中毫无章法地比画了一下，很快又背到身后，"我不太想看这场电影，蛮无聊的。"

莫允淮露出一个很礼貌的笑："那拜托了，就压在我的《化学五三》下面，第一张。"

在姜若楠去拿卷子的短短一分钟里，他们之间完全没有交流。

太阳把苋红色的栏杆烤得发烫，远处刷成柠檬黄的音乐楼里传来开嗓声，空气被晒得扭曲，他们的额上和背部都流下潮热的汗珠。

"你们两个在干什么！"年级长大踏步地走过来。

孟繁翊的眼皮轻轻一跳。

"刚好抓个典型啊。"年级长示意身后的理发师上前。

理发师不紧不慢地走到了莫允淮面前："小伙子一头秀发啊，可惜不合学校规矩。"

莫允淮表情茫然地摸上自己的头发，心中暗道"糟糕"。

年级长最近抓仪容仪表抓得紧，结果刚来楼上巡视抽查就逮了个正着。

教室门被打开，理发师娴熟地从班里拖出把椅子，按着莫允淮的肩膀让他坐下来，力度很大。

整条走廊的玻璃窗都"哗啦"一声拉开，不少人探出头来，很快又缩回去立刻互相报告军情。

孟繁翊听见几间教室不约而同响起了"乒乒乓乓"的声音，还有人惨叫"慢点慢点，我的潮男品位要被你毁了"。

年级长敲了敲椅子扶手："喏，莫允淮，问你呢，你跟这个女孩子站在门口干什么？演默片啊？"

孟繁翊没被老师这样说过，虽然语气并不严重，可已经让她足够难堪。

莫允淮正色："英语老师叫我拿卷子呢。"

年级长踹了一脚椅子："那你还不抓紧时间拿！"

"咔嚓"一声，理发师刚抬起的剪刀一歪，他抬起头凉凉地看了一眼年级长："您还是注意安全比较好。"

年级长咳嗽了一声，理发师没管，转头看着刚才被他不小心剪掉的围布带子，想了一下："小同学，过来，帮我拉着。"

年级长嘀咕两句："直接用剃的好了，干吗还拿剪刀修？"

"您还是赶紧去忙吧。"理发师不耐烦地挥了挥剪刀，"明明是你自己事先叮嘱我，不要把你的学生剃得跟少年犯似的，现在又开始扮坏人了是吧。"

年级长不好意思，立时用更严肃、更洪亮的声音，站在隔壁班门口大喊一声：

"抽查!"

里头登时兵荒马乱,不少声音在喊"等下""还没好"之类的。

孟繁翊抿了抿唇,伸出手,小心地揪住了围布带子。

莫允淮本来还在动,这下仿佛隔空被定了身,一动不动了。

理发师慢慢地剃头:"别怪你们年级长啊。"

莫允淮"嗯"了一声,僵着脖子说:"麻烦您给我剪得好看点儿。"

头发一撮一撮地落下来,细碎地飘到了孟繁翊的指甲盖上,她却一动都不敢动,更不敢吹掉。

她敛眸,刻意没有去看他的后脑勺,不管在场有几个人,她都不敢直视他。

"孟繁翊。"莫允淮突然喊了声她的名字,声音里带着那么一丝浮夸的痛苦。

她的手抖了抖:"嗯?"

"我哪里得罪过你吗?"他开着玩笑,"你快勒坏我了。"

其实是夸张说法,他只是想她不要这么紧绷。

孟繁翊松开了一点,呼吸错乱:"这样?"

"再松一点。"他催促。

"那……这样?"她尝试着再放松一点力度。

"嗯,这样就好——你也放松点。"莫允淮的声音里带着点懒洋洋的笑意。

孟繁翊原本好不容易平静的心跳再次作乱。

她想要笑,却又努力地把唇绷直。

热意爬满了脊背,她的心底却像是淌过一泓清亮的水。

理发师意味不明地笑了两声,这才说:"好了。"

莫允淮从椅子上站起来的那一刻,孟繁翊忽地捏住了手指,然后默不作声地背过手去。

她手上有他掉落的头发。

在这一刻,她的心弦微微一动,猝然转身。

姜若楠恰好走了出来,把手上的Z20模拟卷递给了孟繁翊:"久等。"

好似只是随口一提,姜若楠笑着说:"年级长好吓人啊,他在的时候我都不敢出来。"

而孟繁翊定定地看了她一秒,随后露出了一个浅淡的笑容:"谢谢。"

姜若楠挥了挥手表示告别。

在那眼神涌动的一秒钟内,彼此都意识到了很多东西。

譬如孟繁翊知道,姜若楠看到了她的举动。

又比如,孟繁翊知道,姜若楠的心思。

但她并没有产生任何敌意,反而升起了一种极淡的怜惜。

她们都是不可能被看到的人,共同仰望着那轮明月。

"原来你想起来的，跟我说的不是同一件事情啊。"姜妧望着眼前的孟繁翊笑。

这些年她们其实都变了很多。

姜妧瘦了很多，但并不追求那种不健康的瘦削，更讲究带着力量的美。她抬起右手臂，微微弯曲，手臂上就微微鼓起了一个弧度，是很漂亮的肌肉。

姜妧想了想，说："其实有一件事情，你应该有印象。"

孟繁翊心跳骤然加速，血液在耳畔汩汩流动。她明白，有一个蛰埋多年的秘密即将破土而出。

"毕业那一天谢师宴，很多人都和莫允淮握手对不对？"

孟繁翊记得有这件事情，于是点点头。

"他和那么多人握手，包括我。当我握上他的手的时候，就知道这辈子只可能有这一次机会。特别开心，也特别难过。"姜妧讲着讲着，声音逐渐放轻，"多少人都暗藏着小心思啊。"

"但是，我也一直都知道，他和那么多人握手，其实只是为了你。"姜妧讲这话的时候，眼中闪过一丝伤感，"贯穿了我大半个青春的少年，为了和别人握手，所以握了我的手。"

孟繁翊没有打断。

"不过已经过去了。"姜妧说，"我一直都知道，我更喜欢的其实只是那个青春里的我自己而已。"

她说："说了这么多，其实只是想和我的青春告别，也想和你说，努力试一试。"

孟繁翊望着她，眨了眨眼睛："我刚刚和他领了证。"

姜妧一怔，很快就坦然地笑起来，眼里真正涌过释然："真好啊，小孟！"

她用上了更亲密一点的称呼，接着低头看了看表："我要走了。"

手搭在门把上的那一瞬间，姜妧回首："小孟。"

孟繁翊站定。

"我其实一直想感谢你，感谢你们。你们都是我的明月。"姜妧说得没头没尾。

她始终记得，孟繁翊是第一个对她释放出善意的人。

孟繁翊说她"美得很有生命力"，而不像旁人那样，对她的评价从来都是"胖""一般""成绩还行"。

"我这么胖，也美吗？"初一的姜若楠这样问孟繁翊。

而初一的孟繁翊给姜若楠的回答是："这不是胖，是健康的美，姜姜，你美得很有生命力。"

莫允淮来接孟繁翊的时候，她几乎是扑进他的怀里的。

他将她拥了个满怀，笑着吻她的额头、眼睛，还有面颊和柔软的唇："很开心？"

孟繁翎亲亲他的下巴:"你知不知道,你曾经是多少人心中那轮永不落幕的明月。"

包括我。

我曾以为我也只是仰头望月,却没想到,我们都是旁人的明月。

莫允淮牵起她的手,望着她笑:"我只做你的月亮。"

月亮终究是,奔她而来。

我的城市不下雪